山西师范大学校基础研究基金(哲学社会科学)资助出版
山西师范大学文学院学术出版基金资助出版

『元刊杂剧三十种』之通俗性研究

孙改霞◎著

中国社会科学出版社

图书在版编目(CIP)数据

《元刊杂剧三十种》之通俗性研究 / 孙改霞著．—北京：中国社会科学出版社，2017. 10

ISBN 978-7-5203-1407-7

Ⅰ.①元…　Ⅱ.①孙…　Ⅲ.杂剧-文学研究-中国-元代　Ⅳ.①I207.37

中国版本图书馆 CIP 数据核字(2017)第 273470 号

出 版 人　赵剑英
责任编辑　任　明
责任校对　朱妍洁
责任印制　李寡寡

出　　版　中国社会科学出版社
社　　址　北京鼓楼西大街甲 158 号
邮　　编　100720
网　　址　http：//www.csspw.cn
发 行 部　010-84083685
门 市 部　010-84029450
经　　销　新华书店及其他书店

印刷装订　北京君升印刷有限公司
版　　次　2017 年 10 月第 1 版
印　　次　2017 年 10 月第 1 次印刷

开　　本　710×1000　1/16
印　　张　22.5
插　　页　2
字　　数　357 千字
定　　价　75.00 元

凡购买中国社会科学出版社图书，如有质量问题请与本社营销中心联系调换
电话：010-84083683

说　明

1.《元刊杂剧三十种》在文中简称《三十种》。

2.《元刊杂剧三十种》原文不分折，文中所引曲文，为便于查阅，均按照徐沁君点校本《新校元刊杂剧三十种》（中华书局 1980 年版）标出折数。

3. 文中所引曲文例句，原则上均出自古本戏曲丛刊编辑委员会编辑《古本戏曲丛刊四集·元刊杂剧三十种》（影印本，商务印书馆 1958 年版）。但由于《元刊杂剧三十种》有缺文、缺页、漫漶等文字不清的现象，文中若需引用该文字不清之文做例证时，为求文从字顺，如无特殊说明，均以徐沁君点校本《新校元刊杂剧三十种》（中华书局 1980 年版）所校订为准。

4. 文中的“郑”与“郑本”指郑骞及其著作《校订元刊杂剧三十种》（台北：世界书局 1962 年版）；“徐”与“徐本”指徐沁君及其著作《新校元刊杂剧三十种》（中华书局 1980 年版）；“宁”与“宁本”指宁希元及其著作《元刊杂剧三十种新校》（兰州大学出版社 1988 年版）。

序

周华斌

宋元杂剧铸成了中国戏曲形态成熟后的首度辉煌。

了解中国的戏剧戏曲，必须了解宋元杂剧。北宋以后，南北分治达一个半世纪左右，基于汉唐时期“百戏”和北宋“杂剧”的“戏”和“剧”走向成熟，遂有南北“曲”的分野——北方金朝地域唱北曲，称“北杂剧”；南方南宋地域唱南曲，称“温州杂剧”或“南戏”。但早期的宋金杂剧和温州杂剧不甚成熟，缺少完整的剧本留存，更不必说主要呈现为表演技艺的“百戏”和唐代已见端倪的“杂戏”了。然而，由金入元的北方杂剧，因为有书会才人参与，已出现了下层文人撰写的“坊刻本”，而且比较通行。倘若以“剧本”作为戏剧戏曲成熟的标志，那么这些坊刻本无疑已呈现为戏曲剧本创作的第一个高峰，通常称之为“元杂剧”。

研究元杂剧，学界多采用明末万历年间臧晋叔改定的《元曲选》百种。尽管《元曲选》中的元杂剧曲白双全、情节完整，但已然经过了明人的大量修改，失去了元代杂剧的本来面目。而且，臧晋叔借用了明代宫廷“御戏监”的底本，有的作品属于明代杂剧。

直到20世纪上半叶，才有学者发现了明代藏书家李开先首先收藏的元杂剧坊刻本。1914年日本京都帝国大学辗转借去，复刻影印面世。1924年王国维为该影印本写了“叙录”，称《元刻古今杂剧三十种》，由中国书店影印出版。1958年商务印书馆将此本纳入《古本戏曲丛刊》第四集，再次影印出版。

《古本戏曲丛刊》第四集共收集元明杂剧8种。在8种元明杂剧中，仅《元刊杂剧三十种》是遗珍独存的元代坊刻本，其余7种均为明刊本。主编郑振铎在《古本戏曲丛刊》第四集的序言中称：

>“（该集）收集了元明二代的杂剧共三百七十多本，几等于臧晋叔编印的《元曲选》的三倍半以上，其中以元人杂剧为最多。凡传世的元杂剧，几乎是网罗殆尽，明人杂剧也收了一部分。”
>
>“元曲的确是代表了‘元’这个时代的文学的，其影响到了明代中叶，即十六世纪之末而尚存在。”
>
>“反映了当时的社会现象和人民生活。”
>
>“在中国戏曲史上是有文艺灿烂的篇页的”。

郑振铎先生毕生提倡俗文学。当时《古本戏曲丛刊》第四集印数不多，而且内部控制发行。郑振铎的序言写于1958年10月16日，是他生前的最后一篇遗作。他说，这部书“只是对于专家们的研究有些用处，对于一般读者们是完全没有意义的。”

由此涉及文化的普及与提高，郑振铎认为：普及与提高是“车的双轮，鸟的双翼。有矛盾，但会迅速地统一，而且必需统一”。对此进行“系统的整理和研究，对于我们戏曲工作者们是有意义的，对于戏曲创作也会有些启发的。”

文艺界很明白《元刊杂剧三十种》的研究价值。自打其问世以来，研究者络绎不绝，除了各种校勘本和注疏本以外，词典也以其为基本素材。中国文学史和中国戏曲史的学者更是不容回避，包括语言修辞领域关于元代方言、俗语、蒙古语的研究。20世纪80年代改革开放以来，对它的研究已拓展到更宽泛的跨学科范畴。该书的“通俗性研究”便体现了通俗文学、民俗学、戏剧戏曲学等多学科交叉性的特点，以及研究视角独特的特点。

这里不妨提一下雅俗之道的辩证法。

俗与雅相对，“俗”往往表现为形式上的简陋、粗糙；“雅”则表现为形式上的精练、精致。雅俗之道可以说发祥于《诗经》的风、雅、颂，其中“大雅”“小雅”和“颂”都表现为文人的“雅”；“风”则包括“十五国风”，即十五个地区的民歌民谣，寓含着十五个地区的民“俗”。

由俗趋雅、去粗取精、精益求精，是文化艺术进步向上的普遍要求。作为民歌的“国风”，在《诗经》中已呈现为语言文字的精化、雅化、规范化，乃至走向了诗歌形式的格律化。乐府和小说原起于汉代宫廷的采风制度，采集国风以助政事。唐宋曲子词和金元散曲也经历过类似的精化、雅化、规范化途径。雅文化的普及，在一定意义上意味着文明程度的普遍提高。

由雅返俗、返璞归真、推陈出新，体现着辩证法的另一侧面。文学艺术以民生精神为核心，“阳春白雪，和者甚寡；下里巴人，和者益众”。自由活泼的民歌，始终寄寓着清新活泼的民生精神。当规范化、格律化、文人化、经典化的诗词在形式上走向僵化时，借助民间歌曲，往往能在诗歌领域创造出新的形态，意味着新层面上的提高。

文学艺术“通”大众文化的“俗”，同样蕴含着普及与提高的辩证关系，而且是永恒的哲理。它同时也表现为不可逆转的文艺发展潮流，该书第七章“通俗性的原因及意义”，对这个问题有所阐论，是该书研究“通俗性”的学理主旨。

广义上说，语言文字都属于“符号”。随着历史的发展，与时俱进，语言文字符号的表述也会有所变化。前朝文字的表述起初也通俗，随着语言文字表述的变化，后世不得不加以注、疏、校、勘，相当于返璞归真的通俗性解读——例如《尚书》、先秦诸子、《十三经》等文献的注疏，以及当代对注疏的再注疏。如果说由俗趋雅是文化发展的普遍途径的话，那么校勘、注疏、通俗化解读是由雅返俗、去伪存真、理解历史上民生精神的必要措施。

《元刊杂剧三十种》的坊刻本是元代最接近元杂剧本来面目的刊本，无疑属于通俗文艺。事过数百年，今人对其内涵的完整解读已十分困难，因此大众少有问津者。当代对元杂剧场上、案头的认识愈来愈深入，于是遗珍独存的《元刊杂剧三十种》坊刻本具有“类文献”价值，值得从各个方面加以解读。

该书作者具有问题意识，在前人研究成果的基础上，更上一层楼，系统解析了《元刊杂剧三十种》的“通俗性”，特别强调元杂剧的民间文化精神，将通常所说的元杂剧的“人民性”具体化了。

全书在《元刊杂剧三十种》的刊刻、语言、科白、曲牌、民俗五方面，各自成章地加以阐论。其中如对元杂剧方言、俗音、语气词、摹状词、詈词、谑词、俗语、谚语、少数民族语言的解析；对“一曲百唱”、“一曲入数调”、“子母调”的解析；对“枕边风”、“鬼神”、“梦境”、“戏谑君王”等民间视角的解析，都比较系统、全面地体现出新意。又通过《元刊杂剧三十种》与文人修饰过的《元曲选》的比较，强调《元刊杂剧三十种》作为通俗文学的独特价值，拓展了该书的研究领域。书中的相关资料素材比较详尽，特别整理概括为书后附录的四张分析统计表。这四张表不仅支撑了全书的学术观点，而且将相关文献资料分门别类，可供进一步研究。

学术无止境，该书尚有进一步推敲的余地。如“商业性”与“通俗性”的关系尚可深入阐解；语气词、摹状词属于修辞领域，既用于俗曲，也用于雅曲；坊刻《元刊杂剧三十种》有趋“雅”的一面，不必回避；“剧曲”之外，可对关汉卿、马致远等兼作“散曲”略加分析，由此说明“剧曲”与“散曲”的关系；明初《永乐大典》中保存下来的元末戏文也可略加比较，以照应整个元代戏曲的通俗性（关汉卿到过杭州，马致远写过南戏）。

该书是孙改霞同志在其博士学位论文的基础上加工完成的，我曾参加过她的博士论文开题，论文完成后又担任论文答辩委员会的主席。在论文的开题报告会上，我对“通俗性”研究提出了意见与建议，希望能有新视角、新资料。

她的论文终不负所望，在“通俗性”的研究上有不少开拓与创新，令人欣喜。参与论文匿名评审的专家也对这篇论文给予充分的肯定。尽管她已顺利拿到了博士学位，但并没有停步，在将近两年的时间里，在承担本职教学工作和科研课题的同时，继续吸收各种意见，进一步完善定稿了该书。

该书出版在即，谨以序贺。

2017 年 5 月 23 日

目　录

绪　论

一　通俗性概念的界定

我们了解元代杂剧的面貌，大多依据明人刊刻、抄写的元人杂剧，而这些明人刊刻抄写的元人杂剧，往往被后人冠以“案头文学”、“案头之曲”，这些冠语表明明人刊刻抄写的元杂剧与元时用于表演的杂剧已大不相同了，比如传播甚广的明人臧懋循所编选的《元曲选》就广受同时代文人的批评。与臧懋循同时代的王骥德、凌濛初就曾批评他删改元人杂剧：

> 句字多所窜易，稍失本来，即音调亦间有未叶，不无遗憾。①
>
> 吾湖臧晋叔……晚年校刻元剧，补缺正讹之功，故自不少；而时出己见，改易处亦未免露出本相——识有余而才限之也。《荆钗》一记……有以知其非元人面目也。②

就连《元曲选》的作者臧懋循在《寄谢在杭书》中也承认了自己对元人杂剧的改易：

> （《元曲选》）戏取诸杂剧为删抹繁芜，其不合作者，即以

---

①（明）王骥德：《曲律》，中国戏曲研究院编《中国古典戏曲论著集成》（四），中国戏剧出版社1959年版，第170页。

②（明）凌濛初：《谭曲杂札》，中国戏曲研究院编《中国古典戏曲论著集成》（四），中国戏剧出版社1959年版，第260页。

已意改之，自谓颇得元人三昧。①

现代学者孙楷第也批评臧懋循，他说：

> 至臧懋循《元曲选》，本自内本出。而懋循，师心自用，改订太多，故其书在明人所选元曲中自为一系。②

从以上的批评中可以看出，《元曲选》对元人杂剧的确颇多改易。应该说明人刊刻的元人杂剧，已不能反映元人杂剧的真实面貌。因而，伊维德说：

> 那么，为什么说其实我们读到的并不是“元”杂剧呢？……当然，《元刊杂剧三十种》中的元刊本其实是反映了元代的演出情况。但到目前为止，我们往往是从晚明版本的角度来阅读这些剧本。就是在现在可以看到的元刊杂剧的校注本中，这种倾向也是十分明显的。所以，到目前为止，还没有任何人完全依靠元代剧本来研究元杂剧。③

因此，窥探元人杂剧真实面貌，从理论上说，应该选择元人所刊刻的杂剧，它应该是对元人演出杂剧的相对较为真实的记录。

在20世纪初，随着元人刊刻的杂剧集《元刊杂剧三十种》（以下简称《三十种》）的问世，我们逐步了解到元人杂剧的真实面貌，同明人刊刻的元人杂剧相比较，前者显然更通俗、更活泼、更具有浓厚的生活气息。而这一鲜明的“通俗性”特征，应该成为研究者所关注的重点之一。然而，对于戏曲领域这一重要的原始资料，关于其通俗性的具体表现，却鲜有人关注。所以，为探求元人杂剧的真实面貌，应该对

---

① （明）臧懋循：《负苞堂集》，古典文学出版社1958年版，第92页。

② 孙楷第：《也是园古今杂剧考》，上杂出版社1953年版，第151页。

③ ［荷兰］伊维德：《我们读到的是“元”杂剧吗——杂剧在明代宫廷的嬗变》，宋耕译，《文艺研究》2001年第3期。

其通俗性作详细的分析，以达到探求元人杂剧本来面目之目的。如此一来，从通俗性的角度来研究《三十种》，就显得十分必要了。

对于“通俗性”的内涵，茅盾说：

> “通俗”云者，应当是形式则“妇孺能解”，内容则为大众的情绪与思想。①

茅盾先生所说的“大众的情绪与思想”，应该是指出了通俗性的内涵。因此，我们衡量一部作品是否具有通俗性的特征，要看其所面对的观众群体是否是人民大众，反映的内容是否是广大民众感兴趣的，是否反映了广大民众的喜怒哀乐。但这不意味着通俗就是庸俗，因为通俗传递的是“正能量”，是积极向上的，是感人的，是人民大众喜闻乐见的；而庸俗传递的则是“负能量”，是消极的，是堕落的，是被大众所唾弃的。所以，茅盾说：

> 通俗并非庸俗。《水浒》在中国民间是通俗的读物，但何尝庸俗？反之，明清的才子佳人小说，庸俗已极，可是一点也不通俗……《文武香球》之类的东西，只有旧式大户人家的书僮和新式公馆里的汽车夫喜欢看看，人民大众连书名也不大知道。《吉诃德先生》在欧洲也算是通俗的读物了，但无碍其为杰作。②

可见庸俗不能反映民众的思想，因而只能在少数人中流传。而通俗性则具有深厚的民众基础，它具有新鲜不腐、清新活泼、广受民众喜爱的特点，这些特点在庸俗作品中却是看不到的。可以说，通俗性是人民大众都期待在文艺作品中看到的一种文学特质。通俗与庸俗虽只一字之差，却有本质区别，分清二者的差异，是研究通俗性的前提。

---

① 茅盾：《茅盾文艺杂论集》（下），上海文艺出版社 1981 年版，第 729 页。

② 同上。

而对于通俗性的外延，郑振铎先生则提出了六个方面：

> "俗文学"的第一个特质是大众的……她的第二个特质是无名的集体的创作……她的第三个特质是口传的……她的第四个特质是新鲜的，但是粗鄙的……她的第五个特质是其想像力往往是很奔放的……她的第六个特质是勇于引进新的东西……①

当然这六个方面的外延并不能涵盖通俗性的所有的外延，却反映了通俗性最为重要的表现。在探讨通俗性的表现时，也应以此六个方面作为研究的参考标准。

从茅盾先生与郑振铎先生的论述中可以看出，两位先生分别对"通俗性"的内涵与外延做了较为明晰的界定，在研究通俗性时，也应以此为研究的基础。

因而可以说，"通俗性"是指文艺作品在内容上反映的是大众的情绪与思想，传递的是正能量，是易于为大众所接受的；在艺术表现形式上则突出"新"、"异"的特点，而这种"新、异"的艺术形式，也要以易于为民众所接受为准则；内容与形式上的通俗易懂，主要是为娱乐目的和教化目的服务的。

《三十种》作为通俗文艺，自然也具有"通俗性"的特质。从宏观角度来看，其"通俗性"主要体现在内容与形式上的"新、异"上，而这种"新、异"是易于民众接受的，是为娱乐与教化功能服务的。从微观角度看，由于杂剧是一门综合性的表演艺术，自有其独有的表演特征，所以，《三十种》的"通俗性"也是要通过"唱"、"念"、"做"、"打"等表演方式以及"唱词"、"叙事视角"等方面的内容来表现的。因此，研究《三十种》的通俗性，还应从表演方面来研究。

另外，《三十种》由于刊刻较为随意，因而其中出现大量的俗字、圈符、墨丁、代字、同剧中前后字体不一等现象，虽然这些属于刊刻

① 郑振铎：《中国俗文学史》，东方出版社1996年版，第3—4页。

范畴，与剧本内容无关，然而正是内容与形式上的通俗，才导致书坊在刊刻时出现了上述不规范的刊刻现象，因而刊刻的通俗性也包含在《三十种》通俗性研究的内容中。

二　研究综述

自从1914年《三十种》经日本学者从罗振玉处借得原稿进行覆刻，1924年由上海中国书店据日本覆刻本照相石印以《元刻古今杂剧三十种》为名出版，并由王国维作序，才逐渐为中国学者所关注。1958年，《古本戏曲丛刊》第四集收此书珂罗版影印本，题名为当今沿用之名《元刊杂剧三十种》。问世以来，多有研究。这些研究大致经历了以下三个阶段。

（一）第一阶段

20世纪20—80年代。此阶段的研究主要表现在对《三十种》的校订与整理上。由于《三十种》属于民间坊刻本，所以其中的错讹、漏缺甚多，读者阅读此书十分不便，故而对其校勘则成为首要的任务了。此阶段的校订与整理主要有两种形式，一种是对部分剧目进行校订，另一种是对全书进行全面校订与整理。

对部分剧目进行校订整理的有王国维、卢前、隋树森、吴晓铃、王季思等。首先对《三十种》进行研究的是王国维（1924），王国维对《三十种》剧本进行次序编排，并厘定作者，又对其中4剧进行写定；此后卢前（1935）编印《元人杂剧全集》对其中11剧进行校订；隋树森（1959）《元曲选外编》对其中不见于其他编本的14个孤本进行了校订整理；另外，吴晓铃《关汉卿戏曲集》（1958）对《三十种》中关汉卿的剧本进行了校订，王季思《〈诈妮子调风月〉写定本》（1958）仅对《三十种》中的《诈妮子调风月》进行了校订，这方面的详细说明可参看苗怀明《二十世纪〈元刊杂剧三十种〉的发现、整理与研究》。[①] 但这些整理都未对《三十种》进行全面校

① 苗怀明：《二十世纪〈元刊杂剧三十种〉的发现、整理与研究》，《戏曲艺术》2004年第1期。

订与整理，仅涉及其中的部分剧目。

对全书进行全面校订与整理的是郑骞、徐沁君、宁希元三位学者，他们的著作也是各有所长。

中国台湾学者郑骞的校本《校订元刊杂剧三十种》（世界书局1962年版）最早，校订虽简略，然十分谨慎，尤其是对曲牌的校订，更是无比慎重。比如，《元曲选》中将［南吕］［一枝花］套曲下的［梁州］曲均改为［梁州第七］，郑先生并未据此改《三十种》中的［梁州］曲，但徐沁君、宁希元均给予改动，却未说明改动的原因。再如，对《魔合罗》第四折中明本所增加的［中吕］［粉蝶儿］曲与所删去的“子母调”，郑骞虽据明本删改，但在校记中却表明自己有不同的看法。①

徐沁君的校本《新校元刊杂剧三十种》（中华书局1980年版），参考众多版本，校订详尽。在校订词语、俗语时，多方征引，尤其是多方征引杂剧中该词语的例句，颇令人信服，同时涉及部分词语的释义，极大地增强了《三十种》的可读性。不过，关于曲牌的校订，多以明刻明抄本为校订的依据，未免有失偏颇。

宁希元的校本《元刊杂剧三十种新校》（兰州大学出版社1988年版），从方言词语角度，多阐述借音词的意义，因而释读了一些疑难词语，文中还对某些特殊的俗文化现象做出深刻的解析，因而，从阅读的角度来看，宁先生的校本与徐沁君先生的校本可互为补充。但宁先生与徐先生一样，在校订曲牌时，也是多以明刻明抄本为校订的依据，同样有失偏颇。

上述三位学者都对《三十种》进行了全面的校订，虽各有优劣，但互为补充，使此书的阅读障碍基本清除，为后来学者的深入研究奠定了基础。

（二）第二阶段

20世纪80年代至21世纪初。这一阶段的研究主要表现为深入研究《三十种》的文本内容。这主要体现在释词、同剧元明刊本的比

① 郑骞：《校订元刊杂剧三十种》，世界书局1962年版，第240—241页。

较、版本性质、词语类别的研究上。

1. 释词

关于《三十种》词语解读的专著并没有，《三十种》中所需要释读的词语散见于释读戏曲词语的各著作及期刊论文中。由于戏曲属于通俗文学的范畴，所以其中有大量的俗词、俗语，这些词语经过几百年的时间，难免有不易被今人理解的，再加上戏曲历来不受官方重视，导致文人也轻视其中的词语注释，因而元明清三代鲜有注释戏曲词语的著作出现。直到民国时期，才有学者开始给戏曲词语进行注释。对戏曲词语进行专门释读的，最早始于徐嘉瑞。他的《金元戏曲方言考》（商务印书馆 1948 年版），作为解释戏曲词语的第一本词典，具有开创之功。但所释词条不多，解释也略为简略，甚至有不确之处。

之后，众多学者参与到释词工作中来：张相（《诗词曲语辞汇释》，中华书局 1953 年版）、朱居易（《元剧俗语方言例释》，商务印书馆 1956 年版）。他们的著作在阐释方言俗语时，比起徐嘉瑞先生的解释，要详尽一些，所收词条也逐渐增多。尤其是张相的《诗词曲语辞汇释》中的注解，所引例证十分丰富，所释词义也较为全面。

进入 80 年代，关于戏曲词语释读的词典明显增多，而且所释读的词条也增加了不少，释读戏曲词语进入高峰期。学者有陆澹安（《戏曲词语汇释》，上海古籍出版社 1981 年版）、顾学颉与王学奇（《元曲释词》，中国社会科学出版社 1983—1990 年版）、龙潜庵（《宋元语言辞典》，上海辞书出版社 1985 年版）、王锳（《诗词曲语辞例释》，中华书局 1986 年版）、方龄贵（《元明戏曲中的蒙古语》，汉语大词典出版社 1991 年版）等。尤其是《元曲释词》所收戏曲词语的数量比起前一时期的释词著作所收的数量则更为庞大，论述也颇为详尽。而方龄贵先生的著作则主要解释戏曲词语中的蒙古语，多方参证，很有特色。这些著作在注释戏曲词语的意义外，还阐述一些词语在当今某地方言中尚有遗存，为我们提供了词语的大致来源或释词的依据。

虽然这些词典都会涉及方言词语的注释，但是元曲对方言词语的吸收，不仅仅是吸收其意义，在实际演出中，可能更侧重采纳方言词语不同于官方语言的特殊音读或特殊表现力，但是对这些特殊音读与特殊表现力的解释，在这些词典中几乎没有。这说明这些解释没有考虑到方言词语在实际演出中的作用。

20世纪90年代至21世纪初，关于戏曲词语释读的著作明显减少，主要原因是戏曲词语绝大部分已被释读，只有一些疑难词语或少数民族语言需要释读。因此，这一时期戏曲词语的释读主要表现在对以上著作未收录的疑难词语的释读上，这些疑难词语的释读散见于一些期刊论文中，如王永炳《古典戏剧口语词释疑七则》(《中国语文》1997年第5期)、张青龙、赵梅生《河津话所见古白话词语释例》(《语文研究》1999年第3期)、孙伯君《元明戏曲中的女真语》(《民族语文》2003年第3期)、范春义《"传槽病"究竟是什么病?》(《中国典籍与文化》2013年第2期）等文章。

应该说，对《三十种》中的词语注释前人及当代学者已经做了大量的工作，但是，由于《三十种》植根民间，植根不同的地域，所以其中必然有些词语为学者所不熟悉，因而，虽有众多学者在进行词语注释工作，亦还是不能穷尽其中所有的疑难词语，甚至出现某一词语注释不当的现象；另外《三十种》中有些词语是单纯的借音词，也往往为学者所忽略。所以，探讨词语的意义、词语的选用、词语的读音与表演之间的关系，也显得很有必要。

2. 同剧元明刊本的比较

《三十种》发现并整理后，学者开始关注明刻元杂剧与元刻杂剧之间的差异，于是学界开始出现研究同一剧本元明刊本差异的热潮。这方面以日人赤松纪彦（1989）与中国学者刘祯（1992）、景李虎(1993)、张哲俊（2000）为代表。

赤松纪彦《关于元杂剧〈汗衫记〉不同版本的比较研究》[《河南大学学报》(哲学社会科学版）1989年第2期]、刘祯《极意匠惨淡之致——武汉臣杂剧〈老生儿〉研究》(《中国文学研究》1992年第1期)、景李虎《元代南戏〈赵氏孤儿记〉的重要价值及版本源流》[《中山大学学报》(社会科学版）1993年第2期]、张哲俊《悲剧形式:〈赵氏孤儿〉元明刊本的比较》(《文学遗产》2000年第2期)。四位学者对《三十种》中某一剧本的元刊本与明刊本进行文字异同比较,并分析这种异同的原因。

之后,尚有部分学者分析一些剧本的元本与明本的差异,如马晓霓《元杂剧〈疏者下船〉的版本问题》[《东南大学学报》(哲学社会科学版)2008年第3期]、刘丛《从〈汉高皇濯足气英布〉看臧懋循“得元人三昧”》[《重庆科技学院学报》(社会科学版)2010年第22期]、孔杰斌、陈建森《从〈吕洞宾度铁拐李岳〉看明人对元刊本杂剧的改写》(《戏剧艺术》2012年第1期)。而其他剧如《单刀会》、《冤家债主》、《陈抟高卧》、《衣锦还乡》、《范张鸡黍》等,都已进行过比较研究。上述元明刊本比较的杂剧共计12种,而元明刊本均有的只有16种,可以说,同剧元明刊本的比较研究工作已基本完成。

但这些比较大多集中分析同剧元明版本的源流关系、主题思想的差异,多涉及其文学性、社会意识等方面的差异,并未从通俗性的角度、观众欣赏的角度来分析两者之间的差异。

3. 版本性质

近年来,围绕着《三十种》的版本性质,学术界展开了激烈的讨论。这方面的代表学者主要有:邓绍基(2006)、中国台湾学者汪诗珮(2006)、日本学者小松谦与金文京(2008)、杜海军(2010)、方彦寿(2011)等人。

邓绍基《关于元杂剧版本探究》(《中国社会科学院研究生院学报》2006年第1期)、中国台湾学者汪诗珮博士论文《从元刊本重探元杂剧——以版本、体制、剧场三个面向为范畴》(台湾清华大学2006年博士论文)、日本学者小松谦与金文京《试论〈元刊杂剧三十种〉的版本性质》(《文化遗产》2008年第2期)、杜海军《〈元刊杂剧三十种〉的刻本性质及戏曲史意义》(《艺术百家》2010年第1期)、方彦寿《〈元刊杂剧三十种〉的刻本性质与刊刻地点另议》(《艺术百家》2011年第3期)。各位学者纷纷著文探讨《三十种》的性质,在这些学者的论述中,有提出为“建本”的,有提出为正末、正旦用的“演出本”兼具广告性质的,还有提出“自刻本”、

“改编本”的等结论。

从上述学者对刻本性质的分析结果看，学者们已经开始站在演员表演的角度来看待《三十种》的性质了。然而与演员相辅相成的是观众，观众是表演必不可少的一个因素，而上述这些观点显然忽略了观众这一群体在观演中的地位，因而也就鲜有人站在听众、观众的角度去探讨《三十种》刻本的性质，如果站在观众的立场上看《三十种》之性质，当会有新的发现。

4. 立足语言学研究《三十种》中的某一类词

近年来，各大院校的博士生侧重从语言学的角度来研究《三十种》，比如：《三十种》的代词研究、复字词汇研究、语气词研究、词缀研究、用韵研究等。从现今《三十种》的研究角度逐渐转向语言学可以看出，目前的研究开始从微观角度对《三十种》进行细致、深入研究。但此类研究大多抛开杂剧的“观演”这一本质特征，仅仅将《三十种》作为语言研究的资料，因此，这类研究与戏曲观演没有多大的关联。

以上对《三十种》的研究虽然或多或少涉及通俗性，但都是无意识的，并没有自觉地从通俗性的角度去考量元杂剧。

（三）第三阶段

21 世纪初至今。这一阶段的研究主要表现在研究视角的开始转变上。之前的研究多从文学角度去研究《三十种》，体现不出《三十种》作为戏曲的特征，因此，有部分学者开始号召从戏曲本位这一角度去研究戏曲，即或从表演，或从演员，或从观众的角度去研究。

无论是从表演的角度还是从演员的角度去研究戏曲，归根结底都要从观众的角度来研究。这是因为戏曲是演给观众欣赏的，而观众对戏曲的要求是通俗易懂，因而，研究戏曲，也应站在观众的立场上，从通俗性的角度去研究。《三十种》属于通俗表演文学，所以，对其研究也应立足这一点。

而号召学者从通俗性的角度来研究戏曲，当首推淮茗先生。他在反思了戏曲经历多年改革依然萎靡不振的原因后说：

> 相信民间，理解民间，回到民间，这或许是中国戏曲及其相关研究走出困境的一个最佳路径。没有深厚民众基础的艺术注定是没有出路的。①

淮茗先生虽然指出的是当下戏曲研究缺少通俗性研究这一问题，但该问题同样存在于《三十种》的研究中。应该说，这种号召为当下研究戏曲、研究《三十种》指出了新方向。

除淮茗先生的号召外，之前尚有郑振铎先生与茅盾先生对“通俗性”作了理论上的分析。

上述三位先生均主张从民间、从通俗性角度来研究戏曲，这为我们研究戏曲指明了方向。但这些都还是理论层面的指引，尚缺少具体的指导。之后，有学者提出从通俗性角度来分析《三十种》的某一方面，如王学奇说：

> 徐先生正是在通假字方面有多处犯了以今代古的毛病。②

王先生指出的问题，主要涉及对元曲中出现的新“通假字”这一民间现象我们应该如何看待，这个问题牵涉书写的“通俗性”是否应该经文人之手而“雅化”的问题，是保持原貌还是给予纠正？立场不同、出发点不同、目的不同，都会影响最终校订的结果。这是元杂剧中文字通俗性的处理问题。

之后，有青年学者开始系统研究《三十种》中的俗字、俗词俗语等文字上的通俗化的现象。范晓林博士的论文《〈元刊杂剧三十种〉俗字俗词俗语与版式研究》（山西师范大学，2013年），就是侧重研究《三十种》中的俗字与俗词俗语，对其中的俗字俗词以及俗语做穷尽式的研究。不过，研究的视角则是文字学、词汇学、语用学的视

---

① 淮茗：《民间的力量——从〈乡村戏曲表演与中国现代民众〉说起》，《上海戏剧》2004年第z1期。

② 王学奇：《评〈新校元刊杂剧三十种〉》，《河北师范大学学报》2004年第5期。

角。然而《三十种》是表演艺术资料，所有的研究都应立足戏曲表演这一核心。故而虽词语多有人研究，亦还有研究之必要。

除此之外，还有学者在研究《三十种》性质时，立足通俗性，提出与通俗性相关的一些看法，并在此基础上，明确提出应立足通俗性来研究元杂剧。

小松谦、金文京在《试论〈元刊杂剧三十种〉的版本性质》（黄仕忠译，《文化遗产》2008年第2期）一文中提出《三十种》中的题目具有“广告”性质，是为剧团做宣传而用的。

杜海军在《〈元刊杂剧三十种〉的刻本性质及戏曲史意义》（《艺术百家》2010年第1期）一文中也提出“剧本的广告意识”这一通俗性特征。

包建强、胡成选在《〈元刊杂剧三十种〉的版本及其校勘》（《西北师大学报》2010年第1期）一文中则提出元刊本为“民间通俗演唱脚本”及“校勘元本，必须尊重和保留元本的这些特征：一要尊重元本、保存其原貌；二要少校改、多注释；三是应开辟元本的通俗文艺研究之路”。尤其是“开辟元本的通俗文艺研究之路”，显然是希望元杂剧研究能回归“通俗性”这一本质特征，但对于通俗文艺之路应该如何走，却没有详细的主张。

上述关于《三十种》版本性质研究，无论是主张广告性质，还是主张演唱脚本的性质，都说明学者开始从通俗性的角度来思考《三十种》的版本问题。

综上所述，前人以及当今学者对《三十种》通俗性的研究要么是从理论层面进行宏观论述（如茅盾与郑振铎），要么仅仅是发出号召而已（如淮茗先生），要么集中在语言、刻本性质、广告宣传、俗字俗词俗语等某一领域。这些领域的通俗性研究都是各自为政的，并不发生密切联系，也很少与观演相结合，且有些领域的研究还可以再深入。另外，这些研究都没有提出具体的研究思路与方法。因而，目前尚缺少对通俗性这一特征全面而深入的研究，尤其是没有将“通俗性”与元杂剧的“观演”这一本质特征联系起来。

所以说，目前对于《三十种》通俗性的研究还没有展开全方位的论述，此方面的研究还是零散的，不成体系的，只是散见于其他的论文、著作中，甚至仅仅是提出了号召而已。

但这些研究、号召至少说明学者开始意识到通俗性在元杂剧中的重要作用，一切的研究都应立足通俗性。

三 《元刊杂剧三十种》之通俗性研究

从上述分析中可以看出，目前对《三十种》的研究，学者多主张从通俗性的角度来展开，这为我们研究《三十种》开辟了新路径。但通俗性之路应该如何走，应从哪些方面来细化通俗性的表现，通俗性的审美特征有哪些，《三十种》与明刻元杂剧在通俗性上有何区别等一系列具体的问题尚缺少深入研究。因此，笔者将在已有研究的基础上，对上述问题做深入探讨。具体而言，首先对《三十种》的通俗性作宏观上的构架，其次对通俗性进行微观上的细致研究，在此过程中，将通过爬梳文本、文献佐证、排比归纳等方法力求对《三十种》的通俗性作全面、系统、深入而精准的研究。

宏观上的理论构架主要表现在分析《三十种》通俗性的具体表现，以及探讨《三十种》通俗性特征出现的原因。

首先，分析《三十种》刻本通俗性的表现。由于《三十种》属于通俗文学，因而，呈现在今人面前的《三十种》应该具有通俗文学刻本上的特征，所以，笔者将首先分析《三十种》刻本的通俗性。虽然刻本的通俗性并不同观众的欣赏发生直接而密切的联系，却能从侧面表现出通俗文学的一些特征，而且通俗文学刻本的同音替代、有音无字的借字现象都对阅读《三十种》造成了障碍，因此分析《三十种》刻本的通俗性，有利于我们阅读原文并深刻理解通俗读物的用字现象。这也是率先分析刻本通俗性的原因。

其次，重点分析舞台表演的通俗性。舞台表演内容涵盖了语言、科介、曲子以及通俗化的视角四个方面，这四个方面可以说包含了戏曲表演的“唱、念、做、打”四要素，“唱、念、做、打”所体现出来的通俗性则直接影响着能否吸引住观众，因而“语言、科介、曲子以及通俗化的视角”等方面的通俗性也是重点论述的对象。语言的通俗性主要从方言俗语俗音、多样化的语气词、多样化的摹状词等多个角度来展开论述，以此说明《三十种》的语言具有清新活泼、新鲜不腐的特点，因而深受民众喜爱。科白的通俗性从多样化的宾白与多样化的科介两个方面展开论述，多样化的宾白形式与科介动作，对观众的吸引力是巨大的，这也是杂剧在元代深受欢迎的一个原因。曲子的通俗性主要从曲辞的通俗、曲子的源起、曲子的灵活多变等角度来展开论述，说明不仅曲辞通俗易懂，而且唱腔也通俗，如此才能易于民众接受。通俗化的视角主要表现在对故事情节与人物的处理上，舞台上所敷演的故事在很大程度上影响着观众的去留，因而编剧对故事的处理就显得十分重要了，编剧必须了解民众的心理需求，才能编出民众喜闻乐见的情节，不仅要对情节进行通俗化的处理，而且要对人物尤其是历史人物进行通俗化的处理，因此将从情节与人物的通俗化的处理上来展开论述。

再次，本着没有比较就没有差别的思想，对《三十种》与明刻元杂剧《元曲选》进行语言、视角、曲子等内容在通俗性上的比较，通过比较来凸显《三十种》的通俗性。

最后，在分析了《三十种》通俗性的诸多表现后，进一步分析通俗性特征出现的原因，并反思通俗性与当下戏曲萎靡不振间的关系。

在宏观上建立了通俗性的结构后，进一步则从微观上体现出具体的研究方法与思路。

微观上的细致研究主要表现在穷尽各种通俗性的现象以及对这些现象进行深入分析，并总结、归纳出某种结论。

首先，本着穷尽一切现象的思想来搜集材料。在分析通俗性在某一方面的表现时，均对《三十种》的30个剧本逐一爬梳，力图穷尽某一类的各种现象，并对这些现象进行分类，分类时，注重分类的全面而精细，尽量做到不漏掉任何一个小类，不漏掉任何一种现象，因而，文中不仅大类多，而且小类繁多，比如“刊刻形式的不规范”下细数起来有9类之多。

其次，大量使用排比归纳法，尽量做到“例不十，法不立”。在对某类现象进行分析时，将众多同类材料进行排比，寻找隐藏其中的共性问题，以此来得到某种结论。因此文中在分析时，会出现大量同类例证。

再次，大量使用图表。在分析某一复杂现象及其隐藏的特征时，为了直观体现出论证的过程及结果，文中使用大量图表，将某一现象在30个剧本中的体现用图表方式一一列出，甚至是分析的结果也将以图表的形式列出，以达到简易明了的效果。

最后，论证时，多种方法配合使用。在论证某一观点时，有时需要《三十种》的剧本前后互证，有时需要结合文献进行佐证。另外，在所有的分析中，都紧扣通俗性，从通俗性的角度去看待某一问题，因而，文中会出现一些新的观点。

第一章

刊刻的通俗性

元代刻书有中央刻书、地方刻书、书院刻书以及私宅刻书、坊间刻书等几种。而《三十种》属于坊间刻书，既是坊间刻书，当不如官刻、院刻、家刻之精美，甚至是不规范的。而这种不规范往往表现为刊刻形式的不规范、文字书写的不规范等。基于此，陈红彦说：

> 元刻本《古今杂剧》，误字、漫漶、变形、残损、空缺、墨丁、脱漏、衍文、倒错较多。①

而这种刊刻的不规范，均给后世阅读、校勘《三十种》造成了极大的障碍。

第一节　刊刻形式的不规范

雕版印刷发展到元代已经相当成熟，那么书坊在刊刻时，就应遵循刻书的一些规则，比如标示牌记、刊刻完整、页面清晰无缺文、无墨丁、无脱讹、无特殊符号等。但是，坊间刻本《三十种》却处处违背这些规则，具体表现就是刊刻形式不规范，具有很大的随意性。

一　无牌记

陈红彦先生云：

---

① 陈红彦：《中国版本文化丛书·元本》，江苏古籍出版社 2002 年版，第 187 页。

我国的雕版印刷盛于宋代，宋人在刻书时有时在书的首尾或序后、目录后刻一牌记，用以记录刊印者的姓名、堂号、开雕的时间、地点，甚至所用的底本、书的内容、校勘水平、版权的归属等。①

上述文字说明宋人刻书已注意到牌记的重要性，在刻书时已经在牌记中明确标识与刻书相关的一些信息，如刊刻者、刊刻的时间、地点、版本等相关信息。

至元代，元刻书直承宋刻书，一般均有牌记，即使是元代的坊间刻本，亦有牌记。比如元代坊间刊刻的经史子集类的书籍均有牌记：

国家图书馆收藏的至正十六年（1356）翠岩精舍刻的《广韵》就用一个牌记作为封面，牌记内容为“翠岩精舍 新刊足注明本广韵 校正无误 五音四声切韵图谱详明 至正丙申仲夏绣梓印行”。②

此牌记说明该书刊刻时间为“至正丙申仲夏”，刊刻书坊为“翠岩精舍（建阳刘君佐）”，刊刻底本为“明本（注：指明州本）”，此书坊牌记将刊刻的相关信息交代得很清楚。

而刊刻内容主要集中在“科举应试、生活日用和通俗文艺”三个方面的元代坊间刻本，尤其是通俗文艺读物的优秀刻本也均有牌记。比如元刊平话，元英宗至治年间由建安虞氏刊行，现存五种除《乐毅图齐》牌记缺失外，其余四种均有（见图1-1至图1-4）。以至于黄镇伟先生据此牌记说：

建安虞氏的详情已不可考知，若断其为一家以刊行通俗文学

① 陈红彦：《中国版本文化丛书·元本》，江苏古籍出版社2002年版，第47页。

② 同上书，第48页。

作品为主的书坊当无大误。①

这说明在元代，即使是以刊刻通俗文艺读物为主的建安虞氏书坊，所刊刻的书籍也是有牌记的。另外，元代刊行的另一通俗读物《三分事略》亦有牌记（见图 1-5）。

图 1-1 元刊《三国志平话》

图 1-2 元刊《前汉书平话》

图 1-3 元刊《秦并六国平话》

图 1-4 元刊《武王伐纣平话》

图 1-5 元刊《三分事略》

然而，《三十种》亦为元代坊间刊刻，但三十个剧本均无牌记。

① 黄镇伟：《中国版本文化丛书·坊刻本》，江苏古籍出版社 2002 年版，第 35 页。

除《三十种》没有牌记外，元刊本《元典章》亦无牌记：

> 该本前后不附任何序跋，既不详编纂者姓名，亦不悉刊刻之确切时间。元代著作也未提及该书。①

元刊本《元典章》同《三十种》一样，均属坊间刻本，行文中均有当时方言俚语、口语、蒙古语，而《元典章》还有文言、蒙古语硬译体等各种语体，但两者均没有标识牌记，以至于后人无法详释其刊刻相关信息。

从《三十种》与《元典章》均无牌记而元刊平话其中四种均有牌记的比较中，大致可以得出《三十种》无牌记的客观原因：一是所刊对象为元代当代新出现的通俗读物；二是此通俗读物中夹杂有元代大量的方言俚语、口语、蒙古语音译等通俗语言。

由于古代文人"厚古薄今"的思想，"当代"出现的新兴文体往往不受重视，甚至遭到鄙视，这就导致"当代"出现的新文体新作品在刊刻时官方、私人均不愿刊印，就连以刊刻通俗文艺为主的书坊，在刊刻时也是"偷偷摸摸"，不愿意署自己的牌记，怕会招来士大夫之流的鄙视。但新兴文体在民间又确实受欢迎，所以，为了盈利，书坊主人就迎合市民百姓的需求，在最短的时间内将这些需要的读本迅速刊印，迅速印刷，迅速销售，迅速获利，至于刊刻的质量，由于市民本身也不苛求，只求能大致了解故事的来龙去脉即可，书坊正好不需要花钱找名家校勘。这正与当今的盗版书相类似，盗版书籍质量差，但依然很有市场，就在于买方图便宜，而卖方因校勘不到位而花费少，故能满足买方贪图便宜之需。从这个意义上说，《三十种》很可能就是元代的盗版图书或三无产品。正因为是盗版或三无产品，书坊也深知自己刊刻的读本质量太差，怕影响声誉，故不敢亦不愿在刊本中标注书坊的牌记。当然也不排除《三十种》或为当时不入流的书坊随时刊刻一些流行读物来牟利的可能，所以，《三十种》中所谓的"古杭新刊"、"大都新刊"

① 张金铣：《〈元典章〉研究综述》，《古籍整理研究学刊》2010年第4期。

都是盗用“杭州”、“大都”之名的，不足为信。

至于元刊平话其中四种均有牌记，这亦不难理解。从接受学的角度来说，人们对新生事物的接受是有一定过程的，是需要一定时间的。话本出现在宋代，即使宋人不接受，但经历一个漫长的历史时期，到元代，元人已经完全接受这种文体并且还很欣赏它，而且在元人看来，前代遗留下的话本形式就算是艺术了，而宋人话本也就是古籍了。所以，虽然同为通俗读物，但宋话本在元人看来，已属古籍之列，所以元刊平话五种均有牌记。

但《三十种》就不同了。虽然成熟的杂剧出现在元代，但元人（主要是士大夫之流的传统文人）还没有完全接受这种文体进而使其上升到与诗词并列的地位，所以，元人刊刻的杂剧，由于大家普遍不重视，地位不高，再加上“戏无定本”的特点，刊刻杂剧的书坊不敢亦不愿署自己书坊的牌记。这也是元人杂剧在元代的刊刻鲜有传本，而到明代，明人抄写、刊刻元人杂剧却异常繁荣的原因。

所以说，出现于元代的俗本读物，或案牍公文等，由于其“时效性”比较短，若仔细校勘，以营利为目的的书坊担心刚校好，还没刊刻，就已经不流行了，因而，书坊在刊刻时，为节省时间与费用，并不找名家来校勘，而是直接拿来刊印，这就使这些通俗读物的原貌（比如，其中夹杂的元代大量的方言俚语、口语、蒙古语音译等特征）得以保留，最终呈现在观众面前的是粗糙的读物，正因其粗糙，所以，书坊在刊刻时，往往都不大愿意标注牌记。

二 缺文

《三十种》刊刻的不规范还表现在《三十种》有大量的“缺文”现象。

此处的“缺文”指因漏刻而形成的空白，有别于传统意义上的“脱文、夺文”。“脱文”、“夺文”的存在并不影响书叶的美观，因为这种现象在页面上并不形成空白，它只是古籍在传抄、刊刻过程中文字脱落的现象，一眼望去，并不能发现，需要仔细审读文句才能发现。而“缺文”则是本该有文字的地方却没有文字，一眼即可判断。所以，“缺文”的存在，最直观的画面就是书叶有面积大小不等的空白，从而影响书叶的美观。

《三十种》的缺文比较严重，少则缺一两个字，多则缺整页文字，不仅影响书叶的美观，而且给读者的阅读造成严重障碍。缺文严重，不能不说是《三十种》刊刻不规范的表现。

表 1-1　《三十种》缺文统计一览表

剧目	缺页数量	缺字数	缺字详述	备注
单刀会	2 处约 1/2 页的空白	约 192 字	第三折［柳青娘］以下每首曲子都有缺文（96 字），形成 1/2 页空白；第四折从起始处的科白至［雁儿落］每首曲子均有部分缺文（96 字）亦形成约 1/2 页空白	有《脉望馆》抄本可校补部分缺文，但第三折［道和］曲 25 字、第四折起始科白十余字、［风入松］13 字无从校补
任风子	1 处约 1/2 页的空白	约 79 字	第二折［滚绣球］［呆古朵］形成约 1/2 页的空白	虽有明抄本、明刻本，能校补部分缺文，但元本与明本不尽相同，［呆骨朵］所缺 27 字、科白缺字无从校补
老生儿	1 小块空白	4 字	第三折［斗鹌鹑］曲文缺 2 字，［紫花儿序］曲牌名缺“花儿”2 字	有元本、明刻本，校补易
东窗事犯	5 处部分空白页，其中两处空白面积较大	约 76 字	第一折［端正好］曲有部分缺文，形成部分空白页（10 字）；第二折［耍孩儿］曲有部分缺文，形成部分空白页（5 字）；第四折［滚绣球］、［倘秀才］、［叨叨令］、［倘秀才］、［滚绣球］连续 5 支曲子都有缺文，造成 2 处部分空白页（约 56 字）；第四折［后庭花］、［柳叶儿］零星缺字（5 字）	本剧只有元刊本，所缺之字只能据文意或其他剧目相关语词来校补
霍光鬼谏	2 处上半列空白	约 15 字	第一折［混江龙］曲有部分缺文，形成 2 个上半列空白	本剧只有元刊本，故所缺之字无从校补
范张鸡黍	3 页半，其中有 3 页无任何文字	约 646 字	第一折最后一曲直至第二折［牧羊关］曲连缺两页（381 字）；第二折隔页又缺 1 页（212 字）；第二折尾曲有 4 个半列（下半列）空白（31 字）；第三折［集贤宾］曲起始处有半列（下半列）空白（7 字），形成部分空白页；第三折［挂金索］缺多半列（15 字）	缺页最为严重。缺页之字徐沁君先生据明郭勋《雍熙乐府》本补

续表

剧目	缺页数量	缺字数	缺字详述	备注
博望烧屯	1小块空白	3字	第二折［菩萨梁州］曲文缺3字	有明本可校补，但明本比元本少了很多曲子
张千替杀妻	5处半列（中半列）	约22字	第二折［滚绣球］（5字）与［倘秀才］（11字）曲形成部分空白页；第三折［粉蝶儿］（6字）曲有部分缺文	因本剧只有元刊本，［粉蝶儿］其中四字无从校补。其他缺字则据文意补，或据后人补本而补
焚儿救母	零星缺字	约10字	第一折部分曲子偶缺一两个字	虽只有元刊本，但所缺字少，且缺字不连文，故校补易

从表1-1中可以看出，《三十种》中九剧有缺文，且缺文程度不一，少者四字，多者达数百字。这些缺文要么在页面上留下面积大小不等的空白，要么留下整页空白而无任何文字，这都严重破坏了书叶的美观，并且让读者不得不对其刊印的质量产生怀疑。所以说，“缺文”的存在也是《三十种》刊刻不规范的表现。

三　墨丁与圈符

（一）墨丁

《三十种》刊刻不规范的另一表现是有一部分墨丁。墨丁指在该出现文字的地方却出现一块四方形的墨块。

表1-2　《三十种》墨丁一览表

剧目	墨丁数量	墨丁所覆盖字数	墨丁详述
遇上皇	2处	4字（各覆盖2字）	第二折［尾］曲中有两处墨丁
赵氏孤儿	3处	3字（各覆盖1字）	第二折［煞尾］一处、第四折［尧民歌］［耍孩儿］各一处墨丁
汗衫记	2处	3字（［紫花儿序］中覆盖2字；［天净沙］中覆盖1字）	第二折［紫花儿序］一处、第二折［天净沙］一处
竹叶舟	2处	3字（［醉中天］中覆盖1字；［折桂令］中覆盖2字）	第一折［醉中天］一处、第二折［折桂令］一处
博望烧屯	1处	1字	第二折［梁州］一处
合计	10处	14字	

从表 1-2 中可以看出，虽然墨丁的数量不多，但多少使得书叶不美观，同时也给读者的阅读造成了障碍。其实，对于误刻之字，宋人已有活字印刷技术，元人完全可用活字印刷技术来随时换掉误刻或不需要的汉字，然而《三十种》的刻工不知何故，竟没有挖改这些墨丁，以至于最终在页面上留下一个个黑块，不仅影响书叶的美观，还给阅读造成一定程度的障碍。

（二）圈符

《三十种》刊刻不规范的另一表现是剧本中多处有圈符。圈符指本该出现文字的地方却出现了代替文字的圆形符号。这些圈符同“缺文”、“墨丁”一样，一方面影响书叶的美观，另一方面也影响读者对文意的理解。

表 1-3　　《三十种》圈符一览表

剧目	圈符数量	圈符详例	圈符之意义
冤家债主	2 个	第四折［斗鹌鹑］“谁不奉一人○○”	代“圣旨”
陈抟高卧	1 个	第二折［带赞钟煞］“虽然圣○紧”	代“旨”
气英布	2 个	第二折［一枝花］“抵多少不钦奉皇○宣”[1] 第二折［收尾］“谁待将您那没道理的君王他那圣○来等”[2]	代“帝” 代“旨”
衣锦还乡	8 个	第一折科白“官里○○宣微臣定夺诸将功劳” 第二折：［牧羊关］“那壁是○○难推怨，微臣这壁官差不自由” 第二折［幺篇］“见他：懒懒的开○○” 第四折［收江南］“怎敢和大唐○○做对门家”	代“圣旨”、“天子”
火烧介子推	7 个	第二折科白“奉官里○○，皇后○○” 第二折［四块玉］“竹节也似圣○催怎敢迟留” 第三折［迎仙客］“皆因吕用公奉官里圣○所逼” 第四折［寨儿令］“做皇○一头放水，一头放火”	代“圣旨”、“懿旨”、“旨”、“帝”等字

续表

剧目	圈符数量	圈符详例	圈符之意义
东窗事犯	4个	第一折［赚煞］“杀了岳飞、岳云、张宪三人○。陛下！你便似砍折条擎天驾海紫金梁”（○前后的曲文科白紧密相连） 第三折［楔子］“这其间天昏日晚，直引鬼门关○闪下” 第三折［秃厮儿］“臣望写黄阁千年○不朽，标青史万代名留” 第四折［滚绣球］“抵多少远在儿孙近在身。唬○谩神”	第一个○前为科白，后为唱词，第二个相反，所以○疑为分开科白与唱词的符号。第四个当代“鬼”
霍光鬼谏	2个	第一折［幺篇］正末云：“昌邑王，新君○○：免你死罪，封为海昏侯”	代“圣旨”
七里滩	6个	第三折科白“他如今做了中兴○○……好一个圣明的皇○” 第四折科白“○则想在昨都外相见之后”（○前后的曲文与科白隔一字空白） 第四折［乔牌儿］“不由我见景生情，睹物伤怀。○俺那七里滩，好过这景致”（○前后的曲文与科白隔一字空白） 第四折［折桂令］则那的便是人才。○敢也不敢？中也不中？我问您咱（○前后的曲文与科白紧密相连）	第三折中代“皇帝”、“帝”。第四折中疑为分开唱词与科白的符号，○前为唱词，后为科白
周公摄政	1个	第三折［小桃红］“第二来现佐着当今皇○”	代“帝”字
博望烧屯	3个	第一折［混江龙］“既然一年中来谒三番，兼此人有皇○分” 第一折［后庭花］“可惜刚做得三年皇○” 第四折［尧民歌］“有真命皇○，咱弟兄厮守”	代“帝”字
合计	36个		

注：［1］宁希元：“皇帝，讳作‘皇○’。”① 徐沁君：“钦奉皇命宣，‘命’字原作一圆圈。今补。臧本作‘帝主宣’”。② 今从宁说代“帝”，不从徐说。

［2］宁希元：“圣旨，原本讳作‘圣○’，今补。”③ 徐沁君：“圣明，‘明’字原无，作一圆圈。据臧本补。”④ 今从宁说代“旨”，不从徐说。

---

① 宁希元：《元刊杂剧三十种新校》（上册），兰州大学出版社1988年版，第182页校记⑳。

② 徐沁君：《新校元刊杂剧三十种》（上册），中华书局1980年版，第298页校记［二］。

③ 宁希元：《元刊杂剧三十种新校》（上册），兰州大学出版社1988年版，第183页校记㉙。

④ 徐沁君：《新校元刊杂剧三十种》（上册），中华书局1980年版，第300页校记［一八］。

从表 1-3 中可以看出，《三十种》中圈符的数量还是不少的，表中有相当一部分的圈符是代替"圣旨"、"懿旨"、"皇帝"、"旨"、"帝"等字的，有一处是代"天子"的，一处是代"鬼"字的，有五处疑为分开唱词与科白，一处作用不明。关于这些圈符的作用，徐、宁二位先生均有说明。

徐先生在《冤家债主》第四折校记"谁不奉一人圣慈"条中说：

>……"圣慈"原作二圆圈。"圣慈"二字据息、臧本补。按：二圆圈疑当作"圣旨"二字。元刊本狄君厚《介子推》第二折，遇有"圣旨"、"懿旨"等字样，均以二圆圈表示之。①

宁先生也在该剧第四折校记"赛五岳灵神，谁不奉一人圣旨"条中说：

>元人写书，凡遇"皇帝"、"圣旨"字样，或二文全讳作"〇〇"，或偏讳，下字作"皇〇"、"圣〇"。《元史·孛术鲁翀传》叙文宗时，帝祀天地、社稷、宗庙，翀为礼仪使，详纪仪节于笏："遇至尊不敢直书，必识以两圈。帝偶取笏视，曰：'此为皇帝字乎?'因大笑，以笏还翀。"又，《介子推》第二折于"圣旨"、"懿旨"诸字，或识以双圈，或写作"圣〇"，皆可为证。②

两位先生都认为"〇〇"、"〇"代表"圣旨"、"懿旨"、"皇帝"等，宁先生更是直言如此代写的目的是避皇帝之"讳"，并且引用文献来说明，似乎很有道理。

但是，上述"天子"、"圣旨"、"皇帝"等词语，在《三十种》

---

① 徐沁君：《新校元刊杂剧三十种》（上册），中华书局 1980 年版，第 186 页校记[四]。

② 宁希元：《元刊杂剧三十种新校》（上册），兰州大学出版社 1988 年版，第 115 页校记㊺。

中也有不避而直书之例：

“天子”一词，在《三十种》中出现有50多次，唯有《衣锦还乡》第四折“怎敢和大唐天子做对门家”中“天子”识以双圈（见表1-3），其余各剧皆直书为“天子”。值得深思的是，《衣锦还乡》中除“大唐天子”中“天子”两字识以双圈外，在第一折中，“天子”尚出现五次，但均直书以“天子”而不以圈符代之，如［混江龙］“圣明天子百灵扶”、［醉中天］“天子交微臣坐都堂食君禄”、［那吒令］“元赖着圣天子有齐天洪福”、［鹊踏枝］“托赖着圣明天子”、［赚煞尾］“你怎能够一封天子召贤书”。由此可见，双圈符是不大可能避“天子”一词的。

《三十种》中“圣旨”、“皇帝”两词亦可以直书。

表1-4 《三十种》直书“圣旨”一词一览表

剧目	数量	直书“圣旨”一词例
火烧介子推	1处	第二折［骂玉郎］“是君王传的圣旨，丽后定的见识，贼子施的机彀”
霍光鬼谏	1处	第二折科白中“正末骑竹马上，开：奉官里圣旨，差老夫五南采访”
周公摄政	1处	第一折［幺篇］“这剑斩不臣，夷背逆，诛谗佞。圣旨道无銮驾如朕亲行”
东窗事犯	1处	第一折楔子“欲起军去，不见圣旨到来”
合计	4处	

表1-5 《三十种》直书“皇帝”一词一览表

剧目	数量	直书“皇帝”一词例
西蜀梦	1处	第一折［点绛唇］“能勾做大蜀皇帝，非容易”
赵氏孤儿	1处	第四折［尾］“欲报俺横亡的父母恩，托赖着圣明皇帝福”
贬夜郎	1处	第三折［石榴花］“知他那埚儿醉倒唐皇帝”
合计	3处	

从表1-3、表1-4、表1-5可以看出，有些剧中又不以圈符代“圣旨”、“皇帝”一词。比如“圣旨”一词，在《火烧介子推》中有五处都是代“圣旨”、“旨”或“帝”字的，有一处是直书的；在

《霍光鬼谏》中，有一处是以双圈代替的，有一处是直书的。这就说明在同一剧中，以圈符代之，还是直书“圣旨”，是具有很大随意性的。所以很难说双圈符是为了避“圣旨”二字的。“皇帝”一词，在有的剧中以圈符代之，有的剧中则直书，也很难下结论说双圈符是为了避“皇帝”一词的。

而且，《东窗事犯》与《七里滩》中，圈符似有别的作用。尤其是《东窗事犯》第四折［滚绣球］“抵多少远在儿孙近在身。唬○谩神。”中的“○”显然代“鬼”字，难道“鬼”也要避讳吗？而其余的“○”似乎不代任何字，只是为了隔开唱词与科白。

所以，综观表1-3至表1-5对圈符、“圣旨”一词直书、“皇帝”一词直书情况的统计、分析，以及对“天子”一词直书情况的叙述来看，宁希元先生所主张的“圈符是为了避‘圣旨’、‘懿旨’、‘皇帝’”的说法，值得商榷。

而且，元代刻书不行避讳，这是众所周知的。陈垣在《史讳举例》中谈到“元讳例”时说：

> 避讳之繁，至宋金而极，至元则反之，廿二史札记廿九有元帝后皆不讳名一条。一部元史，惟程讵夫传言：“讵夫名文海，避武宗庙讳，以字行。”余无所见。讵夫盖生宋世，犹习宋人之遗风。①

陈红彦在讲到“元代刻书的特点”时，也专门提到“元刻的另一个显著特征是不行避讳”② 这一点。这都说明终元朝一代，均不行避讳。

宁希元先生引用的孛术鲁翀用“○○”代“皇帝”一例，来说明“○○”为避讳符号，不足为据。因为孛术鲁翀为金代贵族，金代避讳之风甚盛，《史讳举例·辽金讳例》中说：

---

① 陈垣：《史讳举例》，科学出版社1958年版，第162页。

② 陈红彦：《中国版本文化丛书·元本》，江苏古籍出版社2002年版，第31页。

不过金自灭辽而后，与宋人接触频繁，适当宋人避讳极盛之时，故金亦受其熏染，其避讳遂比辽为盛。①

由金入宋的孛术鲁翀还保留金人避讳习俗，再加上他十分仰慕汉民族文化，在元朝又受到极大的尊敬与待遇，所以，为了表示对元代皇帝的尊敬，他就借用汉人用“空字”避讳的形式来表示对元朝皇帝的感恩，但元朝本不行避讳，所以，在元文宗偶尔翻阅其笏板，发现“○○”符号时，甚为惊讶，以至于问“此为皇帝字乎？”从元文宗的反应可以看出，元朝皇帝对汉人这种以“○○”来代替“皇帝”一词的做法并不熟悉，否则也不会向臣子发问，并进而大笑之了。所以，陈红彦在提到程钜夫（名文海），为避元武宗之名“海山”而以字行时说：

他（程钜夫）用避讳，一是宋代人的积习难改，二是借此机会，表示深受元人恩宠的尊重，甚至是阿谀。②

孛术鲁翀的避讳，不敢说是阿谀，但至少能说明他“金人避讳之积习难改”，然一人避讳，不代表元人都避讳。

所以，《三十种》的“○○”，其作用并不是用来避讳的。那么，《三十种》中“○○”有何作用？

《三十种》属于坊间刻本，坊刻本的特点之一就是简体字盛行，甚至用笔画少的字来代替笔画繁多的字。《三十种》就经常用“人、一”等字来随意代替笔画繁复的汉字，所以徐沁君先生说：

元本遇笔划繁复的字，往往用“人”、“一”等字代替。③

---

① 陈垣：《史讳举例》，科学出版社1958年版，第158页。

② 陈红彦：《中国版本文化丛书·元本》，江苏古籍出版社2002年版，第32页。

③ 徐沁君：《新校元刊杂剧三十种》（下册），中华书局1980年版，第758页校记［一七］。

既然《三十种》已有用简笔代繁复之字之惯例，而古人亦有以“方框”避讳之俗与以圈符避“皇帝”之讳的先例，《三十种》就可以将此三者“合三为一”，最终出现用圈符代替“圣旨”、“懿旨”、“皇帝”等做法，但这样做的目的并非避讳，而是元时坊间本为求速成，虽已不行避讳，但刻工在刊刻时，还是识以圈符来代替，这样可以节省刻工不少时间。

用圈符来代替事物之名以求简易之法，元人已有文献记录，元人吴澄《易纂言外翼》卷七：

> 故传写洛书与河图，通作圆圈，取其省易也。如后世以隶书代篆，以掷钱代蓍之类，亦取省易云尔。①

可见，古人已用圆圈来代《洛书》与《河图》，目的就是“取其省易也”。这也更能印证《三十种》的“○○”亦为“取其省易也”。

如此一来，《三十种》中出现以“○○”代“圣旨”、“懿旨”、“皇帝”等情况，并不是元人为了避讳，而是坊间刻本为追求刊刻简便而借用“○○”来达到“取其省易”之目的。但是，由于《三十种》属于坊间刻本，所以，在刊刻时，并不严格遵守这一规定，这也是同一剧中同是“圣旨”二字，有的用圈符代写，有的却不用而直书的原因。

综上，《三十种》中圈符的作用大致有二：一为为求刊刻简易而代替笔画繁多的“圣旨”、“懿旨”、“皇帝”等字，甚至代“鬼”字，然而《三十种》是坊间刻本，有时并不严格遵守这一做法，因而这些字有时也可以直书而不用圈符代替；二为隔开唱词与科白。唯有《东窗事犯》第三折［秃厮儿］“臣望写黄阁千年○不朽，标青史万代名留”中的“○”不知何意。

① （元）吴澄：《易纂言外翼》，文渊阁四库全书影印本第22册（经部·易类），上海古籍出版社2003年版，第674页。

四 残字与漫漶

（一）残字

《三十种》中既然有大量的“缺文”，那“残字”自然是避免不了了。“残字”与“缺文”本质是一样的，只是“残字”还残存部分形体，读者可根据部分形体大致推测该字原形。《三十种》有不少“残字”，而这些“残字”给读者的阅读带来不同程度的障碍。

表 1-6 《三十种》“残字”与“漫漶”一览表

剧目	残字数量	漫漶字数	整本字迹模糊程度（按程度分轻、重、严重）	备注：覆刻本残字、漫漶之字或以空缺代之，或保持残字、漫漶之字原貌，或臆改
西蜀梦	20个	无	轻	只有元刊本
拜月亭	6个	无	重，但可辨	只有元刊本
单刀会	10个	1个	重，但可辨	尚有明赵琦美抄本，故可校。此剧尚有大量缺文
调风月	1个	无	轻	只有元刊本（写定本以文意改）
遇上皇	3个	无	轻	尚有明赵琦美抄本，故可校
疏者下船	5个	7个	轻	尚有明抄本、刻本可补
冤家债主	1个	无	轻	虽有明刻本，但曲文不尽相同，此处难以据明本校补
陈抟高卧	2个	无	轻	尚有明刻本四种，可补
三度任风子	4个	20个	重，整本不清，但可辨	尚有明抄本与明刻本，可补
天赐老生儿	6个	无	轻	有明刻本两种
三夺槊	无	无	重，整本不清，但可辨	只有元刊本
气英布	无	无	轻	有元刊本与明刻本
赵氏孤儿	无	无	轻	有元刊本与明刻本
紫云亭	无	无	轻	只有元刊本
汗衫记	12个	3个	重，整本不清，但可辨	尚有明抄本、明刻本
衣锦还乡	6个	无	轻	尚有明刻本，但元本明本颇有出入
魔合罗	1个	无	轻	尚有明本，二者情节很少出入
贬夜郎	2个	1个	轻	只有元刊本
借铁拐李还魂	无	无	轻，字号大，易辨	有元本与明本，二者无甚出入

续表

剧目	残字数量	漫漶字数	整本字迹模糊程度（按程度分轻、重、严重）	备注：覆刻本残字、漫漶之字或以空缺代之，或保持残字、漫漶之字原貌，或臆改
火烧介子推	9个	8个	严重，第一折1/3页字迹墨淡无痕，难以辨认	只有元刊本
东窗事犯	7个	无	轻	只有元刊本
霍光鬼谏	3个	无	轻	只有元刊本
范张鸡黍	9个	1个	轻，字号大，易辨，整本字迹清楚	尚有明本三种
垂钓七里滩	1个	3个	轻	只有元刊本
周公摄政	3个	6个	轻	只有元刊本
月夜追韩信	6个	3个	重，尚可辨认	只有元刊本
悟道竹叶舟	3个	约30个	严重，部分字难以辨别	尚有明本
博望烧屯	6个	无	轻	尚有明抄本
张千替杀妻	8个	无	轻，字号大，易辨	只有元刊本
焚儿救母	3个	1个	轻，字号大，易辨	只有元刊本
合计	137个	约84个		

从表1-6中，我们可以看出，《三十种》除了《三夺槊》、《气英布》、《赵氏孤儿》、《紫云亭》、《借铁拐李还魂》五剧外，其余均有残字，残字数量多少不一，或残一字，或残20字，总计残字为137个。这些残字，严重影响了后人阅读与校勘，对于这些残字，覆刻本或空缺，或保持原貌，或臆改；而之后的郑振铎、卢冀野、隋树森、王季思、郑骞、徐沁君、宁希元等学者在处理这些残字的时候，由于所据不同，对部分残字的写定结果也不同，尤其是只有元刊本的剧目，写定的结果更是差异甚大。

（二）漫漶

《三十种》尚有一不规范的刊刻现象，那就是“漫漶”。文字“漫漶”虽然还略有痕迹，但字迹难以辨别，所以，“漫漶”与“残字”一样，也严重影响了读者的阅读，造成的结果跟“残字”也是一样的，使得学者的写定结果多种多样。

表1-6所统计的“漫漶”均为严重“漫漶”者，即造成字迹难

以辨认的“漫漶”情况。根据表1-6所统计的《三十种》的“严重漫漶”情况有12个剧本，“漫漶”之字约84个。但实际上《三十种》的“漫漶”情况要比统计的严重，因为还有相当一部分的“漫漶”之字尚可辨认，或虽字迹模糊不清，但有明本来参考，也可大致辨认，而这种“漫漶”均不在统计之列。比如《汗衫记》表1-6统计“漫漶”之字为12个，但第二折有一页字迹淡化似无墨迹，辨认比较困难，幸而有明本可助辨认，这都不在统计之列。

“漫漶”导致的直观结果就是字迹不清，形成字迹不清的原因不只是“漫漶”，也有字的痕迹轻淡的原因，关于《三十种》字迹模糊程度的情况在表1-6中也有反映。

雕版印刷“漫漶”形成的原因大致有三：一是纸张粗劣；二是印刷所用的墨汁粗劣，如明清两代许多刊印者为了降低成本，不再像宋代用松碳油墨汁，甚至用面粉和煤粉掺入其间印制；三是刻板的质量粗劣，没用枣木板、梨木板，而用质地松软的其他木材。对于《三十种》来说，无论哪种原因形成的“漫漶”，都说明《三十种》所代表的元杂剧在当时是不受官方重视的，所以坊间刻本在刊刻的过程中为了降低成本，以次充好，才导致“漫漶”在《三十种》中到处存在。

五　脱文与衍文

《三十种》中除上述几种情况外，尚有大量的“脱文”、“衍文”，即“脱落文字”与“增衍文字”的情况。以下是据徐沁君校本所统计的“脱文”、“衍文”情况。

表1-7　　《三十种》脱文与衍文一览表

剧目	脱文字数	衍文字数	备注：部分脱文、衍文情况说明
西蜀梦	5字	4字	
拜月亭	7字	2字	多为科白脱文
单刀会	37字	30字	其中有两句脱30字；曲文三句衍29字
调风月	17字	2字	
遇上皇	7字	无	

续表

剧目	脱文字数	衍文字数	备注：部分脱文、衍文情况说明
疏者下船	37 字	2 字	徐本认为衍“了”字，宁本不衍，反以为当脱一“休”字
冤家债主	24 字	4 字	
陈抟高卧	22 字	2 字	
三度任风子	24 字	1 字	
天赐老生儿	12 字	2 字	
三夺槊	18 字	4 字	
气英布	10 字	2 字	
赵氏孤儿	11 字	1 字	其中两处脱落曲牌名，共计 6 字
紫云亭	249 字	4 字	其中第二折缺［一枝花］、［梁州第七］、［骂玉郎］及［感皇恩］之上半曲①，缺字共计 232 字
汗衫记	15 字	无	
衣锦还乡	21 字	3 字	
智勘魔合罗	72 字	5 字	其中第四折［中吕］［粉蝶儿］曲文缺 53 字②
贬夜郎	19 字	2 字	
借铁拐李还魂	89 字	5 字	其中科白脱字较多
火烧介子推	16 字	10 字	
东窗事犯	17 字	2 字	
霍光鬼谏	15 字	1 字	
范张鸡黍	50 字	16 字	
七里滩	20 字	1 字	
周公摄政	9 字	1 字	
追韩信	11 字	4 字	
悟道竹叶舟	21 字	12 字	
博望烧屯	18	无	
张千替杀妻	28 字	13 字	
焚儿救母	40 字	8 字	
合计	941 字	143 字	

① 徐沁君：《新校元刊杂剧三十种》（上册），中华书局 1980 年版，第 339 页校记［一］。

② 徐沁君：《新校元刊杂剧三十种》（下册），中华书局 1980 年版，第 432 页校记［一］。

从表 1-7 中可看出，《三十种》每一剧都有“脱文”，“脱文”字数为 5—249 字。“衍文”的字数相对来说比较少，一般为 0—30 字。从最后的合计数量上来看，“脱文”的情况远比“衍文”严重。

六 重文符号的运用

除上述几种情况外，刊刻不规范还表现在对重文符号的大量运用上，《三十种》30 个剧本均有重文符号，寡者重两三字，多者重数十字。《三十种》的重文符号所重之字，可以是重一个字，也可以是重两个字，甚至是重多个字，重文符号主要使用“=、又、ミ、亅”等四种，前三个主要用于重一字两字者，而后一个多用于重三字及三字以上者。这些重文符号的大量使用，主要是为达到文字书写上的“省易”之目的：省时、省墨、省纸张。

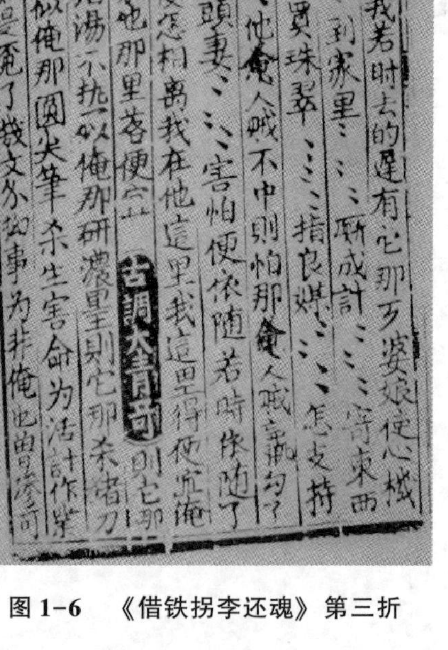

图 1-6 《借铁拐李还魂》第三折

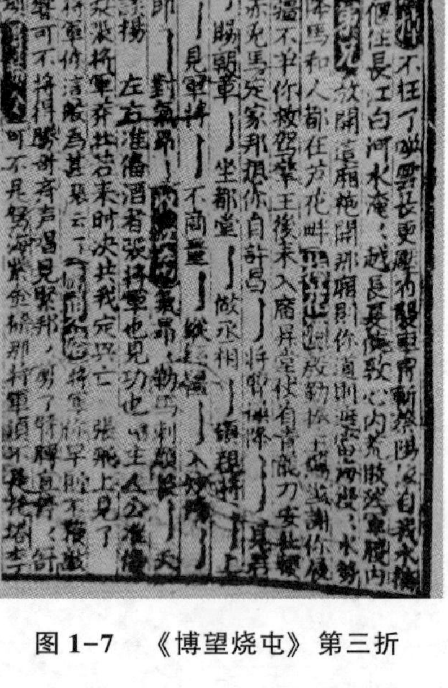

图 1-7 《博望烧屯》第三折

（一）重一字者

多用“=”、“ミ”、“又”这三种符号，表示重复前一个字：

《调风月》第三折：【拙鲁速】……时下且口ㄟ声ㄟ，战ㄟ兢＝，袅＝停＝，坐＝行又；有一日孤＝零ㄟ，冷＝清＝，咽＝哽ㄟ，觑着你个拖汉精！

《替杀妻》第一折楔子（正末云：）哥又既是不嫌贫呵！

（二）重两字者

多用两个“ㄟ”重文符号，表示重复前两个字：

《单刀会》第三折：【道和】我斟量，我斟量，东吴子敬有谋量。□□□，把咱ㄟㄟ无谦让，把咱ㄟㄟ闲魔障。……交他ㄟㄟ精神丧，绮罗丛血水似镬汤。……杀的死尸骸屯满ㄟㄟ汉阳江。

（三）重三字者

多用三个“ㄟ”重文符号或用一“一一”（元刊本因竖排，故此符号为竖立样⌇），表示重复前三个字：

《借铁拐李还魂》第三折：【梅花酒】我若是去的迟，有他那歹婆娘使心机，ㄟㄟㄟ到家里，ㄟㄟㄟ厮成计，ㄟㄟㄟ寄东西，ㄟㄟㄟ买珠翠，ㄟㄟㄟ指良媒，ㄟㄟㄟ怎支持，ㄟㄟㄟ他杀人贼！（见图1-6）

《博望烧屯》第三折：【梅花酒】……想你自许昌，一将曹操降，一见君王，一赐朝章，一坐都堂，一做丞相，一领亲将，一上高冈，一见军将，一不商量，一纵丝缰，一入沙场，一对儿郎，一气昂ㄟ。（见图1-7）

（四）重一句者

多用“ㄟㄟㄟ一”重复符号来表示：

《单刀会》第二折：【叨叨令】……您索与他死去也末哥！ㄟㄟㄟ一！那一柄青龙刀落处都多透！

“ミミミ一”此组符号表示重复前一句“您索与他死去也末哥”，但具体重复哪几个字不同的学者有不同的理解：此曲中的重文符号是两种形式的混合，很难断定到底重了前面几个字，徐沁君先生与宁希元先生都认为是重了“索与他死去也末哥”8个字，而郑骞先生认为是重复了前一句“您索与他死去也末哥”9个字，实际上根据重文句语气十分连贯的特点，此处亦可认定为重复“与他死去也末哥”7个字，因为加上“索”或“您索”后，在阅读与演唱时均出现语气上的停顿，而这不符合重文语气需十分连贯的特点。人们对这种混合型重文符号所重字数之所以会有不同的理解，皆因“一”所重字数不定。

以上是《三十种》刊刻形式不规范的几种情况，这几种不规范都造成校勘、阅读方面的障碍，在刊印过程中是要摒弃的，或在刊印时，对其用法加以规范与说明。

第二节 文字书写的不规范

远在秦汉时期，人们就被要求写规范字。许慎在《说文解字·叙》中说：

> 秦始皇帝初兼天下，丞相李斯乃奏同之，罢其不与秦文合者。……尉律：……书或不正，辄举劾之。[①]

说明秦朝初年，用秦国文字统一六国文字；而汉初更为严厉，对于书写错字的官员，竟予以弹劾。西汉初年郎中令石建向朝廷呈奏，将“马”字下部五笔少写了一笔，怕武帝责罚，整日惶恐的故事就是在此种情况下发生的，幸而武帝之后并未提及此事。这也说明秦汉时就已经开始规范汉字，不得书写不规范的文字。

虽然汉初对书写不正者弹劾，但到了东汉许慎写《说文》时，已

① 汤可敬：《说文解字今释》（下册），岳麓书社2002年版，第2170—2172页。

经少有人严格按照规范字来写了，所以许慎在《说文解字·叙》中说：

今虽有尉律，不课；小学，不修。莫达其说久矣。①

可见，汉初的尉令到了东汉，形同虚设，大家已开始写不规范的汉字。之后魏晋南北朝，由于政权不统一，各种俗体、讹体得以大行天下。在唐王朝一统天下后，文字的规范则显得十分迫切，于是出现规范字体的各种“字样”书，如颜师古的《字样》、杜延业的《群书新定字样》、颜元孙的《干禄字书》，及至后来北宋郭忠恕的《佩觿》，都是为规范汉字而出现的。元代由于是蒙古人统治，元初创制蒙古文字八思巴文，汉语被置于次要地位，再加上元朝统治者一度废除科举考试，这都使得汉字失去约束，尤其是在俗文学领域，各种不规范的文字频频出现。

后人将这种不规范的文字多称作“误字”、“俗字”。张涌泉说：

凡是区别于正字的异体字，都可以认为是俗字。俗字可以是简化字，也可以是繁化字，可以是后起字，也可以是古体字。②

张先生所说的四种“俗字”在《三十种》中均有所体现。以下是《三十种》中不规范文字的几种情况。

一　错讹之字

文字书写不规范的主要表现就是写“错别字”，这应是书写中最忌讳的。但《三十种》中错讹之字却遍布每一剧。

（一）“题头”、“题尾”的错讹之字

错讹之字虽说在《三十种》中随处可见，但是错讹之字能出现在

① 汤可敬：《说文解字今释》（下册），岳麓书社 2002 年版，第 2172 页。
② 张涌泉：《汉语俗字研究》（增订本），商务印书馆 2010 年版，第 6 页。

具有广告性质、招揽生意的“题头”、“题尾”上，这在典籍中还是比较少见的。

表 1-8 《三十种》“题头”、“题尾”错讹之字一览表

剧目（计 7 剧）	题头	题尾
闺怨佳人拜月亭	“佳”原作“性”	··（按：题尾“佳”字无误）
散家财天赐老生儿	····	“主家妻”原作“举家妻”
尉迟恭三夺槊	“尉”原作“蔚” “槊”原作“搠”	“尉”原作“蔚” “槊”原作“搠”
诸宫调风月紫云亭	“亭”原作“庭”	“亭”原作“庭” “待前程”原作“侍前程”
东窗事犯	··	“反间”原作“反谏”
霍光鬼谏	··	“海昏县”原作“海温县” “承明殿”的“承”字空缺
严子陵垂钓七里滩	··	“垂钓”二字空缺

注：画 ·· 表示此处无错讹现象

根据表 1-8，《三十种》有七剧或题头，或题尾，或二者皆有错讹之字。

1.《闺怨佳人拜月亭》“题头”中的“佳”字为常见字，而竟形误为“性”。“性”字为“恚”字之俗体，《汉语大字典》：“同‘恚’。《正字通·心部》：‘恚，或作性。’”① 两字由于形近而误，值得玩味的是，该剧“题尾”的“佳”字又不误。

2.《散家财天赐老生儿》中，“主家妻”误刻为“举家妻”。“举”元刊本繁体作“擧”，由于“擧家妻”三字文意不通，所以徐沁君先生将“擧家妻”改为“主家妻”。② “擧”字笔画繁多，刻写麻烦，二字之所以混淆，皆因二字读音相近，在《中原音韵》中，二字皆属“鱼模”韵，声母“主”为照母三等，“举”为见母三等，均为上声，所以赵荫棠在《中原音韵研究》中将“主”与“举”的

① 《汉语大字典》（中册），四川辞书出版社、湖北辞书出版社 1995 年版，第 2293 页。

② 徐沁君：《新校元刊杂剧三十种》（上册），中华书局 1980 年版，第 265 页校记[二一]。

拟音标注为上声［tʂy］与［tɕy］，① 所以，二字是由于读音相近而误。

3.《尉迟恭三夺槊》中“尉”与“槊”分别误为“蔚”与“搠”，既有形体相近的因素，也有读音相近的因素。不过，将唐代名将之名写错，而且是题头题尾俱错，曲文中两字也是一错到底，实属不该。理由也许只有一个：刻坊与刻工态度极不认真。

4.《诸宫调风月紫云亭》中的“亭”误刻为“庭”，音近而误。但也说明刻工不辨“亭”与“庭”的差异。“待前程”误刻为“侍前程”，字形相近而误。

5.《东窗事犯》中“反间”误刻为“反谏”，虽音近而误，但两字并非生僻字，本不当误。误刻后，该句变为“秦太师暗结勾反谏”，似乎秦桧一改进谗言的作风，而向皇帝直言进谏了。

6.《霍光鬼谏》中，昌邑王被废为“海昏侯”，“海昏”为古代地名，在今江西修水一带。而《三十种》“题尾”中将“海昏县”误刻为“海温县”，然中国地名中不见此县。二字因音近而误。题尾中“承明殿”之“承”缺，使本该整齐的七字句骤然不协：

题目　　长安城霍山造反　海温县废王遭难

正名　　长信宫宣帝登基　明殿霍光鬼谏

7.《严子陵垂钓七里滩》题尾缺“垂钓”二字，与题头不符：

（题头）新刊关目《严子陵垂钓七里滩》

（题尾）新刊关目《严子陵七里滩》全

“题头”、“题尾”中出现错讹之字，这也许更能说明元杂剧在当时的确是通俗读物，俗到连题目都出错的地步。正因为是通俗读物，所以刻坊及刻工对待这些戏曲读物的态度是极不负责的，以致错讹百出。然而从中我们也可以看出戏曲在当时的地位颇低，无人重视的一面。而错讹之字与无人重视又互为影响，越是无人重视，刊刻中的错讹现象就越多，错讹越多，也越不受重视。

---

① 赵荫棠：《中原音韵研究》，商务印书馆1936年版，第180—181页。

（二）曲牌名称中的错讹之字

不仅是“题头”、“题尾”中有错讹之字，《三十种》中有多首曲牌名也有错讹之字。元杂剧的曲牌往往是配套使用，所以同一曲牌出现的频率是很高的，既然出现的次数多，就不应有错讹之字，或者错讹之字只是个别的，但是，在《三十种》中曲牌的错讹之字却不少。

表 1-9　《三十种》中曲牌错讹之字统计表

曲牌名（共21首）正写	《三十种》正写出处（仅注一处出处）	《三十种》中误写	《三十种》误写出处（仅注一处出处）
滚绣球（多次出现）	霍光鬼谏	衮秀求（多次出现）、衮绣求	拜月亭、冤家债主
挂玉钩	调风月	挂玉勾	拜月亭
尧民歌	赵氏孤儿	尧民哥（多次出现）	单刀会
斗鹌鹑	任风子	斗奄享（多次出现）、斗奄鹑	单刀会、冤家债主
蔓菁菜	霍光鬼谏	蔓青菜、蔓精菜	单刀会、气英布
混江龙	西蜀梦	混江童（多次出现）	调风月
鹊踏枝	遇上皇	雀沓枝、雀踏枝	调风月、赵氏孤儿
上小楼	遇上皇	上小娄	调风月
紫花儿序	调风月	子花儿	调风月
驻马听	陈抟高卧	主马听	调风月
红绣鞋	火烧介子推	红秀鞋（多次出现）	任风子
石榴花	任风子	石留花	疏者下船
隔尾	气英布	鬲尾	三夺槊
後庭花	东窗事犯	后亭花、后庭花	气英布、焚儿救母
得胜令	遇上皇	德胜令	老生儿
川拨棹	衣锦还乡	川卜棹	贬夜郎
那吒令	东窗事犯	哪咤令	火烧介子推
剔银灯	追韩信	剔艮灯	霍光鬼谏
清歌儿	冤家债主	青歌儿、青哥儿	范张鸡黍、霍光鬼谏
村里迓鼓	替杀妻	村里迓古	范张鸡黍
络丝娘	衣锦还乡	各丝娘	周公摄政

从表 1-9 中可以看出，有 21 首曲牌有错讹之字。甚至同一曲牌

在同一剧中，有不同的写法，如“紫花儿序”在《调风月》中，既写作“紫花儿序”，又写作“子花儿”。从所写错讹之字的情况来看，都是用笔画较少的“同音字”来代替笔画较多的字，甚至是用声符来代替该形声字，如“各”代“络”、“鬲”代“隔”等。

从表1-9中还可以看出，每首曲牌在《三十种》中均有正确的写法，所以，曲牌中的错讹之字很难说是因刻工文化水平不高而造成的。曲牌中的错讹之字大概是刻工为求笔画简省，而有意识地采用“同音替代”的方法，所以，《三十种》曲牌中的错讹之字应该是刻工有意为之的，而非刻工文化水平较低而出现的结果。因而，卢世华在《元代平话研究》中说：

> 仔细研究平话作品就会发现，这些俗字（简体字）的使用是有规律，也是有规范的。正如编者有意刊行了精美的“全相”插图一样，编者也有意地使用了这些“错别字”。①

虽然卢世华说的“有意使用错别字”是就元代平话而言，但此说法同样适用于元代通俗读物《三十种》。

（三）曲文与科白中的错讹之字

“题头”、“题尾”尚有错讹，曲文、科白中的错讹定不少。仅以徐沁君先生校勘《拜月亭》第二折校记为例：“难猜街坊”为“难倩街坊”之误、“怕不大”为“怕不待”之误、“尽筋截力”为“尽筋竭力”之误、“夫人”为“大夫”之误、“胗候”为“诊候”之误、“不快理”为“不快哩”之误、“恶傥”为“恶党”之误、“低防”为“隄防”之误、“不失”为“不识”之误、“怕他待抑勒我则寻个家长”中的“则”为“别”之误、“昏望”为“昏忘”之误。②

此段校记中，共校出11处错误。这样的错讹在其他剧中情形类

① 卢世华：《元代平话研究——原生态的通俗小说》，中华书局2009年版，第156—157页。

② 徐沁君：《新校元刊杂剧三十种》（上册），中华书局1980年版，第40—43页。

似，兹不赘述。不过，由于《三十种》中错讹之处太多，可谓“防不胜防”，所以，尽管前辈学者如郑骞、徐沁君、宁希元等先生已做详细校订，然仍有遗漏，每剧皆有可校之处。比如：

> 1.《拜月亭》第二折：【乌夜啼】这场愁不许隄防。

郑、徐、宁三先生此处皆不校。“不许”当为“不设”之误。“不设隄防”是指王瑞兰没有想到能与父亲意外相逢，而父亲逼自己离开蒋世隆一事，所以当为对此事“不设隄防”。

> 2.《单刀会》第一折：【鹊踏枝】……（带云：）今日不比往常，他每怕不口和咱好说话。

元本、郑本、徐本、宁本均作“不口”。“不口”不词。“口”当为“够”之误，二字音近而误。“不够”，“不能”之义。

> 3.《单刀会》第四折：【离亭宴带歇指煞】……道与梢工且慢者，早缆解放岸边云，船分开波中浪，棹搅碎江心月……

郑、徐、宁三先生此处皆不校。元本此处作简体“云”，简体“云”与“去”形体相近而误。原句句意为“给船工说慢点，但船工早已经解开缆绳放船离岸而去”。

> 4.《遇上皇》第一折：【天下乐】……动不动要手模，是不是取招状，欺负煞受饥寒穷射粮！

郑、徐、宁三先生此处皆不校。因“是不是取招状”也可以解释得通，但此处的“是不是”要跟前一句“动不动”形成对文，故原句当为“时不时”，即“动不动要手模，时不时取招状”，是赵元责备妻子“动不动要我摁离婚手印，时不时向我要离婚的文书”。

5.《遇上皇》第二折：【隔尾】小人则是随驴把马乔男女，你须是说古论文士大夫。

郑、徐、宁三先生此处皆不校。“文”与“古”不能形成对文，“文”当为“今”之误，“古”、“今”相对，二字形近而误，且“说古论文”不词。

6.《疏者下船》第一折：【赚煞】……可为军民不安，朝廷有难，你卿呵，休别时容易见时难！

郑、徐、宁三先生此处皆不校。“你卿呵”，语气太过生硬，不符合楚王哀求申包胥这一语境，且历来无以“你卿”来称呼臣子之例。此处若“你”字不误，则“卿”字当误，当为“听”字之误，即“你听呵”，在这里不仅仅是用耳朵听，尚有“听而记于心”之义。另外，若“卿”字不误，则“你”字当误，当为“爱”之误，即“爱卿呵”。

7.《魔合罗》第四折：【醉春风】……（云：）马有垂缰之报，狗有展草之恩，禽兽尚然如此，何况你为人类！……

郑、徐、宁三先生此处皆不校。“展草”一词，语出陶潜《搜神后记》卷九：

晋太和中广陵人杨生养一狗……后生饮酒醉，行大泽草中，眠不能动。时方冬月燎原，风势极盛，狗乃周章号唤，生醉不觉。前有一坑水，狗便走往水中，还以身洒生左右草上，如此数次，周旋跬步，草皆沾湿，火至，免焚。生醒，方见之。①

①（晋）陶潜：《搜神后记》，文渊阁四库全书影印本第1042册（子部·小说家类），上海古籍出版社2003年版，第494页。

可见，“展草”之“展”本作“沾”，后人又多写作“骣”。徐沁君云：

这个狗马报恩的传说，元曲中常用之，例多不备举。《敦煌变文集》卷七《故圆鉴大师二十四孝押座文》：“犬解报恩能骣草，马能知主解垂韁。”①

可见，在俗文学《敦煌变文》中已开始用“骣”来代替“沾”字。骣，《汉语大字典》解释如下：

zhàn：马卧地上打滚。唐慧琳《一切经音义》卷八十四引《埤苍》：“骣，马卧土中骣也。”《玉篇·马部》：“骣，马转卧土中也。”《广韵·线韵》：“骣，马土浴。”……引申为其他动物打滚。……《五灯会元·石霜楚圆禅师》：“马有垂韁之报，犬有骣草之恩。”②

据上，“展草”应作“沾草”或“骣草”。“沾”表示侧重于草被沾湿这一结果；“骣”表示侧重以身体压草这一过程。

8.《借铁拐李还魂》第一折：【点绛唇】名分轻薄，俸钱些小，家私暴。我又不会耕种得锄刨。

郑、徐、宁三先生此处皆不校。“暴”字有“大、多、猛、烈”等义，此处是岳孔目说自己名分轻、俸钱少，所以当为“家私薄”，即家私少，而“薄”有“少”之义，正合文意。故此处“暴”盖为“薄”之误，二字形近而误。改为“薄”虽与“名分轻薄”之“薄”

① 徐沁君：《新校元刊杂剧三十种》（下册），中华书局 1980 年版，第 433 页校记［一八］。

② 《汉语大字典》（下册），四川辞书出版社、湖北辞书出版社 1995 年版，第 4573 页。

相同，但元杂剧押韵，不避同字相押，故此处可用“薄”字。

9.《介子推》第三折：【幺篇】……正末扮风雪上。

郑、徐、宁三先生此处皆不校。“扮”当为“伴”之误。“扮”指“扮相”，如本剧第三折开头“末素扮引外背剑上，开”，其中“素扮”即“穿白衣”扮相。而“扮风雪”则不可扮，只可“伴着风雪”，故“扮”为“伴”之误。但《三十种》科白中的“扮”，一律为“扮”，无“伴”字。而《遇上皇》第二折科白有“正末扮冒风雪上”一句，如此，此处的“扮风雪”亦可理解为“扮”字下脱落一“冒”字。

10.《介子推》第四折：【小桃红】小人向虎狼丛里过了三旬，每日负力担柴薪，交俺稚子山妻得安遁。

郑、宁二先生将“安遁”改为“安顿”，但均未出校记。徐先生未改，保持原貌。介子推并非逃亡，而是隐居山林，所以，当为“安顿”，且“安遁”不词。

11.《东窗事犯》第三折：【金蕉叶】……划地撇俺在三闹里不偢，臣竞社稷江山宇宙。

郑、徐、宁三先生此处皆不校。“三闹里”当为“三闲里”之误。二字因形近而误。“三闲里”亦作“三限里”，比如元刊本《三夺槊》第三折［新水令］：“你今日太平也不用俺旧将军……如今面南称尊，便撇在三限里不偢问。”

12.《霍光鬼谏》第二折：【剔银灯】于身事别无甚么拜见，将一个亲姊妹向君王行托献。

郑、徐、宁三先生此处皆不校。“干身事”当为“干甚事”之误，二字因音近而误。“干甚事”即为“干什么、做什么”之义。原句意为“做什么再无别物来拜见（君王），非要把亲妹妹献给君王？”

13.《竹叶舟》第一折：【油葫芦】笑您这千丈风波名利途，问是非乡枉受苦，便做到佩苏秦金印待何如？

郑、徐二先生此处皆不校。宁先生此处作“向是非乡”，但未出校记。“问”当为“向”之误，二字因形近而误。

14.《焚儿救母》第四折：（母亲将包袱与张屠看。）（张屠认得是神急脚李能的系腰科。）

郑、徐、宁三先生此处皆不校。“科”当为“料”之误。句意为“认得是……的系腰的布（料）”，二字形近而误，由于科白中多出现“科”字，故难以察觉。如若不改“科”字，当在“张屠”下加一“做”字，则为“张屠做认得是神急脚李能的系腰科”。

以上为曲文科白中的错讹现象，诚然，错讹之处不止以上几处。《三十种》之所以能一校再校，实因错讹之处太多。

二　采用新造字

文字书写不规范的另一表现是使用新造字，如果这些新造字没有经过官方认可只在民间流行，那就是不规范的汉字。新造字的出现有多种原因，有的是因为规范字里没有该意义的汉字而不得不造，有的是因为规范字笔画繁杂，不易书写而另造简体字来替代。《三十种》由于是通俗读物，所以最大限度地使用了新造字，而这些新造字由于来源民间，也就被认为是“俗字”。对于“俗字”，自魏晋以来，就不断出现，从《玉篇》到《广韵》、《集韵》，再到后来的《类篇》、《字汇》、《正字通》等，历代字书均不断收录这些新出现的“俗字”，使得汉字数量不断增加。《汉语大字典》在这些字书的基础上，更是收录元明清三代出现的一些“新造字”，其中收录的部分“新造字”甚至直接来源于戏曲剧本，所引证材料也是戏曲曲文。《三十种》中的新造字有如下几种。

（一）字典所收录的《三十种》中的新造字

1. 啯

《火烧介子推》第三折：【朝天子】……你直待啯咬煞微臣罢！

啯，《汉语大字典》释：

kěn《篇海类编》苦本切。啃；咬。……元康进之《李逵负荆》第二折：“鸦嗛肝肺扎煞尾，狗啯骷髅抖搜毛。”①

“啯”字属于为方言词语所造的新字，与后出的“啃”字同义。但其读音不应为“kěn”，当为“kuěn”，这从其声旁为“困”可得知。至今山西南部方言曰“啃”为“kuěn”。

2. 啽

《汗衫记》第四折：【雁儿落】一日家啽提到千万言，片时间作念够三十遍。

啽，《汉语大字典》释：

diān《元曲选〈萧淑兰〉》店平声。念；念叨。元赵显宏《一枝花·行乐》：“本性谦谦，到处干风欠，人将名姓啽。”②

---

① 《汉语大字典》（上册），四川辞书出版社、湖北辞书出版社 1995 年版，第 630 页。

② 同上书，第 645 页。

按：《萧淑兰》一折尾有臧懋循的音释“啮：店，平声”①。

“啮”字属于为方言词语而造的新字，表示嘴里念叨，与后出“惦”义相近。一为嘴里念叨，一为心里想着，所以《中华大字典·心部》：“惦，俗以思念为惦记，或云惦念。”②

3. 嗏

《气英布》第三折：【蔓菁菜】……举止虽然不风流，就里没嗏和，衡宽厚。

嗏，《汉语大字典》释：

同“舔”。用舌头接触东西。明刘兑《娇红记》：“嗏不着凹里沙糖，咽不下舌尖上香唾。”③

“嗏”为“舔”之俗体，“舔”在唐代已经出现，元人改换意义相近的形符以求该字笔画简省。

4. 嘛

《紫云亭》第二折：【三煞】……嘛！嘛！乱下风雹的又没巴臂。

嘛，《汉语大字典》释：

海里嘛：一种甜食名。《正字通·口部》“哩”下云：“明制：冬至日，赐诸臣甜食一盒，凡七种，一松子海哩嘛。郑以伟

① （明）臧懋循：《元曲选》（第四册），中华书局1958年版，第1534页。

② 转引自《汉语大字典》（中册），四川辞书出版社、湖北辞书出版社1995年版，第2318页。

③ 《汉语大字典》（上册），四川辞书出版社、湖北辞书出版社1995年版，第642页。

曰：‘嗨字，字书所无，今亦不识海里嗨为何物。’”[①]

《汉语大字典》虽收该字，但只是解释明人食品名称，并未对元杂剧中的“嗨”字做解释。不过，我们从“嗨”字从口旁也可探知，该字与口有关，从以上曲文还可推知，元人造该字当是为了作拟声词来用，或为表示感叹的语气。

5. 哧

《衣锦还乡》第三折：【朝天子】每日价这壁，那壁，哧的来醺醺醉。

哧，《汉语大字典》释：

①同“噇”。（贪馋地）吃喝。元佚名《赚蒯通》第一折：“赏我一斗好酒一肩肉，哧得又醉又饱整整傥了半个月。”……②象声词。元乔梦符《合汗衫》第三折：“我拈弓在手，搭箭当弦，哧的一声射去，正中大虫。”[②]

显然，该字异体为“噇”，而“哧”的出现则是为了达到笔画简省的目的。

6. 剅

《调风月》第三折：【天净沙】……我便似剅墙贼蝎蜇噤声！

剅，《汉语大字典》释：

① 《汉语大字典》（上册），四川辞书出版社、湖北辞书出版社 1995 年版，第 688 页。

② 同上书，第 633 页。

gòng 方言。用头钻入。也作“𡎸”。[①]（按：《汉语大字典》援引本例做例证）

“𠜲”字属于为方言而造的新字。

7. 鬏

《霍光鬼谏》第二折：【斗鹌鹑】打这厮油鬏髻上封官，粉鼻凹里受宣。

鬏，《汉语大字典》释：

dí［鬏髻］发髻或假髻。单用义同。元王实甫《西厢记》第四本第一折：“云鬟仿佛坠金钗，偏宜鬏髻儿歪。”[②]

“鬏”字属于为方言而造的新字。

8. 摔

《冤家债主》第一折：【幺篇】子是街狭，更人杂，把摔胸牢拿，玉鞭忙加，走咱行咱。

摔，《汉语大字典》释：

qiān：同“牵”。《正字通·牛部》：“牵，别作摔。”元乔梦符《金钱记》第一折：“那九龙池，周围摔红绳为界。”[③]

---

① 《汉语大字典》（上册），四川辞书出版社、湖北辞书出版社 1995 年版，第 349 页。

② 《汉语大字典》（下册），四川辞书出版社、湖北辞书出版社 1995 年版，第 4526 页。

③ 《汉语大字典》（中册），四川辞书出版社、湖北辞书出版社 1995 年版，第 1949 页。

表示“把牵”义的本有“牵”，但是元人觉得该字应与“手”有关，于是在“牵”左边再加“扌”，遂成新字“摔”，不过，该字不是简省的结果，而是“繁化”的结果。

9. 㔷

《衣锦还乡》第三折：【要孩儿】……你比那时节吃的较丰肥，更长出些苦唇髭㔷。

另外《魔合罗》第四折［幺篇］“有髭㔷无髭㔷”；《借铁拐李还魂》第三折［川拨棹］“捻着髭㔷，拘着相识”；《博望烧屯》第一折［醉中天］“查沙起黄髭㔷”等多处用到该字。

㔷，《汉语大字典》释：

髭㔷：元明时称胡须为髭㔷。元关汉卿《裴度还带》第二折：“腆着胸脯，撚着髭㔷。”①

“㔷”字属于为方言而造的新字。但《汉语大字典》未对该字注音。从该字的声旁“力”可得知，该字应读“lì”。

10. 臜

《三夺槊》第二折：【牧羊关】这些腌臜病，都是俺业上遭，也是俺杀人多一还一报。

臜，《汉语大字典》释：

zā。腌臜：也作“腤臜”、“腌臢”。肮脏，不干净。……元

① 《汉语大字典》（下册），四川辞书出版社、湖北辞书出版社1995年版，第4518页。

武汉臣《玉壶春》第三折："这厮他村则村到会做这等腤臢态。"①

"臢"字属于为方言而造的新字，与"肮脏"义同。

11. 瘪

《借铁拐李还魂》第三折楔子：【幺篇】……则我这妻子软瘪，若放我一灵儿到家，有如枯树上再开花！

瘪，《汉语大字典》释：

bié……①同"痛"。肿满闷而皮裂。《龙龛手镜·疒部》："瘪，俗；痛，正。《字统》云：肿满闷而皮裂也。"②用同"憋(biē)"。闷而不泄。……《古今小说·陈御史巧勘金钗钿》："（梁尚宾）瘪一口气，真个就写了离书手印，付与田氏。"②

瘪，本有正字"痛"，但又造"瘪"字来表示，当是为了保持声符完整的结果，属于"繁化"现象。

以上为《汉语大字典》所收录的戏曲文本中部分新造字，这些新造字在《三十种》均能找到。从以上对这些新造字的分析可以看出，有的字本有正字，比如"舔、噇、牵、痛"等，但这些字在元人看来，形体已不能充分反映他们的需求，于是又造"啄、咮、搼、瘪"等字来满足当时人们对汉字的需求；有的字则是为方言词语而造的新字，如"剅、鬏、㛶、臢"等字。从新造字的最终结果来看，有的字最终达到了简易的目的，有的却反而繁化了。

① 《汉语大字典》（中册），四川辞书出版社、湖北辞书出版社 1995 年版，第 2110 页。

② 同上书，第 2696 页。

（二）字典中未收录的《三十种》中的新造字

1. 搔

《遇上皇》第四折：【得胜令】忍不住拳搔，风雪里将人赚。

《汉语大字典》不收搔字。《正字通》亦不收。

对于“搔”字，徐沁君先生此处校改为“揝”，并在其校记中说：

拳揝——“揝”原作“搔”。今改。卢本改作“搀”，疑非是。按：王实甫《西厢记》第二本楔子（第二折）：“两只手将乌龙尾钢椽揝。”王季思注：“王伯良曰：‘乌龙尾钢椽，谓铁裹头棍也。北人以握为揝。’是。《秋胡戏妻》剧第四折【甜水令】曲：‘走向前来揝住罗裳。’《谢金吾》剧第一折【油葫芦】曲‘手揝住腰间带。’《黑旋风》剧第一折正末白：‘一只手揝住脚腕。’并可证。”本曲“忍不住拳揝”，谓握紧拳头作忿怒状也。①

宁希元将该字校改为“搀”，并在“拳搀”条下云：

拳搀：原本“搀”字，俗写作“搔”。依卢本改。“拳搀”，即加之以拳，捶打也。徐本改作“拳揝”，谓“握紧拳头作忿怒状”。实失。②

其实该字不当校。“搔”当为“攥”之俗写。“攥”笔画繁复，于是将笔画繁多的声符“纂”改为笔画省易的“蚕”，从“蚕”书写

① 徐沁君：《新校元刊杂剧三十种》（上册），中华书局1980年版，第141页校记［一九］。

② 宁希元：《元刊杂剧三十种新校》（上册），兰州大学出版社1988年版，第85页校记㉜。

成简体而非繁体“蠶”，亦可看出民间写该字的缘由。

2. 殢

> 《任风子》第三折：【上小楼】……你向这里撒殢殢，休寻自缢，菜园中撇葱人脆。

殢，《汉语大字典》不收该字，《正字通》亦不收该字。

徐沁君校记：

> 撒殢殢——“殢殢”二字，赵本作“地泥”（去声），写其音；臧、孟本作“滞殢”，其义“与撒娇放刁之娇刁字为近”（《语辞汇释》卷五“尤殢”条）。①

“殢”字当为“殢”之异体。“殢”笔画繁杂，且声符“带”已不能反映“殢”（tì）的读音，于是造“殢”字来代替。所以，赵琦美在抄写此字时，大约不认可该俗字，只是依音写字而写作“地泥”，不过，这至少可以反映出该字的读音。

3. 扝

> 《衣锦还乡》第三折：【尧民歌】（按：徐沁君作“十二月”）你把我扝揉了面皮，我把你扯住衣袂。

扝，《汉语大字典》不收该字，《正字通》亦不收该字。

“扝”，当为“压”之俗体。繁体“壓”笔画繁复，并且字形不能反映“用手压物”义，所以，民间另造新字“扝”，“扌”表示此动作与“手”有关，“丫”表示读音。所以该字体现了“见字知义”、“见字知音”的特点，反映了民众对汉字简化的要求。

---

① 徐沁君：《新校元刊杂剧三十种》（上册），中华书局 1980 年版，第 232 页校记［一八］。

4. 佹俩

> 《周公摄政》第二折：【迎仙客】……听言绝擗踊一声险气倒。然如此省艰难，怕佹俩的成病了。

佹俩，《汉语大字典》不收此二字，《正字通》亦不收。徐沁君在《冤家债主》第二折校记"乞良"条下云：

> "乞良"一词，有好几种写法。或作"乞两"……或作"佹俩"……乞良、乞两、佹俩，均忧愁烦恼之意。[1]

从徐沁君先生的校记可以看出，表"忧愁"的"乞良"，有多种写法，本无需造新字，然方言词语，本有音无字，故书写者据己意随便书写，亦可另造他字来表示，遂有新字"佹俩"问世。然二字所造并不甚高明，"彳"旁表"行走"义，既为"忧愁"意，若造新字，当加"忄"旁。盖因此，此二字不行于世。

5. [illegible]

> 《老生儿》第二折：【黄钟尾】……你若是执性迷心不听我教，直交你淡饭黄[illegible]直到老！

[illegible]，《汉语大字典》不收该字。《正字通》亦不收。《汉语大字典》收"[illegible]"字的16个异体字："[illegible]"，但不收"[illegible]"字。

上述16个汉字意义相同，均为"切碎的腌菜或捣碎的姜蒜等"之义。此16字，除韭部首外，笔画最少者为8画，最多者为16画。而[illegible]字除"韭"部外，只有7画，由此可见，"[illegible]"字在17个异体字中，

① 徐沁君：《新校元刊杂剧三十种》（上册），中华书局1980年版，第174页校记［一六］。

是笔画最少的。可以说，如此众多的异体均为笔画追求简易之结果。

而且，“薺”字形体构造易辨析：与“艹”、“韭”有关，“齐”声。不像上述16字，字形除“韭”部首表意以外，其余部件与音、义之关系均不甚明了。

以上为《三十种》中部分新造字《汉语大字典》未收录者。未收录的汉字还有许多，比如“叠”（《借铁拐李还魂》第四折“叠七追斋”，《火烧介子推》第一折“叠起基阶”，《霍光鬼谏》第四折“叠卵攀栏”，“叠”当为“垒”之异体）、“歛”（《范张鸡黍》第一折“聚歛之臣”）、“厦”（《任风子》第二折“一厦茅庵”）等字。未收录的原因可能有多种，但是有一个原因是不能忽视的，那就是这些字出现的频率较低，甚至只在《三十种》中出现，而《三十种》公之于世的时间也较晚，所以漏收也是难免的。

三 采用古代生僻字

《三十种》中文字书写不规范的另一表现是采用古代的生僻字。对于所采用的生僻字，有的直接用其古义，如“皃”字：

> 《疏者下船》第四折：【滴滴金】虽然更了名姓，改了颜皃，争着年纪。

“皃”为“貌”之古字。颜师古注《汉书》云：“皃，古貌字也。”可见，至少在隋唐时代，就已不用“皃”而用“貌”字了。但到了元代，元人为求省易，又开始写“皃”，此处即为一例。徐沁君先生将元刊本中“颜皃”依样照抄，不知何故。宁希元、郑骞二先生径作“貌”，当不误。

但《三十种》中所使用的更多的古生僻字，不是简单地照搬，而是赋予古生僻字以新的意义，来反映新时代的某种需求。如：

1. 蕿

> 《任风子》第一折：【金盏儿】这个拳来到眼跟前，躲闪过

把臂忙揙。这个滴溜撇䟿的似风车转，拳来躲过似放过一蚕椽。

徐沁君在《西蜀梦》第一折校记“䟿鞭催”条下云：

……元周德清《中原音韵》第十四部“车遮”韵，有“䟿”字而无“踅”字。……“䟿”即“踅”。①

䟿，《汉语大字典》释：

xué：……①干枯。《广韵·薛韵》：“䟿，枯也。”……②撮取皮；剥刮。《集韵·薛韵》：“䟿，撮取皮也。”……③乱。《字汇补·皮部》：“䟿，乱也，乱䟿。”②

显然，《汉语大字典》立足于古代字书，对“䟿”作出解释，所释词义也是其古代意义，虽然例文是元杂剧的曲文，但所释的三个义项没有一个符合文中该字的意义。因为该字在元代，元人已赋予该词新的意义，那就是“踅”字的意义，所以徐沁君先生认为“䟿”即“踅”，是很有道理的。《汉语大字典》用古义释元人杂剧中该字的意义，显然是不正确的。其实，对该字的理解应当将徐先生的解释与《汉语大字典》的解释结合起来，如此，方能全面了解该字的意义。

2. 嚒

《拜月亭》第一折：【油葫芦】……嚒！百忙里一步一撒！嗨！索与他一步一提！（按：嚒，本剧有三处用到该字。《紫云亭》也多处用到该字）

① 徐沁君：《新校元刊杂剧三十种》（上册），中华书局1980年版，第5页校记［七］。

② 《汉语大字典》（中册），四川辞书出版社、湖北辞书出版社1995年版，第2755页。

嚈，《汉语大字典》释：

yìng……①同“譍（应）”。应对；应答。《集韵·证韵》：“譍，《说文》：‘以言对也。’或作嚈。”《字汇·口部》：“嚈，以言对。本单作应，俗加口。”元王晔《殿前欢·再问》：“江茶诗句相兼并，那件著情？休胡芦提二四嚈！”②叹词，表示恍然醒悟。元关汉卿《拜月亭》第二折：“阿早是俺两口儿背井离乡，嚈，则快他一路上汤风打浪。”又第三折：“休着个滥名儿将咱来引惹，嚈，待不你个小鬼头春心儿动也。”①

从《汉语大字典》的解释可以看出，该字本来只是表示“应答”义的词语，到元代，已经赋予该字新的意义，那就是表“感叹”语气的作用。

3. 咮

《拜月亭》第二折：【黄钟尾】……正旦打别了。咮咐正末科。

咮，《汉语大字典》释：

（一）zhǔ：①口不正。《玉篇·口部》：“咮，口不正也。”②呼鸡声。《集韵·噳韵》：“咮，呼鸡声。”（二）zhù：同“味”。鸟嘴。《集韵·遇韵》：“咮，喙也，或从朱。”《字汇·口部》：“咮，与味同，鸟喙也。”②

但南北朝时期南朝顾野王的《玉篇》已有“嘱”字：

---

① 《汉语大字典》（上册），四川辞书出版社、湖北辞书出版社1995年版，第705页。

② 同上书，第608页。

《玉篇·口部》:“嘱，付嘱也。”①

从《汉语大字典》的解释来看，“咗”没有“嘱咐”的意思。《汉语大字典》只是立足于前代字书，解释了该字的古义，但是，到元代，元人不用已有的“嘱”字，大约因其笔画繁复，于是，换作笔画简省且声符可以反映该字读音的“咗”字，因而该字就有了新义“嘱咐”之义。

4. 㖩

《紫云亭》第一折:【金盏儿】……嘴尖㖩脖子，爪快撮天灵。

㖩，《汉语大字典》释“㖩”义为:“chán①尝。……②喙。……③同‘馋’……”②

《汉语大字典》只解释了该字的古义。但元人已赋予该字新义，即“鸟儿或鸡鸭鹅用嘴啄物”义，当与“啄”同义。很显然，该字是为表现方言词语之读音而借用古字㖩来表示。㖩，有的地方读“can”，故又造“嘶”字来表示，所以，徐沁君先生云:

㖩，疑同嘶、嗛。《太平乐府》卷八乔吉【一枝花】《私情》套:“有等干咽唾的杓俫死嘴嘶。”③

5. 菉

《任风子》第三折:【二煞】……菉豆皮姐姐疾忙退。

《说文·艹部》:“菉，王刍也。从艹，录声。《诗》曰:‘菉

① 《宋本玉篇》，中国书店1983年版，第106页。

② 《汉语大字典》（上册），四川辞书出版社、湖北辞书出版社1995年版，第704页。

③ 徐沁君:《新校元刊杂剧三十种》（上册），中华书局1980年版，第334页校记[一五]。

竹猗猗。’”

如此，“菉”本为草名，指“王刍”，后代称“荩草”，而元人借该字表示“绿色”之“绿”，盖因“绿”从“丝”旁，义当与“丝”有关，不能体现“绿豆”的属性，故借艹头“菉”来表示“绿豆”属于草本植物。《汉语大字典》“菉”当收“绿色”之义。

以上所举之例均为《三十种》中虽使用古生僻字，但已被赋予新的意义之例。

四 笔画繁多之字的随意代写

《三十种》刊刻不规范的另一表现是用笔画较少的字来代替笔画繁多的字。

徐沁君先生云：

> 元本遇笔划繁复的字，往往用“人”、“一”等字代替。①

宁希元先生对此有更深刻的见解：

> 比较麻烦的，还有文字待勘符号的辨认，唐五代以来，多写作“卜”，谓之“卜致”……《元刊杂剧三十种》中……原抄者于文字有疑问之处，多涂去误字，旁注符号作“卜”，以便日后据别本校改。……结果刻工不识，多误为“人”字或“一”字，窜入正文。②

（一）学者对代写之字的不尽相同的校订

正因为用笔画较少的字来随意代替笔画繁多之字，所以导致不同

---

① 徐沁君：《新校元刊杂剧三十种》（下册），中华书局1980年版，第758页校记［一七］。

② 宁希元：《元刊杂剧三十种新校》（上册），兰州大学出版社1988年版，第15—16页。

的学者有不同的见解，以致很难判定孰是孰非。仅以《张千替杀妻》为例，文中就有11处以“人”、“一”、“不”等字来代他字者，校订者也是各抒己见难成定论。

1.“人”代“觑”字、“一”代“坟”字：

第一折：【天下乐】……人也似好觑付，亲兄弟厮顾盼……（到坟园下马。）

“觑”元刊本原作“人”。隋（隋树森）本、郑本不改，仍作“人”；徐本、宁本均改为“觑”。今从徐、宁两家说。徐沁君云：

“觑”原作“人”。今改。按：武汉臣《老生儿》第一折：“不把我人也似觑，可将我谜也似猜。”“觑”为“觑付”之省。郑廷玉《金凤钗》第三折：“人一般好看待。”“觑付”意即“看待”，元曲中多用之……①

“坟”元刊本原作“一”。郑本、徐本、宁本均改为“坟”。

2.“人”代“缘”字：

第一折：【村里迓鼓】……忘不了哥哥重恩，小可张千，前生分缘。

“缘”元刊本原作“人”。郑本、徐本、宁本均改为“缘”。今从之。

3.“人”代“钥”字：

第一折：【元和令】……旦忘钥匙，分付母亲科。

① 徐沁君：《新校元刊杂剧三十种》（下册），中华书局1980年版，第757页校记［一〇］。

“钥”元刊本原作“人”。郑本、宁本均改为“钥”。徐本作一“口”形符号。今从郑、宁两家说。

4. “一”代“井”、“人”代“出”、“在”代“狂”、“不”代“转”：

> 第一折：【幺篇】嫂嫂道瓦罐终须不离井边，你未醉后出狂言？你气的我手儿脚儿滴修都速难动转。①

“井”元本作“一”，郑本、徐本、宁本均改为“井”。按：今从三家说。

“出狂言”，元本作“人在言”，郑本照抄不改，徐本改“人”为“怎”，改“在”为“狂”；宁本改“人”为“出”，改“在”为“狂”。今从宁说。

“转”原作“不”，郑本、宁本改“不”为“转”。徐本在元本“难动不”前加一“战”字，又将“难动”改为“莫动”，“不”字单字成句，且将“莫动不”三字改为科白“莫动！不！”今从郑、宁两家说。

5. “一”代“慷”字：

> 第一折：【赚煞】我这慷慨铁石心，不比你趁浪风尘怨。（带云：）我虽是无歹心胡做，（唱：）若我这句话合该一千。须我不得将闲话儿展。

按：此例句从宁本。

“慷慨”，元本作“一慨（注：‘慨’字不易辨认，忄旁易认，但右半部的形体不清）”；郑本作“一片”；徐本作“一腔”；宁本作“慷慨”，并出校记云：

---

① “气”，元本无，徐本补“气”，郑骞、宁希元均补“唬”。

原本“慷”字，由文字待勘符号“卜”，形误为“一”；“慨”字略有变形，唯尚可识。今校补。徐本改作“一腔铁石心”，不取。①

今从宁说。不过，宁先生认为“一”为“卜”的形误，未必如此。因为《三十种》中有大量的“一”字代他字现象者，不必拘泥于“卜”。

6. “一”代“请”字：

第二折：【倘秀才】……哥哥请吃兄弟这一盏酒，除外别无甚孝顺。

“请”元刊本原作“一”。郑本、徐本、宁本均改为“请”。

7. “一”代“台”字：

第二折：【滚绣球】……早则阳台有故人，罗帏中会雨云。

“台”元刊本原作“一”。隋（隋树森）本、郑本、徐本、宁本均改为“台”。今从之。

从以上分析中可以看出，该剧共有11处这样的例子，其中第一折中就有9处，其应用的频率不可谓不高，其中5处为学者共识，6处是有争议的。之所以会出现如此大的差异，是因为“一”、“人”、“不”等字在代写时具有很大的随意性。比如上述例子，“人”可代“觑”、“钥”、“缘”、“出”等字；“一”可代“坟”、“井”、“台”、“请”等字；“不”可代“转”字；“在”可代“狂”。这都说明这种替代的随意性。而这种随意代写不仅仅体现在“一”、“人”、“不”三字上，尚有“十”、“了”、“下”等代写之字者。所以，宁希元先

① 宁希元：《元刊杂剧三十种新校》（下册），兰州大学出版社1988年版，第224页校记㉝。

生说：

……仅《老生儿》、《铁拐李》、《范张鸡黍》、《替杀妻》、《小张屠》五剧，这类错误，即不下一百余处。在另外一些剧本里，还有误“卜”为“十”、为“了”、为“下”、为“不”者，这些错误的产生，大多由于写书人不规范的写法所引起。①

（二）《三十种》中未校订的代写之字

这种随意代写直接导致阅读者难以理解这些笔画较少的字究竟为哪个笔画繁复之字的代写，进而造成阅读上的障碍。校勘之精细者如上述几位先生，也不能穷尽《三十种》中的所有代写之字的复原，如上述第五例中的“一千”之“一”字，众学者均未校。以下是《三十种》中未校的文字代写之例。

1. “人”当为“每”之代写。

《调风月》第一折：【混江龙】男儿人若不依本分，不抢白是非两家分。

郑本、徐本、宁本均从元刊本作“男儿人”。笔者以为，此处的“人”当为“每”之代写，即“男儿们”。《三十种》表示复数的“们”通常都写作“每”，如《拜月亭》中的“子母每”、“老小每”、“六亲每”、“媒人每”等。

2. “人”当为“我”之代写。

《遇上皇》第二折：【菩萨梁州】……这好事，要人做。不想二百长钱买了命卒！

郑本、徐本、宁本均从元刊本作“要人做”。笔者以为，此处的

① 宁希元：《元刊杂剧三十种新校》（上册），兰州大学出版社 1988 年版，第 16 页。

"人"当为"我"之代写，即"要我做"。

3. "一"当为"义"之代写。

《单刀会》第二折：将门生寇封［1］与皇叔为一子，举南阳卧龙为军师，分了西川。

说明：［1］"寇"原作"里"。据徐沁君校记改。徐先生云：

"寇"原作"里"。卢、吴本已改。按：高文秀《襄阳会》楔子，司马徽指引刘备至庞德公处，庞命寇封拜刘备为其义子，改名刘封，即演此事。①

郑本、徐本均照录元刊本"一子"，宁本改为"义子"，从宁本。因为冠封为刘备"义子"，所以此处"一"当为繁体"義"的代写。

4. "一"当为"猛"之代写。

《焚儿救母》第三折：【四煞】由你香焚满斗香，财挑万斗财，归家还舍沿篱寨。□□□□□□□，这早晚十谒朱门九不开。一看人烟大，止不过前山后岭，休猜做大院深宅……

元本作"一负人烟大"，宁本未改；郑本改为"一望人烟大"；徐本改为作"一看人烟大"。

此曲子大意为：鬼急脚说王员外母亲即使再烧香，神灵也不会保佑王家，因为王员外贪财得罪神灵，即使她沿着篱寨挨家挨户寻找自己的孙子，怕是没人给她开门。大约王母看到的有人烟的地方是鬼急脚变幻出来的，所以鬼急脚说"一负人烟大，止不过前山后岭，休猜做大院深宅"，意思是你看到的"人烟"，只不过是山林，不要把它

① 徐沁君：《新校元刊杂剧三十种》（上册），中华书局 1980 年版，第 69 页校记［二］。

误认为“大院深宅”（然后去敲门问孙子的下落），这也呼应了前文“这早晚十谒朱门九不开”。

如此，“一负人烟大”之“一”字当为某字代写，盖为“猛”之代写，即“猛然看到的人烟，也不过是前山后岭，并非有什么人家”。

5. “一”当为“杀”或“殪”字之代写。

> 《替杀妻》第一折：【赚煞】我这慷慨铁石心，不比你趁浪风尘怨。（带云：）我虽是无歹心胡做，（唱：）若我这句话合该一千。须我不得将闲话儿展。

“若我这句话合该一千”，元刊本作“若这句我这句话合该一千”，郑本照抄不改；徐本改为“若我这句话合该一千”；宁本与徐本同。今从徐宁两家说。

“一千”一词，上述三位先生均从元刊本照录，然“一千”不词，不知何解。此处“一”字，当与本剧中他处之“一”同，为某字之代写，此处当为“杀”或“殪”等表示“杀死”含义的字。该句的意思是“若我说的这句话（即我虽是无歹心胡做）是假的，那就活该杀死张千我”。因为之前，张千已假装答应与嫂子苟合，并且假装答应与嫂子合谋杀死哥哥，在此情况下，张千为表自己的清白，于是心里发誓“若我真的要胡作非为，那我张千就活该被杀”。以表明自己是假装为之，也为下文的张千杀嫂埋下伏笔。如此，“若我这句话合该一千”意当为“若我这句话瞒人，合该杀千！”

因此，此处的“一”当为“杀”或“殪”的代写。

这种借助笔画较少的字来代替笔画繁复的字固然可以加快刻书的速度，然而其弊端还是很严重的，上述诸家校勘结果不一，就是其弊端的集中体现。所以，这种借助笔画较少的字来随意代替笔画繁复之字的做法，实不应提倡。

另外，这种随意代写还包括以圈符代替他字者，详见第一章第一节的“圈符”篇，兹不赘述。

五 大量使用简体字

元朝国师八思巴奉元世祖之命创制元朝国字，即八思巴文字，要求全国上下学习八思巴文。如此一来，对汉字的书写要求就不如以前严格了。而且，虽然元世祖极力推行八思巴文字，但由于八思巴文难以辨认，很多蒙古人都不愿认读，更不用说民间百姓了，所以，在汉民族居住地，汉字依然盛行，只不过少了官方的约束，使得元代刻书中的简体字异常突出。尤其是坊间刻本，简体字更为盛行。

上面提到的“错讹之字”的“同音替代”、使用新造字、使用古代的生僻字等都是为追求字形简化的结果。这类简体字，一般采用传统意义上的改换笔画较少的形符或声符，或采用古代笔画较少的生僻字，或造笔画较少的新字等方法来达到笔画简省的目的，此类简体字上文已详细叙述，兹不赘述。

除此之外，《三十种》中简体字还有两大特点。

其一是用符号来代替汉字中的部分形体，比如“娘、归、学”等字，在《三十种》有的剧本中写作“㚢、帰、斈”。这三个字，“娘”字的右半边“良”用“卜”来代替；“歸”字左半边用“刂”来代替；“學”字的上半边用“文”来代替。

其二是它还采纳了草书连笔的特点，这是《三十种》简体字最为特殊的地方，如：

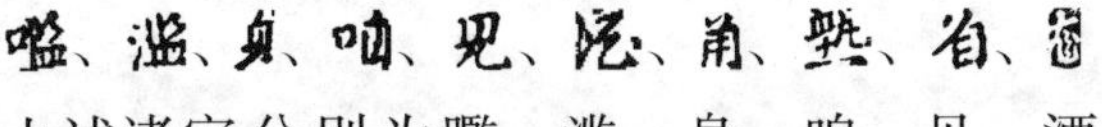

上述诸字分别为嚂、滥、身、咱、见、酒、角、熟、着、龙等字。这些字明显都有连笔的特点，连笔的部分往往是笔画繁多或笔画重复之处。尤其是“酒”字，除水旁外，右边的“酉”字已经难以找到其踪迹了。“草书”本来只是手写过程中为追求速度而导致所书之字较为潦草，《三十种》在刊刻过程中为追求简易、快速的目的，竟采纳草书连笔的特点，有时难免会给阅读者造成难以识别的障碍，如上述“酒”字，就不容易识别。卢世华在《元代平话研究》中说：

元刊平话中简体字的字形有着一定的规律。一般是古代汉字的草书形式，此外就是用相应的部首代替。①

不仅仅是元刊平话的简体字有此特点，同样，作为通俗读物的《三十种》中的简体字也具有此特点。可以说，元代通俗读物的简体字大多采用部首代替法与草书代替法的形式来达到简化的目的。所以对待此类简化字，我们不应“简单地归结为错误、粗率。它本来也可以成为汉文字发展历史长河中的一个里程碑，并应该作为历史的进步来看待”。②

《三十种》中上述五种不规范的书写，除“错讹之字”与“笔画繁多之字的随意代写”外，其他三项都体现了汉字由繁到简的发展趋势。但站在正统文化的角度，采用新造字、古字新用、简体字则是不规范的，是“俗”的，甚至是要摒弃的，然而这些所谓“俗”的用法，却反映了人民大众的某种需求，我们今天应正确看待这些文字现象。

---

① 卢世华：《元代平话研究——原生态的通俗小说》，中华书局 2009 年版，第 157—158 页。

② 同上书，第 158 页。

第二章

语言的通俗性

元人周德清在《中原音韵·作词十法》中说：

> 不必要上纸，但只要好听，俗语、谑语、市语皆可。[1]

清代李渔也说：

> 元人非不读书，而所制之曲，绝无一毫书本气……元人非不深心，而所填之词，皆觉过于浅近，以其深而出之以浅，非借浅而文其不深也。[2]（《闲情偶寄》第一卷“词采第二贵显浅”）

周德清所说的“俗语、谑语、市语”与李渔所说的“贵浅不贵深”都表明，元人欣赏曲子的语言，并不像欣赏诗词般要求典雅，而是要求曲子语言通俗易懂，清新活泼。

曲子语言的“通俗易懂、清新活泼”的特点，正印证了郑振铎先生所提到的“俗文学”的六个特质中的三个特质“口传的、新鲜的、勇于引进新的东西”。[3] 而这些特质在元杂剧语言上则表现为吸收了各地的方言口语等新的词语，甚至是少数民族的词语。这些方言俚语的出现，使得元杂剧越来越接近下层百姓，也使得其“通俗性”的

① 《中国古典戏曲论著集成》（一），中国戏剧出版社 1959 年版，第 232 页。

② 《中国古典戏曲论著集成》（七），中国戏剧出版社 1959 年版，第 22—23 页。

③ 郑振铎：《中国俗文学史》，东方出版社 1996 年版，第 3—4 页。

特征愈发明显。

《三十种》中的语言就体现了上述材料中提到的俗语、蛮语、谑语、口语等体现市井生活的各种语言，甚至还有意用到方言特殊的读音，表现出不断吸收新的语言入曲的特征。这些清新活泼的语言运用到杂剧中，就使得《三十种》语言表现出“俚俗”的特点。

第一节　方言俗词与方言俗音

元明戏曲可以说是吸收了北方各地的方言词语，正因此，众多的学者如徐嘉瑞、张相、朱居易、陆澹安、顾学颉、王学奇、龙潜庵、王锳、方龄贵等在解释戏曲词语时，多立足各自熟悉的方言，力图解释其中地域特征明显的疑难词语，因而，他们所著的词典都或多或少涉及一些方言俚语。

尤其是其中的《元曲释词》与《宋元语言辞典》都指出一些词语的来源或说明某词语在某地尚有遗存，如：

《元曲释词》中多用“北语”一词来说明某词语在今北方语言中有遗存。如“腌臜”，“今北语多云肮脏，或仅云脏，即南人所说的鏖糟”；“不刺”为句中插入语，“再证之以河北省现在保存的方言，说明它是曲中衬音”，并指出张相所认为的该词具有“话搭头性质”进而将该词断入下文的做法不足为据；“魔合罗”为梵语音译；“曳刺”为契丹语“壮士”之称呼。这些解释，均指出了一些词语的来源或者在某地的遗存。

《宋元语言辞典》中说“兀刺靴”为东北地区对皮靴的称呼；“马留”为北人谚语，指“猴子”，今广东方言有遗存；“岩”为“和洽、合适”义，今广州方言仍有此说；“乌刺赤”为蒙古语“马夫”之义；“兀擦”为西夏语“斩杀”之义。

《三十种》所收录的三十个杂剧，也吸收了数量可观的方言词语，如后尧婆、夯、子么、俫、尪羸、学（诉说义）、恶水（泔水）、阇梨、包娄、阿者等词语，这些词语要么来自北方方言，要么来自少数民族语言。《三十种》方言词语主要体现在以下几个方面。

一 吸收北方汉民族各地方言俗词

《三十种》吸收了不少北方方言俗词，如：

1.《火烧介子推》第二折：【梁州第七】前家儿功翻成罪，后尧婆恩变为仇。

后尧婆，指后母。今山西各地方言均有此说。

2.《调风月》第二折：【二煞】……气夯破肚别人行怎又不敢提！

夯，撑。今山西南部方言仍有此说。《气英布》、《赵氏孤儿》、《周公摄政》等剧中也出现该词。

3.《疏者下船》第四折：【雁儿落】见爷尪羸愁养儿迟，见娘残病长回避，见兄贫寒似世人，见弟愚鲁看作奴婢。

《衣锦还乡》第二折：【集贤宾】……折倒的我身体儿尪羸，忧愁的鬓发斑白。

尪羸，指人身体困乏、精神不振的样子。今山西南部方言仍有此说。

4.《拜月亭》第三折：【黄钟尾】……我这些时眼跳腮红耳轮热，眠梦交杂不宁贴。

宁贴，安宁、宁静、安心、放心。今山西南部方言仍有此说。

5.《衣锦还乡》第三折：【二煞】与人家担好水，换恶水，又不会南头贩贱北头贩贵。

恶水，指泔水，今山西、陕西等地多呼泔水为恶水。

6.《西蜀梦》第四折：【滚绣球】……为甚俺死魂儿全不相偢！

偢，理睬。今山西南部方言仍有此说。该字在《三十种》其他剧中也多次出现：《老生儿》、《三夺槊》与《范张鸡黍》中的“偢问”；《汗衫记》中的“瞅”、“偢倸”；《东窗事犯》、《范张鸡黍》中的“偢”。在《三十种》共出现8次，频率不可谓不高。

7.《魔合罗》第二折：【者刺古】……咽喉被药把捉，难诉难学。

学，诉说。今山西南部方言仍有此说。

8.《调风月》第三折：【紫花儿序】……饶过你那亏人不志诚。赚出门桯。

赚，欺骗。今山西南部方言仍有此说。该字在《三十种》其他剧中也多次出现：《遇上皇》、《紫云亭》、《衣锦还乡》、《贬夜郎》、《东窗事犯》、《追韩信》、《博望烧屯》（2次）、《替杀妻》（2次），在8剧中共出现10次。

除上述词语外，尚有“跐”、“子末”（怎么，干什么）、“外前”、“瓦磁”、“年时”、“熬煎”、“宽展”、“怨畅”、“漏粉”、“刺刺搭搭”、“款慢”、“沉”、“撧”、“早起”等方言词语，在戏曲词典中均能找到解释。

但是，由于元曲中的方言词语涵盖地域甚广，任何一本词典都无法穷尽其中所有的方言词语，所以，今天的学者依然就元曲中某些生僻的方言词语做出新的解释。如《古典戏剧口语词释疑七则》①、《元

---

① 王永炳：《古典戏剧口语词释疑七则》，《中国语文》1997年第5期。

明戏曲中的女真语》[1]、《“传槽病”究竟是什么病?》[2] 等文章，分别立足于北方方言与云南方言、少数民族女真语言，以及山东方言等各地方言来继续探求元曲中生僻词语的含义。

而《三十种》中尚有一些汉语方言词语，由于出现的次数有限，或者因使用的地域不广，或后世使用比较少等原因，在注释方面出现当注却无人作注，或虽然前人已有释义，但释义不确等问题。以下为《三十种》中部分较为生僻且未作注或释义不确的汉语方言词语。

说明：为方便大家阅读，特用山西晋南河津方言（以史秀菊《河津方言研究》的声母、韵母、以及四个声调为准：阴平 31、阳平 324、上声 53、去声 44[3]）注出各词语的读音，另外加以谐音，以方便大家对语音的理解。

（一）当注而未注

1. 多透［tuɤ^{31} · tʻəu^{44}］（音读与“duò tōu”相近）：表“戳透”之义。

《单刀会》第二折：【叨叨令】……您索与他死去也末哥！索与他死去也末哥！那一柄青龙刀落处都多透！

“多透”一词，诸家均无注。对于该词，郑骞、徐沁君两位先生与元刊本一致，均作“多透”，唯宁希元先生改作“剁透”[4]，但未说明原因，不知所改何据。

“多”为方言借音词，即“戳”之义。“多透”即为“戳透、戳穿”之义。今北方语言中多有遗存，如山西南部、河南、陕西一带均有此说。

2. 推怨［tʻuei^{31} · yæ̃^{31}］（音读与“tuì yuàn”相近）：表“推”

① 孙伯君：《元明戏曲中的女真语》，《民族语文》2003 年第 3 期。

② 范春义：《“传槽病”究竟是什么病?》，《中国典籍与文化》2013 年第 2 期。

③ 史秀菊：《河津方言研究》，山西人民出版社 2004 年版，第 16 页。

④ 宁希元：《元刊杂剧三十种新校》（上册），兰州大学出版社 1988 年版，第 37 页。

之义。

《火烧介子推》第二折：【牧羊关】……那壁是圣旨难推怨，微臣这壁官差不自由。

“怨”为方言借音词，即“推”之义，所以，“推怨”为同义复合词。“推怨”即“推开、推掉、推脱”之义。今山西晋南万荣县通化镇一带说“推”为“怨”。如万荣话：“我车子走不动了，你在后面帮我怨一下”，即“我车子走不动了，你在后面帮我推一把”之义。

所以，“那壁是圣旨难推怨”，即“那边是圣旨难推脱”之义。

3. 叉［tsʻɑ^{324}］（音读与“cá”相近）：表“在油锅里炸煮”之义。

《冤家债主》第一折：【油葫芦】……又不曾油鼎内叉，剑树上踏。

宁希元将此句校为“又不曾油鼎内煠”，其校记如下：

油鼎内煠：原本“煠”（zha），音假为“叉”（cha）。据息机子、《元曲选》改。郑、徐二本失校。①

其实，“叉”不当校。“叉”为方言借音词，属于有音无字的现象，“叉”即“炸”之义。今山西晋南说“炸麻花”为“叉（音cá）麻花”。该词在北语中多有遗存。

4. 豁［xuɣ^{31}］（音读与“huò”相近）：表“拨拉到一边”之义。

---

① 宁希元：《元刊杂剧三十种新校》（上册），兰州大学出版社1988年版，第111页校记⑧。

《东窗事犯》第三折：【幺篇】……把那禽兽，剐割肌肉，号令签头，豁不尽心上忧。

《霍光鬼谏》第二折：【斗鹌鹑】……不打死今番豁不了冤！

《霍光鬼谏》第三折：【滚绣球】……都子为辱家门豁不尽心头气，献妹妹遮不了脸上羞。性命似水上浮沤。

5. 探［$t^{ʻ}\tilde{æ}^{44}$］（音读与“tān”相近）：表“呕吐”之义。

《拜月亭》第二折：【三煞】男儿！怕你待赎药时准备春衫当，探食后隄防百物伤。

“探”为方言借音词，为“将食物吐出”之义。今山西晋南河津话呼“吐”为“探”，如“娃把奶都探出来了”，即“孩子将奶都吐出来了”。

因此，“探食后隄防百物伤”，即“（你）要是吐食的话，就要提防它物对身体的伤害”之义（因为吃不进食物，身体会越发虚弱，更容易遭受病魔的侵袭）。

6. 茶［$ts^{ʻ}ɑ^{44}$］（音读与“cā”相近）：表“错误”之义。

《冤家债主》第一折：【混江龙】……这等人……爷瞒心昧己，娘剜刺挑茶。

龙潜庵将“剜刺挑茶”释为“寻事生非”，[①] 释义不误。但未说明“挑茶”与“寻事生非”之间有何联系。

此处的“茶”当为“错”字之音假，“挑茶”即为“挑错”之义。“剜刺挑茶”，即为“剜刺挑错”，义为把“刺”要剜出来，把错要挑出来，比喻一个人吹毛求疵，无事生非。

① 龙潜庵：《宋元语言辞典》，上海辞书出版社 1985 年版，第 620 页“挑茶斡刺”条。

今山西晋南河津话呼“错了”为“嚓了”，“茶”在河津话中亦读为“嚓”。如：“我嚓了”即“我错了”之义。

7. 托［tsʻuɤ^{44}］儿（“托”音读与“cuō”相近）：表“坐具”之义。

> 《紫云亭》第三折：【上小楼】……取将个托儿来快疾趔过。

“托儿”当为今之“坐具”，如“凳子、椅子”之类的坐具。今河津话呼“坐具”为“措地”，晋南其他地方有呼“缺地”等音。

8. 几合［xɑ^{44}］（音读与“hà”相近）：表“几下”之义。

> 《焚儿救母》第二折：【金蕉叶】你去三门前且躲，……我入三门沉吟了几合。

“几合”一词，各校本无校无注。“几合”为方言借音词，即“几下”之意。今山西各地方言多呼“下”为“哈”，如：山西话“你哈来”，即“你下来”之义，而“合”与“哈”音近，所以“合”当读为“哈”，“沉吟了几合”即“沉吟了几下”之义。此语在北语中多有遗存。

以上为阅读过程中，所摘录的部分当注而未注的方言词语。当然，此类需要作注的词语尚有许多，即使当下无法释出其义，亦当注明“意义不明”等诸如此类提示语，以供读者参考。

（二）对方言词语注释不当者

方言词语由于“俚俗”，加上历代文人关注相对较少，因而后人在校勘与作注时难免出错。比如对“传槽病”一词的注解，自20世纪50年代朱居易始，其后陆澹安、王学奇、罗竹风等人观点基本同于朱先生，都认为是“传染病”之义。然而最近有学者却从方言中得到启发，重新认定“传槽病”为“串槽的毛病”，即“花心、用情不专”义。① 这就说明我们在对方言词语进行注释时，一定要谨慎，

---

① 范春义：《“传槽病”究竟是什么病?》，《中国典籍与文化》2013年第2期。

需反复推敲。以下摘抄部分有误者，以期方家指正。

1. 绰的［tʻɤ^{44} · ti^{0}］（音读与“tè di”相近）：表“大人、父母、长辈”等义。

> 《拜月亭》第一折：【后庭花】每常我听得绰的说个女婿，我早豁地离了坐位，悄地低了咽颈，缊地红了面皮。

关于“绰的”一词，只有朱居易对其做过解释：“绰的：忽的。”① 并援引本例。

朱氏所注“绰的”为“忽的”义，不当，值得商榷。因为紧接着下一句有“豁地”一词，也表“忽地”之义，一句中不可能连用两个“忽地”，且“忽地说个女婿”意义不明。

“绰的”当为方言借音词，表“大人、父母、长辈”等义，“大人”可指“年长者”，亦可指“父母”，此处当为“父母辈的长辈”。“绰的”一词在山西晋南一带有遗存，只是读音在各地略有不同。山西临汾一带把“大人”说成“拖地”，而运城一带把“大人”说成“特地”，“绰的”与“拖地”、“特地”为一音之转。如河津话：“当特地什么时候都为孩子着想”，即“当大人（即父母）的什么时候都是为孩子着想的”之义。

因此，“每常我听得绰的说个女婿，我早豁地离了坐位”应释为“平常我听得大人（为我）说个女婿，我早（因害羞而）蹭地离开了座位。”

2. 惨［tsæ̃^{31}］（音读与“càn”相近）：表“大声喊叫”义。

> 《拜月亭》第一折：【醉扶归】……（夫人云了）（做惨科）……（小旦上了）（便自上了）（做寻夫人科，云）……（末云了）（猛见末打惨害羞科）

① 朱居易：《元剧俗语方言例释》，商务印书馆1956年版，第284页。

顾学颉、王学奇释“打惨”为“谓惊怔，发呆”之义。① 陆澹安则释为“凄切”。② 然两者所释之义值得商榷。

“惨”当为方言借音词，即“大声喊叫”之义，不过往往伴随着惊慌、惊喜等表情。今河津话呼“大声喊叫”为“惨”。如河津话：“你惨什么哩”，即“你大叫什么啊”之义。按：“惨”的“大声喊叫”义在元本《拜月亭》中多次出现。

因此，“做惨科”与“猛见末打惨害羞科”，即“做大声喊叫的动作”与“做猛然看见末大声喊叫（自己名字）而害羞的动作”之义。

3. 夺树［$t\gamma^{31}$ · $pf^{‘}u^{44}$］（音读与“dè fū”相近）：多的地方。

> 《七里滩》第二折：【么篇】……我布袍袖将他盖覆，常让与席头儿夺树。

该词语在北方方言中多有遗存，如山西、陕西等方言。

“夺树”一词，徐沁君先生作“宽处”，其校记云：

> 原作“常与我席头儿夺树”。据雍本改。盛、词本皆作“你在席头儿多处”。③

郑骞先生将“夺树”改为“多处”，其校记云：

> “多处”原作夺树，音近之讹，据摘艳改。④

而宁希元跟郑骞先生观点相同：

---

① 顾学颉、王学奇：《元曲释词》（一），中国社会科学出版社 1983 年版，第 352 页。

② 陆澹安：《戏曲词语汇释》，上海古籍出版社 1981 年版，第 130 页。

③ 徐沁君：《新校元刊杂剧三十种》（下册），中华书局 1980 年版，第 629 页校记［二三］。

④ 郑骞：《校订元刊杂剧三十种》，台北：世界书局 1962 年版，第 347 页。

原本“多处”二字，音假为“夺树”，据《盛世新声》、《词林摘艳》改。①

然而，徐先生将“夺树”改为“宽处”，虽释义无误，但所改不当；郑、宁二先生改为“多处”，似正确，但不必改。因为“夺树”为方言借音词，元曲中的方言借音词甚多，此处改过，他处是不是也要改？

“夺树”为“多处”的方言谐音，“夺树”即“多处”，指“人或物多的地方”。今河津话中“树”与“处”读音相同，皆读［pf‘u44］。如河津话：“你往人夺树走”，即“你往人多的地方走”。既为方言借音词，故不当改。

4. 合［xɤ53］（音读与“hē”相近）：拿。

《魔合罗》第四折：【穷河西】……（正末云：）你孩儿墙那壁，道你合毒药，药杀你亲侄儿来。

“合”为方言借音词，即“拿”之义。今山西南部河津、稷山、临汾一带说“拿”为“合［xɤ53］”或“［xuɤ53］”（音同火）、“［xæ̃53］”（音同喊），读音虽不完全一致，但皆为一音之转。如河津话：“你合社呀”，即“你拿上吧”之义。

所以，“道你合毒药”，即“（他）说你拿的毒药”之义。明本《窦娥冤》中多次出现“合药、合毒药”，也均为“拿药、拿毒药”之义。而《中国戏曲选》注本中将“合”释为“配制，配合”②，则不确。

5. 嚵［tʂ‘æ̃31］（音读与“chàn”相近）：啄。

《紫云亭》第一折：【金盏儿】……嘴尖嚵脖子，爪快撮

① 宁希元：《元刊杂剧三十种新校》（下册），兰州大学出版社 1988 年版，第 145 页校记㊾。

② 王起：《中国戏曲选》（上册），人民文学出版社 1985 年版，第 11 页注［4］。

天灵。

该词语在山西晋南方言中有遗存。

《汉语大字典》释唵三义为："chán①尝。②喙。③同'馋'。"①然上述解释不能解释本句中的"唵"义。

"唵"即"鸡鸭鹅以及鸟类用嘴啄物"之义，与"啄"同义。今山西运城一带说"啄"为"唵"。如"鸟鸟把葡萄都唵烂啦"，即"鸟儿把葡萄都啄烂啦"之义。

据此，"嘴尖唵脖子，爪快撮天灵"，即"嘴巴尖尖正好啄别人的脖子，爪子锋利正好抓别人的天灵盖"之义。

6. 声叉/叉/查［tsʻɑ⁴⁴］声（"查"、"叉"音读与"cā"相近）：嗓子哑。

顾学颉、王学奇将《盆儿鬼》第三折"〔正末弹盆儿科，云：〕不好，有些声叉，再换一个"中的"叉"解释为：

> 叉，读去声，是差、不好的意思，"声叉"，就是声音差、不对头。按：弹物听声，是旧时检验陶器等物质量的一种方法。②

之后，王学奇先生在其另一部著作中说：

> 以上各"叉"字，读去声。意为差（chà）、不好。眼叉，是指视觉模糊；声叉，是指声音不纯正。一说：声叉，即声沙，不清脆。③

顾、王二先生将"叉"解释为"差、不对头"，在《盆儿鬼》中，似乎可以解释得通；王先生后来虽然补充了"声叉"的意义，

① 《汉语大字典》（上册），四川辞书出版社、湖北辞书出版社1995年版，第704页。
② 顾学颉、王学奇：《元曲释词》（一），中国社会科学出版社1983年版，第204页。
③ 王学奇、王静竹：《宋金元明清曲辞通释》，语文出版社2002年版，第131页。

但还是很谨慎地用“一说”来表示。之所以不下定论，是因为上述两著作中都只用《盆儿鬼》中的“声叉”来做例子。然而“声叉”一词不仅仅用于器物，还可用于人，当用于人时，就不能简单地解释为“差，不好”。如：

（1）咽喉叉

《汗衫记》第二折：【酒旗儿】……兀的不叫得我咽喉叉。

“叉”为方言借音词，即“（嗓子）哑、沙哑”之义。今河津话说“嗓子哑”为“叉”。如“我嗓子叉了”，即“我嗓子哑了”之义。不能简单地理解为“嗓子差，不对头。”

所以“兀的不叫得我咽喉叉”，即“那样叫，怎不叫得我咽喉都哑了呢”之义。不能简单地理解为“我嗓子不好，不对头”。

（2）查声

表示“嗓子哑了”之义的“叉”，又写作“查”，两者读音相同，均读为［tsʿɑ^{44}］。如：

《紫云亭》第二折：【红芍药】……越道着越查声破嗓越骂得精细，前面他老相公听的！

“查”与“叉”同义。两字书写不同皆因方言词往往有音无字，书写者常借别字来表示此类无字方言词，所以方言词往往是“一词多形”。

据此，“越道着越查声破嗓越骂得精细”，即“越说你越是哑着嗓子破着嗓子骂得还越厉害了”之义。

根据以上的例子，“叉”与“查”都是对“声”状态的描述，所以两词往往与“声”相结合，“声叉”、“叉”、“查声”当指“声音不清脆，沙哑”之义。该词语在北方方言中多有遗存，如山西、陕西等方言。

以上例子均为前人已对部分方言词语做出解释，然所释之义却未必就精确，读者阅读中需仔细辨别。

上述所摘录的14个方言词语，均为《三十种》中现今在北方汉民族方言中尚有遗存的词语，我们可以借助这些遗存的词语来求得正确的释义。诚然，所摘录的14个方言词语，难免会“挂一漏万”，不过，这也是元曲中的方言词语似乎总也解释不完的原因。

二 吸收少数民族词语

学者们很早就注意到元曲中的少数民族语言，第一部戏曲词语词典《金元戏曲方言考》中就有“女真称父曰阿妈”的解释，之后的各释戏曲词语的词典都或多或少收录少数民族语言。

《戏曲词语汇释》中说“曳剌”为契丹语。

《元曲释词》中说“魔合罗”为梵语音译、“曳剌”为契丹语壮士。

《宋元语言辞典》中说“兀擦”为西夏语斩杀之义；“曳剌”为契丹语健儿、兵卒之义；“乌剌赤”为蒙古语马夫之义；“老阿妈”为女真语对祖父之称呼；“老阿者”为女真语对祖母之称呼。

而方龄贵的《元明戏曲中的蒙古语》、《古典戏曲外来语考释词典》两部著作，则专门解释了戏曲中的少数民族语言。孙伯君《元明戏曲中的女真语》[①] 则专门解释了元明戏曲中的女真语。

元代刊行的《三十种》也吸收了部分少数民族词语，这些词语主要集中在以下几个方面。

（一）蒙古词语

1. 狮蛮

《追韩信》第四折：【煞尾】……捋袖揎拳挺盔顶，破步撩衣扯剑迎，响断狮蛮心不宁，仗着龙泉身略横。

《赵氏孤儿》第三折：【七弟兄】……狮蛮带上提起锦征袍，把龙泉扯离沙鱼鞘。

① 孙伯君：《元明戏曲中的女真语》，《民族语文》2003年第3期。

“狮蛮”、“狮蛮带”，指武士系的带子。

“狮蛮”，据方龄贵先生考证，① 此语本为波斯语，后传入蒙古语中，本义为伊斯兰教教士，但往往被误指为回族人，“狮蛮带”当与当时回族人的装束有关。

2. 惊急列

《三夺槊》第二折：【隔尾】……那鞭休道十分的正着，则若轻轻地抹着，敢交你睡梦里惊急列地怕到晓。

《竹叶舟》第四折：【倘秀才】见他战笃速惊急列慌慌走着，划地痴呆汉呆答孩孜孜觑我。

方龄贵认为“惊急列”为蒙古语，原有惊呼、叹息、哀号、涕泣、哼哼等义，所以用来形容惊慌中发出的惊愕、哀叹、呻吟之声。②

3. 包娄

《张千替杀妻》第一折：【赚煞】……你倚仗着有金有钱，欺负俺哥哥无亲无眷，不曾见浪包娄养汉倒赔钱！

方龄贵认为，该词语为“汉字‘浪’与蒙古语‘包娄’的复合词”、“包娄”在蒙古语里为“淫荡、色情、好色”等义。③

4. 鬼胡延

《张千替杀妻》第一折：【游四门】……又不是颠，往日贤，都做了鬼胡延。

“鬼胡延”即为“鬼胡由”。方龄贵认为，“鬼胡由”亦作“鬼

① 方龄贵：《古典戏曲外来语考释词典》，汉语大词典出版社、云南大学出版社 2001 年版，第 327—333 页。

② 同上书，第 417—418 页。

③ 同上书，第 412—414 页。

胡尤"、"鬼狐由"、"鬼狐犹"；小说中作"鬼狐油"；方先生还认为该词语为"汉字'鬼'与汉字标音蒙古语'胡由'复合为词"。而"胡由"在蒙古语中本为"奔跑、奔驰、奔走、竞走"之义，那么"鬼胡由"即为"游魂"或"由此而引申的鬼混、玩弄阴谋诡计"等义。[①]

5. 阿的

> 《拜月亭》第二折：【牧羊关】这大夫好调理，的是诊候的强，这的十中九敢药病相当。阿的是五夜其高，六日向上，解利呵过了时晌，下过呵正是时光。

方龄贵认为"阿的"为蒙古语"ede"之对音，在蒙古语中为"这，这个，这些，那，那些"之义。[②]

6. 兀良

> 《汗衫记》第二折：【天净沙】兀良疏林落日昏鸦，兀的淡烟老树残霞。

"兀良"一词，方龄贵在《元明戏曲中的蒙古语·序》中指出有的词典释该词语为"衬词或话搭头，无义"实属错误，当为蒙语"天哪"之义。[③]

（二）女真词语

1. 阿者

> 《拜月亭》第一折：【天下乐】阿者！你这般没乱慌张到得那里？

---

① 方龄贵：《古典戏曲外来语考释词典》，汉语大词典出版社、云南大学出版社 2001 年版，第 408—412 页。

② 同上书，第 419—421 页。

③ 方龄贵：《元明戏曲中的蒙古语》，汉语大词典出版社 1991 年版，第 2 页。

“阿者”为女真人对母亲的称呼。

2. 阿马

《拜月亭》第二折：【哭皇天】较了数个贼汉把我相侵傍，阿马想波，这恩临怎地忘？

“阿马”为女真人对父亲的称呼。

3. 兔鹘

《调风月》第四折：【驻马听】官人石碾连珠，满腰背无瑕玉兔鹘。

孙伯君认为“兔鹘”为女真语对腰带的称呼，并援引《金史·舆服制》、慎懋赏《四夷广记·女直译语》等典籍来说明该词语为女真语。①

4. 撒敦

《调风月》第四折：【新水令】双撒敦是部尚书，女婿是世袭千户。

“撒敦”：女真语，“亲家”之义而非“亲戚”之义。

按：方龄贵认为该词语为蒙古语，并援引《华夷译语·人物门》中“亲眷，兀舌里撒敦”与《卢龙塞略·伦类门》中“亲眷曰兀里撒敦”作为证据。② 但只能说明“兀里撒敦”表示“亲戚”而非“亲家”之义。

---

① 孙伯君：《元明戏曲中的女真语》，《民族语文》2003 年第 3 期。

② 方龄贵：《古典戏曲外来语考释词典》，汉语大词典出版社、云南大学出版社 2001 年版，第 26—27 页。

而孙伯君认为该词语当为女真语，为“亲家”义。[①] 今从孙先生说。

《调风月》演绎的是女真人的故事，所以，“撒敦”应如孙先生所言当为女真语，义为“亲家”。

5. 老阿者

> 《调风月》第二折：【江儿水】老阿者使将来伏侍你，展污了咱身起。

“老阿者”为女真语祖母之称呼。

6. 打也阿儿

> 《调风月》第二折：【四煞】……打也阿儿包髻真加要带，与别人成美况团衫怎能够披？

“打也阿儿”王季思《〈诈妮子调风月〉写定本说明》第［35］条云“不知何意”[②]；宁希元“疑为女真语，待考”[③]。

《调风月》演绎的是女真人的故事，宁先生推测“打也阿儿”为女真语，很有道理，故从之。

从以上女真语分析中可以看出，女真语集中出现在演绎女真人故事的《拜月亭》、《调风月》两剧中，可启发我们，其中的一些无从解释的词语可从女真语言入手，也许可迎刃而解。除此两剧外，《三十种》中的《紫云亭》也是演绎女真人的故事。

---

① 孙伯君：《元明戏曲中的女真语》，《民族语文》2003 年第 3 期。文中援引《女直译语·人物门》：“亲家，撒都”来作例证；同时举明代火源洁《华夷译语·人物门》记录蒙古语：“亲家，古答”一例来说明蒙古语的“亲家”当为“古答”而非“撒敦”。孙先生还指出李直夫为金人，所作《虎头牌》杂剧也演绎的是女真人的故事，据此推断“撒敦”当为女真语，且其义为“亲家”。

② 《王季思文集》，中山大学出版社 2004 年版，第 255 页。

③ 宁希元：《元刊杂剧三十种新校》（上册），兰州大学出版社 1988 年版，第 69 页校记㊿。

（三）梵文

自从佛教传入中国，梵文这种外来语也渐渐被汉语所吸收，《三十种》中所采用的梵文并不多，只有零星的几例。

1. 阇梨

> 《东窗事犯》第二折：【十二月】笑你个朝中宰职，只管里懊恼阇梨。

阇梨：梵语的音译，“阿阇梨”的简称，原为教育僧徒的高僧，后来泛称僧人。

2. 魔合罗

> 《魔合罗》第四折：【快活三】魔合罗你做的，高山须是你名讳。

《元曲释词》中说：“魔合罗，为梵语音译，本是佛教神名，传自西域。宋元习俗，用土、木雕塑成小孩的形状，加饰衣，‘七夕’供养，称作魔合罗，后来成为小孩的玩具。”①

三　方言俗音的应用

元杂剧词语的通俗不仅表现在词语选用了通用语中没有的方言俗词，有时候，还会故意摒弃通用语的读音而有意识地选择方言俗音。下面是《三十种》中一些词语的方言俗音之例。

1. 啯：kŭn

> 《火烧介子推》第三折：【朝天子】……你直待啯咬煞微臣罢！

① 顾学颉、王学奇：《元曲释词》（二），中国社会科学出版社1984年版，第479页。

啯，《汉语大字典》释：

> kěn《篇海类编》苦本切。啃；咬。[1]

《汉语大字典》释义无误，但将“啯”字的读音标注为“kěn”，则有失偏颇。“啯”是方言词，虽然其意义与“啃”相同，但其读音不能简单地等同于“啃”字的读音，我们从该字的声旁“困”也可推出“啯”的读音应为“kǔn”；另外，赵荫棠先生在《中原音韵研究》中，将该字的拟音也标注为上声［k'uen］[2]；今山西运城一带说“啃”为“啯”（音同捆）。如河津话：“狗把骨头都啯（音捆）完了”，即“狗把骨头都啃完了”之义。

如此，该字读音应标注为“kǔn”。

2. 赚：tuán

> 《衣锦还乡》第二折：【挂金索】你赚到我庄东，交我笑靥儿钻破两腮；不见我孩儿，交我直哭到门儿外。
>
> 《东窗事犯》第一折：【游四门】……你待兴心乱朝纲，诈传宣赚离我边庭上。

赚，《汉语大字典》则释为：

> zuàn 哄骗。《正字通·贝部》：“赚，俗谓相欺诳曰赚。”[3]

释义甚确，然注音不知何据。此处“赚”为方言借音词，不当读“zuàn”，而应读“tuán”。

今山西晋南一带说“骗”为“团”（按：团与赚在当地方言中皆

① 《汉语大字典》（上册），四川辞书出版社、湖北辞书出版社1995年版，第630页。

② 赵荫棠：《中原音韵研究》，商务印书馆1936年版，第202页。

③ 《汉语大字典》（下册），四川辞书出版社、湖北辞书出版社1995年版，第3655页。

读 tuán，而普通话中赚与团的读音在语音上也有关系，声母为一音之转）。如：“你不要团（赚）我”，即“你不要骗我”之义。

另外，唱腔中的“赚”，也应读为“tuán”，因表示“欺骗”义。《梦粱录》卷二十“妓乐”条载：

> 有张五牛大夫，因听动鼓板中有《太平令》或赚鼓板，即今拍板大节抑扬处是也，遂撰为“赚”。赚者，误赚之之义也，正堪美听中，不觉已至尾声。①

《梦粱录》中明确标明“赚”有“误”之义，其中的“正堪美听中，不觉已至尾声”，表明此唱法得名为“赚”正是因为具有“欺骗”之特点。

所以，该字“欺骗”义的读音应标注，且标注为“tuán”。

3. 赛：sà

> 《老生儿》第一折：【油葫芦】……我谢神天便将羊儿赛，我待相知便将羔儿宰。
>
> 《遇上皇》第一折：【那吒令】前日是瞎王五上梁，昨日是村李胡赛羊，今日是酒刘洪贵降。待不去来，他来相访，相领相将。

赛：各校本、各字典对该字均未作注。该字表示的应是方言中“杀”的俗读，读“sà”。今山西晋南一带说“杀”为“sà”。

另外，本节中提到的“合毒药”之“合［xɤ^{53}］”、“推怨”之“怨［yæ̃^{31}］”、“几合”之“合［xɑ^{44}］”、“绰的［tʻɤ^{44}·ti^{0}］”、“剜刺挑茶”的“茶［tsʻɑ^{44}］”、“声叉/叉/查声”的“叉［tsʻɑ^{44}］”、“探食之探［tʻæ̃^{44}］”等读音，都是方言借音词，既然是借

① （宋）吴自牧：《梦粱录》，《东京梦华录》等五种本，中国商业出版社 1982 年版，第 178 页。

音词，就应该将其特殊的读音为读者注出。

杂剧中之所以会吸收大量的方言读音，一方面是因为在元代出现了散曲与杂剧这种新的文体，而新文体的新，不仅表现在形式与词语的新颖上，还表现在读音的新颖上，所谓读音的新颖也就是不同于"雅音"的方言"俗音"、民间俗读。这些方言俗音穿插在新兴文体中，使得作品生动活泼，充满新鲜感，正好可以消弭旧文体语言的晦涩、拗口、佶屈聱牙等缺点，对于听众而言，也更容易接受。所以说方言俗音所带来的读音上的新颖会对新兴文体的推广起到重要的作用。另一方面，读音的新颖与"听觉审美"也有关系。审美疲劳，不仅有"视觉疲劳"，也有"听觉疲劳"，"听觉疲劳"是因为语音一成不变，时间久了，观众自然厌烦，此时，若能在剧中加入一些特殊的方言读音，则会给听众带来"耳目一新"之感。这正如现在网络上流行的"有木有"之语一样，虽然在官方语言中用"有没有"来表示，然而人们的听觉不满足一成不变的说法，总要追求新鲜感，于是，不同于官方音读的方言音读"木有"就被挖掘出来，该词一出现，就因其读音的特殊性而被大家广泛接受，成为活跃在网络上的"红词"。该词语的迅速蹿红，根本原因就在于其读音的新颖。

杂剧是表演艺术，对于观众而言，"听觉审美"显得尤为重要。所以，它更要求剧本中的某些词语在读音上要有变化，其目的就是要体现出不同于当时"通用语"的读法，进而达到语音上的"求新求异"的目的。这大概是方言词语、方言俗读在元曲中盛行的重要原因吧。

这种"俗音"代替"雅音"的现象，不仅仅是在元代杂剧、散曲中有，历代均有。

《诗经·汝坟》中的"王室如燬"中的"燬"字，唐人陆德明《经典释文·毛诗音义》中就说："齐人谓火曰燬，郭璞又音货。……或云：楚人名曰燥，齐人曰燬，吴人曰焜。此方俗讹语也。"此例中的"燬"就用的是齐人对"火"的方音称呼。可见《诗经》中也有方言词语，《诗经》为民歌总集，所以吸收各地方音不足为奇。《楚辞》多用楚地方言声韵来写楚地风土人情，其中楚地的方音更多，如：《离骚》“羌内恕己以量人兮”，王逸《楚辞章句》：“羌，楚人语，词也。”其他如兮、謇、阰（pí）等均为楚地方音。

至唐，唐人所作的律诗，虽有各种制约，但在有限的字数里还是会夹杂一些方言词语，如齐己《和孙支使惠示院中庭竹之什》：“剪黄憎旧本，科绿惜新生。”薛能《寄终南隐者》：“扫坛花入篲，科竹露沾衣。”此二首诗中的“科”为“砍”之意，显然为方言音读。在今陕西、山西一带依然呼“砍”为“科”（音 kuò）。

宋代出现的新兴文体“词”，也吸收了当时的方言音读。如“去年”义，传统用“去年”来表示，如晏几道《临江仙》“去年春恨却来时”。而北宋王庭珪的《虞美人·辰州上元》词：“花衢柳陌年时静，划地今年盛?”一句中已吸收宋时新语“年时”的说法（今山西、陕西一带依然有此说）。

正因从古至今，文学作品中均有方言俗音的使用，所以我们后人在整理元曲时，也要遵循古人“意旨”，尽量还原其读音。然而遗憾的是，无论是辞书、字书的注释，还是对元杂剧剧本的注释、校勘，有些注家往往忽略了对方言词语读音的注解。不过，顾学颉、王学奇两位先生在其《元曲释词》中对一些方言词语的特殊读音有时也给予说明。比如表示“诉说”义的“学”字，顾、王二先生注：“学，旧读 xiáo，犹说；有转述之意。”① 不仅注出其义，还注出其读音。之后，王学奇、王静竹也在其著作《宋金元明清曲辞通释·叙例》中专门提到对“生僻字、古今异读字、多音字”的“注音”问题。② 这一切都说明注出特殊方言的特殊读音，也是很有必要的。

杂剧中吸收方言俗音的做法，对我们今天如何繁荣戏曲有一定的借鉴意义。因为方言俗音能打破一成不变的传统读音，所以会给听者带来听觉上的新鲜感。比如 20 世纪 90 年代出现的粤语独霸乐坛的现象，以及后来吸引了全中国观众的赵本山、宋丹丹的东北口音的小品；而近年来热播的《武林外传》，其中“闫妮”所扮演的“佟湘

---

① 顾学颉、王学奇：《元曲释词》（四），中国社会科学出版社 1990 年版，第 135 页。

② 王学奇、王静竹：《宋金元明清曲辞通释》，语文出版社 2002 年版，第 2 页。

玉”因说一口陕西话而得到观众的喜爱。这一系列的方言歌曲、方言剧之所以能迅速走红，都说明“语言、语音求新求异”对舞台演出是至关重要的。

所以说，今天戏曲的繁荣，亦应当在曲辞中适当增加一些方言俗读，以消除观众的“听觉审美疲劳”。

第二节 通俗化的语气词

《三十种》语言的通俗性不仅表现在吸取方言俗词与方言俗音上，还表现在使用了大量的语气词上。由于语气词是口语化程度很高的词类，所以语气词的种类与数量也最能反映一部作品是否立足于当代，是否来源于现实生活，是否更贴近人民大众的生活。

《三十种》中的大量语气词，或来自先秦时期，或来自宋元时期；或用于句首或用于句中，或用于句尾；或仅出现在科白中，或仅出现在曲文中，或在科白与曲文中均出现；或使用频率高，或使用频率低，或只出现在反映少数民族故事的剧中……这些语气词不仅数量多，而且分布广泛、用法灵活多变，在句子中的位置不固定，这一切似乎都说明，这些语气词在《三十种》的出现绝非偶然，也绝非可有可无，而是起着某种重要的作用。

一 《元刊杂剧三十种》中的语气词及其来源

据笔者统计，《三十种》语气词为79个，这些语气词的来源有二：一为取自先秦时期的语气词；一为来自宋元时期的语气词，而此类语气词有疑问代词、疑问语气词与叹词三类。

从表2-1中可以看出，《三十种》中共有79个语气词，其中宋元时期新的语气词有63个，占80%；而先秦时期的语气词只有16个，占20%。从这一数据上大致可以看出，《三十种》中的语气词，主要是吸收宋元时期新出现的语气词，吸收当时活的语言，而且吸收的力度还是很大的。这些语气词由于植根现实、植根民间，因而也更为清新活泼，这在某种程度上也能反映出元杂剧更接近生活，更贴近民众，从而也使得其作品更为通俗易懂。

表 2-1　　《三十种》中语气词来源一览表

来源	数量	比例（%）	类别	语气词备举（79个）	
先秦时期	16	20		也、者、哉、些、矣、兮、乎、只、岂、耶、乃、安、何、谁、如何、何如	
宋元时期	63	80	疑问代词	怎、怎生、怎莫、怎生呵；则末（子末）、则末那（子末那）；甚迭、甚的、甚；甚时、何时、几曾、何曾；几、多少；哪里（那里）；哪一个（那一个）（17个）	21.5%
			疑问语气词	么（末）、来末、莫不（3个）	3.8%
			叹词	句首：哎、嗨、咭、吡、噟、嗷、嗱、嗏、呀、吁、嗄、哎哟、阿哟、阿也、来波、不剌、干剌、不唦（18个）	54.4%（43个）
				句尾：咱、罢、哩、嘛、了、那、末波、只波、者波、则个、也啰、也么哥、些儿个/些个、些儿者、者呵（15个）	
				句中及位置不定者：波、啰、呵、唦、来、的、个、也那、也么（也末）、（波/末/些/甚）娘（10个）	

（一）来自先秦时期的语气词

这部分的语气词有“也、者、哉、些、矣、兮、乎、只、岂、耶、乃、安、何、谁、如何、何如”16个，大约占《三十种》语气词的20%。《三十种》中这些语气词的用法跟先秦时期的用法是一样的，兹不举例。

（二）来自宋元时期的疑问代词

这部分的语气词有“怎、怎生、怎莫、怎生呵；则末（子末）、则末那（子末那）；甚迭、甚的、甚；甚时、何时、几曾、何曾；几、多少；哪里（那里）；哪一个（那一个）”17个，大约占《三十种》语气词的21.5%。

1. “怎、怎生、怎莫、怎生呵”（其中“怎生呵”为疑问代词同语气词连用）表示询问原因或方法：

《西蜀梦》第二折：【一枝花】……低首参详，怎有这场景象？

《西蜀梦》第三折：【上小楼】则为咱当年勇过，将人折剉，石亭驿上袁襄怎生结末？

《焚儿救母》第一折：【醉中天】……怎莫这付药值银十两？

《拜月亭》第一折：【醉扶归】……正旦云：今日到这里无奈处也，怎生呵是那？

2. “子末、子么、则末、则么、则末那、子末那”：用疑问的形式表示反问的语气，其中的“子末、子么、则末、则么”为疑问代词，表示“怎么、什么、干什么、为什么”等意；而“那”是表疑问的语气词，相当于“呢”。这组词多用在科白中。

《调风月》第一折：【幺篇】……云：子末你不志诚？

《任风子》第二折：【端正好】……正末云：你来这里子末？

《衣锦还乡》第一折：【金盏儿】……带云：薛仁贵，你不谢恩子么？

《火烧介子推》第一折：【寄生草】……告大王恁时节龙楼凤阁已成功，待子么到如今雕阑玉砌今何在？

《拜月亭》第四折：【幺篇】……正旦云：休，休，教他不要则休！喒没事则管殃及他则末？

《竹叶舟》第四折：【倘秀才】……捣蒜也似阶前拜则么？我是个贫斋道，住在山阿，怎生把你儒生度脱？

《拜月亭》第三折：【倘秀才】……正旦云：你不要呵，我要则末那？

《拜月亭》第四折：【胡十八】……正旦云：你便信我子末那！

该组词语为方言词语，在今山西晋南方言中尚有遗存。

3. “甚迭、甚的、甚”：表示“干什么、什么”。

《拜月亭》第三折：【倘秀才】……我又不风欠，不痴呆，要则甚迭？

《遇上皇》第一折：【金盏儿】……怎能够百年浑是醉，甚的是三万六千场？

《拜月亭》第四折：【驻马听】……正旦云：这意有甚难见处那？

4. “甚时、何时、几曾、何曾”：询问时间。

《衣锦还乡》第四折：【新水令】……你可甚出入通达，遣烦恼甚时罢？

《赵氏孤儿》第一折：【寄生草】……朝朝挟恨几时休，冤冤相报何时尽？

《拜月亭》第一折：【醉扶归】……正旦云：呵！我每常几曾和个男儿一处说话来！

《贬夜郎》第三折：【上小楼】这孩儿何曾夜啼，无些惊气。

5. “几、多少”：询问数量。

《陈抟高卧》第一折：【油葫芦】古圣留传《周易经》，有几人能穷究的精？

《汗衫记》第三折：【上小楼】……正末云：多少年纪？

6. “哪里（那里）”：询问地方。

《拜月亭》第一折：【天下乐】阿者！你这般没乱慌张到得那里？

7. “哪一个（那一个）”：询问具体的对象。

《冤家债主》第二折：【脱布衫】那一个开解库的曾受宣牌？

（三）来自宋元时期的语气词

这部分的语气词有46个，可分为疑问语气词与叹词两大类，大约占《三十种》语气词的58.2%。

1. 疑问语气词（3个）

这部分语气词有3个：莫不（末不）、么（末）、来末，该组语气词表示疑问语气。

（1）莫不（末不）：该语气词置于句首，表示推测但又不太肯定的语气。

《调风月》第二折：【朱履曲】莫不是郊外去逢着甚邪祟？……这烦恼在谁身上？末不在我根底，打听得些闲是非？

《冤家债主》第三折：【梧叶儿】料是前生罪，今世里当，末不烧了断头香？揾不迭腮边泪，挠不着心上痒，割不断业心肠。

（2）么（末）、来末：该组语气词表示疑问语气，其中，“来末”为语气词“来”与语气词“末”的连用，作用等同“么（末）”，相当于今天的“吗”。而“来末”在《三十种》中仅出现一例。

《气英布》第一折：【雁儿】……（正末云：）你交我降你汉家？……我便降汉，肯重用么？

《借铁拐李还魂》第三折：【沽美酒】……父亲，将与我一陌纸马，去东岳庙上招魂。到俺家认我妻子孩儿，看他认得我么？

《调风月》第一折：【天下乐】……带云：燕燕敢道末？

《调风月》第二折：【粉蝶儿】……做到书院见正末，云：你吃饭末？

《博望烧屯》第三折：【步步娇】……云：刘封，吾计中用来末？

2. 叹词（43 个）

从表 2-1 中可以看出，在所吸收的 63 个宋元时期的语气词中，其中叹词数量最多，高达 43 个，占宋元时期 63 个语气词的 68.3%，占《三十种》中语气词的 54.4%。《三十种》中众多的叹词，不仅出现在科白中，也大量出现在曲文中，如此大规模的叹词出现在杂剧中，应该说，这些叹词不是可有可无的点缀，而是担负着某种重要作用。下文专门论述叹词的作用与在《三十种》中的用法。

二　叹词（43 个）

表 2-2　《三十种》叹词在科白与曲文中的分布

位置	叹词（43 个）	合计
仅见于曲文者	句首：咭、吡、啞、嗷、嗄、嗻、哎哟、阿哟、来波、不剌、干剌 句尾：也么哥 句中：啰、也么（也末）、也那、（波/末/些/甚）娘	16
仅见于科白者	句首：吁、阿也、不哕 句尾：哩、嘛、末波、只波、者波、则个、些儿个（些个）、些儿者、者呵	12
科白曲文中均出现者	句首：哎、嗨、呀、嗏 句尾：咱、了、罢、那、也啰 句中：的 位置灵活者：呵（句首、句中、句尾）、波（句中、句尾）、哕（句首、句中、句尾）、来（句中、句尾）、个（句中、句尾）	15

从表 2-2 中可以看出：

首先，《三十种》中的叹词不仅数量多，而且用法灵活，既可用在曲文中，也可用在科白中。

其次，《三十种》中能用于曲子中的叹词有 31 个，能用于科白中的叹词有 27 个；仅用于曲子中的叹词有 16 个，而仅用于科白中的叹词有 12 个。

可见，曲子中所使用的叹词的数量要比科白中使用的多，由于叹词具有口语化程度较高的特点，所以，在某种程度上就否定了臧懋循所说的只有宾白“鄙俚”的观点：

其宾白则演剧时伶人自为之。故多鄙俚蹈袭之语。①

也否定了周德清所说的：

如俗语、蛮语、谑语、嗑语、市语、讥诮语、各处乡语、书生语、构肆语、张打油语，皆不可入……②

（一）曲文中的叹词

叹词并非在元代才出现于杂剧中，在上古诗歌中就已经大量存在，如上古诗歌中出现的叹词：兮、嗟、矣、薄、思、息、于嗟、哉、壹、于嗟乎、也、之、宁不、居、诸、式、只且、只、乎、焉、也且、乎而、猗嗟、聿、噬、且、些、噫等。即使到汉代，诗歌中亦有叹词，如汉代梁鸿的《五噫歌》诗名就包含叹词“噫”，而歌词中用到五个“噫”，这频频出现的“噫”字，表达了作者复杂的感情：叹息、讽刺、同情、无奈等。所以，闻一多先生在《歌与诗》中说：

若再把“兮噫”去掉，让它成了一首四言诗，那与原来的意味相差该多么远！③

可见，上古诗歌中是大量使用叹词的，这众多的叹词在上古诗歌中应该起着某种重要的作用。而关于诗歌中的叹词尤其是句首叹词的作用，闻一多先生在《歌与诗》中有专门论述：

想象原始人最初因情感的激荡而发出有如“啊”“哦”“唉”或“呜呼”“噫嘻”一类的声音，那便是音乐的萌芽……声音可

---

① （明）臧懋循：《元曲选·序》（第一册），中华书局1958年版，第3页。

② 同上书，第19页。

③ 孙党伯、袁謇正编：《闻一多全集》（第10册），湖北人民出版社1993年版，第8页。

以拉得很长，在声调上也有相当的变化，所以是音乐的萌芽。[①]

感叹字确乎是歌的核心与原动力，而感叹字本身则是情绪的发泄，那么歌的本质是抒情的，也就是必然的结论了。[②]

闻一多先生的上述论断，指出诗歌中的叹词作用有二：一为承担演唱的重任，一为抒情。所以说上古诗歌中的叹词不是可有可无的，而是具有强烈的抒情功能，在演唱时是不能忽略的，而是要唱出来的。这同我们今天歌曲中的“啊、啦”等叹词一样，是占据音乐片段的，因而是要唱出来的。

正因为句首叹词在诗歌中有着重要的作用，所以，基于民歌的先秦诗歌中有大量的句首叹词。不过，《诗经》之后的诗歌创作逐渐文人化，而文人创作的诗歌，最大的弊端就是工于辞藻、远离民间，渐渐的，诗歌中很少使用叹词及其他语气词，尤其是格律诗出现后，由于受到字数、格律的严格限制，诗歌中的叹词及其他语气词基本不复存在，仅仅在古风中留下一些影子，如李白的《蜀道难》，但其中的语气词“噫吁兮”等还是采自先秦时期的叹词，并未吸收当时新出现的语气词。宋人诗歌由于讲究“无一字无来历”，这更是将诗歌中用以传情的叹词以及其他语气词“逼上绝路”。即使在唐宋时期的通俗文学作品唐传奇与宋话本中，其中的语气词也无多大变化，比如宋话本《碾玉观音》中的新语气词“甚、甚么、怎地、怎、那里、几、么”等基本上都是集中在疑问语气上，而纯粹表感叹的新叹词在《碾玉观音》中不曾出现，包括元代刊行的《三国志平话》、《三分事略》亦如此，甚至宋金元时期的《诸宫调》也一样。

然而，元杂剧的出现，终于打破了语气词特别是感叹词衰弱的局面。由于元杂剧植根民间，它一反诗歌纯高雅的风格，尽可能吸收新时代的元素，其中所吸收的新元素之一就是当时新出现的语气词，语

① 孙党伯、袁謇正编：《闻一多全集》（第10册），湖北人民出版社1993年版，第5页。

② 同上书，第8页。

气词在元杂剧中不仅数量多，而且出现的频率也很高（参见上述表2-1以及附表一“《三十种》语气词一览表”），语气词数量的增多，表明元杂剧在抒情的表现手法上有了新方法，而且，语气词的增多，也反映出元人在表现剧中人物内心感情方面更加细腻。

《三十种》曲文中的叹词可用于句首，也可用于句中、句尾。其中尤以用于句首为多。

1. 曲文中的句首叹词

在上述31个曲文叹词中，其中用于曲文句首的叹词有“哎、嗨、咭、吡；啞、嗷；嗄；嗱；嗏；呀、哎哟、阿哟、来波；不剌、干剌；呵”共16个。这些用于曲子中的句首叹词正是闻一多先生所说的具有抒情功能与演唱功能的“感叹字”。《三十种》大量使用这些叹词，说明元杂剧在抒情方式与演唱方式上向原始抒情方式回归。

（1）哎、嗨、咭、吡：表无奈或愤怒的心情。

> 《紫云亭》第二折：【黄钟尾】……哎！莲子花官人愿的你一千岁！嗨！怎直恁般下得！（卜儿云了。）（正旦唱：）咭！则是你了得！吡！都是你吸人髓虔婆直攘到底！（咭，仅此一例）
>
> 《火烧介子推》第三折：【煞尾】……太子呵！你便是治不得国，我便是齐不得家，吡！枉交人唾骂杀！
>
> 《衣锦还乡》第三折：【尧民歌】满城里没你这般歹东西！……不与俺穷汉做活计。吡吡！婆娘妇女每，子待每日醺醺醉。

《紫云亭》中的“哎、嗨”都表示正旦无可奈何的心理，只能长叹一声“哎”或“嗨”，所以之后的“莲子花官人愿的你一千岁”与“怎直恁般下得”，都是围绕无可奈何这一感情基调而阐发的。之后的“咭”（xī，笑的样子）表示对“卜儿”所说之词的讽刺，故用表冷笑的语气词“咭”，所以正旦后面紧接着的唱词“则是你了得”，明显具有嘲讽卜儿的意味。而“吡”（pǐ，诋毁，斥责）不仅表示讽刺，还表示不屑、愤怒、责骂、诋毁之意，所以之后正旦所唱的“都是你吸人髓虔婆直攘到底”正是表达了上述“不屑、愤怒、责骂、诋毁”等意（此“吡”大致等同于今天的詈词“呸”），《介子推》、《衣锦还乡》中的“吡”与《紫云亭》中“吡”的用法、意义相同。这些语气词都对整个曲子的感情基调起到很好的奠基作用，所以它们在曲子中绝非可有可无。

（2）啶（嚜）、嗷：叹词，表示懊恼的心情。

《拜月亭》第一折：【油葫芦】……啶！百忙里一步一撒！嗨！索与他一步一提！（按：啶，本剧有三处用到该字。《紫云亭》也多处用到该字）

《紫云亭》第二折：【牧羊关】啶，您那狠爹爹才趔过，呵，俺这善婆婆却来这里。嗷，我能藏波你也能觅。

《气英布》第一折：【寄生草】……你道是特来救我目前忧，嗷，你正是不知自己在壕中卧。

此例中的“啶、嗷”均为感叹词，均表示对事情的发生感到懊恼的心情，所以后面的唱词都是围绕“懊恼”的感情基调展开的。

（3）嗄（á）：同“啊”，表示强烈的感叹语气。

《汗衫记》第二折：【幺篇】陈虎那厮奸奸诈诈，张孝友又虔虔答答。媳妇儿当年整二八。嗄！只愿得你出入通达。（仅此一例）

（4）嚓：叹词，表示矛盾的心情。

《紫云亭》第三折：【尧民歌】……嚓！这厮白日街上打呆歌，却怎生到晚人前逞偻㑩。

《紫云亭》第二折：【三煞】……嚓！嚓！乱下风雹的又没巴臂。

（5）嗏：叹词，往往表示愤怒的感情，常表示斥责之意。

《老生儿》第二折：【滚绣球】……（正末）做怒科，云：嗏！刘大，你来这里子末？去！这钱没与你！

《气英布》第二折：【哭皇天】……嗏！汉随何喒有甚么相知面情。

由于“嗏”多表示斥责之意，所以“嗏”之后的“汉随何喒有甚么相知面情”也为斥责之句。

（6）呀、哎哟、阿哟、来波：叹词，表示惊讶、惊吓之感。但该组语气词除“呀”使用较为频繁外，其余出现的频率均不高，均仅出现1次。

《任风子》第四折：【得胜令】呀，走将来揪住我这吕公绦，哎哟，险跌破我这许由瓢。（仅此一例）

《魔合罗》第二折：【四门子】靠着时呀的门开了……阿哟！又跌着我残病腰！（仅此一例）

《拜月亭》第三折：【倘秀才】来波！我怨感，我合哽咽！（仅此一例）

（7）不剌、干剌：该组叹词具有忽然转换话题的转折作用。

《拜月亭》第三折：【倘秀才】来波！我怨感，我合哽咽！不剌！你啼哭，你为甚迭？

《拜月亭》第四折：【水仙子】……须是俺狠毒爷强匹配我成姻眷；不剌，可是谁央及你个蒋状元，一投得官也接了丝鞭？我常把伊思念，你不将人挂恋，亏心的上有青天！

《魔合罗》第四折：【古鲍老】他合数说半日，依本分话儿有道理。恰参详了一会。干剌，这人有暗昧。则这婆娘屈，可更这汉虚，是他官司逼。（仅此一例）

《拜月亭》中，第一例“不剌”前的内容是正旦诉说自己愁闷的原因，然后话题一转，问对方忽然啼哭的原因是什么；第二例中，前面说自己嫁给别人是父亲强迫自己的，然后话题一转问对方怎么忽然中了状元，也不来找自己。《魔合罗》中“干剌”前说的是张鼎认为对方说得有理，然而，在张鼎“参详了一会”后，忽然觉得不对，所以，大喊一声“干剌”，表明对之前看法的否定，所以话题一转，说“这人有暗昧”，并判断刘玉娘可能有冤，李文铎更是心虚。这种用法与今天的叹词“哎呀”作用相同。

（8）呵：表示强烈的呐喊。

《拜月亭》第三折：【二煞】……呵！谁无个老父？谁无个尊君？……都不似俺那狠爹爹！

《紫云亭》第三折：【粉蝶儿】……呵！大冈来意气相合。今日把我情肠，他肺腑，都混成一个。虽隔着千里关河，不曾有半个时辰意中捱过。

上述曲文中的16个句首叹词，可以表达无奈、懊恼、责备、嘲笑、奚落、厌恶、矛盾、惊吓、训斥、呼喊、转移与提醒等多种情感，抒发多种感情，所刻画的人物心理也更为细腻，可见叹词的出现不是可有可无的，而是在抒发人物感情、刻画人物心理方面都有着重要作用的。而且这些叹词都采用了“叹词+句子”这样的抒情形式，这是因为叹词决定了之后句子的感情基调，而后面的句子是对前面叹词所传递出的感情的详细解释。如：

《任风子》第四折：【得胜令】呀，走将来揪住我这吕公绦。哎哟，险跌破我这许由瓢。

其中的感叹字“呀、哎哟”之后都有句子来说明具体感叹的内容。所以闻一多先生在《歌与诗》中说：

只有带这类感叹虚字的句子，及由同样句子组成的篇章，才合乎最原始的歌的性质……感叹字是情绪的发泄，实字是情绪的形容……在感叹字上加实字，歌者等于替自己当翻译，译词当然不能在原辞之前。感叹字本只有声而无字，所以是音乐的。①

所以，《三十种》采用“叹字+句子”的抒情形式，是沿用先秦时期的歌唱方式。这样的方式既能表达强烈的感情，又能在歌唱中对该感情作注解。

另外，上述曲文中的16个叹词，还承担着演唱功能，艺人在演唱时，对于这些句首叹词，并不是以对待“宾白”的方式将其说出，而是作为一个演唱单位，要将这些叹词全部唱出，这也是这些叹词出现在曲牌之后的原因。这跟今天演员在演唱时要将戏文中的叹词唱出来是一样的，因为叹词也承担着音乐演唱的重任。

综上，《三十种》中16个句首叹词的出现，不是可有可无的，而是兼有抒情与演唱功能的，由于它们出现在曲文中的格式都采用了闻一多先生所说的“叹词+句子”这样的抒情形式，所以是回归了“最原始的歌的性质”。可见，大量采用叹词，不是《三十种》“鄙俗”的表现，而是杂剧汲取传统诗歌优秀的抒情方式与演唱方式，是对传统的抒情方式与演唱方式的继承，是对这一久已消失传统的回归。

2. 曲文中的其他叹词

(1) 句尾叹词。也么哥：该叹词所在的句子往往会重复出现两次，重复出现说明该叹词表示的程度比较深。

《西蜀梦》第四折：【叨叨令】……元来咱死了也么哥，咱死了也么哥，耳听银箭和更漏。

《借铁拐李还魂》第二折：【叨叨令】……着言语道他也么哥，着言语道他也么哥，岂不闻临危时好与人方便。

① 孙党伯、袁謇正编：《闻一多全集》（第10册），湖北人民出版社1993年版，第6页。

(2) 句中叹词：啰、也么（也末）、也那、(波/末/些/甚）娘。

①啰：该语气词用在句中，其后往往插入别的语气词，表示感叹语气。

《紫云亭》第一折：【后庭花】……未见钱啰，呀，冬雪严霜降；得出钞啰，啦，春风和气生。

《紫云亭》第二折：【牧羊关】……我则是个五岁儿精灵，他是几年的老鬼。我挪动脚啰过的何方去？咱那举意他早先知。我便日赴三千处，他也坐观十万里。

②也么（也末）：该语气词出现在句中，表示顿宕。

《汗衫记》第二折：【青山口】……他也末他不睬咱，多也末多是非多。

《借铁拐李还魂》第四折：【尧民歌】李屠的尸首借将来，我这跛臂瘸臁践尘埃。为孤儿寡妇痛伤怀，一灵儿直至望乡台。歪也么歪，特的为您来，您怎么遣我在门儿外？

③也那：该语气词出现在句中，表示选择性的疑问语气。

《拜月亭》第一折：【醉扶归】……您端的是姑舅也那叔伯也那两姨？偏怎生养下这个贼兄弟！

④（波/末/些/甚）娘："娘"为语气词，表示责骂语气，"娘"作语气词时，不单用，而是跟"波"、"末"、"些"、"甚"等词语相结合。

《调风月》第三折：【调笑令】……我说波娘七代先灵！

《紫云亭》第一折：【醉中天】……兀得不好拷末娘七代先灵！

《冤家债主》第一折：【幺篇】……穷汉肚肠些娘大。

《衣锦还乡》第三折：【粉蝶儿】……知他是甚娘乔为，直吃得恁般来杀势。

（二）科白中的叹词

1. 句首：吁、阿也、不吵

（1）吁：表示哀叹的语气。

《紫云亭》第三折：（正旦上了。云：）吁！灵春，思量杀我也！（仅一例）

（2）阿也：表示惊讶、惊吓、惊喜。跟上述曲文句首叹词“呀、哎哟、阿哟、来波”作用相同。

《拜月亭》第三折：【滚绣球】……（正旦云：）阿也！是敢待较些去也。（仅一例）

（3）不吵：该叹词与上述曲文句首叹词“不剌”用法同，均具有忽然转换话题的特殊作用。

《三夺槊》第二折：【贺新郎】我欠起这病身躯出户急相邀，你知我迭不的相迎，（带云：）不吵，贼丑生！（唱：）你也合早些儿通报。见齐王元吉都来到，半晌不迭手脚，我强强地曲脊低腰。

《东窗事犯》楔子：【端正好】见一日帝王宣十三次，多应挡回俺百万雄师！莫不朝廷中别有甚关机事？（带云：）既不吵！（唱：）却怎竹节也似差天使？

第一例中“不吵”前的内容是自己赶紧起身迎接齐王，导致自己手忙脚乱，转而责怪手下人为何不早通报，所以“不吵”具有转移话题的作用。第二例中，“不吵”前的内容是岳飞推测朝中有大事，之后话锋一转，对朝廷一日宣十三次产生疑虑（下文表明疑虑的内容是岳飞推测朝廷要为自己加官晋爵），显然“不吵”前后话题不一。

2. 句尾

这部分叹词有“哩、嘛、末波、只波、者波、则个、些儿个/些个、些儿者、者呵”。

（1）哩、嘛：该组语气词主要用于陈述句中，起加强语气的作用，略等同于今天的“吧、呢、啊”等语气词。

《拜月亭》第一折：【醉扶归】……正旦做住了，云：不见俺母亲，我这里寻哩！

《衣锦还乡》第四折：【殿前欢】……（带云：）我道嘛。（仅此一例）。

（2）末波、只波、者波、则个：该组语气词为句尾叹词，除“者波”出现2次外，其余均出现1次，它们的作用与“波”同，等同于今天的“吧”。

《拜月亭》第二折：【二煞】……（正旦云：）男儿，我交你放心末波！

《拜月亭》第三折：【倘秀才】……（正旦云：）依着妹子只波。

《汗衫记》第二折：……（正末云：）忤逆贼！俺子是个开店的者波！

《东窗事犯》第三折楔子：……（正末便上。云：）远远地见一个卖卦先生，第一问东南山去路，第二买一卦则个。

（3）些儿个/些个、些儿者、者呵：该组叹词在《三十种》只出现1次，均用在句末，表示委婉地劝说，略等于现在的“吧”。

《衣锦还乡》第三折：【煞尾】……（带云：）你今日得了官，佳人捧臂，壮士擎鞭，早家去些儿个！

《气英布》第二折：【隔尾】……（正末做怒云：）随何！一句话，则是你忒说口了些个！

《衣锦还乡》楔子：……（正末云：）……你去子去，你休问得官不得官，子早回家些儿者！

《紫云亭》楔子：（正旦云。共正末把盏科。云：）伯伯好去者呵！兀的是花发多风雨，人生足别离！

（三）曲文与科白中均出现的叹词

1. 句首

这部分叹词有“哎、嗨、呀、嗏”4个。

（1）哎：该语气词用在科白与曲文中，置于句首，且单字为句。科白中的“哎”与曲文中的“哎”作用相同，均表达无可奈何的心情。

见于曲文者（分析见上述曲文句首叹词）：

《调风月》第二折：【醉春风】……哎！你！你！交我没想没思，两心两意，早晨古自一家一计。

见于科白者：

《调风月》第三折：【紫花儿序】……（见灯蛾科。云：）哎！蛾儿！俺两个有比喻。……哎！蛾儿，俺两个大刚来不省呵！

（2）嗨：作用与用法跟上述“哎”相同。

见于曲文者（分析见上述曲文句首叹词）：

《拜月亭》第一折：【油葫芦】……嗨！百忙里一步一撒！

嗨！索与他一步一提！这一对绣鞋儿分不得帮和底，稠紧紧粘软软带着淤泥。

见于科白者：

《贬夜郎》第二折：（正末扮上了，引仆童上了。云：）嗨！对着此景，却不快活！

（3）呀：科白中的“呀”与曲文中的“呀、哎哟、阿哟、来波”用法一样，均表示惊讶、惊吓或惊喜之感。

见于曲文者（分析见上述曲文句首叹词）：

《三夺槊》第三折：【新水令】你今日太平也不用俺旧将军，呀！来来把这厮豁恶气建您娘一顿。

见于科白者：

《调风月》第三折：【鬼三台】……（正旦云：）呀！早第一句儿！

《周公摄政》第一折：【赚煞】……（正末云：）呀！臣该万死！

（4）“嗏”，叹词，往往表示愤怒的感情，科白与曲文中的“嗏”用法与意义相同，均表示斥责之意。

见于曲文者（分析见上述曲文句首叹词）：

《三夺槊》第四折：【呆古朵】那厮管见我这单雄信屈死的冤魂现，嗏！你今日合交替他生天。

见于科白者：

《老生儿》第二折：【滚绣球】……（正末）做怒科，云：嗦！刘大，你来这里子末？去！这钱没与你！

由于“嗦”多表示斥责之意，所以“嗦”之后的“你来这里子末？去！这钱没与你”为斥责之语。

2. 句尾

这部分叹词有“咱、了、罢、那、也啰”5个。该组语气词可以用在陈述句中，也可以用在祈使句中，甚至还可以用在疑问句中，均表达一种强烈的语气，略等同于今天的“吧、呢、啊”等语气词。

（1）咱：除了表示感叹语气外，还有委婉劝说的语气，相当于今天的“吧”。

见于曲文者：

《介子推》第三折：【朝天子】……你又待损剐、损剐些肉咱。

见于科白者：

《调风月》第二折：【醉春风】……（云：）我猜着你咱！

（2）了：表示对某件事情的确认，所以具有加强语气的作用。

见于曲文者：

《衣锦还乡》第三折：【五煞】……你空长三十岁。枉了顶天立地，带眼安眉！

见于科白者：

《拜月亭》第一折：【醉扶归】……（正旦云：）哥哥，你有此心，莫不错寻思了末？

《调风月》第二折：【朱履曲】……（正旦审住，云：）是了！

(3) 罢：作用与用法与“咱”同。

见于曲文者：

《介子推》第三折：【朝天子】……你直待咽咬煞微臣罢！

见于科白者：

《借铁拐李还魂》第一折：【金盏儿】……（云：）我接韩魏公忙哩！你自家做一个方便放了罢。

(4) 那：表示强烈的感叹语气，相当于今天的“啊”。

见于曲文者：

《拜月亭》第二折：【乌夜啼】天那！一霎儿把这世间愁都撮在我眉尖上，这场愁不许隄防。

《冤家债主》第一折：【鹊踏枝】……上圣试鉴察，枉将他救拔，管他甚富那贫那。

见于科白者：

《拜月亭》第三折：……（正旦便扮上了，云：）……知他如今是死那活那？……自古及今，那个人生下来便做大官享富贵那！

(5) 也啰（仅两例）：句尾语气词，表强烈感叹语气，相当于今天的“啊”。

见于曲文者：

《拜月亭》第二折：【斗虾蟆】……好也啰！划地冻剥剥的雪上加霜！

见于科白者：

《拜月亭》第三折：【呆古朵】……（正旦云：）你说的这话，我猜着也啰。

3. 句中

这部分只有一个叹词“的”，在所有的叹词中，它表示的语气是最微弱的。该语气词只出现在句中，兼有停顿语气。

见于曲文者：

《单刀会》第一折：【混江龙】存的孙、刘、曹操，平分一国作三朝。

《单刀会》第一折：【油葫芦】他兄弟每虽多兵将少，赤紧的把夏侯惇先困了。

见于科白者：

《追韩信》第一折：……（正末袍盔背剑冒雪上，开：）自家韩信的便是。

《替杀妻》第一折：……（正末扮张千上，开：）小人是屠家张千的便是。

4. 位置灵活者

这部分语气词有5个：呵（句首、句中、句尾）、波（句中、句尾）、哕（句首、句中、句尾）、来（句中、句尾）、个（句中、句尾）。

(1) 呵：该语气词不仅用于曲文中，也可用于科白中；而且它在句中的位置比较灵活，既可用在句首，也可用在句中，还可用在句尾，均表示感叹的语气。

用于句首（见上述曲文句首叹词）。

用于句中：

《拜月亭》第一折：【金盏儿】您昆仲各东西，俺子母两分离，怕哥哥不嫌相辱呵权为个妹。

《拜月亭》第三折：【倘秀才】……（正旦云：）喒无那女婿呵快活，有女婿呵受苦。

用于句尾：

《拜月亭》第二折：【哭皇天】……（做分付正末了。云：）男儿呵，如今俺父亲将我去也，你好生的觑当你身起！

《调风月》第一折：……想俺这等人好难呵！

（2）波：该语气词在科白与曲文中均有应用。它在句中的位置既可以出现在句尾，也可出现在句中，均表示委婉劝说之义。

《拜月亭》第三折：【倘秀才】……（正旦云：）你听我说波。

《贬夜郎》第三折：【普天乐】……折末藏着剑锋，承着机密，汉国功臣臻臻地，来来吃一回吕太后筵席。稳便波鸾交凤友！休忧波莺儿燕子！休忙波蝶使蜂媒！

（3）吵：该语气词在科白与曲文中均有应用。它在句中的位置既可用在句首，也可用在句中，还可用在句尾，均表示感叹的语气。

用于科白句首，相当于“啊”：

《贬夜郎》第一折：【鹊踏枝】……（正末云：）吵！那的是

学士每好处！

用于句中，也相当于“啊”：

《三夺槊》第四折：【滚绣球】……这厮不彫折脊梁也难消我这恨，把这厮不打碎天灵吵怎报我冤？怎不交我忿气冲天！

用于句尾，相当于“哩”：

《周公摄政》楔子：官里与诸侯会于鹿台，宣唤某吵，不知有甚公事？

（4）来：该语气词在科白与曲文中均有应用，在科白中一般出现在句末，起加强语气的作用；在曲文中一般出现在句中，表示停顿。

用在句尾：

《拜月亭》第一折：【金盏儿】……（正旦做住了。云：）怎生这秀才却共这汉是弟兄来？

《借铁拐李还魂》第四折：【尧民歌】……（外末云：）我的儿子，你怎么认做你丈夫？我和你告官司去来。

用在句中：

《拜月亭》第三折：【呆古朵】这供愁的景物好依时月！浮着个钱来大缘嵬嵬荷叶。

《借铁拐李还魂》第三折：【太平令】……这其间哭得来一丝两气！

（5）个：该语气词在科白与曲文中均有应用，用在句中，表示停顿；用在句尾表示感叹语气。

见于科白者：

《火烧介子推》第四折：【金蕉叶】……（正末云：）小人虽是个庄家汉，也省的些个小勾当。

见于曲文者：

《竹叶舟》第三折：【二煞】……险些个踏翻一叶舟，性命似水上浮沤。

《紫云亭》第三折：【鲍老儿】从来撒欠飐风爱恁末，敲才古自不改动些儿个。

从上面的例句中，不难看出，即使叹词不是出现在曲文句首位置，而是出现在曲文句中、句尾，或出现在科白首、中、尾时，这些叹词都承担着抒情的功能，而且曲文句中、句尾叹词跟曲文句首叹词一样，都还承担着演唱功能。

而关于每一个语气词的具体历史渊源，可参考任晓彤《元杂剧语气词研究》① 一文，该文对宋元时期的许多语气词的来源均有详细说明。

三 《元刊杂剧三十种》语气词的特点

（一）数量多

从表 2-1 中可以看出，《三十种》中共有 79 个语气词，其中先秦时期的语气词只有 16 个，只占 20%，而来自宋元时期新的语气词有 63 个，占 80%；而在所吸收的 63 个宋元时期的语气词中，其中叹词数量最多，高达 43 个，占宋元时期 63 个语气词的 68.3%，占《三十种》中语气词的 54.4%。语气词数量多还表现在同一语气有多个语气词来表达，如表示无奈语气的有“哎、嗨、呵、啦、嗽、嘚”

① 任晓彤：《元杂剧语气词研究》，博士学位论文，中央民族大学，2007 年。

等；表示委婉劝说的有“波、罢、咱、末波、只波、者波、则个、些儿个/些个、些儿者、者呵”等；表示责备的语气词有“呲、嗏、娘”等；表示惊讶、惊吓心理的有“呀、哎哟、阿哟、来波”等；表示忽然转换话题的有“不剌、干剌、不吵”等。

（二）组成形式灵活多变

《三十种》的语气词有单音节的语气词：哎、嗨、啰、啦、嚛、咭、呲、吁；还有复合语气词：也末、也啰、者波、来波、末波、只波、者呵、怎生呵、则末那；还有单纯语气词，单纯语气词是不可分割的：不剌、干剌、也么哥、哎哟、阿哟、阿也。语气词的多样化更表明元杂剧是立足民间，不断从民间汲取各种养分的。

（三）演唱功能

语气词的功能主要是抒情，但是由于杂剧是表演艺术、演唱艺术，这就使得曲文中的语气词均承担着演唱任务，尤其是句首叹词，在承担演唱功能方面更是责任重大，关于这一点，上文已阐述，兹不赘述。

（四）使用范围广

语气词在《三十种》中随处可见：不仅出现在科白中，也大量地应用在曲文中。根据附表一“《三十种》语气词一览表”可知，《三十种》科白中的语气词有57个，曲文中的语气词有62个，科白与曲文中的语气词数量大致相当。这些语气词无论在科白还是在曲文中，都均可出现在句首、句中、句尾等地方。而且这些语气词在每一个剧本中使用的数量与频率相对都比较高，其中《拜月亭》使用的语气词的数量最多，高达41个，而其他各剧使用的数量也很可观（这还是在科白不全的情况下统计的数字），各剧所使用的语气词情况可参附表一“《三十种》语气词一览表”。所以说语气词在《三十种》中的使用范围是很广的。

（五）浓郁的地域特色

《三十种》中的语气词由于直接来源于民间，所以它的口语化程度颇高，这种口语化程度颇高的语气词，至今还在一些地方有遗存。比如“哎、嗨、呀、呵、哎哟、阿哟”至今北方各地均在使用；

“嘛”至今在四川重庆一带使用；而“哩、嗷、子么”至今在山西南部一带广泛使用；而“不沙（不吵）、不剌、也那、则个”[①]等为蒙古语。而根据附表一“《三十种》语气词一览表”，可以看出，在演绎女真人故事的《拜月亭》、《紫云亭》两剧中，语气词的数量不仅多，而且还有许多特殊的语气词，比如《拜月亭》中的“啦、也啰、者波、来波、末波、阿也、只波”等；《紫云亭》中的“者呵、不剌、啰、啦、嚓、咭、吡、吁”，很难说这些语气词不具有少数民族特色。

四　《元刊杂剧三十种》出现大量语气词的原因

《三十种》出现如此众多的语气词，其深层原因值得我们深思。

杂剧作为一种表演艺术，演出是其本质特征。而杂剧之所以命名为“杂剧”，其原因之一是其中表演的内容庞杂：有说、有唱、有打斗、有各种乐器的伴奏，甚至还有烟火等。在这众多的表演内容中，说与唱是夹杂其中的，但是，对于表演内容庞杂的杂剧来说，如果不采取某种措施的话，恐怕“说”与“唱”的内容会掩盖在其他表演中。

另外，《三十种》出现大量的叹词以及其他语气词，还跟元杂剧的表演场地有密切的关系。元代杂剧演出场地“基本形制为庙台广场”[②]，除此之外，还有瓦舍勾栏，以及渐渐衰落的露台等，这些演出场所，由于封闭性不是很好，再加上没有扩音器，而表演的环境中还进行着各种商业活动，以及观众的叫喊声，在这样嘈杂的环境中演唱，如何让观众听明白、听清楚或者说至少能让观众明白此刻台上演员所扮演人物的感情，成为整个表演团队要重点考虑的问题。解决这

① 席永杰、包双喜：《简析元杂剧中疑难蒙古语的使用情况》，《内蒙古民族师院学报》1989年第3期。

② 车文明：《20世纪戏曲文物的发现与曲学研究》，文化艺术出版社2001年版，第25页。

一问题的方法有多种，比如“普遍地在内部屋顶设置喇叭形藻井”①就是一种有效的扩音方法。

而在曲文中加入叹词或其他语气词，对上述问题的解决也有所帮助。由于大部分句首叹词都是单字或双字，所以，在演唱的时候，不会因为字数多而导致节拍缩短，一般在演唱的时候都是连唱好几个节拍，这样叹词就会有足够的音长让观众听清，如此一来，即使其他唱词观众听不太清楚、听不太明白，观众也可借助“呀、哎哟、哎、嗨、不剌”等拉长音调而演唱的叹词，来大致推测此刻演员所扮演人物的感情：

> 《拜月亭》第一折：【油葫芦】……啦！百忙里一步一撒！嗨！索与他一步一提！这一对绣鞋儿分不得帮和底，稠紧紧粘软软带着淤泥。

如果观众迟到或由于某种原因没有观看到前面的表演，但是一听到演员正在拉长拉高嗓子唱“啦、嗨”表示哀叹的语气词时，亦能大致推测出主人公碰上了某件烦心事。所以叹词的应用能很好地起到连接剧情的作用，也奠定了叹词之后语句的感情基调。所以闻一多先生在《歌与诗》中说：

> 按句法发展的程序说，带感叹字的句子，应当是由那感叹字滋长出来的。②

可见曲文中的感叹字不是可有可无的，而是具有重要的作用。借助这些具有强烈感情色彩的感叹字，观众就不会因为剧情连接不上而离开演出场地，而剧团也就能挽留住观众，从而达到赢利的目的。

---

① 车文明：《20世纪戏曲文物的发现与曲学研究》，文化艺术出版社2001年版，第57页。

② 孙党伯、袁謇正编：《闻一多全集》（第10册），湖北人民出版社1993年版，第6页。

所以说，《三十种》出现的大量语气词，跟杂剧的本质是表演有关，跟杂剧的演出场地有关。

第三节　通俗化的摹状词

《三十种》语言的通俗性还表现在吸收大量的“摹状词”① 上。

摹状词由于具有对事物形象描述的作用，使得被描述的事物栩栩如生，而且由于摹状词直接来源于口语，因而使得作品清新活泼，所以历代文学作品对这类词语多有吸收。先秦两汉的诗歌，多来自民间，故诗中多用摹状词来表现事物的情态，汉魏六朝诗歌也多秉承秦两汉诗中多用摹状词的这一特点，即使在受到格律限制的唐诗宋词中，也多用摹状词。这一点，陶文鹏《叠字摹状的艺术》② 一文有详细论述。

不过，唐诗与宋词虽然吸收了一些摹状词，但由于受到格律中字数的限制，其数量已远不如先秦时期繁多。

到了元代，元杂剧中开始出现大量的摹状词。这些摹状词，相较前代而言，不仅数量多，而且形式上也有新的发展。元杂剧中摹状词的新特点，当与元杂剧中所使用诸宫调曲牌联套的音乐体制分不开：

> 诸宫调是宋金时期最流行的大型说唱伎艺，它以曲白相间、韵散结合的形式，集合若干不同宫调的曲牌连缀成套，用以歌咏一个长篇故事，故名“诸宫调”。③

从此概念可以看出，诸宫调是用多个曲牌联套来演绎某个故事的，这就使得诸宫调所容纳的内容不再像唐诗宋词那样受到字数的严

① 这里说的摹状词，指的是运用摹状（摹状指运用语言材料具体描绘客观事物的情状或声音的一种修辞方式）修辞格而产生的词语，摹状词可以描摹事物或人的各种情态、外貌、声音等。

② 陶文鹏：《叠字摹状的艺术》，《中华诗词》2011 年第 1 期。

③ 吕文丽：《诸宫调与中国戏曲形成》，中国戏剧出版社 2011 年版，第 3 页。

格限制，因而是可以花费一定的笔墨来描摹人与事物的情态与声音的。

一 《元刊杂剧三十种》中的摹状词及其特点

《三十种》出现的摹状词，主要描摹人与物的声音、情态、形貌，以及心理感受等。

描摹声音的，如：喝喽喽（睡觉打鼾声）、呼的（猛然关门声）、铺的（吹灯声）、呖呖（鸟叫声）、刺登哩登（唱歌声）、刺刺搭搭（赶牛声）等摹状词。

描摹情态的，如：查查胡胡（男子叫喊的样子）、扑簌簌（眼泪掉下的样子）、气昂昂（人精神奋发的样子）、急留古鲁（物品滚落的样子）、尺留出吕（滑倒的样子）等摹状词。

描摹形貌的，如：明晃晃（明亮的样子）、冷飕飕（冷的样子）、窄窄别别（狭窄的样子）、汗浸浸（出汗的样子）、乞留屈吕（弯曲的样子）等摹状词。

描摹心理感受的，如：喜孜孜（内心高兴的样子）、急煎煎（内心焦急的样子）、的羞剔薛（害怕的样子）等摹状词。

这些摹状词在《三十种》中大量出现，大约有361个摹状词，共出现大约620次，可参见附表二“《三十种》摹状词情况一览表”。这些摹状词表现出以下特点。

（一）数量多、分布广

从附表二“《三十种》摹状词情况一览表”中可以看出《三十种》摹状词的数量多、分布广这一特点。

《三十种》每一剧都有数量不等的摹状词，其数量从7个到53个不等。其中最多的为《魔合罗》，摹状词出现的次数多达53次；其次为《三夺槊》，次数为50次；再次为《气英布》，次数为48次。

《三十种》中大约有361个摹状词，所出现的次数约为620次。而这361个摹状词则是合并了词形稍异但意思相同的摹状词之后的数据，比如“扬扬”跟“纷纷扬扬”合并为一个摹状词，“冷清清”与“冷冷清清”则合并为一个摹状词，“恶噷噷”与“恶噷噷”、“恶歆歆”合并为一个摹状词，“醉醺醺”与“醺醺醉”合并为一个摹状词，而“叫丫丫”与“叫吖吖”、“吖吖”合并为一个摹状词，“都速速”与“笃速速”合并为一个摹状词……如果不将这些词合并为一个摹状词的话，那摹状词的数量要远大于361这个数字。

《三十种》吸收了大量来源于民间的口语化极强、生动活泼且极具表现力的摹状词，这充分说明《三十种》的语言具有极强的通俗性。

（二）主要出现在曲文中

《三十种》的摹状词还有一大特点就是大量的摹状词用在曲文中，只有三剧的科白使用了少量的摹状词，分别是《七里滩》第三折中的“苍苍、泱泱”；《竹叶舟》第一折中的“纷纷扬扬”；《替杀妻》第四折中的“精精细细、伶伶俐俐”。

除了上述三剧科白中使用了5个摹状词外，其余的356个摹状词均应用在曲文中。曲文中大量使用摹状词不仅可以增加曲子在音律上的和谐，同时也能去除前代诗词中词语典雅、华丽的文人气息，使得曲子从一出现就十分接近人民大众，而不是文人玩弄辞藻的、束之高阁的文学形式，由于这些摹状词通俗而不低俗，在通俗中也处处透露着文雅的气息，因而各个阶层均可欣赏，如：

> 《陈抟高卧》第一折：【金盏儿】……我睡呵黑甜甜倒身如酒醉，喝喽喽的酣睡似雷鸣。
>
> 《调风月》第三折：【紫花儿序】……（入房科。唱：）呼的关上栊门，铺的吹灭残灯。
>
> 《替杀妻》第一折：【混江龙】莎针柳线，凤城春色满娇园。红馥馥夭桃喷火，绿茸茸芳草堆烟。红杏枝边斗蹴踘，绿柳楼外打秋千。猛听的莺声恰恰，燕语喧喧，蝉声呖呖，蝶翅翩翩。

以上曲子中的摹状词形式新颖，生活气息十分浓厚。如“黑甜甜、喝喽喽”形容醉倒与睡觉打鼾声；“呼的、铺的”形容关门与关灯的声音；“红馥馥、绿茸茸”形容红色、绿色十分浓厚，“恰恰、喧喧、呖呖、翩翩”形容各种鸟宛转的叫声以及蝴蝶轻盈飞舞的景象。这些词语具有浓厚的生活气息与极强的表现力，读来各种情态、画面宛在眼前。

因而，曲文中使用大量的摹状词，其目的之一就是要使曲子所表现的内容更浅显易懂、更富有生活气息、更能成为绝大多数人欣赏的艺术，所以，从曲文中大量使用摹状词的这一特点上，也可以看出《三十种》语言的通俗性是很强的。

（三）来源广

从表2-3中可以看出，在《三十种》361个摹状词中，有296个为元代新出现的词语，占82%。来源于先秦至南北朝、唐五代、宋金的比例各自为9.1%、3.3%、5.5%，若将这三个时期的词语综合在一起，也只有65个，占18%。也就是说，《三十种》中的摹状词绝大部分都是来自元代民间的，因而这些摹状词是地地道道的活的语言，是新鲜的语言，所以说，从摹状词来源的角度也可以看出《三十种》的通俗性。词语具体来源情况可参见附表三“《三十种》摹状词来源例说”。

表2-3　《三十种》摹状词来源一览表

来源时代	先秦至南北朝	唐五代	宋金	元	合计与备注
数量（个）	33	12	20	296	361
比例（%）	9.1	3.3	5.5	82	若将宋金元作为一个大时代，那么所占的比重则会高达87.5%

另外，从上述来源中我们还可以看到，《三十种》摹状词源于元代者最多，有296个，究其原因，与元代摹状词产生的方法有很大的关系。元代摹状词产生的方式有6种。

1. 直接利用前代叠音的方法来造新的摹状词

如“喧喧、呖呖、嗤嗤、唏唏、咚咚、殷殷”等：

《替杀妻》第一折：【混江龙】……燕语喧喧，蝉声呖呖。

《遇上皇》第一折：【油葫芦】……嗤嗤把头发揪，使脚撞。

2. 在前代摹状词的基础上，增加一个词根形成新的摹状词

如“身凛凛、威凛凛”两词的产生就是在“凛凛”的基础上增加词根“身”与“威”而产生的：

《古诗十九首．凛凛岁云暮》：“凛凛岁云暮，蝼蛄夕鸣悲。”

王勃《慈竹赋》：“气凛凛而犹在，色苍苍而未离。”

《西蜀梦》第四折：【呆古朵】……一个是急飏飏云间凤，一个是威凛凛山中兽。

从上面的例句中可以看出，“凛凛”一词，汉代已有，表寒冷，至唐则演变为“威严而使人敬畏”义，元人在此基础上产生新的摹状词“身凛凛、威凛凛”。

3. 改变传统摹状词形式而产生新的摹状词

改变前后的摹状词只是形式不同，但意义相同。如“黑甜甜”一词是在宋代词语“黑甜”（酣睡义）的基础上，通过重叠“甜”字之后而形成“黑甜甜”，但两者词义完全相同：

苏轼《发广州》诗：“三杯软饱后，一枕黑甜余。”苏轼自注：“俗谓睡为黑甜。”

《陈抟高卧》第一折：【金盏儿】……我睡呵黑甜甜倒身如酒醉，喝喽喽的酣睡似雷鸣。

再如“潇潇洒洒”是重叠唐代“潇洒”（表示洒脱、凄凉、自在等义）一词后形成的，两者均可表示“凄凉、凄楚”义：

唐·李德裕《题奇石》诗：“蕴玉抱清辉，闲庭日潇洒；块然天地间，自是孤生者。”

《火烧介子推》第三折：【醉高歌】行路途劫劫巴巴，耽恓楚潇潇洒洒。

4. 将前代两意义相关联的叠音词合成一新的摹状词

如“攘攘劳劳”是将汉代具有“纷乱”义的“攘攘”与具有“忧愁”义的“劳劳”连在一起形成的：

《史记·货殖列传》：“天下熙熙，皆为利来；天下攘攘，皆为利往。”

《孔雀东南飞》：“举手长劳劳，二情同依依。”

《老生儿》第二折：【端正好】引的我半生忙，十年闹，无明夜攘攘劳劳。

再如“波波碌碌”是将都有“奔波”义的唐代的“波波”与“碌碌”（碌碌，先秦表示石头多的样子，后世多赋予他意，至唐已有奔波义）连在一起形成的：

唐·岑参《阌乡送上官秀才归关西别业》诗：“风尘奈汝何，终日独波波。”

唐·牟融《游报本寺》诗：“自笑微躯长碌碌，几时来此学无还。”

《火烧介子推》第四折：【寨儿令】道他曾巴巴劫劫背着主公，波波碌碌践红尘。

5. 赋旧摹状词以新意而产生新的摹状词

如“蠢蠢”一词，先秦已有，但为“骚乱”义，后世意义不断发生变化，至元代，已赋予“愚昧无知”义：

《左传·昭公二十四年》：“今王室实蠢蠢焉，吾小国惧矣。”

《任风子》第二折：【二煞】……搭救了蠢蠢之物，泛泛之材，落落之徒。

再如“扑扑”一词，唐代已有，表示茂盛的样子，元人用来模拟声音：

白居易《山石榴寄元九》诗："山石榴，一名山踯躅，一名杜鹃花，杜鹃啼时花扑扑。"

《魔合罗》第一折：【忆王孙】鹿儿般扑扑撞胸脯，火块似烘烘烧肺腑。

6. 元代出现崭新的摹状词

（1）新产生的叠音式摹状词

元人利用前代摹状词叠音的特点，在原有叠音词的基础上，首先改变原叠音词的意义，然后再加上词根，产生新的摹状词。如"羞答答、黄甘甘、慢松松、喜姿姿、查查胡胡、袅袅停停"等，虽然有的摹状词的组成部分表面上看似乎前代已有，但由于前代的意义跟元代毫无关系，所以也可视为元代新出现的词语。

如"羞答答"一词中的"答答"，虽然宋代已有，却为拟声词，而元人用"答答"作词缀，所以"羞答答"即可视为元代新出现的摹状词：

宋·蔡襄《荔枝谱》第五："破竹五七尺，摇之答答然，以逐蝙蝠之属。"

《调风月》第三折：【鬼三台】女孩儿言着婚聘，则合低了胭颈，羞答答地噤声。

再如，"黄甘甘"一词中的"甘甘"汉代已有，但为"甘心为其乐为"之事，而元人用"甘甘"作词缀：

《淮南子·缪称训》："……故人之甘甘，非正为跖也，而跖焉往。"①

《三夺槊》第二折：【牧羊关】……折倒的黄甘甘的容颜，

① （汉）高诱：《淮南子注》，《诸子集成》（第八册），岳麓书社1996年版，第162页。

白丝丝地鬓脚，展不开猿猱臂，称不起虎狼腰。

正是由于“甘甘”跟前代的“甘甘”毫无关系，所以“黄甘甘”也可写成“黄绀绀”：

《范张鸡黍》第三折：【挂金索】我只见皮掐定个骷髅，黄绀绀浑消瘦。

(2) 新产生的非叠音摹状词

在元代出现的新摹状词中，有一种摹状词很特别，那就是非叠音摹状词。

此种方法与上述六种方法完全不同，上述六种方法都有叠音成分，但此种方法完全不考虑读音上的重叠，应该说，这是元人的一大创造，因而，此类摹状词一出现，就给人耳目一新之感。如：

两字式：豁地、悄地、缊地、呼的、铺的、撒地、歇地等（详见下文两字非叠音式摹状词分析）。

三字式：干支剌、轻乞列、热忽剌、生忔插、圪擦的、战笃速等（详见下文非叠音三字式摹状词分析）。

四字式：吉飕古堆、吸留忽剌、乞留屈吕、失留疏剌、奚留急了、乞纽忽哝、匹飕扑答、急张拘住、尺留出吕、滴留滴列（例参下文“四字非叠音式”《魔合罗》第一折［油葫芦］曲）等。

从上述元代摹状词产生的多种方法上来看，这些摹状词的产生不受前代摹状词形式的束缚，而是利用前代摹状词的形式来产生新的摹状词，甚至还发明一些新的方法来创造更多的摹状词，尤其是用非叠音的形式创造大量的摹状词，这些多样的方法与手段，都说明《三十种》语言不拘一格，形式的新颖为它迎来了各阶层的众多观众。所以，从《三十种》摹状词产生的多种方法的角度来看，也可看出其语言的通俗性。

关于元代 6 种方式所产生的摹状词及其数量，可参见附表三“《三十种》摹状词来源例说”。

（四）形式多样

《三十种》的大部分摹状词由于直接来源民间，所以，其形式也是多种多样的，有两字式、三字式，甚至还有四字式。除此之外，《三十种》摹状词形式多样化还表现为叠音式与非叠音式。

表 2-4　《三十种》摹状词形式一览表

字数＼朝代	先秦至南北朝	唐五代	宋金	元	合计
两字式	31	10	7	35	83
三字式	1	2	12	208	223
四字式	1	0	1	53	55
合计	33	12	20	296	361

从表 2-4 中可以看出，《三十种》361 个摹状词中，两字式、三字式、四字式都有。而且从每一种形式的历史进程来看，三字式、四字式逐渐增多，而两字式逐渐减少。发展最快的是三字式，其数量最多，有 223 个，其中来源于元代的就有 208 个。其次是四字式，四字式在前代很少，但到元代得到迅速发展，在《三十种》出现了 53 个。这说明《三十种》的摹状词完全根据感情需要来选择不同字数的词语，不受传统典籍的束缚，尤其是从民间吸收大量的三字式、四字式的摹状词来表现丰富的内容。

1. 两字式

（1）叠音两字式

《替杀妻》第一折：【混江龙】……猛听的莺声恰恰，燕语喧喧，蝉声呖呖，蝶翅翩翩。

《魔合罗》第二折：【醉花阴】满腹内阴阴似刀搅，唏唏的锥钻额角，忽忽的耳如烧，撒撒增寒，扑扑心头跳。

《追韩信》第二折：【川拨棹】……烟水潺潺，珂珮珊珊。

以上为叠音两字式摹状词。《替杀妻》中的四个摹状词“恰恰、喧喧、呖呖、翩翩”为描摹鸟的叫声与蝴蝶飞舞的样子。《魔合罗》中的“阴阴、唏唏、忽忽、撒撒、扑扑”为描摹正末生病时的感受。《追韩信》中的“潺潺、珊珊”为描摹水流声与玉石碰撞而发出的声音。

（2）非叠音两字式

《调风月》第三折：【紫花儿序】……呼的关上栊门，铺的吹灭残灯。

《魔合罗》第二折：【神仗儿】他化的水调，我咽的咽了，则觉烘的昏迷，可早坯的药倒。

以上为非叠音两字式的摹状词。《调风月》中的“呼的、铺的”为描摹燕燕关门与吹灯的声音；《魔合罗》中的“咽的、烘的、坯的”描摹正末李德昌喝水与晕倒时所伴随的状态。

很明显，叠音两字式是受到《诗经》的影响，而非叠音两字式则直接来源于民间，它是叠音两字式发展到元代后出现的另一种新形式。

2. 三字式

《三十种》中的摹状词绝大部分是三字式，此类摹状词大约有223个。其中，先秦两汉只有1个（醉醺醺），唐五代2个（笑呵呵、白漭漭），宋金时期有12个，元代新出现的有208个。可见，先秦两字叠音式逐渐向三字叠音式发展，至元代三字叠音式则达到了顶峰。

此三字式摹状词有完全叠音者，有不完全叠音者以及非叠音式。

（1）叠音三字式

此类摹状词有三种表现形式：ABB式、AAB式以及AAA式。

其中尤以ABB式居多：

《拜月亭》第三折：【笑和尚】韵悠悠比及把角品绝，碧荧荧投至那灯儿灭，薄设设衾共枕空舒设，冷清清不恁迭，闲遥遥身枝节，闷恹恹怎捱他如年夜！

《三夺槊》第二折：【梁州第七】这些时但做梦早和敌军对

垒，才合眼早不剌剌地战马相交。则听的韵悠悠的耳畔吹寒角，一回价不鼕鼕的催军鼓擂，响当当的助战锣敲。稀撒撒地珠帘筛日，滴溜溜的绣幕翻风，只疑是古剌剌杂彩旗摇。那的是急煎煎心痒难揉。

以上叠音三字式为ABB式，此类形式的摹状词在《三十种》中最多。《拜月亭》［笑和尚］中连用六个摹状词，描述王瑞兰晚上借酒浇愁，因思念蒋世隆而郁闷的心情。《三夺槊》中使用了大量的摹状词，描摹尉迟恭在战场上勇猛无比的样子，作者不正面描写，而是从侧面写战场上的战马、寒角、鼓声、日光、旗帜等状态，烘托出一触即发的场面以及尉迟恭焦急欲上战场的心理。

AAB式：《三十种》此类摹状词共19个。深深的、搽搽的、涩涩的、煴煴的、暗暗的、紧紧的、纷纷的、厌厌的、幽幽地；咽咽的、缓缓的、驱驱的；咋咋地、卒卒地、飕飕地（亦作飕飕的）、吸吸地、红红的、刮刮的、凛凛的。从这19个词的形式上看，均用“的”或“地”作后缀，当是两字叠音式摹状词的又一发展的结果。这些词可以描摹人与事物情态、声音，甚至是心理。

《拜月亭》第三折：【叨叨令】元来你深深的花底将身儿遮，搽搽的背后把鞋儿捻，涩涩的轻把我裙儿拽，煴煴的羞得我腮儿热。

《单刀会》第一折：【醉扶归】……您待暗暗的埋伏紧紧的邀？

《遇上皇》第二折：【隔尾】……不会讲先王礼数，咽咽的咽喉中咽下去。

《三夺槊》第二折：【牧羊关】……我不付能卒卒地两简才飚去，他飕飕地三鞭却还报了。

AAA式：此类叠音词为完全重叠式，《三十种》中大约有11个。此类完全重叠式的摹状词只出现在《三夺槊》与《气英布》中，而且这种叠音式摹状词主要是描摹与战争有关的场面，如《三夺槊》中的“呀呀呀、咮咮咮、火火火”皆为拟声词，分别模拟拉弓声、紫金鈚甩出声以及躲避声。《气英布》中的“纷纷纷、霭霭霭、腾腾腾、隐隐隐、吁吁吁”描摹战争打响后，尘土纷扬、黄云弥漫、战马奔腾、人在尘雾中厮杀以及战争中人马喘气的样子；而“咚咚咚、火火火、脱脱脱”则描摹战鼓声、大风刮旗声以及战马飞奔的声音。而两剧中均出现的“呀呀呀、咮咮咮、火火火”所表示的意义大致相同。

《三夺槊》第一折：【幺篇】……眼见的一身亡，将弓箭忙拈胡抵当，呀呀呀宝雕弓拽满，咮咮咮紫金鈚连发，火火火都闪在两边厢。

《气英布》第四折：【水仙子】纷纷纷溅土雨，霭霭霭黑气黄云遮太虚。腾腾腾马荡动征尘，隐隐隐人盘在杀雾，吁吁吁马和人都气促。道吉丁丁火枪和斧笼罩着身躯，道足吕吕忽斧迎枪数番烟焰举，道圪擦擦着枪和斧万道霞光注，道厮琅琅呀断铠甲，落兜鍪。（按：加横线者在下面分析中用）

《气英布》第四折：【出队子】……咮咮咮响飕飕阵上发金镞，吵吵吵各臻臻坡前排士卒，呀呀呀扑剌剌的垓心里骤战驹。

《气英布》第四折：【刮地风】咚咚咚不待的三声索战鼓，火火火古剌剌两面旗舒，脱脱脱扑剌剌二马相交处，喊振天隅。

上述三种形式除了可以单独使用外，也可以混合使用，这主要表现在《气英布》一剧中。如《气英布》第四折［出队子］、［刮地风］（曲辞参上述AAA式下第三例、第四例）两曲中，均有AAA式与ABB式（加横线者）两种形式的叠音摹状词连在一起来使用的，这种多样方式的摹状词叠加，可以更加有力地烘托某种气氛，如“咮咮咮”与“响飕飕”连用，更能表现出金镞发出之时的迅捷与有力；“吵吵吵”与“各臻臻”连用，更能表现出战场上安排士兵布局时的井然有序；“呀呀呀”与“扑剌剌”连用，则通过战马强有力地表现出战争的激烈。

除了上述摹状词连用外,《气英布》第四折［水仙子］一曲（曲辞参见上述 AAA 式下第二例加点的词语与加横线的词语）中，前后分别使用不同形式的摹状词。该曲子中，先是连续使用了 5 个 AAA 式的摹状词（纷纷纷、霭霭霭、腾腾腾、隐隐隐、吁吁吁），然后又连续使用 4 个 ABB 式的摹状词（吉丁丁、足吕吕、圪擦擦、厮琅琅），这样交替使用不同形式的摹状词，使得摹状词形式错落有致，从而使听众在听觉上有变化之感，不至于造成听觉上的审美疲劳。

（2）非叠音三字式

此类摹状词的数量在三字式中最少，只有 7 个，分别是活支沙、生吃扎、干支刺、轻乞列、热忽剌、错支刺、战笃速。

《拜月亭》第二折：【哭皇天】……闪的他活支沙三不归，强交俺生吃扎两分张。

《调风月》第三折：【斗鹌鹑】……好个个舒心，干支刺没兴。

《调风月》第三折：【紫花儿序】好轻乞列薄命，热忽剌姻缘，短古取恩情！

《调风月》第四折：【得胜令】……交我死临侵身无措，错支刺心受苦！

《竹叶舟》第二折：【雁儿落】……早则不凌云气贯斗牛，枉了你战笃速把丹墀叩。

在以上 7 个三字式非叠音摹状词中，除"战笃速"出自《竹叶舟》外，其余的"活支沙、生吃扎"是出自《拜月亭》，"干支刺、轻乞列、热忽剌、错支刺"出自《调风月》，而《拜月亭》与《调风月》均为演绎女真人故事的，所以，断定这 6 个非叠音式摹状词大概来自女真语当不会有大错。

3. 四字式

《三十种》摹状词在形式上明显不同于前代的就是《三十种》中有大量的四字式，此类摹状词约有 55 个，其中除"战战兢兢"来自先秦时期、"纷纷扬扬"来自宋元时期外，剩下的 53 个均来自元代。

这55个四字式摹状词有叠音式与非叠音式。

(1) 叠音四字式（39个）

四字叠音式，有两种表现形式：ABAB式与AABB式，但ABAB式这种形式很少，只有一例“峥嵘峥嵘”。如：

> 《博望烧屯》第四折：【尧民歌】……峥嵘峥嵘，西川一望中，似人世蓬莱洞。

其余的38个四字叠音摹状词，均为AABB式。此类四字叠音式的摹状词显然是据先秦时期的四字式摹状词形式“战战兢兢”来造的：

> 《调风月》第三折：【拙鲁速】……时下且口口声声，战战兢兢，袅袅停停，坐坐行行；有一日孤孤零零，冷冷清清，咽咽哽哽，觑着你个拖汉精！
>
> 《汗衫记》第三折：【上小楼】……交我呆呆邓邓，哭哭啼啼，怨怨哀哀。你喜喜欢欢，停停当当，无妨无碍。

以上例子中加点的词语均为四字重叠式。尤其是《调风月》中，连续使用了7个叠音词，其中的“口口声声、坐坐行行”为了与前后的叠音摹状词相协，把“口声、坐行”两词重叠成“口口声声、坐坐行行”，以期达到整首曲子在形式上的整齐。《汗衫记》中先用3个叠音摹状词表示自己痛苦的心理，接着又用两个摹状词表示对方喜欢的心理，整首曲子行文整齐，然前后意义相对，形成一种形式和谐但意义却相反的特殊美感。

除上述12个外（战战兢兢来自先秦），尚有查查胡胡、精精细细、伶伶俐俐、切切悲悲、烦烦恼恼、焦焦躁躁、潇潇洒洒（凄凉）、窄窄别别、攘攘劳劳、波波碌碌、语语喃喃、静静巉巉、穰穰垓垓、怯怯乔乔、悠悠荡荡、巴巴劫劫（心情急切的样子）、劫劫巴巴（道路难走）冥冥杳杳、殢殢涎涎（情意缠绵的样子）、呆呆答答、巴巴沙沙、剌剌搭搭、奸奸诈诈、虔虔答答、纷纷扬扬、悠悠荡荡等26个四字叠音式摹状词（按：滴滴溜溜被置于二字式“滴溜”的变体中）。

（2）非叠音四字式（16个）

此类摹状词共16个，它打破了一般摹状词均具有叠音的特点，从而为摹状词带来形式上的彻底改变，也给观众带来耳目一新之感。这种摹状词，仅《魔合罗》［油葫芦］一曲中就连续使用了10个：

> 《魔合罗》第一折：【油葫芦】便似画俺在潇湘水墨图。淋得俺湿漉漉，显那吉飐古堆波浪渲成渠。吸留忽剌水流乞留屈吕路，失留疏剌风摆奚留急了树，乞纽忽哝泥，匹飐扑答淤。急张拘住慢行早尺留出吕去，我子索滴留滴列整身躯。

“吉飐古堆、吸留忽剌、乞留屈吕、失留疏剌、奚留急了、乞纽忽哝、匹飐扑答、急张拘住、尺留出吕、滴留滴列”这10个摹状词使用完全不叠音的形式来描摹水浪大、水流急、道路弯、风儿大、树木摇、泥土黏等情形，以及描摹泥泞中艰难行走、摔倒在地、抖落身上雨水的样子。大量连续使用此类摹状词，这在《三十种》不多见，仅出现在《魔合罗》此曲中，因而显得格外特别。

其他6个此类摹状词为“急留古鲁（东西滚落的样子）、滴修都速（害怕的样子）、踢收秃刷（仔细看的样子）、剌登哩登（歌唱的样子）、赤留出剌（老鼠溜走的样子）、辟留扑同（摔倒的样子）”。

从《三十种》摹状词形式的多样化上可以看出，《三十种》的摹状词在形式上不是呆板的，而是富于变化的，这些形式富于变化的摹状词具有极强的口语化特征，它们在《三十种》中交替出现，使得《三十种》的语言灵动多变，清新活泼，在很大程度上也具有音乐美，读起来朗朗上口，听起来十分悦耳动听。而这一切都为杂剧吸引观众提供了可能。

二 《元刊杂剧三十种》摹状词对后世的影响

《三十种》的摹状词上承前代，下启后世，其中的很多摹状词不仅在后代的作品中出现，而且还有大量的摹状词我们今天依然在使用，如眼巴巴、眼睁睁、忒楞楞、古鹿鹿、圪擦的、圪搽搽、紧帮帮、低矮矮、慢腾腾、密匝匝、恶纷纷、喜姿姿、不刺刺、啯啯的、急慌慌、哭啼啼、叫丫丫、黑洞洞；查查胡胡、急留古鲁、刺登哩登等，大约80%以上的摹状词直到今天我们依然在使用。甚至今天我们还利用元代成熟的摹状词形式创造了一批新的摹状词，如绿油油、红彤彤、水汪汪、干巴巴、喜洋洋、闹哄哄、叮叮当当、支支扭扭、几哩哇啦、稀里哗啦、劈里啪啦等。这些生动活泼的摹状词，由于具有强烈的表现力，因而一出现，就深受人民大众的喜爱。正是因为有着深厚的群众基础，这些摹状词在漫长的历史考验中，不仅没有变成历史词汇，反而被后世继承，且不断出现同类型的新词语。

所以说，从后世对《三十种》摹状词的大量继承、吸收、创新等方面来看，也能看出《三十种》语言通俗性的一面。

小结

《三十种》的摹状词在继承前代两字摹状词的基础上，将摹状词的形式发展为多字式、非叠音式，在实际使用中，每一种形式都可以独立使用，也可以混合使用。可以说《三十种》摹状词的大量使用以及对摹状词形式的发展，是准确地把握住了通俗文学的一个特点而产生的结果。

《三十种》的摹状词主要来源于元代，占所有摹状词的80%，正因为《三十种》中的摹状词主要来源于元代现实生活，所以其形式也是多种多样的，有叠音与非叠音式、两字式、三字式，甚至有前代所没有的四字式。这充分说明元杂剧的语言是植根于现实生活的，因而才会出现多样化的形式。

另外，由于这些摹状词主要运用在曲文中，所以使得《三十种》的曲文清新脱俗，通俗易懂。因而，从摹状词的数量、摹状词主要运用于曲文中、摹状词主要来源于元代以及元代摹状词形式的多样性等四方面来看，都可以看出《三十种》词语通俗性的一面。

第四节　通俗化的衬字、儿化音、詈词、谑词谑语及俗语

《三十种》语言的通俗性还表现在对衬字、儿化音、詈词、谑词谑语及俗语的吸收上。

一　衬字

衬字，指曲牌规定的格式之外所加的字。衬字的出现，使得诗词中跳跃极大的语义有了完整的表述，普通民众因此能更准确地把握句意。应该说衬字是为迎合普通民众的需要而出现的，对于读书人而言，衬字的出现，实无必要。所以元人燕南芝庵在《唱论》中说：

> 凡添字节病：则他，兀那，是他家，俺子道，我不见，兀的，不呢。一条了；唇撒了；一片了；团圞了；破孩了；茄子了。①

从“病”字上可以看出，燕南芝庵是反对在曲中加衬字的，认为是很不得体的。然而，曲在兴起之初，并无衬字、正字一说，它们都是为了表达的需要自然而然出现在曲中的，所以赵义山在《元散曲通论》第四章第一节“元散曲的衬字”中说：

> 总之，当按某一曲牌大致固定的旋律节拍来填词以应歌时，某些句子字数有一些增减变化原属正常情况，本无所谓“正”、“衬”之分。然而，当文人士大夫染指散曲日久，欲以词绳曲，便有考定律谱，以求统一的需要了。面对同一曲牌而字数多少不

---

① 《中国古典戏曲论著集成》（一），中国戏剧出版社1959年版，第162页。

等的诸多曲作，也就有分别“正”、“衬”的需要了。①

曲中自然出现的所谓的“衬字”，使得典雅的曲辞变得通俗易懂，而观众、听众也更易于接受。所以，即使有人批评曲辞中加入衬字的做法，但在实际演出中，曲辞中增加的衬字越来越多。《三十种》也体现了这一点。如：

《汗衫记》第二折：【天净沙】（28 字）兀良疏林落日昏鸦，兀的淡烟老树残霞。咱趁着古道西风瘦马，映着夕阳西下，子问——（叫。唱：）那野桥流水人家。

马致远《天净沙·秋思》（28 字）：枯藤老树昏鸦，小桥流水人家，古道西风瘦马。夕阳西下，断肠人在天涯。

很显然，《汗衫记》中的［天净沙］是化用马致远的《天净沙·秋思》，去掉衬字，两者字数相同，均为 28 字。但是《汗衫记》中的［天净沙］却增加了“兀良、兀的、咱趁着、映着、子问、那”12 个衬字。这些衬字的出现，补足了遗漏的语义，更易于民众理解句意或故事情节的发展，比如“子问”与后面的“那野桥流水人家”表明要问的内容是“住宿的地方在哪里”，而答案只能是“野桥流水人家”。

所以说，衬字的出现，打破了曲辞被文人垄断的局面，它使得普通民众也可参与欣赏，也使得曲辞由高雅逐步走入民间、走入百姓之家。因此，廖奔、刘彦君说：

更重要的，北曲可以增加众多的衬字，不像词中的字数是固定了的。这些都是“曲”朝向口语化发展的明显特征。②

① 赵义山：《元散曲通论》，上海古籍出版社 2004 年版，第 113 页。

② 廖奔、刘彦君：《中国戏曲发展史》（二），山西教育出版社 2000 年版，第 20 页。

赵义山在《元散曲通论》第四章第一节“元散曲的衬字”中也说：

“衬字”又是以词应歌的需要，是面对听众，将歌词通俗化、口语化的需要。①

《三十种》中出现了大量的衬字，可以说每剧中都有，仅以《西蜀梦》为例，其中有“一会家、每日家、果然道、我叫的（我让他）、我直交”等，这些衬字的出现，使得衬字前后文意连贯，听众能明白前后的因果联系，再加上这些衬字都是当时的日常惯用语，因而衬字的大量使用，也大大增强了《三十种》的通俗性。

二　儿化音

儿化音一般只出现在口语中，但《三十种》中，无论是科白还是曲文中均大量使用儿化音，这就使得剧中人物的语言口语化特征极为强烈。以《冤家债主》为例。

应用在科白中：

第二折：……浑家张氏，孩儿长寿。为家私消乏上，三口儿去曹州曹南镇上探亲来。

第二折：【倘秀才】……（云：）兀那酒务儿里，着孩儿去灶窝儿里向把火咱！

第三折：……（净云：）二十年前，有灶东岳香愿，交俫儿替还者。

第三折：……（正末又扮庄老上，开：）……婆婆，咱两口儿泰安州还了香愿，却来曹州曹南打听孩儿消息咱。

第四折：……（正末、卜儿上开：）咱泰安州烧了香，两口

① 赵义山：《元散曲通论》，上海古籍出版社2004年版，第116页。

儿去曹州曹南打听孩儿消息。咱共婆婆两口儿虔心烧香，想神圣也多灵感呵！

应用在曲文中：

第一折：【寄生草】……瀽了这百壶浆湿不遍墓儿前，干浇了千杯茶浸不透黄泉下。

第二折：【端正好】……肯分我三口儿离乡外。

第二折：【呆古朵】……把孩儿姓字从今夜排，交小名儿自来日改。

第二折：【二煞】比及他这曲权儿岁寒成松柏，闪得我这莲子花干枯了老骨揣。

第三折：【逍遥乐】……听的道儿替爷烧香交我情惨伤，又见这校椅儿上戴顶着亲娘。

第三折：【双雁儿】这的是你亏心枉爇万炉香。要儿孙望上长，休把那陷百姓羊羔儿利钱放。

第四折：【秃厮儿】……千两金买不的一个死。将不去，半分儿，家私。

第四折：【圣药王】……卖了亲子，停了死尸，无儿无女起灵时，能可交驴驾了舆车儿。

从《冤家债主》一剧中所使用的儿化音词语来看，剧中不仅科白中使用，曲文中也大量使用。儿化音的应用，增强了上述宾白与曲辞的口语化特征，也使得科白与曲辞更加通俗。

三 詈词

“詈词”即骂人的词语。关于詈骂的言语，在先秦时期就已经出现了。先秦时期的詈骂有两种，一种是骂得得体的，一种是骂得低俗的。得体的詈骂不仅不让人反感，反而会引起读者强烈的共鸣。比如《诗经·魏风·硕鼠》中将贪得无厌的统治阶层比喻成“硕鼠”；《鄘风·相鼠》中的将无廉耻的在位者比喻成令人生厌的老鼠；《郑风·狡童》将不辨是非的国君说成“狡童”；《邶风·新台》中将卫宣公比喻成“籧篨”。《论语·公冶长》中孔子骂宰予为“朽木、粪土之墙”。《孟子·滕文公上》中孟子骂许行为“南蛮鴃舌之人”。这些詈骂由于使用比喻修辞手法，因而显得脱俗高雅，且多为后世所继承。但另外一种詈骂却是骂得低俗的。比如《战国策·赵策》所记载的齐威王骂周天子的话“尔母，婢也！”这种骂法就显得很低俗，首先齐威王要骂的对象是周天子，诸侯要骂周天子，本身就不合封建礼制；其次，不骂周天子本人，却骂周天子的母亲为奴婢，明显不合齐威王的身份，所以齐威王的这一骂被《战国策》的作者评为“卒为天下笑”。可见此骂就骂得很不高明。

先秦时期典籍所记载的詈骂相对而言多数还是比较得体的，这是因为当时的绝大多数的詈骂往往借助一定的修辞方法，因而显得比较高雅，这一点多为后世文人所继承。然而在俗文学作品中，詈骂则更多地表现出其通俗性的一面。在对詈词使用的过程中，由于作者具有高超的写作技巧，并且能准确地把握人物间的关系，因而能将不登大雅之堂的詈骂化腐朽为神奇。其中，最典型的要数高雅如林黛玉却骂宝玉“放屁”一事：

> 宝玉道：“没有枕头，咱们在一个枕头上罢。”黛玉道：“放屁！外头不是枕头？拿一个来枕着。”（《红楼梦》第十九回）

对于黛玉骂宝玉“放屁”一事，似乎显得很突兀，其实不然。对于该词，如果用在关系十分亲密的人员之间，不仅不显低俗，反而显得十分亲昵，犹如“讨厌”一词一样，用在恋爱中的男女之间，不仅没有讨厌的意味，反而能拉近两人之间的距离。该词也一样，正因为黛玉与宝玉在精神上十分默契，所以二人之间并无距离感，因而黛玉骂宝玉“放屁”更能显示二人之间不同于他人的亲近感。该俗骂的恰当运用不仅没有降低作品的水平，反而给作品增色不少，也使得林黛玉的形象更为丰满，性格更为鲜明。所以脂砚斋对此用法给予了很高的评价，他在庚辰本中说：

> 没有枕头，【庚辰本夹批：缠绵密秘入微。】咱们在一个枕头上。【庚辰本夹批：更妙！渐逼渐近，所谓“意绵绵”也。】黛玉道：“放屁！”【庚辰侧批：如闻。】①

庚辰本从黛玉的詈骂一语“放屁”中体会到了其中的“意绵绵”之情感，说明詈语使用得当，可以为作品增色不少。

《红楼梦》中骂别人说的话为“放屁”者，尚有第二十八回王夫人骂宝玉一事：

> 王夫人道：“放屁！什么药就这么贵？”

王夫人与宝玉为母子，母子当然亲密无间，所以，王夫人骂宝玉亦能显出两人间融洽的母子关系，也能看出宝玉在母亲面前能肆无忌惮地说自己想说的事。

作为通俗读物的《三十种》，也吸收了当时的一些詈词。

表 2-5　《三十种》詈词一览表

剧目	詈词备举	合计
西蜀梦	曲文：爪关西、那厮（4次）、贼臣	3
拜月亭	曲文：贼兄弟、论盆家、强贼、打家贼、贼汉、狠爹爹	6
单刀会	曲文：爪关西	1
调风月	曲文：婆娘（3次）、背槽抛粪、葫芦提、短命、黑心贼、浪心肠、呆敲才、死贱人、负德贼、波娘、伴等、剜墙贼、传槽病、拖汉精、铁扫帚	15
遇上皇	曲文：狠心肠、狠心毒	2
疏者下船	曲文：贼臣、谗臣（3次）	2
冤家债主	曲文：些娘（大）	1

① 《脂砚斋重评石头记》，人民文学出版社1975年版，第428页。

续表

剧目	詈词备举	合计
任风子	曲文：猪脖脐、狗奶子、乔亲眷、甚娘（2次）、贼人、贼盗、婆娘家、那厮、杀人贼 科白：贼、婆娘家、那厮	10
老生儿	曲文：你娘	1
三夺槊	曲文：您娘、那厮（6次）、这厮（10次）	3
赵氏孤儿	曲文：贼臣、谗臣（3次）、那厮（8次）	3
紫云亭	曲文：虔婆（4次）、拷末娘、狠柳青、狠爹爹、老鬼、甚末娘、跎汉、驼汉子、老业魔	9
汗衫记	曲文：狠毒儿、那厮（3次）、贼汉（2次） 科白：那厮	3
衣锦还乡	曲文：贼儿、甚娘、婆娘（2次）、黑心贼	4
魔合罗	曲文：婆娘、婆娘家、老无知、老丑生	4
贬夜郎	曲文：泼无徒、贼儿	2
借铁拐李还魂	科白：强盗、业种、无头鬼、这厮 曲文：打家贼（2次）、小业冤（2次）、杀人贼（2次）、婆娘	8
火烧介子推	曲文：蛇蝎、狼豺、后尧婆（2次）、泼宫奴、贼子（3次） 科白：谗臣	6
东窗事犯	科白：奸臣、贼子	2
霍光鬼谏	曲文：豺狼、猪羊、这厮（2次）、禽兽、贼子、业骨头 科白：贼（3次）、贼子	8
范张鸡黍	曲文：佞臣、老乔民、小猢狲	3
竹叶舟	科白：愚汉、呆汉（4次） 曲文：愚浊汉	3
替杀妻	曲文：婆娘、浪包娄、淫妇、杀人贼（科白中出现1次，曲文中出现5次）	4

从表2-5中可以看出，这些詈词主要体现在以下几个方面。

（一）詈骂他人为“贼”者

此类词最多，“贼”可跟其他词相结合，来限定其范围，有“贼臣、贼兄弟、强贼、打家贼、贼汉、黑心贼、负德贼、剅墙贼、贼人、贼盗、杀人贼、贼儿、贼子、贼”等14种叫法。

《拜月亭》第一折：【醉扶归】……您端的是姑舅也那叔伯也那两姨？偏怎生养下这个贼兄弟！

《调风月》第三折：【天净沙】……我便似剅墙贼蝎螫噤声！

《借铁拐李还魂》第三折：【梅花酒】……指良媒怎支持，怎支持他杀人贼！

(二) 詈骂他人为“厮”者

此类詈词亦不少，主要词语为“这厮、那厮”两种，虽然只有两种，但在《三十种》中出现的频率很高：

《三夺槊》第四折：【倘秀才】那厮门旗下把我容颜望见，则唬得那厮鞍心里身躯倒偃，则看你再敢人前说大言。这厮为甚么则管里厮俄延，不肯动转？

(三) 詈骂他人愚蠢者

这种詈词主要集中在对男性的辱骂上，如《调风月》中的“葫芦提”、《魔合罗》中的“老无知、老丑生”、《竹叶舟》中的“愚汉、呆汉、愚浊汉”6个词语。

《调风月》第一折：【柳叶儿】……自思忖，不审得话儿真，枉葫芦提了燕尔新婚。

《魔合罗》第四折：【柳青娘】子着这些儿见识，瞒过这老无知。

《魔合罗》第四折：【穷河西】……须是你的亲侄。哎！老丑生无端忒下的！

《竹叶舟》第一折：【幺篇】……（正末冷笑科，云：）愚汉又有思乡之意。

《竹叶舟》第一折：【醉中天】……（正末云：）呆汉，正道上好去者！

《竹叶舟》第三折：【牧羊关】……好不聪明愚浊汉，疾省悟报官囚。

（四）詈骂他人为畜生者

如《任风子》中的“猪脖脐、狗奶子”；《介子推》中的“蛇蝎、狼豺（《霍光鬼谏》中用‘豺狼’）”；《霍光鬼谏》中的“猪羊、禽兽”；《范张鸡黍》中的“小猢狲”等7个词语。

《任风子》第一折：【油葫芦】……都是些猪脖脐狗奶子乔亲眷，摆坐满一圆圈。

《介子推》第一折：【混江龙】……毒性子奚齐如蛇蝎，狠心肠卓子似狼豺。

《霍光鬼谏》第一折：【青哥儿】……觑着他狠似豺狼，蠢似猪羊。

《霍光鬼谏》第三折：【滚绣球】我来的那日头，染症候，都子为辱家门禽兽，子我这泼残生千则千休。

《范张鸡黍》第一折：【鹊踏枝】恨那伙老乔民，用这伙小猢狲，见念得几句妆点皮肤，“子曰”、“《诗》云”。

（五）詈骂他人品行败坏与生活作风有问题者

1. 詈骂他人品行败坏的詈词有《调风月》中的“背槽抛粪、负义忘恩、浪心肠、呆敲才、死贱人”；《任风子》中的“乔亲眷”；《范张鸡黍》中的“老乔民”；《介子推》中的“后尧婆”等8个词语。

《调风月》第一折：【柳叶儿】一个个背槽抛粪，一个个负义忘恩，自来鱼雁无音信。

《调风月》第二折：【尾】呆敲才，呆敲才休怨天，死贱人、死贱人自骂你！

《调风月》第二折：【耍孩儿】……你那浪心肠看得我忒容易，欺负我是半良不贱身躯。

《调风月》中燕燕使用大量的詈词，显然是为了塑造其“诈”（聪明伶俐、伶牙俐齿）的形象。

2. 詈骂他人生活作风有问题的詈词有《调风月》中“传槽病、拖汉精”；《替杀妻》中的“浪包娄、淫妇”；《紫云亭》中的“跎汉、驼汉子、虔婆”等7个，这些詈词主要用在詈骂女性上，所以这些词语集中出现在反映女性情感生活的《调风月》、《紫云亭》、《替杀妻》三剧中：

《调风月》第三折：【东原乐】我是你心头病，你是我眼内钉，都是那等不贤慧的婆娘传槽病。

《调风月》第三折：【拙鲁速】……觑着你个拖汉精！

《紫云亭》第二折：【黄钟尾】……呲！都是你吸人髓虔婆直攘到底！

《替杀妻》第一折：【赚煞】……不曾见浪包娄养汉倒赔钱！

（六）骂“娘”者

宋元时期，辱骂女性时，除了辱骂女性作风不好外，还出现一种新的骂法，即“骂娘”，但这个时期的“娘”并非当今所云“母亲”之义，它仅仅是对“女性”的一种贱称而已。陶宗仪说：

谓妇人之卑贱者曰某娘，曰几娘；鄙之曰婆娘。①

由于“娘”为对女性的贱称，后作为詈骂女性的詈词，再后来渐渐虚化为詈骂的语气词。如赵师侠《蝶恋花》词：“茶饭不忺犹自可，脸儿瘦得些娘大。”“娘”作为语气词，在元杂剧中多用。《三十种》中，此类詈词有“波娘、些娘、甚娘、你（您）娘、末娘、甚么娘、婆娘、婆娘家”8种：

《调风月》第三折：【调笑令】……我说波娘七代先灵。

---

① （元）陶宗仪：《南村辍耕录》（卷十四），文灏点校，文化艺术出版社1998年版，第201页“妇女曰娘”条。

《冤家债主》第一折：【幺篇】……穷汉肚肠些娘大。

《任风子》第一折：【醉中天】……不动刀砧半年，更撩丁不见，散甚娘利市神仙！

除了上述的这六大类之外，尚有詈骂他人心肠狠的（狠心肠）、詈骂他人为鬼的（老鬼、无头鬼）、詈骂他人为强盗者等多种来自民间的口语化詈词。从《三十种》中詈词使用情况来看，这些詈词没有今天部分詈词粗俗而鄙陋的特点，《三十种》中大量使用通俗易懂而非高雅的詈词，主要是这样的詈词与民众日常话语十分贴近，也更有利于民众理解。

四　谑词谑语

"谑词"亦作"谑辞"，即戏笑的言辞，开玩笑的话；谑语，指戏谑性的语言。《朱子全书》卷三十五：

此乃今之轻薄子，好作谑词，嘲乡里之类，为一乡所疾害者。诗人温醇，必不如此。①

朱熹对谑词的特点做了准确的解释，但认为写谑词者即为轻薄子，则未免有失偏颇。从朱熹的解释中可以看出，"谑词"具有嘲笑的意味，这种嘲笑可以是嘲笑自己，也可以是嘲笑他人。元杂剧中使用谑词谑语主要是为了增加喜剧因素，制造笑料与笑点，以博得听众的笑声。因而，谑词谑语也体现了《三十种》通俗性的一面。

《三十种》中的谑词主要集中在《遇上皇》与《任风子》两部喜剧中。

《遇上皇》一剧中：

① （宋）朱熹：《御纂朱子全书》，文渊阁四库全书影印本第721册（子部·儒家类），上海古籍出版社2003年版，第58页。

第一折：【油葫芦】……你畅好村莽撞，可知道外名儿唤做一窝狼。

第一折：【那吒令】前日是瞎王五上梁，昨日是村李胡赛羊，今日是酒刘洪贵降。待不去来，他来相访，相领相将。

第二折：【梁州第七】……我抬起头似出窟的雏鹳，缩着肩恰便似水淹老鼠，弓着腰恰便似人样虾朐。

第二折：【牧羊关】见酒后忙参拜……共这酒故人今日完聚。……这酒浸头和你重相遇，哎！酒爹爹安乐否？

以上加点的词是《遇上皇》中的谑词。“一窝狼”是乡邻称呼赵元妻子与岳母的谑词，形容母女俩狠毒；“瞎王五、村李胡、酒刘洪”从“瞎、村、酒”三字上可以看出赵元平时结交的朋友都是有些另类的人；“似出窟的雏鹳、似水淹老鼠，似人样虾朐”是赵元形容自己在风雪中的探头探脑、哆嗦身子、猫着腰的模样；“参拜、酒故人、酒爹爹”是赵元对酒由痴迷到敬重以至于把酒当自己的老朋友甚至是将酒当自己“爹”的戏谑之语；“酒浸头”是赵元自己称呼自己为“酒鬼”的谑语。这些词语处处透露着戏谑、嘲讽的意味，因而也很容易博得听众的笑声。谑词的使用应该说为杂剧带来了喜剧的因素。

另外在《任风子》一剧中，也有多处谑词：

第一折：……（正末扮屠家引旦上，坐定。开：）自家姓任，任屠的便是。嫡亲三口儿，在这终南县居住。为我每日好吃那酒，人口顺都叫我任风子。

第一折：【油葫芦】你显那查手风乔人酒量浅，吃不得往外瀽，咮不了的牛肉把指头填。恰便似饿狼般抢入肥猪圈，便一似乞儿闹了悲田院。吃得来眼又睁，气又喘。都是些猪脖脐狗奶子乔亲眷，摆坐满一圆圈。

第四折：【得胜令】呀，走将来揪住我这吕公绦，哎哟，险跌破我这许由瓢。

首先，“任风子”这一名称就是乡邻对其好酒而起的绰号，所以任风子说“为我每日好吃那酒，人口顺都叫我任风子”。其次，第一折中作者在描述任风子请乡邻吃饭这一情节时，多处用到谑词，其中的“风乔人”是对吃席之人的谑称；“味、饿狼般抢入肥猪圈、乞儿闹了悲田院、眼又睁、气又喘”等语句，以嘲笑的口吻来描写吃席之人抢着吃的吃相，很是通俗易懂，也令观众捧腹。而第四折中的“许由瓢”是任屠对自己脑袋的谑称，听来十分有趣。

五　俗语

对于俗语的定义，不同的辞书给出不同的解释，金路在其编著的《中国俗语·前言》中列举了多种定义，并且认为这些定义虽不尽相同，但都着眼于“俗”这个特点。[①]“俗语”之所以“俗”是因为其来源于民间，是民众对各种生活经验的总结，因而通俗易懂，也表现出“俗”的一面。然而多数俗语并不仅仅局限在这一点上，而是延伸加深其生活哲理，所以，多数俗语字面是一层意思，背后又隐藏另一层意思，比如“热地上的蚰蜒——没是处”（《衣锦还乡》），字面说地上到处滚热，无地可去，实际指一个人干着急没办法。

所以，俗语“通俗性”主要表现为其字面意思通俗易懂，毫无晦涩之感。

《汗衫记》第二折：【络丝娘】好家私便似水底捺瓜，亲子父便似拳中揞沙。

《汗衫记》第四折：【沽美酒】若说着俺的祖先，大豪富有家缘，又道我披着蒲席说有钱。

《任风子》第三折：【二煞】……没梁斗哥哥你枉了提。

《任风子》第三折：【四煞】这菜园枯有似我，花枝残恰似你，咱两个花残菜老成何济。残花不可重簪带，淹菜那能再入畦？

《霍光鬼谏》第二折：【斗鹌鹑】打这厮油鬏髻上封官，粉

① 金路：《中国俗语·前言》，东方出版中心1996年版，第3页。

鼻凹里受宣。您是裙带头衣食，我是剑甲上俸钱。不打死今番豁不了冤！

《冤家债主》第三折：【胜葫芦】你子是驴粪球儿外面光，卖弄星斗焕文章，没些个夫子温良恭俭让。我人贫志短，你才高语壮，是王子入学堂。

《汗衫记》中俗语“水底捺瓜”，众所周知，水中按瓜，是按不下去的，一放手瓜又浮上来，这个道理通俗易懂，于是就用它来表示徒劳无用，“拳中揸沙”跟“水底捺瓜”道理一样，手里攥沙，沙子会从手指缝之间流走，也表示徒劳无用；而“披着蒲席说有钱”，显而易见，有钱怎会“披着蒲席”？明显是骗人的，所以用此浅显的道理来说明某种举动是骗人的。《任风子》中的“没梁斗”，古代用来称物的斗没有横梁，所以无法提起来，故而用其表示事情不能提，提了也没用；而“残花不可重簪带，淹菜那能再入畦”，是借残花不可再次簪在头上，腌菜不可再次种在地里来说明事情不可挽回。《霍光鬼谏》中的“油鬏髻上封官，粉鼻凹里受宣”，其中的“油鬏髻、粉鼻凹”指女子上了发油的发髻与施了粉的脸庞，既然在此基础上得官，那就指的是靠裙带关系而获得官职，不是凭自己的本事；而“剑甲上俸钱”则指俸禄源于军功。《冤家债主》中的“驴粪球儿外面光”是说外表光鲜内里没货；“王子入学堂”是说凭借身份的特殊，敢于大声喧哗，所以此句前后往往有一句“才高语壮”。

从上面的例子可以看出，这些俗语的字面意思大都通俗易懂，其背后所隐含的道理也不难理解，这正是俗语通俗性的表现。

所以说，俗语用通俗易懂的语言来阐述大多数人理解的生活经验，并以此来说明某个道理，因而，俗语的说服力要比简单而纯粹的说理有力得多，因而通俗文学作品中经常使用。《三十种》中使用大量的俗语，不得不说是通俗性的一个强有力的表现。而关于《三十种》中俗语的使用情况，可参考范晓林博士论文《〈元刊杂剧三十种〉俗字俗词俗语与版式研究》，其中选释了《三十种》中117则俗语。[①] 当然，《三十种》中的俗语还不止这117则。据笔者不完全统计，《三十种》中有将近200则俗语。这些俗语的使用，对科白不全的元杂剧来说，在某种意义上起到了很好的注解作用。

综上，《三十种》中，“衬字、儿化音、詈词、谑词谑语、俗语”等口语词的大量使用，使得元杂剧在语言方面表现出通俗化、口语化的特征。

① 范晓林：《〈元刊杂剧三十种〉俗字俗词俗语与版式研究》，博士学位论文，山西师范大学，2013年。

第三章

科白的通俗性

元杂剧的科白在剧中具有重要的作用：故事情节的有序发展、人物间关系的解说、舞台上演员所做的动作与表情、配角的安排等都有赖于它。然而，这种具有叙述功能与表演功能的科白，在《三十种》各剧中，都或多或少残缺不全。这多少给研究元代杂剧科白全貌带来一定的影响。不过，这有限的科白，还是体现出其通俗性的一面来。

第一节　宾白的通俗性

宾白的通俗性主要表现为宾白语言与句式的通俗化及宾白提示语的多样化两个方面。

一　宾白语言与句式的通俗化

元杂剧的宾白通俗易懂，读来无晦涩之感。明人臧懋循在其《元曲选·序》中对元杂剧宾白的通俗性有如下评价：

> 其宾白则演剧时伶人自为之。故多鄙俚蹈袭之语。①

此评价虽不能说是十分中肯，倒也道出元杂剧宾白的特点，那就是“鄙俚”。所谓“俚”，无非是与传统士大夫所书写的语言差异比较大，而这种差异主要表现为宾白中有不少当时的口语词，由于这些

① （明）臧懋循：《元曲选·序》（第一册），中华书局1958年版，第3页。

口语词并非来自传统典籍，因而，受正统思想影响的文人试图竭力摒弃元杂剧宾白“俚俗”的特点。元人周德清在《中原音韵·作词十法》中云：

可作乐府语、经史语、天下通语……不可作俗语、蛮语、谑语、嗑语、市语、方语、书生语、讥诮语、全句语、拘肆语、张打油语……①

然而，从元明杂剧宾白由无到有、由简到详的发展过程来看，元杂剧“俚俗”的特点不仅没有得到抑制，反而愈演愈烈。王骥德《曲律》论宾白第三十四：

《紫箫》诸白，皆绝好四六，惜人不能识；《琵琶》黄门白，只是寻常话头，略加贯串，人人晓得，所以至今不废。对口白须明白简质，用不得太文字；凡用之、乎、者、也，俱非当家。《浣纱》纯是四六，宁不厌人！②

王骥德的这番话表明宾白不可以晦涩，不可玩弄辞藻，不可使用“之乎者也”之类的书面语。《紫箫》、《浣纱》由于宾白都是句式整齐划一的四六文，虽是好文，可惜招来大家的厌烦；《琵琶》中的宾白，由于是“寻常话头”，所以深得民众喜爱。这一切都说明，宾白语言要求通俗易懂。

《三十种》的宾白虽不完备，但在宾白相对齐全的《借铁拐李还魂》、《替杀妻》、《焚儿救母》等有限的几剧中，可以看出其宾白还是十分通俗的。我们可从《张千替杀妻》第一折宾白来管窥《三十种》宾白的通俗性：

① 《中国古典戏曲论著集成》(一)，中国戏剧出版社 1959 年版，第 232 页。
② 《中国古典戏曲论著集成》(四)，中国戏剧出版社 1959 年版，第 141 页。

《张千替杀妻》第一折（科白）

（外末一折，云了。）（正末扮张千上，开：）小人是屠家张千的便是。家贫亲老。不多近远，有个员外，待要结义小人做兄弟。待不从呵，时常感他恩德多；待从来，争奈家贫生受。（外末上，云了。）（正末云：）哥哥既是不嫌贫呵！

……

（外末云了。）（请老母参拜了。）（结义科。）（外末云往浙西索钱了。）（正末送科。下。）

（旦等呵。）（正末扮上坟，云：）从哥哥往浙西去，早半年。今日同嫂嫂与母亲往祖坟去。

……

（云：）嫂嫂，喒坟园到那未哩？（旦云了。）

……

嫂嫂，这路儿更小呵！

……

（旦云了。）

……

若不是俺哥哥。

……

（到坟园下马。）（旦交参拜科。）

……

（旦分付整办祭物了。）（旦忘□匙，分付母亲科。）（旦云：）待与你……（正末云：）窝的不唬杀人也！怎生嫂嫂今日说出这般言语？

……

（旦云了。）

……

（旦云了。）（正末云：）这妇人待要坏哥哥性命！

……

莫动！不！嫂嫂和俺哥哥是几年夫妻？（旦云：）二十年

夫妻。

……

（旦云了。）

……

（旦云了。）（正末诈许，回家科。）

……

我虽是无歹心胡做。

……嫂嫂，你着马先行……

《替杀妻》第一折的科白比较长，却通俗易懂，基本没有晦涩难懂的词语与句式，甚至只凭这些宾白，也能推测出故事情节。这段宾白的通俗性主要体现在以下两个方面。

首先，这段宾白中使用了通俗化、大众化的口语词，比如“呵、哩、了、怎生、几年”等口语化较强的语气词；还有一些口语化的人称代词，比如“哥哥、嫂嫂、兄弟、母亲、咱、我”等词语；此外，还有当时流行的其他词语，比如“交、着、窝的、分付、怎生”等。这些词语都真实再现了元人实际使用的语言，即使在今天，我们读来也毫无晦涩之感。

其次，宾白中的句式基本上都采用当时最为通行的“主+谓+宾”的句式。如：“小人是屠家张千的便是”、“今日同嫂嫂与母亲往祖坟去”、“怎生嫂嫂今日说出这般言语”、“这妇人待要坏哥哥性命”、“嫂嫂和俺哥哥是几年夫妻”、“嫂嫂，你着马先行”……这些句子都采用“主+谓+宾”这样的形式，而没有采用先秦时期经常使用的省略句、倒装句等特殊句式，而是采用当时通行的句式，由于这种句式跟我们今天生活中使用的句式是一致的，因而每一句的句意都清楚明了，读来没有丝毫晦涩之感。

从上述分析中，可以看出，《三十种》宾白通俗易懂的特点与所使用的通俗化的词语与通俗化的句式不无关系。

首先，这些通俗化的词语包括“语气词、摹状词、特殊方言词语、詈词、儿化词”等，这些词语在《三十种》宾白中均有不同程度的使用，其中，使用最多的是语气词（参考第二章“语言的通俗性”第二节“通俗化的语气词”），它在《三十种》宾白中出现的频率很高。“哎、嗨、呀、嗏、咱、了、罢、那、也啰、呵、波、哕、来、个”等元代新出现的语气词在宾白中广泛使用，这都增强了宾白的口语化特征，也使得宾白通俗易懂。另外是儿化词与特殊方言词使用得也比较多。其他几种通俗性的词语在科白中使用得相对较少，如摹状词仅见于三剧（《七里滩》、《竹叶舟》、《替杀妻》）中的科白、詈词也仅见于《竹叶舟》，这些通俗性词语在《三十种》科白中使用的频率较低主要与宾白不全有很大的关系。但大量的语气词、儿化词以及特殊方言词语的使用，已经可以表明科白语言的通俗性特征了。

其次，《三十种》宾白语言通俗易懂的另一主要原因是其通俗化句式的运用。通俗化的句式是指《三十种》中很少出现上古汉语中所特有的各种前置句、后置句以及随意省略成分的省略句等，这些特殊的句式往往给读者造成阅读上的障碍。而《三十种》中宾白句式主要采用“主语+谓语+宾语”这样的排列形式，而且句子主干基本上没有省略的成分；其他修饰成分也是放在被修饰成分之前，各成分位置比较固定，没有随意安插，完全符合日常生活中的句式。读者对于这样的句式是很容易理解的。所以无论从语言还是句式上看，《三十种》宾白都是通俗易懂的。

二 宾白提示语的多样化

对于宾白，一般认为戏曲中除唱词之外的说白统称宾白。徐渭在《南词叙录》中说：

> 唱为主，白为宾，故曰宾白，言其明白易晓也。[①]

王骥德《曲律》“论宾白第三十四”中还对宾白进行了分类，他将宾白分为“定场白”与“对口白”两大类：

① 《中国古典戏曲论著集成》（三），中国戏剧出版社1959年版，第246页。

（宾白）亦曰"说白"。有"定场白"，初出场时，以四六饰句者是也。有"对口白"，各人散语是也。[1]

王骥德对宾白的分类，表明在不同的场合会使用不同形式的宾白。《三十种》中的宾白不止这两种，它的形式更多，《三十种》宾白的多样化主要体现在宾白提示语有多种形式。《三十种》中共有12个宾白提示语，大致可以分为两大类，一类是"说"，此类宾白提示语有"开、云、带云、背云、耳云、说、断"7个；另一类是"诵"性质的宾白提示语，有"念、吟、诗曰、歌曰、宾"5个。

（一）开

关于"开"的用法及意义，学者多有关注。孙楷第、黄天骥等先生都撰文讨论过，并得出一些不同的看法。

孙楷第认为"开者脚色初上场时开端语也。……又戏曲言开尚有赞导义"[2]。

黄天骥认为"其行径颇似于今天舞台或荧幕中的'节目主持人'"[3]。

之后，王万岭提出不同的看法，认为"开"为"某一角色上场自我介绍或自我解说"[4]。

众多的学者都对"开"提出自己的看法，可见，宾白的"开"其意义与用法自有其复杂的一面。《三十种》"开"的用法，上面几种说法均未能涵盖其所有。

据笔者统计，"开"在《三十种》中出现68次，主角"开"35次，配角[5]"开"33次；在角色方面，男性开65次，女性只"开"

① 《中国古典戏曲论著集成》（四），中国戏剧出版社1959年版，第140页。

② 孙楷第：《也是园古今杂剧考》，上杂出版社1953年版，第379页。

③ 黄天骥：《元剧的"杂"及其审美特征》，《文学遗产》1998年第3期。

④ 王万岭：《元杂剧的"开"与"节目主持人"无关——与黄天骥先生商榷》，《戏曲研究》2002年第1期。

⑤ 说明：本书中所说的配角指除主唱外的所有角色。一剧中，若正旦主唱，则剧中出现的正末亦为配角，如《拜月亭》中主唱者为正旦王瑞兰，那么正末蒋世隆由于不演唱则被认定为配角。

3次，且均为老年妇女。而且“开”在《三十种》中的运用是十分灵活的，它在剧中位置主要在一折之始，此类用法有64次，主要用来介绍人物身份与介绍故事发展的起因，或者是介绍剧情，或者是叙述故事发生的背景；另外，它还可以被置于一折曲子与曲子中间，此类用法有4次，其中2次为驾上场“开”，1次为使臣上场宣读圣旨，1次为剧中次要人物上场交代自己的身份并交代剧情出现的背景。

1. 主角开

主角“开”共35次，均有内容，内容一般为介绍自己以及交代故事发生的缘由、交代剧情或背景，所以，主角可以“开”很多次，以《冤家债主》为例：

第二折：（正末蓝扮，同旦、俫儿上，开：）小生姓周，名荣祖，字伯诚，洛阳居住。

第三折：……（正末又扮庄老上，开：）自曹州曹南庄上卖了长寿孩儿，又早二十年了呵！

第四折：……（正末、卜儿上，开：）咱泰安州烧了香，两口儿去曹州曹南打听孩儿消息。

2. 配角开

配角“开”共33次，内容一般均无，只有《三夺槊》1处、《焚儿救母》3处共计4处配角有“开”的内容，分别为交代事情的起因与次要角色首次上场的自我介绍以及对剧情发生的背景作简要说明。

《三夺槊》第一折：（匹先扮建成、元吉上，开：）咱两个欲待篡位……

《焚儿救母》楔子：（外末上，开：）老夫王员外便是。……（正旦上，开：）老身是张屠的母亲……

《焚儿救母》第三折：【迎仙客】……（外旦上，开：）老身是王员外的母亲，有个孙儿……

3. 女性开

女性用“开”，在《三十种》中有3处，均为老年妇女。《焚儿救母》中有两处是有内容的，均为介绍自己并且交代自己出现的缘由（例参见上述“配角开”《焚儿救母》例）。《介子推》中有一处，但无内容。

《介子推》第四折楔子：（叔向奏了。）（卜儿开了。）

4. 使臣开

使臣“开”只有一次：

《气英布》第一折：【玉花秋】……（等使命开了。）

既是“使命”，所“开”内容当为宣读皇帝圣旨。

5. 驾开

驾“开”共13次：《单刀会》第一折（1次）；《衣锦还乡》第一折3次、第二折1次；《介子推》第一折1次、第二折1次、第四折2次；《霍光鬼谏》第二折2次、第四折2次。多数情况下，驾“开”的内容不明了。驾“开”后，又有“宣”字。所以，“开”就不大可能是皇帝口头下达命令，而在《衣锦还乡》中，驾反复“上开”，又不可能是驾介绍自己。暂存疑。

《衣锦还乡》楔子：（驾上开。一折了。）

《衣锦还乡》第一折：（驾上开。一折。）（外末上。一折。）（净上云。）（净、外末争功了。）（驾上开住。）（交宣了。）

《衣锦还乡》第二折：【浪里煞】……（驾上开了。）（宣外末还乡了。）

总之，“开”的特点是主角与配角均可“开”，同一角色可以反复“开”，但主要为男性，女性“开”的情况很少，主要是老年妇女；“开”的内容可以是人物上场时的自我介绍，也可以是交代剧情的发展，还可以是宣读皇帝的命令，唯有驾“开”的内容不明。

(二) 云

《三十种》中宾白提示语使用最多的就是“云”，“云”即“说”之意，它在《三十种》中的用法十分广泛，除《西蜀梦》、《疏者下船》、《赵氏孤儿》三剧因科白全无而没有出现“云”外，其余27剧科白均使用“云”作为宾白的提示语。

1. 主角云

主角所“云”一般均有内容，如：

《拜月亭》第一折：……（正旦云:）怎想有这场祸事!

《任风子》第一折：【天下乐】……（正末云:）大嫂，取些钱来，借与兄弟每。

尚有极少无内容的主角之“云”，《三十种》中主角有“云”而无内容者只有以下6剧11例：

《拜月亭》第一折:【天下乐】……正旦对夫人云了。

《借铁拐李还魂》第一折:【点绛唇】……（张千云:）哥哥，昨朝中牟县解将一火强盗来，作何发落了?(正末云)。

《冤家债主》第二折:【倘秀才】……正末、旦、俫儿云了。正末做写文书了。

《紫云亭》楔子:……（正旦云。共正末把盏科。云:）伯伯好去者呵！兀的是花发多风雨，人生足别离!

《紫云亭》第二折:……（正旦引侍婢上，云，住。）

《贬夜郎》第二折:【四煞】……正末出朝科。云了。唱:……

《贬夜郎》第三折:【普天乐】……（正末云了。）（外末把盏了。）（正末云了。唱:）……

《贬夜郎》第三折:【三煞】……（正末做指禄山云了。唱:）

《竹叶舟》第一折:【幺篇】……（正末云了。）……

《竹叶舟》第二折:【折桂令】……正末云了。……正末云了。

2. 配角云

配角所“云”之内容，一般均省。但在《三十种》中，尚有《三夺槊》、《借铁拐李还魂》、《竹叶舟》、《替杀妻》、《焚儿救母》5剧的配角或多或少有所“云”之内容：《三夺槊》第一折中配角建成（开）、元吉（道）、高祖（大怒）三人均有说白内容；《借铁拐李还魂》宾白齐全，所以，配角张千、韩魏公、岳妻、孙福、吕洞宾、李屠父、官员、阎王8人所“云”均有具体内容，甚至剧中配角的动作在剧本中亦有说明，不知何故；《焚儿救母》宾白齐全，剧中所有配角张屠、张妻、张母、员外、员外母亲之“云”均有内容；其他2剧《竹叶舟》、《替杀妻》配角有时有所“云”之内容，有时无，表现出比较大的随意性：《竹叶舟》中配角“陈季卿”在剧中是超度的对象，剧中戏份不少，所以配角中有内容的“云”均体现在他身上；《替杀妻》中旦角、外末间或有所“云”之内容。以《借铁拐李还魂》为例：

> 第一折：【天下乐】……（外末云：）老夫不是别人，韩魏公便是。……（张千出来，云：）是谁放了这先生？（外末云：）是老夫放了。（张千云：）这老子好无礼！……
>
> 第二折：【滚绣球】……（旦云：）孙福叔叔在外前。……（外末云：）哥哥，你兄弟领着韩魏公爷爷的言语……
>
> 第三折楔子：（外末云：）贫道吕岩便是。……（阎王回答：）不瞒上仙知道……

剧中次要人物韩魏公、张千、吕岩、岳孔目妻、孙福等次要人物的“云”都有内容，例不备举。

（三）带云

《三十种》中在一首曲子之间，经常使用提示主角的宾白提示语“带云”。关于“带云”的特点与作用，康保成先生说：

> “带云”就是在唱腔中夹带的白。……“带云”最能体现元曲曲白相生的特点。……“带云”的作用在于衔接前后两句唱

词，补充唱词难以表达的内容，推动情节的发展。这种在曲中的特殊位置，也就决定了它只能使用富有韵律美的念诵，来使前后两句唱词实现自然衔接与过渡。①

康保成先生总结了“带云”特点是具有韵律美的念诵，此说恐难成立，如《魔合罗》中的“带云”（以下《魔合罗》中原无“带云”二字，据徐本补）：

第一折：【醉扶归】……（带云：）呆丑生！（唱：）忘了将湿漉漉头巾取。

第三折：【浪来里】……（带云：）哎！张鼎！（唱：）你大古里贵人多忘，略而听引莫心忙。

从上述“带云”内容来看，似乎并非所有的“带云”内容均符合康保成先生所说的“使用富有韵律美的念诵”，比如《魔合罗》中的“呆丑生”与“哎！张鼎”等。

而康保成先生总结的“带云”的作用是衔接前后唱词，推动剧情，是很有道理的，但其作用不仅限于此。以《介子推》第二折中的“带云”为例（以下例中的“带云”在元本《介子推》中均出现）：

【尾】你今日道屠杀他这太子不怕难合口。

（带云：）上天生我，上天死我，君王何不可！（唱：）

我怕甚伏侍君王不到头！……我已过三十，不为夭寿；为主忠心，死而甘受。我博一个万载清名，煞强如交万民咒。

（带云：）我如今弃了身，弃了命，便死身亡！（唱：）

问甚末钢刀下烂朽！

（带云：）割舍了讹言课语，抗敕违宣！（唱：）

怕甚末金瓜下碎首！

① 康保成：《元杂剧的“宾白”与“表白”》，《学术研究》2002年第11期。

（带云：）既为臣子，怎敢将主所杀！（唱：）

我将这行仁慈有道理忒忠孝的申生我委实下不得手！

上述《介子推》中大量的“带云”除了推动剧情作用外，似还有别的作用。因为这些“带云”内容，跟紧邻其后的唱词内容基本相同；《借铁拐李还魂》第二折［滚绣球］曲中也出现大量的“带云”，其内容也跟后面的唱词内容基本相同。而且这些“带云”总是夹在唱词中间，所以笔者以为“带云”除了康保成先生所说的推动剧情进展此作用外，恐怕还有两个作用。

一是起“承上启下”的过渡作用，纵观上述“带云”之内容，均有总结前面唱词同时引出下面唱词的作用，这也是“带云”被置于唱词之间的原因。

二是主唱者可以用这些“夹白”来获得嗓子的暂时歇息。因为，在四折演唱中一人主唱的演唱模式极大地挑战着主唱者的体力与嗓子，为了保护主唱的嗓子，“带云”能起到很好的缓冲作用。

（四）背云

“背云”主要是揭示人物内心真实的想法，而这些真实想法在剧中由于某种原因不愿让剧中其他人物听见，故采取背对着台上演员而面向台下观众将自己内心的想法表达出来。这对观众了解剧情、了解该角色内心真实想法很有帮助。另外，这一提示语还体现了戏曲虚拟化的特点。

《气英布》第一折：【寄生草】……（正末做背惊云：）打呵打着实处，道呵道着虚处。

《气英布》第一折：【金盏儿】……（正末做惨科。背云：）我若拿将这汉见楚王去，这汉是文字官，不曾问一句，敢说一堆老婆舌头！

（五）耳云

“耳云”即“耳语”：

《博望烧屯》第四折：【醉春风】……（向刘备云：）主公也索离了这里。贫道这般行。（耳住了。）……（再耳云了。）辕门外望着，折末有甚人来，报与我者。

“耳云”往往是设置悬念，勾起观众探知剧情的欲望，一般会在后面的剧情中抖出包袱。上述两处“耳”均为暗中安排对付张飞的计谋。

（六）说

《三十种》中宾白提示语还用到“说”，其用法跟“云”相同。但《三十种》仅见一例：

《焚儿救母》第一折：【醉扶归】……（正末问：）朱砂有真假。（员外说：）豁来本金，除死无大灾。

（七）断

关于“断”的作用，康保成先生说：

一般在剧末，由执掌刑名的官员甚至皇上，对某一诉讼案件作出判决时使用。①

《三十种》中共有五剧使用了“断”：《遇上皇》、《东窗事犯》、《霍光鬼谏》、《周公摄政》、《博望烧屯》，均在剧末出现，多由“驾”来“断”。虽然“断”后内容省略，不过，既然“驾”出场，应该是皇帝下的口头判词，而非书面“圣旨”。如此一来，“断”的作用当与“云”大致相同。

《遇上皇》第四折尾：驾断出。

《东窗事犯》第四折尾：（等地藏王队子上。）（断出了。）

① 康保成：《元杂剧的“宾白”与“表白”》，《学术研究》2002年第11期。

《霍光鬼谏》第四折：【挂玉钩】……（驾断了。）

（八）念

《三十种》中宾白提示语还用到“念”，但次数不多，仅见2次。“念”与“云”、“说”不完全相同，它体现出“低声”或“低声自言自语”的特点。

《东窗事犯》第二折：（正末扮呆行者拿火筒上。念：）吾乃地藏神，化为呆行者，在灵隐寺中，泄漏秦太师东窗事犯。

上述例子中化为呆行者的地藏神泄露了秦桧的秘密，秦桧差人捉拿呆行者，所以呆行者不可能大声说，只能是悄悄地说，故用“念”。“念”的“低声”的特点，在下面的例子中也可以体现出来：

《竹叶舟》第三折：【二煞】……（外末云：）风浪起怎生奈何？救人咱！（念佛科。）

“念佛”之声，绝不大声，而是小声，只需自己听见即可。另外，《替杀妻》中“思念”、“咒念”，以及《西蜀梦》中“作念”三词，均有小声的含义。故宾白提示语“念”指“低声说或低声诵”之意。

（九）吟

《三十种》中宾白提示语还用到“吟”，但次数不多，仅见2次，也是以“诵”的形式出现，其特点是“拉长声音”，体现出“舒缓”的特点。

《竹叶舟》第一折：【幺篇】……外末云。吟【凤栖梧】了。

《竹叶舟》第二折：【折桂令】……等外末吟【临江仙】了。①

① “吟”字元本无，徐本据上例“吟［凤栖梧］”补。

"吟"在《三十种》中还可跟别的词相结合，如《紫云亭》、《范张鸡黍》中的"吟诗"，《贬夜郎》中的"吟怀"，《竹叶舟》中的"朗吟"，《焚儿救母》与《竹叶舟》中的"沉吟"等，尤其是"朗吟"跟"沉吟"，两词相对，一为高声，一为低声，其共同特点是"吟"，即"拉长声音"诵读。

（十）诗曰

《三十种》中还利用一些韵文来作宾白，这些韵文往往以"诗"的形式出现，故用"诗曰"这一提示语。"诗曰"当以诵读的形式来体现，其内容一般都反映该角色在特定环境中的内心感受。

《借铁拐李还魂》第二折：（旦上。诗曰：）待当家时不当家，及至当家乱如麻。早晨起来七件事：柴米油盐酱醋茶。

《焚儿救母》第三折：正末扮急脚上……（诗曰：）守分休贪不义财，命中合有自然来。若将巧计干求得，人不为仇天降灾。

另外，《追韩信》中尚有2处"诗曰"，《竹叶舟》中亦有2处，而《东窗事犯》中有3处。

（十一）歌曰

《三十种》中的韵文有时也用"歌曰"来提示，虽用"歌"，但根据科白内容，似乎并不演唱，而仅限于吟诵。康保成先生认为是"既有别于唱，又有别于说的提示"①。《三十种》中仅有以下两剧中出现"歌曰"：

《火烧介子推》第三折：【迎仙客】……（歌曰：）别恨山妻泪满腮，含悲老母痛伤怀。忠心替代储君死，孺子疾忙取剑来！

《追韩信》第二折：……（歌曰：）背楚投汉，气吞山河。……治粟以叹何补，乘骏骑而之他。

① 康保成：《元杂剧的"宾白"与"表白"》，《学术研究》2002年第11期。

（十二）宾

《三十种》中尚有两处“宾”的提示语。关于“宾”的特点，康保成先生说：“姑且推断，‘宾’可能是介于唱与白之间的念诵，或类似现今戏曲中的韵白。”①

《气英布》第一折：【天下乐】……（等随何过来见了。）（唱宾。）（正末云：）住者！你休言语！我跟前下说词那！

《贬夜郎》第三折：【哨遍】……（宾：）你问我哪里去？

上述《三十种》12 个宾白提示语，所起的提示作用均着眼于演员在舞台上的细微表演：或提示表演者要耳语，或提示表演者需背对着其他演员，或提示表演者需要拖长声音，或提示表演者需放低声音，或提示表演者语气需舒缓，或提示表演者需诵读……众多的宾白提示语蕴含着演员丰富而细腻的表演，因而可细致入微地刻画出人物丰富的心理活动。所以，这些多样化的宾白提示语表明《三十种》具有很强的舞台表演特征，也说明剧本对演员的表演起着某种提示作用，也在某种程度上促成了戏曲艺术程式化特征的形成。

第二节　科介的通俗性

《三十种》中科白的通俗性不仅表现在宾白上，还表现在科介上，科介即做动作。在《三十种》中，不仅有提示主角所做动作的提示语，也有提示配角表演的提示语。主角的主要任务是“唱”，而配角的主要任务是做各种动作与说白，两者完整地体现了戏曲的“唱念做打”四要素。《三十种》中科介的通俗性主要表现在以下几个方面。

一　通俗化的动词

元杂剧艺术的一大特色就是在舞台上做各种动作与表情，其目的或

① 康保成：《元杂剧的“宾白”与“表白”》，《学术研究》2002 年第 11 期。

为调笑，或为表现人物在特定环境中的情绪。元杂剧在动作与表情提示语上经常用到“……科”、“做……（科）”、“打……（科）”、“做……（了）”、“做意”等多种固定提示形式。借助这些固定形式，可推测其中的词语所表示的某种动作或某种表情。

如《拜月亭》楔子科介：

> （孤、夫人上，云了。）（打唤了。）（正旦扮引梅香上了，见孤科。）（孤云了。）（情理打别科。）（正旦把盏科。云：）父亲年纪高大，鞍马上小心咱！（孤云了。）（正旦做掩泪科。唱：）

此段科白中的加点词各代表一种动作，这些动作均反映出浓厚的生活气息，所以十分通俗易懂，而且这些动作做起来也很容易。

不过，由于元杂剧表演的特征之一是程式化，因而一种动作或一种表情不可能只出现在一剧中，而是出现在多剧中，当代表某种动作或某种表情的提示语使用得多了，就会逐渐成为杂剧表演中的一个固定术语，此术语在元时当通俗易懂，但当这种固定术语若直接来源于某地方言，且前人不加以说明的话，恐怕会给后世阅读者造成障碍：

> 《拜月亭》第一折：【醉扶归】……（哨马上，叫住了。）（夫人云了。）（正旦做惨科。）（夫人云了。闪下。）……（正旦猛见正末打惨害羞科。）……

此段科白较长，其中所提示的大部分科介很容易理解，但其中出现的两次“惨”，一些戏曲词典注为“惊怔、发呆”。其实，该词语在《拜月亭》中共出现4次，还在《气英布》与《霍光鬼谏》中出现，除此之外，董西厢中也有该词，而明人所编杂剧（比如《曲江池》）中也有该词，可见该词语在科白中已成为某种程式化的动作，这种程式化动作一旦理解有误，在理解该词所出现的所有句子时都会受到影响。“惨”当为方言词语，表示“大声喊叫”义，而非“惊怔、发呆”。正因为该方言词今天很少用它表示“大声喊叫”，故即使成为一种程式化的动作，今人还是难以理解其准确的意义（参阅第二章第一节之“一　吸收北方汉民族各地方言俗词”下之“惨”条）。

除上述“惨”字外，科白中尚有一些固定的戏曲术语曾引起学界争论：如对《三十种》中多次出现的“一折”（参下文“二　配角在科白中灵活而通俗化的表演”）的争论，对“开”（参本章第一节“宾白提示语的多样化”之“开”条）的争论等。这些争论都说明科白中的程式化的科介词语在当时由于其俚俗，也就通俗易懂无须说明，但到后代由于这些俚俗之语不再大范围流行，遂逐渐变得生僻，甚至是晦涩了。

除了上述这些词语引起学者的广泛关注外，尚有一些科介词语，表面看来无争议，但其实还是有继续探讨的必要。如“放”、“做住、做住了”、“等”科介词语，虽然在《三十种》中出现过多次，但由于《三十种》科白不全，这些词语至今尚有争议，以下兹举两例来说明。

（一）放

元杂剧科白提示语中经常出现“放”，然而对于“放”的含义，却鲜有关注。只有徐沁君先生在给《三十种》中的《张鼎智勘魔合罗》作校记时说：

> “放”与“唱”同义。①

可见，徐先生认为“放”等同于“唱”，两者同义。在这之后基本上再无人关注“放”这一科白词语。近年来只有王之涵在《元刊杂剧三十种表演提示研究》一文中提到“放”这一科白提示语：

> “放”和“开”的使用基本上要同时满足两个条件：一是只针对正角使用，二是只在每一折的正角上场后的第一次唱词和念白前使用。虽然也有一些例外。②

---

① 徐沁君：《新校元刊杂剧三十种》（下册），中华书局1980年版，第435页校记［三四］。

② 王之涵：《元刊杂剧三十种表演提示研究》，《滁州学院学报》2007年第2期。

然而，此种说法明显有漏洞。因为纵观《三十种》中的“放”，它不仅用于每一折的起始位置，还大量应用于一折之中；而且“放”在《三十种》中使用的次数也大大低于“唱”的使用次数，它应该与“唱”是有所区别的；另外，“唱”的主体可以是正末，也可以是正旦，但“放”的主体却只能是正末。这一切都说明，“放”与“唱”是有着某种细微的区别的。

而以上两种说法都没有将“放”的细微之处指出来。

表 3-1　　《三十种》“放”使用情况一览表

剧目	次数	举例	位置
遇上皇	3	第一折：（正末扮醉上。便放：） 第二折：（正末扮冒风雪上。放：） 第三折：（等孤上，云住。）（正末便上。放：）	一折之始 一折之始 一折之始
任风子	1	第二折：【倘秀才】……（等马呼神上。）（神上。）（正末见神，惊放：）	一折之中
老生儿	2	第三折：（卜儿云了。）（正末做放：） 第四折：（正末引卜儿、外末上。放：）	一折之始 一折之始
气英布	1	第二折：【哭皇天】谁将我这背膊来牢扶定？（外末云了。）（正末怒放：）	一折之中
汗衫记	2	第三折：【醉春风】……（做跪下，放：） 第三折：【普天乐】……（做到寺了。）（外云了。）（正末做回身云：）婆婆，喒这口衣饭，子阿的是也！（放：）	一折之中 一折之中
魔合罗	1	第四折：【剔银灯】……（唤老大夫上了。）（正末放，唱：）	一折之中
火烧介子推	2	第三折：【迎仙客】……（介休自刎了。）（正末做慌放：） 第四折：（驾上开。）（驾提烧山了。）（正末扮樵夫上，慌放：）	一折之中 一折之始
博望烧屯	1	第一折：【后庭花】……（做意。放：）	一折之中
合计	13	放、惊放、做放、怒放、慌放（做慌放），5 种形式表演者均为正末	一折之始：6 一折之中：7

从表 3-1 的统计中可以得出《三十种》中的“放”具有以下特点。

第一，“放”只用于正末。

第二，“放”在剧中位置灵活多变。可以在一折之始，也可以在一折之中，《三十种》中，在一折之始（6 次）与一折之中（7 次）的使用次数大致相当。

第三，“放”后都紧跟唱词，所以，“放”具有演唱的特点。

第四，“放”的前面可以有“惊、怒、慌”等面部表情的词语，而且还出现“做放”这样的提示语，说明“放”不太可能是某种面部表情，也不可能是一个很简单的“唱”的动作，应该是带有某种特点的“唱”，而根据“放”前可伴有的“惊、怒、慌”等词语，可推测，这种特点当为“大声”。

综合以上因素，对“放”的解释应为“元杂剧中对正末需大声演唱的一种舞台提示”。所以，“放”的核心是“大声”，也正是因为这个原因，在《三十种》中，“放”的主体均为“正末”，而没有一例是属于正旦的。以下将此义揆之《三十种》部分例句。

1.《气英布》第二折

> 【哭皇天】谁将我这背膊来牢扶定？（外末云了。）（正末怒放：）待古你是知心好伴等。泼刘三端的是、端的是负功臣！既刘沛公无君臣义分，嗏！汉随何喒有甚么相知面情。

《气英布》中的“放”是在一折之中，而且“放”的前面还有“怒”，合成“怒放”，而本剧前面尚有“怒唱”一词，说明，“怒放”绝非“怒唱”，“放”也绝非“唱”这么简单，一定与“唱”有细微区别。

高皇濯足待英布，英布自然恼怒异常，大怒之下，声音定小不了，所以，此剧中的“放”也是“大声唱”的意思，且此剧的主角也是正末。

2.《汗衫记》第三折

> 【醉春风】济困的众街坊，您是救苦的观自在。……（做跪下，放：）【快活三】风捎得手倦抬，冻饿死怎挣揣。一场天火送了家财！婆子，我问你那少年儿今何在！
>
> 【普天乐】……（正末做回身云：）婆婆，喒这口衣饭，子阿的是也！（放：）饿纹在口角头，食神在天涯外。

此剧中的主角也为正末，且该剧中的“放”均在一折之中出现。张员外家失火后老两口沿街乞讨，所以当曾经的员外跪在地上乞讨时，内心一定是五味杂陈的，此时的“放”能很好地反映出员外复杂的心理，所以，此处的“放”为“大声唱”。第二例与第一例用法同。

（二）做住、做住了

元杂剧科白中经常出现“做住、做住了”的舞台表演提示语，但是，“做住、做住了”到底要做什么样的动作，或者是什么样的表情，历来各戏曲词典均不注。唯有“汉典网”将“做住”释为“止住”，并列举《古今小说 · 杨谦之客舫遇侠僧》一例：“这个恶物，如茶盘大……扑到白圈子外就做住，绕着白圈子飞，只扑不进来。”此例中该词确为“止住”义，然将此义揆之《三十种》各剧，似当有他义。

“做住”与“做住了”在《三十种》中共出现27次，其出现情况与意义分析如表3-2所示。

表3-2 《三十种》“做住”、“做住了”一览表

剧目	条例	次数	释义
拜月亭	做住了	9	7处“做惊讶而震惊的表情”，2处“做痛苦的表情”
贬夜郎	做住了	2	1处“做痛苦的表情”，1处“做震惊的表情”
	做住	1	做痛苦的表情
周公摄政	做住了	1	做威武而严厉的表情
	做住	3	做毕恭毕敬的表情
调风月	做住	1	做生气而不理人的表情
冤家债主	做住	1	做惊讶而震惊的表情
天赐老生儿	做住	3	做惊讶而震惊的表情
气英布	做住	1	做毕恭毕敬的表情
衣锦还乡	做住	1	做毕恭毕敬的表情
火烧介子推	做住	1	做醒悟而震惊的表情
追韩信	做住	1	做发怒而吓唬人的表情
紫云亭	做住	2	做惊讶而震惊的表情
11剧（27次）	做住了	12	8处“做震惊的表情”，3处“做痛苦的表情” 1处“做威严的表情”
	做住	15	1处“做痛苦的表情”，5处“做毕恭毕敬的表情” 1处“做生气而不理人的表情” 7处“做惊讶而震惊的表情” 1处“做发怒吓唬人的表情”

以上是对《三十种》中27个“做住、做住了”所提示的舞台表情的具体分析，从每剧的具体分析以及表3-2的统计中可以看出，“做住、做住了”所包含的具体舞台表情都不是简单的“止住”义，而是提示演员在台上“做惊讶、震惊、痛苦、恭敬、生气、吓唬、严厉”等各种面部表情的，并非某种肢体动作。

以下兹举几例以说明。

1.《拜月亭》

> 第二折：……（正末卧地做住了。）（正旦云：）呵！从生来谁曾受他这般烦恼！

正末生病，正旦扶正末休息，正末当“卧地”做“痛苦”之表情。

> 第四折：【庆东原】……不顾自家嫌，则要旁人羡。（外末云了。）（正旦做住了。）（正、外二末做住了。）

在正旦、正末各自的婚礼上，正旦见即将举行婚礼的新丈夫竟然是前任丈夫的好友陀满兴福，感到很惊讶，所以当做“惊讶的表情”；而当自己的前任丈夫（正末）与新丈夫（外末）见到新娘竟然是自己时，都不禁感到震惊，所以，二人当做“震惊、惊讶”之表情。

2.《周公摄政》

> 第二折：【满庭芳】……（小驾云了。）（正末带剑做住了。唱：）【普天乐】……若有个敢喧呼的正犯新条，依班次休息慢分毫。百官每听处分一齐的忙呼噪，扶持着有德的君王谁敢违拗……

武王归天，成王当即位，但成王却想让周公即位，所以一直说周公对社稷的贡献，但都被周公一一挡回，当成王说自己对国无功，怕其他大臣不服时（这当为小驾云了的内容），周公（正末）带剑做住了，当为“带剑做威武而严厉的表情，以震慑不服之臣”。从下面的唱词“百官每听处分一齐的忙呼噪，扶持着有德的君王谁敢违拗”也可印证这一点。

> 第二折：【普天乐】……（小驾云了。）（正末云：）今日皇天眷佑，陛下合继万世无疆之祚，谁敢不从。若有不依命者，自有常典！（等众呼噪了。做住。）

成王终于答应即位，周公为给成王树立威信，所以警诫众大臣“谁敢不从！若有不依命者，自有常典！”众大臣听周公一番言辞后，都呼喊“吾王万岁”之类的话，并且都做“被震住、臣服的表情”，即为“毕恭毕敬”之表情。

从“放”与“做住、做住了”的分析结果来看，这些习以为常的词语竟有着某种不为人知的意义，可见，科白中程式化的词语是不能忽略的，而应该引起大家的重视。可想而知，科白中经常出现的“等”、“住”恐怕有他义，也未可知。

二 配角在科白中灵活而通俗化的表演

元杂剧之所以命名为“杂”，是因为其表演内容的驳杂。黄天骥先生说：

> 总之，在元剧表演中，穿插于套曲之间的宾白科泛，与宋杂剧表演“有散说，有道念，有筋斗，有科泛”同出一脉。在这个意义上，人们仍称元剧为“杂剧”，自然是可以理解的。[①]

黄先生的观点主要指出“杂剧”的“杂”是包含了多种表演的，应该说，这一说法是很契合“杂剧”之“杂”的特点的。那么，元杂剧的“杂”在《三十种》是如何体现的？或者说，《三十种》科

① 黄天骥：《元剧的“杂”及其审美特征》，《文学遗产》1998年第3期。

白，除了主角要表演的动作、表情、演唱、宾白外，配角是如何安置的？配角具体表演什么内容？主角参不参与这些“杂演”？

我们知道，《三十种》中的主角主要是承担演唱任务的，偶尔有一些简单的肢体动作、表情与宾白，但这不足以体现“杂剧”之“杂”的特点。“杂剧”其他技艺的表演应该是落在配角上的，而《三十种》中配角的表演主要体现在“一折”上。

关于“一折”的含义，近年来学者李日星提出其意义为：

> 次要角色上下场一次为一折。①

学者王万岭提出其意义为：

> 元代剧作家借用这一名词作为舞台演出术语，用以提示某些脚色在实际演出时表演某一特定内容的“短小戏段”。②

这些说法均有一定的道理，但并不能涵盖“一折”的所有内涵。

表 3-3　　《三十种》“一折”一览表

剧目	举例	出现位置	次数	备注
拜月亭	（夫人一折了。）（正末一折了。）	第三折之始	2	配角
单刀会	（净开。一折。）（关舍人上，开。一折。）	第三折之始	2	配角
调风月	（老孤、正末一折。）（正末、卜儿一折。） （外孤一折。）（正末、外旦郊外一折。） （外孤一折。）（夫人一折。）（正末、六儿一折。）	第一折之始 第二折之始 第三折之始	2 2 3	配角 配角 配角
遇上皇	（等孛老、旦一折了。）（等净一折了。） （等孛老、净、旦一折。）	第一折之始 第四折之始	2 1	配角 配角
任风子	（等众屠户上。一折下。）（等马一折下。）	第一折之始	2	配角
紫云亭	（卜儿上，一折了。）	第一折楔子始	1	配角

① 李日星：《元杂剧“折”的本义与起始》，《文献》2003 年第 2 期。

② 王万岭：《元刊杂剧“折”的起始与本义》，《戏曲研究》2004 年第 2 期。

续表

剧目	举例	出现位置	次数	备注
衣锦还乡	（驾上开 。一折了。）（净上。一折。）（外末一折。） （驾上开。一折。）（外末上。一折。）	第一折楔子始 第一折之始	3 2	配角 配角
魔合罗	（旦、外一折。） （外一折下。）	第一折之始 第二折之中	1 1	配角 配角
贬夜郎	（驾、旦、外末一折了。）	第二折之始	1	配角
介子推	（净、旦一折。）	第一折之始	1	配角
霍光鬼谏	（驾一折。）（外末开，一折。） 外末一折了。下。……二净说计一折。下。	第三折之始 第四折之始	2 2	配角 配角
追韩信	（等漂母提一折下。） （等霸王上，开，一折下。）（等驾提一折。） （渔翁、霸王一折了。）	第一折之始 第二折之始 第四折之始	1 2 1	配角 配角 配角
周公摄政	（微子一折。） （三叔一折。） （管叔一折。）	第一折楔子始 第一折楔子尾 第三折之始	1 1 1	配角 配角 配角
竹叶舟	（等孛老、卜儿、旦一折下。）	第三折之始	1	配角
博望烧屯	（等众将各一折了。）	第三折之始	1	配角
替杀妻	（外末一折，云了。）	第一折楔子始	1	配角
合计16剧		开头居多，但中间与结尾处亦有	40次	配角

从表3-3中可以看出，“一折”的主体均为配角。也就是说配角的表演是被剧作家安在“一折”中的。由于“一折”没有体现配角的表演内容，因而我们从“一折”本身得不到配角要表演什么内容。然而根据剧情，根据明本还是可以大致推测其表演的内容。

我们以元刊本、脉望馆本、《元曲选》本中均有的《魔合罗》之“一折”为例来分析。

根据表3-4，在元刊本第一折中，只有“旦、外一折”四字，而在脉望馆本、《元曲选》本中这四字则被扩展成四百多字的剧情，两者所增加的剧情大同小异，均为几位配角之间的戏份：李文道调戏旦刘玉娘，李彦实（脉望馆本与《元曲选》本中增加的新角色，是李文道的父亲）殴打调戏刘玉娘的李文道，很明显，这两处情节的表演者李文道、李彦实、刘玉娘均为配角。第二折中“外一折”，在脉望馆本与

《元曲选》本中均被李文道“药倒了也。我收拾了东西回家中去来”所代替。此时，台上的关注点显然是李文道这一配角。可见，脉望馆本、《元曲选》本是将元刊本中“一折”中的表演任务安排在配角这一角色上的。所以说，《三十种》中的配角表演的戏份主要体现在“一折”中。

表 3-4　元刊本、脉望馆本、《元曲选》本中《魔合罗》之“一折”

位置	元刊本	脉望馆抄校本	《元曲选》本
第一折之始	（旦、外一折。）（正末担砌末上，云:）	(李老) 李文道，你哥哥买卖去了，你无事休去嫂嫂家，我若知道，不道的饶了你。孩儿去了也。我眼观旌捷旗耳听好消息。下。(旦上) 妾身刘玉娘是也。有丈夫李德昌贩南昌买卖去了。今日无甚事。我开开这绒线铺。看有甚么人来。〔李文道上云〕自家李文道便是。开着个生药铺。人顺口都叫我做赛卢医。有我哥哥李德昌做买卖去了。则有俺嫂嫂在家。我一心爱上他。争奈俺父亲教我不要往他家去。如今瞒着父亲。推看他去。就调戏他。肯不肯不折了本。来到门首也。我自过去。〔见旦科〕嫂嫂。自从哥哥去，不曾来望你。〔旦〕你哥哥不在家。你来怎么。〔李〕我来望你吃锺茶。有甚么事。〔旦〕这厮来的不好。我叫父亲去。父亲。〔李老上〕是谁叫我。〔旦〕是您孩儿。〔李老〕孩儿。你叫怎的。〔旦〕小叔叔来房里调戏我来。因唤与父亲说。〔李老见科〕你又来这里怎的。〔做打文道下〕〔李老〕若那厮再来。你则叫我。不道的饶了他哩。我去家中打那弟子孩儿去。〔下〕〔旦云〕似这般几时是了也。我收了这铺儿。李德昌。你几时来家。兀的不痛杀我也。〔下〕〔正末挑担子上〕是好大雨也呵。〔唱〕	〔旦上云〕妾身刘玉娘是也。有丈夫李德昌贩南昌买卖去了。今日无甚事。我开开这绒线铺。看有甚么人来。〔李文道上云〕自家李文道便是。开着个生药铺。人顺口都叫我做赛卢医。有我哥哥李德昌做买卖去了。则有俺嫂嫂在家。我一心看上他。争奈俺父亲教我不要往他家去。如今瞒着父亲。推看他去。就调戏他。肯不肯不折了本。来到门首也。我自过去。〔见旦科云〕嫂嫂。自从哥哥去后。不曾来望得你。〔旦云〕你哥哥不在家。你来怎么。〔李云〕我来望你吃锺茶。有甚么事。〔旦云〕这厮来的意思不好。我叫父亲去。父亲。〔李彦实上云〕是谁叫我。〔旦云〕是您孩儿。〔李彦实云〕孩儿。你叫我怎的。〔旦云〕小叔叔来房里调戏我来。因此与父亲说。〔李彦实见科云〕你又来这里怎的。〔做打文道下〕〔李彦实云〕若那厮再来。你则叫我。不道的饶了他哩。我打那弟子孩儿去。〔下〕〔旦云〕似这般几时是了。我收了这铺儿。李德昌。你几时来家。兀的不痛杀我也。〔下〕〔正末挑担上云〕是好大雨也呵。〔唱〕
第二折之中	（外一折下。）	〔做倒科。李〕药倒了也。我收拾了东西回家中去来。〔下〕〔正末唱〕	〔做倒科〕〔李文道云〕药倒了也。我收拾了东西回家中去来。〔下〕〔正末唱〕

而根据脉望馆本、《元曲选》本中的剧情，可知配角在“一折”中除了不表演“唱”以外，戏曲的“念、做、打”等表演内容均由配角

承担，所以说“一折”体现了“杂剧”之“杂”的特点。

比如，在调戏环节，配角的表演应当有李文道调戏刘玉娘的下流的语言、挑逗的眼神，甚至是挑逗的动作等；而对于配角刘玉娘而言，当有受辱之后的惶恐，甚至是怒骂，最重要的应该是刘玉娘是如何机智地摆脱李文道的纠缠（我们还可以设想以下情节：如后台有人扮观众喊刘玉娘要买绒线，或是刘玉娘儿子正好回来或是李文道父亲恰好过来等，而做贼心虚的李文道可能还有一段滑稽表演，比如吓得钻到桌子下而汗流浃背，之后趁机溜走等情节也未可知）。这一系列的表演包含了多样化的肢体动作与丰富的面部表情。

又如在李文道毒死哥哥这一环节中，虽然脉望馆本与《元曲选》本中只有一句话“药倒了也。我收拾了东西回家中去来”。但这句话是对台上表演的高度概括，此时，台上的李文道要做搜李德昌身上的贴身财物，继而再收拾担子，然后挑上担子逃跑这一系列的动作（我们还可以设想李文道在抢劫财物的过程中，还会做一些夸张的面部表情，比如，抢劫时凶狠的眼神、见到财物后两眼放光的表情，甚至是做因欢喜而在台上舞动的动作、抢完财物大约还不忘看看哥哥死了没有的动作……）。

通过以上配角在“一折”中的表演，大致可以看出配角所表演的内容，那就是：具体而详尽的一些肢体动作，丰富甚至是夸张的面部表情，滑稽调笑的内容……能体现戏曲“念、做、打”等特点的一小段故事。而且，根据上述丰富的情节，还可以看出，“一折”所表演的内容是很丰富的，它可长可短。

“一折”的内容如此丰富，但是《三十种》中却没有一处体现出来。这应与配角表演内容的丰富性与元杂剧一人主唱的特点有关。

首先，配角表演的内容多为肢体动作“念、做、打”，有时要同时做几种动作，所以难以用笔墨来描述。

其次，元杂剧是一人主唱到底，主角在很长的时间里演唱，中途是需要休息的，但又不能冷场，而此时配角的表演就显得十分重要，为了让主角能有足够的休息时间，配角可以将此处的表演内容尽量增加、细化，以便给主角足够的休息时间。比如上述李文道抢劫哥哥财物一节，可以设置在他抢完财物后增加内心独白，想想自己霸占刘玉娘的幻想情节等，如此，主角则得以休息。所以，配角所表演的故事情节可长可短，这也是难以用笔墨来固化的。

最后，《三十种》中，主角的唱词与说白既已固定，那配角的戏份就应该有一定弹性，因为每场演出都是独一无二的，每次演出下面观众的需求都不可能完全相同，所以，“一折”内容的不固定，给演员与观众互动、演员临时增删情节、演员即兴表演等都留下极大的弹性空间。

基于以上三点，虽然配角在“一折”中所表演的主要内容是相同的，但其每一次表演的时间长度与细节都是有弹性的，是无法固化的，这大概也是配角的科白与表演内容在《三十种》中空缺的一个原因。

第四章

曲子的通俗性

词在兴起之初，虽为俗文，但经文人之手，逐渐“雅化”，由于词逐步脱离民众，成为文人的案头之作，所以，民众对俗文学的呼声越来越高，部分文人开始将原本流行于民间的小调融入词的形式，最终出现新的文体——曲。所以，宋人王灼在《碧鸡漫志》中说：

> 长短句中作滑稽无赖语，起于至和。……元祐间，王齐叟彦龄，政和间曹组元宠，皆能文，每出长短句，脍炙人口。彦龄以滑稽语噪河朔。组潦倒无成，作【红窗迥】及杂曲数百解，闻者绝倒，滑稽无赖之魁也。……其后祖述者益众，嫚戏污贱，古所未有。组之子，……尝以家集刻板，欲盖父之恶，近有旨下扬州毁其板云。①

王灼所说的“长短句中作滑稽无赖语”，说明在宋代流行的词体中已经出现了曲的特点。而且，从曹组作“【红窗迥】及杂曲数百解”，可以看出，在宋代，已经有人仿民间小调来作曲了，而且所作之曲的数量还不少。这些曲子的特点就是在词中加入“滑稽无赖”语。这种新的形式受到当时人的喜爱甚至是追捧，甚至士大夫也传诵。从曹组儿子做官欲以家集形式刊刻其父“滑稽无赖”之作，而皇帝下旨“毁其板”来看，正是这些内容不符合传统士大夫的审美趣味而被禁止刊刻，但从反面来看，曹组所做的杂曲应该是老百姓喜

---

① 《中国古典戏曲论著集成》（一），中国戏剧出版社1959年版，第115页。

闻乐见、通俗易懂的曲作。

我们可从曹组所作的［红窗迥］曲来了解词中的“滑稽无赖语”的特点：

春闱期近也，望帝京迢迢犹在天际。懊恨这一双脚底，一日厮赶上五六十里。争气，扶持我去，博得官归，恁时赏你：穿对朝靴，安排你在轿儿里，更选个弓样鞋，夜间伴你。①

这首［红窗迥］是歌咏脚的。其中的“懊恨、厮赶上、争气、轿儿、弓样鞋”等词语，不避口语、俚语，很有生活气息，尤其是其中对脚的承诺，承诺做官后，不再用脚走路，让它在轿里穿“朝靴”，就连晚上也给脚穿上“弓样鞋”来陪伴脚，语气滑稽幽默，读来令人忍俊不禁。

从曹组所作的［红窗迥］可以看出，在词中加入滑稽无赖之语，即可变为曲，其目的是逗人发笑。所以说，曲从一开始，就通过通俗性来达到其娱人之目的。

所以，明人王世贞在《曲藻·序》中说：

曲者词之变。自金、元入主中国，所用胡乐，嘈杂凄紧。②

其实，王世贞不仅认为曲为词的变体，而且还认为曲的兴起还跟北方的胡乐有关，而这些胡乐，被正统文人一律视为俗乐。所以说，曲在兴起之初，所用的音乐也是通俗化的音乐。而廖奔、刘彦君甚至认为曲的兴起与唐五代的通俗文学敦煌曲子词有着更深的渊源关系。③

以上观点都说明，曲在兴起之初就自有其通俗的一面，甚至是对传统雅文学——“词”过于“雅化”的纠正。正因为曲是纠正词过

---

① 转引自廖奔、刘彦君《中国戏曲发展史》（二），山西教育出版社2000年版，第14页。

② 《中国古典戏曲论著集成》（四），中国戏剧出版社1959年版，第25页。

③ 廖奔、刘彦君：《中国戏曲发展史》（二），山西教育出版社2000年版，第12页。

于“雅化”这一缺点的，所以曲必然要表现出其通俗性的一面来。而这种通俗性不仅表现在曲辞上，也表现在曲牌所体现的音乐上。

第一节 曲辞的通俗性

说明：本节内容参阅第二章语言的通俗性。

若将元杂剧的曲辞与宾白相比较，曲辞的确相对要雅一些，曲辞也确实继承了传统诗词典雅的一些特征。但这并不影响曲辞朝着通俗化、口语化方向的发展。所以，廖奔、刘彦君说：

> 更重要的，北曲可以增加众多的衬字，不像词中的字数是固定了的。这些都是“曲”朝向口语化发展的明显特征。①

当然，曲辞的通俗性不仅仅是增加衬字这么单一，曲辞的通俗化、口语化还有赖于曲辞中所使用的方言俚语、叹词、摹状词等各种口语化的词语。

首先，《三十种》曲辞的通俗性表现在采用了大量的方言俚语与俗语上。如吸收北方汉民族语言的“绰的、恶水、惨（打惨）、几哈、推怨、声叉”等词语；还有少数民族语言，如蒙古语“狮蛮、惊急列、包娄、鬼胡延、阿的、兀良”等词语；女真语“阿者、阿马、兔鹘、撒敦”等词语；梵文“阇梨、魔合罗”等。另外，曲辞中也吸收大量通俗易懂的民间俗语，如“水底捺瓜”、“拳中掿沙”、“披着蒲席说有钱”等。这些方言俚语与少数民族语言以及俗语被曲辞吸收，使得曲辞在典雅之余，尚有活泼清新的一面。

其次，《三十种》曲辞的通俗性还表现在使用了大量的叹词上。叹词表达某种感叹语气，是口语化极强的词语，但是在典雅的曲辞中，叹词被大量吸收进来。根据第二章第二节中的“表 2-2《三十种》叹词在科白与曲文中的分布”，从中可以看出，43 个叹词中，曲

---

① 廖奔、刘彦君：《中国戏曲发展史》（二），山西教育出版社 2000 年版，第 20 页。

文中应用到的有31个，占到72.1%；科白中应用到的有27个，占到总数的62.8%。其中仅见于曲辞中的有16个，占到总数的37.2%；仅见于科白中的有12个，占到总数的27.9%。

从这些数据上可以看出，叹词在曲辞中出现的数量要高于在科白中出现的数量。而这种现象正说明曲辞雅中有俗的特征。关于曲辞中叹词运用之例详见第二章第二节“通俗化的语气词”之“曲文中的叹词”。

再次，《三十种》曲辞的通俗性还表现在使用了大量的摹状词上。《三十种》中的摹状词，主要用在曲辞中。在第二章第三节“通俗化的摹状词”一节中，根据附表二“《三十种》摹状词情况一览表”可以得知，在出现的361个（共出现620次）摹状词中，只有3剧5个摹状词（《替杀妻》中的“精精细细、伶伶俐俐”与《竹叶舟》中的“纷纷扬扬”，以及《七里滩》中的“苍苍、泱泱”）出现在科白中，其余356个摹状词均出现在曲辞中，分布在30个剧本中。曲辞中的356个摹状词占到《三十种》所有摹状词的98.6%；而摹状词所出现的30个剧本占到30个剧本的100%。“98.6%、100%”这两个高比率的数据充分说明《三十种》的曲辞对通俗化摹状词的吸收程度远远高于宾白对摹状词的吸收（当然，这与《三十种》宾白不全有很大的关系），也有力地说明了《三十种》的曲辞在词语方面通俗化的特征。

曲辞中的摹状词不仅数量多，而且形式也多样，有两字式、三字式、四字式，还有叠音与非叠音式等多种形式。这种数量多、形式多样化的特点都体现了曲辞通俗化的特征。关于曲辞中摹状词运用之例具体详情见第二章第三节“通俗化的摹状词”。

最后，曲辞中大量的詈词、儿化音、衬词等口语词（参阅第二章第四节）都说明曲辞口语化、通俗化的特点。

这些方言俚语、叹词、摹状词以及俗语、詈词、儿化音、衬词在曲辞中的大量应用，都使得曲辞雅中有俗，俗中有雅，体现了雅俗共赏的审美特征。

第二节　曲牌的来源与曲牌名称的通俗性

元杂剧音乐的通俗性，首先体现在曲牌的来源与曲牌名称上。曲牌来源的多样化、民间曲牌的逐步增多、曲牌名称的通俗化，都表现出其音乐的通俗化、大众化的特点。

一　曲牌的来源

对于曲牌的来源，王国维曾对《中原音韵》中记载的335首曲牌做过分析：

> 出于大曲者十一……出于唐宋词者七十有四……出于诸宫调中各曲者二十有九……此外曲名，尚有虽不见于古词曲，而可确知其非创造者……以上九章……①

按："以上九章"，原作"以上十章"，杨荫浏认为应为"九章"而非"十章"，他说："其中的《乔捉蛇》，已见于'《诸宫调》中各曲'下，为重出，故今改作九曲。"② 今从之。

如此看来，可以探索曲牌源头的有123首，或出于大曲，或出于唐宋旧词，或出于诸宫调。而其余212首曲牌的来源，王国维说：

> 由此推之，则其他二百十余章，其为宋金旧曲者，当复不鲜，特无由证明之耳。③

王国维认为，剩余的212首曲牌，用上述道理来推的话，应当有不少曲牌来源于宋金旧曲，只是苦于无证据罢了。而杨荫浏先生则认

① 王国维：《宋元戏曲史》，东方出版社1996年版，第67—71页。

② 杨荫浏：《中国古代音乐史稿》（下），人民音乐出版社1981年版，第552页。

③ 王国维：《宋元戏曲史》，东方出版社1996年版，第71页。

为其中不乏有来自民间新创作的音乐：

> 一方面，前代的别种乐曲，为《杂剧》所吸收，而加以创造性的新的运用，这是无可怀疑的。另一方面，也可以设想，元《杂剧》中必然还包含不少当时各地各色各种的民间新创作。①

吕文丽先生则直言诸宫调的一部分曲牌是来源于“唐宋民歌俗调”（提到24首）。②

廖奔、刘彦君则认为：

> 北曲的源起要追溯到北宋时期在北方民间普遍流行的“曲子”，它的出现甚至更早，可以一直上溯到唐、五代时期，其典型文学代表形式就是敦煌曲子词。③
>
> 北曲又有另外一个来源，就是北方民族音乐曲调的介入。④

从上述诸家论述中，可以看出，元杂剧曲牌的来源有以下几个方面：源于宫廷音乐，即“大曲”；源于唐宋词；源于民间俚曲；源于北方民族音乐四种来源。因此，可以从《三十种》曲牌的来源来窥探其通俗性的一面。

根据王国维与赵义山、洛地三位先生对曲牌来源的分析，可对《三十种》曲牌来源作表格来梳理。根据附表四“《三十种》185首曲牌来源一览表”可以看出：

《三十种》中所用的曲牌有185首（排除［么］、［赚煞］、［煞尾］、［尾］、［尾声］、［收尾］、［三煞］、［二煞］等此类曲牌），其源可考者共计87首，而未考其源者共计98首，占《三十种》185首

---

① 杨荫浏：《中国古代音乐史稿》（下），人民音乐出版社1981年版，第552—553页。

② 吕文丽：《诸宫调与中国戏曲形成》，中国戏剧出版社2011年版，第22页。

③ 廖奔、刘彦君：《中国戏曲发展史》（二），山西教育出版社2000年版，第12页。

④ 同上书，第15页。

曲牌的53%；即使去掉“其源或可考者”的27首曲子，其源不可考者尚有71首，占《三十种》185首曲牌的38.4%。

对于这些无从考证的曲牌名，应当是来源于杨荫浏先生所认为的民间新创作的曲子：

> 另一方面，也可以设想，元《杂剧》中必然还包含不少当时各地各色各种的民间新创作。①

这些源于民间的“其源不可考者”曲子的比例，在《三十种》中无论是53%还是38.4%的比例，都能说明元杂剧吸收民间曲子的这一事实，也可以反映出元杂剧通俗的一面。对于这些新曲的来源，冯光钰在其著作《中国曲牌考》中多用“是一首流传久远的词牌和曲牌”、“是一首在民间流传的古老曲牌”、“为传统声乐曲牌和器乐曲牌”等来描述，这些描述也大致表明无从考证的曲牌名应当是来源于民间的曲牌并且在民间广为传唱。

二 曲牌名称的通俗性

曲牌的通俗性不仅表现在大量的曲子源自民间俚曲上，还表现在其名称上。这些曲牌名大多反映出质朴而浓厚的生活气息：

> 油葫芦、寄生草、村里迓鼓、哭皇天、采茶歌、骂玉郎、四块玉、笑和尚、蔓菁菜、秃厮儿、梨花儿、酒旗儿、干荷叶、醋葫芦、胜葫芦、穷河西、脱布衫、呆古朵、胡十八、游四门、蛮姑令、倘秀才。

“油葫芦、醋葫芦”说明曲子最初内容当与装油、装醋的葫芦有关；“村里迓鼓”说明曲子内容当与乡村中敲鼓有关；“哭皇天”说

① 杨荫浏：《中国古代音乐史稿》（下），人民音乐出版社1981年版，第552—553页。

明与哭天抢地有关；“采茶歌”说明与采摘茶叶有关；“笑和尚、秃厮儿”说明当与嘲笑秃头有关；“寄生草、蔓菁菜、梨花儿、酒旗儿、干荷叶”等曲子，其内容当与曲名中的事物有关；“穷河西”说明其内容当与描述河西之地贫穷有关；“脱布衫”当与宽衣解带有关。

所以说，这些曲牌名大多反映的是百姓日常生活，因而生活气息浓厚，曲名通俗易懂。虽然无从考证其确切来源，但从曲牌名俚俗易懂的特点上看，判定其来源民间俗曲当不会有大的偏差。不过，有些曲牌名由于具有地域性、民族性的特点，今天很难从其名称上看出最初与何事有关，如“呆古朵、胡十八、游四门、蛮姑令、倘秀才”等曲牌名，很难得知这些曲牌名在最初所要表达的意思，这正是由于这些曲牌源自民间，具有俚俗的特点，因而不能引起时人以及后人的重视而导致今天无从得知其意义。这一切都说明，无从考证其源的曲牌名当源自民间。

在上述论述中，即使可以考证来源的 87 首曲牌，在使用之初，也离不开民间来源这一管道，这从曲牌名称所反映的浓厚生活气息上也可得以印证。

首先，源于唐宋词的曲牌，多与民间曲子有关。《旧唐书》卷三十记载：

> 自开元已来，歌者杂用胡夷里巷之曲。①

这说明自唐代始，歌曲中往往夹杂民间俚曲，更不用说宋代用来歌唱的词了，其中必然有民间俚曲入词的。而源于词的曲牌，应该说，也脱离不了民间音乐这一特点。元曲由于其俚俗的特点，所以，其曲牌名有的便从民间通俗文学“词”中吸取养分，以至于在元代词与曲一般是没有区别的，如元人燕南芝庵在《唱论》中说：

---

①（后晋）刘昫等撰：《旧唐书》，文渊阁四库全书影印本第 268 册（史部·正史类），上海古籍出版社 2003 年版，第 720 页。

近世所谓大乐：苏小小《蝶恋花》、邓千江《望海潮》、苏东坡《念奴娇》、辛稼轩《摸鱼子》、晏叔原《鹧鸪天》、柳耆卿《雨霖铃》……张子野《天仙子》也。①

可见，在元代，宋代词人的词作被作者称为“大乐”（即大曲）。这大概跟词是用来演唱的这一特点相关。从元人把词称为“大乐”可以看出曲与词之间的紧密关系，也无怪乎许多曲牌名与词牌名是相同的了，同时说明源于词的曲牌具有通俗的特点。

比如曲牌名“柳青娘”，王国维认为来源于唐宋词，但其来源还可上溯至唐代民间艺人与民间曲子。“柳青娘”本为唐代著名歌女的名字，宋人王灼《碧鸡漫志》卷一云：

古人善歌得名，不择男女。……（唐时）女有穆氏、方等、念奴、张红红、张好好、金谷里叶、永新娘、御史娘、柳青娘……②

这一女艺人的名字，在唐代崔令钦所著《教坊记》③中就已经用其名作“曲名”了，所以明人胡震亨在《唐音癸签》卷十三“柳青娘”条中说：

柳青娘者岂亦歌妓之名，后遂沿为曲与？④

再如“一枝花”曲牌名，赵义山认为是源自唐宋词的“一枝花”，亦来自民间乐曲。冯光钰在其著作《中国曲牌考》⑤中引用蒋

① 《中国古典戏曲论著集成》（一），中国戏剧出版社1959年版，第159页。

② 同上书，第111页。

③ 同上书，第14页。

④ （明）胡震亨：《唐音癸签》，文渊阁四库全书影印本第1482册（集部·诗文评类），上海古籍出版社2003年版，第600页。

⑤ 冯光钰：《中国曲牌考》，安徽文艺出版社2009年版，第194页。

韶的观点，认为“一枝花”最初是唐人为歌咏唐传奇《李娃传》中李娃与郑公子的爱情故事，故编曲传唱并以李娃艺名“一枝花”来命名，冯光钰还列举了福建上杭民歌小调与河北涞水民歌小调“一枝花”的内容，两者虽然均不反映李娃故事，但都是用“一枝花”来描写男女爱情的。可见，“一枝花”曲子从唐代兴起到今天，民间一直都是围绕男女爱情来唱曲的。这也说明俗乐在民间传播过程中的韧性。所以说，源自唐宋词的曲牌亦有部分曲子是源自民间音乐的。

结合“柳青娘”与“一枝花”曲的来源及其所包含的故事，不难看出其名称在出现之初所表现出的通俗性的一面。

其次，源于诸宫调的曲牌，也大多源自民间音乐。因为诸宫调本身就是民间音乐的一种形式。《三十种》中源自民间诸宫调曲牌如“柳叶儿、牧羊关、石榴花、乔牌儿、斗鹌鹑、刮地风、四门子、寨儿令”等曲牌名，通俗易懂，生活气息浓厚，当源自民间。其实，源于诸宫调的某些曲牌，其来源还可上溯，比如，上述所举“一枝花”曲牌，王国维认为来源于诸宫调，但其来源还可往前推至唐代，是唐人为歌咏李娃而所作的俗曲。所以说，源自诸宫调的部分曲牌由于来自民间俗曲，因而其曲牌名也具有通俗性的特点。

再者，源自南戏的曲牌名也大多来自民间，如“斗虾蟆、红绣鞋、叨叨令、麻郎、绵搭絮”等曲牌，从其名称上就可看出其俚俗的一面。

另外，在“其源或可考者”的27首曲牌中，尚有四首曲牌名当源自北方的胡乐。王国维说：

> 此外如北曲黄钟宫之《者刺古》，双调之《阿纳忽》、《古都白》、《唐兀歹》、《阿忽令》，越调之《拙鲁速》，商调之《浪来里》，皆非中原之语，亦当为女真或蒙古之曲也。①

如此，《三十种》之双调之“阿忽令”（亦作“阿古令”）、黄

① 王国维：《宋元戏曲史·余论三》，东方出版社1996年版，第138页。

钟之“者剌古”、越调之“拙鲁速”、商调之“浪来里”4首曲牌名当源自北方胡乐。

这些源自北方胡乐的曲牌，不仅具有通俗性的特点，而且具有民族性的特点，有强烈的异域风采。宋人曾敏行在《独醒杂志》（卷五）中说：

> 先君尝言宣和间客京师时，街巷鄙人，多歌蕃曲，名曰《异国朝》、《四国朝》、《六国朝》、《蛮牌序》、《蓬蓬花》等。其言至俚，一时士大夫亦皆歌之。①

可见，北方各族的蕃曲在北宋末年就已经在中原流行了，而且由于“其言至俚”，也就是具有通俗、活泼的特点，不仅在“街巷鄙人”中流行，就连“正襟危坐”的士大夫也“一时皆歌之”。这都说明北方胡乐的通俗化、大众化的特点。

因此可以说，即使是来自高雅如唐宋词的曲牌名，也多具有通俗的特点，更不用说来自民间文艺的诸宫调的曲牌以及源自北方胡乐的曲牌，更是具有通俗性的特点。

总而言之，《三十种》中可以考证其源的87首曲牌名，无论是源自唐宋词的曲牌名，还是源自诸宫调、南戏、北方胡乐的曲牌名，均在一定程度上反映出这些曲牌源自民间，因而具有一定的通俗性的特点（源自大曲的曲牌很少，只有4首，暂忽略不计）。而无从考证其来源的71首曲牌名，正如杨荫浏先生所说的当为“当时各地各色各种的民间新创作”，这更能说明曲牌民间性的特点。所以，我们从曲牌来源的各种途径中可以看出曲牌通俗性的一面，正因为其源于民间，故得以通过通俗易懂的曲牌名来体现。因此，我们也可从其通俗易懂的曲牌名上看出曲子通俗性的一面。

① （宋）曾敏行：《独醒杂志》，文渊阁四库全书影印本第1039册（子部·小说家类），上海古籍出版社2003年版，第553页。

第三节　曲牌的灵活应用

曲牌的通俗性还表现在曲牌在实际使用过程中的灵活运用上。曲牌在元杂剧中的运用不是固定的、僵化的，而是随时处于变化之中的。因此，杨荫浏先生说：

> 一个曲牌，在艺人手中，是一个活的东西，其变化是永远不会停止的。①

杨先生因此批评后人在对前人曲牌编写宫调谱时，过分强调其“正格、正体”：

> 格律的极端强调，其流弊所及，是牺牲内容，束缚创造性，遏止发展而导向衰亡。在曲牌的运用上夸大格律的重要性，到了民国时代，可谓已到了神秘化的程度。②

杨先生随后还批评吴梅在《顾曲麈谈》第一章中所说的“填词之道”要恪守平仄四声、清浊高下、字格不能增减一字、填词越难越好等观点。

杨先生的观点说明，曲牌的使用是永远处于变化之中的，它不是固定不变的。这一点，在《三十种》中有多方面的表现。《三十种》中曲牌的灵活运用主要体现在以下几个方面。

一　“一曲百唱”与“一曲多变”

（一）一曲百唱

元杂剧中，一首曲子在不同的剧中可以反复使用。因此我们可以

① 杨荫浏：《中国古代音乐史稿》（下），人民音乐出版社 1981 年版，第 599—600 页。
② 同上书，第 600 页。

看到同一曲牌在不同剧中重复出现。这种重复出现的曲牌体现了“一曲百唱”的特点。但是，“一曲百唱”并不是说一首曲子在“百唱”中是一成不变的，事实上，它随时都可能发生某种改变，只是这些改变尚处于同一宫调中。比如《三十种》中的［越调］［天净沙］一曲，共出现两次：

《汗衫记》第二折：（【越调】）【天净沙】（28 字）兀良疏林落日昏鸦，兀的淡烟老树残霞。咱趁着古道西风瘦马，映着夕阳西下，子问——（叫。唱：）那野桥流水人家。

《调风月》第三折：（【越调】）【天净沙】（29 字）先交人掩扑了我几夜恩情，来这里被他骂得我百节酸疼，我便似剅墙贼蝎螫噤声！空使心作幸，被小夫人引了我魂灵。

马致远《天净沙·秋思》（28 字）：枯藤老树昏鸦，小桥流水人家，古道西风瘦马。夕阳西下，断肠人在天涯。

《汗衫记》中《天净沙》的曲辞内容，显然是化用元人马致远的《天净沙·秋思》中的辞令。不过，此曲内容已对马致远的原作进行了四方面的改动：增加了“兀良、兀的、咱趁着、映着、子问、那”12 个衬字；改变了一些词语，如“枯藤老树”改为“疏林落日”、“小桥流水人家”改为“野桥流水人家”；增加了词句“淡烟老树残霞”；去掉词句“断肠人在天涯”。虽然做了一些改动，但去掉衬字，两者的字数是一样的，均为 28 字。甚至每句字数多寡也相同，均为 5 句“6、6、6、4、6”格式。

但在《调风月》中，《天净沙》的曲辞跟马致远的完全不同，而且每句字数变动比较大，马致远的为 5 句 28 字“6、6、6、4、6”格式；在《调风月》中其格式为 5 句 29 字“6、6、7（正格为 6 字）、4、6”，格式稍微有异，但其中衬字却很多，有 18 个：第一句“先交人掩扑了我几夜恩情”，增加了“先交人……了我”5 个衬字；第二句“来这里被他骂得我百节酸疼”，增加“来这里被他……我”6 个衬字；第三句“我便似剅墙贼蝎螫噤声”增加“我便似”3 个衬字；

第四句“空使心作幸”增加“空”1个衬字；第五句“被小夫人引了我魂灵”增加“被……了我”3个衬字，共增加18个衬字。

从上述分析中可以看出：《汗衫记》中，衬字共12个，且均置于句首；而在《调风月》中，衬字共18个，可在句首，也可在句中。可以说，衬字的大量出现，以及衬字在句中位置的灵活多变，均反映出在“一曲百唱”时，曲子总是处于变化之中的。

（二）一曲多变

“一曲多变”，是说一首曲子经常处于变化之中，与“一曲百唱”有相似之处，不同点在于“一曲多变”在多次变化之后，与原有曲子恐怕相差万里了。这一点，从周贻白先生在分析唐代乐曲名“三台”经唐、宋、元三代的变迁中可以看出。周先生认为唐代“三台”如［怨陵三台］、［突厥三台］最初只有4句每句六字共24字，到宋人万俟雅言作“三台”（见梨花初带夜月），则变为24句171字，周先生并进一步推断元代北曲“双调”的［万花方三台］、［越调］［鬼三台］、［要三台］则又当有各自的唱法。[①] 周先生的这一推断，在《三十种》之《汗衫记》中得到证实：

《汗衫记》第二折：【越调】【鬼三台】听言罢，无凭话，惹的聪明人笑话。那没子嗣，没根芽，烧大匙细马，将金纸银钱香火加，便贤孙孝子儿女多。早难道神不容奸，天能鉴察。

《汗衫记》第二折：【越调】【要三台】焰腾腾惹高下，火焰起狂风乱刮。摆一街铁猫水瓮，列两行钩镰麻搭。巡院里高声叫巷长，交把那为头儿失火的拿下。（带云：）苦也！苦也！（唱：）铜斗儿大院深宅！（带云：）天哪！天哪！（唱：）火烧的无根椽片瓦！

从上述两首同为“越调”的［鬼三台］与［要三台］的唱词内容来看，由于表达的内容与感情不同，虽同调同为［三台］的变体，但形式差异很大，表现在字数、格式上均完全不同。前一例10句52

① 周贻白：《戏曲演唱论著辑释》，中国戏剧出版社1962年版，第38—39页。

字，后一例8句61字，中间还夹杂着两句“带云”，这与唐代“三台”的最初只有4句24字，每句六字的形式完全不同，也跟宋人万俟雅言作“三台”（见梨花初带夜月）24句171字不同。而且从两首曲子所表达的感情来看，前一首曲调当舒缓，以表达主人公无奈的心情，而后一首曲调当激昂悲愤，表达主人公目睹自家被烧时的悲愤心情。可见，同曲子几经变化之后，无论在形式上还是在所表达的感情上，均发生很大的变化。也说明同一首曲子，在实际应用中，是根据实际演唱的内容与感情基调而不断变化的。

正是基于“一曲百唱”与“一曲多变”的事实，杨荫浏先生在《中国古代音乐史稿》[①] 中对11首南吕［隔尾］与6首双调［沉醉东风］作了曲辞与音乐上的比较后得出：歌词的字数不完全相同，不仅表现在衬字的多寡不同上，而且正字也是可增可减的；[②] 音乐方面，同一曲牌的音调变化差异很大，虽然曲牌名相同，恐怕其演唱已发生巨大的差异；这种差异是对曲牌的再次创造；有的曲子是专曲专用，而有的曲子是一曲多用等结论。

所以，从“一曲百唱”与“一曲多变”的角度，也可以看出，曲牌在实际运用中，总是处于变化之中，以随时吸收语言与音乐新的元素入曲，使曲子永远处于活的状态，永远与民众的“求新求异”保持一致，因而，“一曲百唱”与“一曲多变”也体现曲子的通俗化、大众化的特点。

二　一曲入数调

“一曲入数调”最早是由元人燕南芝庵在《唱论》中提到的，虽然没有给出解释，但顾名思义，“一曲入数调”是说同一曲牌出现在不同宫调中。对于唱曲中此种现象，除芝庵外，元人周德清、陶宗仪在各自著作中均提及。三家论述如下。

---

① 杨荫浏：《中国古代音乐史稿》（下），人民音乐出版社1981年版，第601—628页。

② 笔者按：上述《调风月》中《天净沙》曲的“剅墙贼蝎螫嚛声”7字句，在马致远与《汗衫记》中均为6字句，可见正字也是可增可减的。

元人燕南芝庵在《唱论》中提到6首“一曲入数调”。他说：

一曲入数调者，如：《啄木儿》、《女冠子》、《抛球乐》、《斗鹌鹑》、《黄莺儿》、《金盏儿》类也。①

元人周德清也提到“一曲入数调”的现象，共计14个曲牌。他在《中原音韵》“名同音律不同者”中先列出8个曲牌：

黄钟水仙子、双调水仙子；黄钟寨儿令、越调寨儿令；仙吕端正好、正宫端正好；仙吕袄神急、双调袄神急；仙吕上京马、商调上京马；中吕斗鹌鹑、越调斗鹌鹑；中吕红芍药、南吕红芍药；中吕醉春风、双调醉春风。②

之后，周德清还在“乐府共335章”中，提到6个曲牌“可入他宫者”：

正宫货郎儿入南吕，转调……正宫啄木儿煞亦入中吕……小石调青杏儿即青杏子亦入大石调……仙吕三番玉楼人亦入越调……南吕翠盘秋亦入中吕，即干荷叶……商调玉袍肚亦入双调。③

元末明初陶宗仪在《南村辍耕录》卷二十七“杂剧曲名”条下开列5个可在他宫“出入”的曲牌：

正宫白鹤子中吕出入……正宫快活三中吕出入……商调柳叶儿仙吕出入……双调镇江回中吕出入……双调风流体中吕出入。④

① 《中国古典戏曲论著集成》（一），中国戏剧出版社1959年版，第161页。

② 同上书，第230页。

③ 同上书，第224—229页。

④ （元）陶宗仪：《南村辍耕录》，文灏点校，文化艺术出版社1998年版，第371—372页。

从上述三著作对“一曲入数调”的论述中可以看出：在元人论著中，“一曲入数调”的数量不是很多，《唱论》中列举了6个，《中原音韵》列举了14个，《南村辍耕录》中列举了5个；从所入宫调来看，都局限在“一曲入两调”中，尚无“一曲入三调、四调者”。

而在《三十种》中，“一曲入数调”的现象比较普遍，据笔者统计，共有28首。

表4-1 《三十种》中“一曲入数调”一览表

宫调 曲牌	仙吕	南吕	中吕	正宫	双调	越调	商调	黄钟
后庭花①	√			√1	√1		√	
柳叶儿②	√			√1	√1		√2	
村里迓鼓	√						√2	√1
胜葫芦	√						√1	
青哥儿	√						√2	
乌夜啼	√1	√						
元和令	√						√2	
上马娇	√						√	
耍孩儿			√	√1				
尧民歌			√	√2				
快活三			√	√1				
鲍老儿			√	√1				
剔银灯			√	√1				
蔓菁菜			√	√1				
喜春来			√1	√1				
柳青娘			√1	√1				
道和			√1	√1				
脱布衫			√1	√				

① ［正宫］的［后庭花］与［柳叶儿］两曲只出现在《东窗事犯》第四折末尾，但两曲所用韵与第四折其他曲子所用韵均不同，似有他意，此处暂将此二曲纳入第四折的［正宫］套曲中。［双调］的［后庭花］与［柳叶儿］两曲只出现在《贬夜郎》第四折末尾，其用韵亦不同于本折其他曲子，此处也暂将此二曲纳入第四折的［双调］套曲中。

② ［柳叶儿］的［正宫］、［双调］情况参见上述［后庭花］注。

续表

宫调 曲牌	仙吕	南吕	中吕	正宫	双调	越调	商调	黄钟
小梁州			√1	√				
水仙子					√			√2
挂金索							√2	√1
寨儿令						√		√1
滚绣球①			√1	√				
倘秀才②			√1	√				
络丝娘					√1	√		
穷河西③			√1	√1				
斗鹌鹑④		√1	√			√		
红芍药		√	√1					

注：“√1”表示该曲牌在所对应的宫调中只出现1次，“√2”表示该曲牌在所对应的宫调中出现2次，“√”表示该曲牌在所对应的宫调中出现3次及3次以上，如此注明，是为了比较同一曲牌在不同宫调中出现的频率，以此来确定频率高者当为其通行之调，频率低者盖为正调之变式。共计28首曲牌。

从表4-1中可以看出，“一曲入数调”的28首曲牌有如下特点。有“一曲入两调”者：如“胜葫芦、青哥儿”等24首。有“一曲入三调”者：如“村里迓鼓、斗鹌鹑”2首。有“一曲入四调”者：如“后庭花、柳叶儿”2首。其中尤以

① ［中吕］调的［滚绣球］在元刊本《张鼎智勘魔合罗》中，被置于［子母调醉春风］下，徐沁君认为当属于［中吕］调，于是去掉“子母调”三字，只剩［醉春风］，且在［醉春风］前加［中吕］［粉蝶儿］曲，认为元本脱此曲。姑从徐说。

② ［中吕］调的［倘秀才］情况与上述［中吕］调［滚绣球］同。

③ ［中吕］调的［穷河西］情况与上述［中吕］调［滚绣球］同。

④ 元刊本《三夺槊》第二折中［南吕］［斗鹌鹑］，在徐沁君校本中作［鹌鹑儿］。徐沁君校记［一九］【鹌鹑儿】条下云：“原作【斗奄亨】，今改。卢、隋本均作【斗鹌鹑】，非是。按：【斗鹌鹑】为【中吕宫】和【越调】属曲，格律与【鹌鹑儿】不同。”参徐沁君《新校元刊杂剧三十种》（上册），中华书局1980年版，第277页。今从元刊本，不从徐说。因为根据《三十种》中“一曲入数调”一览表，可以得知，有些曲子在《三十种》的某一宫调中只出现一次，同理，虽然［斗鹌鹑］曲经常出现在［中吕］与［越调］中，但也很可能出现在［南吕］宫中，所以从元刊本而不从徐说。

“一曲入两调”者为最多，在28首中，占了24首，比例为85.7%。

比较元人论著所记载“一曲入数调”的情况与《三十种》中“一曲入数调”的情况可以发现：

（一）元人论著所提到此种情况的曲子比较少：《唱论》中列举了6个，《中原音韵》列举了14个，《南村辍耕录》中列举了5个。而《三十种》中有28个。

（二）元人论著所提到的“一曲入数调”仅限于同一首曲牌名可以入两宫调，而《三十种》中不仅可以入两调，还可以入三调，甚至是四调。

（三）从上述比较中可以看出，“一曲入数调”的曲子由少到多，所入的宫调也越来越宽泛。所以说，此现象在元代有愈演愈烈之势。

对于“一曲入数调”出现的原因，应该跟上述“一曲百唱”与“一曲多变”的情况有关，尤其是“一曲多变”。当所填写的唱词感情基调发生变化时，所选择的宫调也应随之变化。沈括《梦溪笔谈》卷五“乐律一”下“协律”条：

> 然唐人填曲，多咏其曲名，所以哀乐与声尚相谐会。今人则不复知有声矣，哀声而歌乐词，乐声而歌怨词，故语虽切而不能感动人情，由声与意不相谐故也。①

沈括认为唐人为曲填词时，尚能顾其曲名，但宋人填词时，就已经不顾及曲名以及曲名所反映出的感情基调，以至于出现“哀声乐词”或“乐声怨词”的情况。这说明一首曲子虽然在出现之初有固定的感情基调，但随着时间的推移，人们总希望一成不变的曲子有所改变，于是就不断地改变其曲辞内容，导致曲名与曲辞逐渐不协调。虽然沈括说的是北宋时期曲与曲辞是否相谐的问题，但这一道理在元杂剧中的情形也是一样的，不过在元杂剧中，若曲辞内容与原有宫调所表现的风格出入较大时，往往就会换宫。

① （宋）沈括：《梦溪笔谈》，延边人民出版社2000年版，第69页。

我们以［柳叶儿］曲在［仙吕］、［正宫］、［双调］、［商调］（见表4-1“《三十种》中‘一曲入数调’一览表”）中表现出的格调为例，来说明同一曲牌在不同宫调中的风格之差异。而四宫调的风格，以燕南芝庵在《唱论》中所述为标准：

仙吕调唱，清新绵邈……正宫唱，惆怅雄壮……双调唱，健捷激袅；商调唱，凄怆怨慕。①

1. ［仙吕］［柳叶儿］：［仙吕］调唱，清新绵邈

《调风月》第一折：【柳叶儿】一个个背槽抛粪，一个个负义忘恩，自来鱼雁无音信。自思忖，不审得话儿真，枉葫芦提了燕尔新婚。

［仙吕］调［柳叶儿］曲，在风格上的确有“清新”的特点。尤其是《调风月》中的“一个个、背槽抛粪、自来、话儿真、枉、葫芦提”等词语，通俗却不低俗，读来耳目一新，确实有“清新绵邈”的特点。

2. ［正宫］［柳叶儿］：［正宫］唱，惆怅雄壮

《东窗事犯》第四折：【柳叶儿】今日都撇在九霄云外，不能够位三公日转千阶。将秦桧三宗九族家族坏，每家冤仇大。将秦桧剖棺椁，剉尸骸，恁的呵恩和仇报的明白。

此段唱词为何宗立看到秦桧在地狱受审并被判决的结果：“将秦桧三宗九族家族坏……将秦桧剖棺椁，剉尸骸”，读来十分解气，但又想到岳飞被他害死，也不免惆怅，所以有“每家冤仇大”。所以［正宫］［柳叶儿］确有“惆怅雄壮”的特点。

① 《中国古典戏曲论著集成》（一），中国戏剧出版社1959年版，第160—161页。

3. ［双调］［柳叶儿］：［双调］唱，健捷激袅

《贬夜郎》第四折：【柳叶儿】因此上醉魂如灯灭，中秋夜禄尽衣绝，再相逢水底捞明月。生冤业，死离别，今番去再那里来也！

“健捷激袅”四字费解。不过此例表现出来的风格，似有“风萧萧兮易水寒，壮士一去兮不复还”的悲壮气概。至少与其他三宫调的风格不同。

4. ［商调］［柳叶儿］：［商调］唱，凄怆怨慕

《冤家债主》第三折：【柳叶儿】一似个人模人样，生一片不本分心肠。有一日打在你头直上，天开眼无轻放，有灾殃，情取个家破人亡。

此段［柳叶儿］曲表现出凄惨、怨恨的情绪，埋怨富人为富不仁，买了自己的儿子，却不给卖家恩养钱，但卖家对这一情况却无能为力，心中不免凄怆。所以，［商调］［柳叶儿］表现出“凄怆怨慕”的特点。

［柳叶儿］曲在上述四种宫调中所表现出来的感情基调由于有差异，所以根据不同唱词的风格则将其分别安排在不同的宫调中。这正是同名曲牌会出现在不同宫调中的原因，也体现了曲牌在实际演唱中是不断处于变化之中的，是活的曲牌，而不是一成不变的。燕南芝庵在《唱论》中说：

凡人声音不等，各有所长。……有唱得雄壮的，失之村沙。唱得蕴拭的，失之乜斜。唱得轻巧的，失之闲贱。唱得本分的，失之老实。唱得用意的，失之穿凿。唱得打掐的，失之本调。[1]

① 《中国古典戏曲论著集成》（一），中国戏剧出版社 1959 年版，第 161—162 页。

“唱得打掐的，失之本调。”[①] 说明在演唱过程中，若过多地去掉某一曲子在本宫调中的一些特殊唱法，则最终该曲子会失去该宫调的特色。虽然《唱论》没有谈到失去该宫调的特有演唱特点之后，会变成什么宫调，但根据《唱论》中所提到的“一曲入数调”的事实，可以推测，若“打掐”过度，则该曲子最终会“失之本调”，而变成另一宫调的曲子，即“入别调中”。这充分说明曲子在实际演唱中，由于处于不断变化之中，最终造成“一曲入数调”的现象。

从《唱论》中“一曲入数调”的6个，再到《中原音韵》中的14个、《南村辍耕录》中的5个，到《三十种》中的28个；以及从“一曲入两调”到“入三调”、“入四调”的不断发展变化中可以看出，此种情况从少到多、从简单到复杂的渐进过程，这也说明，元杂剧在曲牌的使用上，是不拘泥于其宫调的，而是根据实际情况对曲牌加以改动，使之符合音律需要、符合思想感情表达的需要。这一点，在民间演唱中更是发挥到极致，这也是《三十种》中“一曲入数调”大量出现的原因。

所以，《三十种》中出现大量曲牌“一曲入数调”的情形，充分体现了曲牌不是静态的、僵化的，而是永远处于动态之中，处于变化之中。

三　子母调

（一）前人对“子母调”的看法

“子母调”这一术语最早出现在元人燕南芝庵的《唱论》中，但

① 周贻白在《戏曲演唱论著辑释》（中国戏剧出版社1962年版，第62页）中将“打掐”解释为“深中筋节”；将“本调”解释为“指其太少变化”，如此，“唱得打掐的，失之本调”意为“唱得中规中矩的，则变化太少”。但此说可商榷。“打掐”一词，当为当时民间流行用语，本指给植物“掐尖”，如棉花、黄瓜、南瓜之类的植物，在开花前后，为了防止其枝叶疯长而影响结果实，则需要将其顶部掐掉，以保证其营养能供应到花与果实之中，谓之“打掐”（今山西南部方言仍有此说），亦谓之“掐尖”。《唱论》中用“打掐”一词来形象描述在演唱中将某一宫调特殊演唱方式去掉（概为迎合音律、感情表达之需，或为迎合观众喜好之需要），但若“打掐”过度，则会与“本调”相去甚远，甚至变调，故谓之“失之本调”。

未作解释：

有子母调，有姑舅兄弟，有字多声少，有声多字少，所谓一串骊珠也。①

对于“子母调”的理解，目前有两种看法。

1. 一种看法是“两腔循环间用”说，持有此主张的是元人周德清与今人周贻白。

周德清《中原音韵》“乐府共三百三十五章”条中在［正宫］之［滚绣球］、［倘秀才］下均注“亦作子母调”。②

周贻白《戏曲演唱论著辑释》中说：

“子母调”，指两调循环间用，有如子不离母。据《中原音韵》载，“正宫”［滚绣球］、［倘秀才］两调为“子母调”。按之“元代杂剧”联套方式，“正宫”一套，此两调必前后相联，或循环间用至多次。比方关汉卿《单刀会》剧第二套，为“端正好、滚绣球、倘秀才、滚绣球、倘秀才、滚绣球、倘秀才、滚绣球、叨叨令、尾”。……这种联套方式，在歌唱上说来，两调前后相联，循环间用，或由母出子，或子仍就母，必须密切地互为因果，才能相得益彰。③

上述材料中，周德清提到只有“滚绣球、倘秀才”两曲可作“子母调”，其他未做任何说明。周贻白先生显然是直承元人周德清观点而阐述的。

此种“两腔循环间用”说颇为流行，但此说问题甚多。因为“两腔循环间用”，在宋时被称为“缠达”，并不称“子母调”。宋人

① 《中国古典戏曲论著集成》（一），中国戏剧出版社 1959 年版，第 161 页。

② 同上书，第 224 页。

③ 周贻白：《戏曲演唱论著辑释》，中国戏剧出版社 1962 年版，第 56 页。

吴自牧《梦粱录》卷二十“妓乐”条中说：

> 唱赚在京时，只有缠令、缠达。有引子，尾声为缠令。引子后只有两腔迎互循环，间有缠达。①

南宋耐得翁《都城纪胜》“瓦舍众伎”条亦云：

> 唱赚在京师日，有缠令、缠达。有引子、尾声为缠令；引子后只以两腔互迎，循环间用者，为缠达。②

可见，“两腔循环间用”，宋时称为“缠达”，并不称“子母调”。“缠达”顾名思义，即为两腔互相缠绕，所以，“缠达”这一名称形象地概括了“两腔循环间用”的特点。

若“子母调”即为“两腔循环间用”说成立，则“子母调”与“缠达”无异。但这种说法会带来一系列的问题。

首先，若元人所说“子母调”与“缠达”同义的话，元人为何不用宋人“缠达”一词，而别称为“子母调”？

其次，从“子母调”的名称上看，应该是“子调”与“母调”的简称，既然是“子调”与“母调”，则“子母调”应涉及两种宫调，其中一种为从属关系，故称其为“子调”；另一种为主导关系，故称其为“母调”。但“两腔循环间用”的“两腔”都属于同一宫调，如周德清所说的“滚绣球、倘秀才”均属于［正宫］调，而不是分属于两种宫调，所以说，［正宫］调的“滚绣球、倘秀才”两曲的循环不应属于“子母调”，而应属于宋人所说的“缠达”。

再次，周贻白先生所说的“或由母出子，或子仍就母”说明“子”与“母”可互换角色，但“子”与“母”明显有着不可逆转

① （宋）吴自牧：《梦粱录》，《东京梦华录》等五种本，中国商业出版社1982年版，第178页。

② （宋）耐得翁：《都城纪胜》，《东京梦华录》等五种本，中国商业出版社1982年版，第10页。

的次序，似不能解释此处的“子母”的主次关系。

最后，指出“子母调”为“两腔循环间用”一说的著作，均未明确指出哪部杂剧使用了“子母调”这一特殊宫调，所以说，此种说法无实例来给予强有力的证明。

所以，“两腔循环间用”说并不能正确反映“子母调”的本质内涵，故而此说当摒弃不用。

2. 对“子母调”的另一种看法是“子母调是宫调与宫调之间的关系”。持有此观点的是宋瑞桥先生，他在《论子母调与姑舅兄弟调》① 一文中提出，“子母调”是“犯调”，是“宫调与宫调之间的关系”，“子母调就是仙吕入双调”等结论。

宋先生认为“子母调是两宫调间的关系”，是很正确的，因为《三十种》中《张鼎智勘魔合罗》中的“子母调”主要涉及［中吕］与［正宫］两调（详见下文分析）。认为两宫调是“犯调”关系也正确，但由此得出“子母调”就是“犯调”，则未免过于简单，因为“子母调”虽具有“犯调”的特点，但“子母调”并非单纯的“犯调”，两者不是简单的对等关系，根据下文分析，“子母调”尚具有“犯调”所不具备的其他特征。另外宋先生所认为的“子母调就是仙吕入双调”的说法，揆之以《张鼎智勘魔合罗》中的“子母调”主要所涉及的［中吕］与［正宫］两调，显然不正确。

以上两种观点，前一种“两腔循环间用”说没有点出“子母调”的内涵，故而经不起推敲；后一种“子母调是两宫调间的关系”虽道出“子母调”的核心，但简单将“子母调”等同于“犯调”，则不免偏颇；另外由于无“子母调”实例分析，导致所分析的两调不仅有误，而且无法阐述何为“子调”、何为“母调”，亦无法阐述“母调”所具有的复杂唱法。

（二）《张鼎智勘魔合罗》中的“子母调”

在元人所留存的所有杂剧中，只有《三十种》中的《张鼎智勘魔合罗》一剧第四折明确使用了“子母调”这一术语。《张鼎智勘魔

① 宋瑞桥：《论子母调与姑舅兄弟调》，《中国人民大学学报》1990 年第 1 期。

合罗》第四折“子母调”使用曲牌如下：

［子母调醉春风］、［叫声］、［喜春来］、［红绣鞋］、［迎仙客］、［白鹤子］、［幺］、［幺］、［幺］、［幺］、［幺］、［叫声］、［醉春风］；［滚绣球］、［倘秀才］、［蛮姑令］、［快活三］、［鲍老儿］、［古鲍老］、［三台］①、［剔银灯］、［蔓菁菜］、［穷河西］、［柳青娘］、［道和］、［尾］。

此处“子母调”中共辖26首曲子。26首曲子中，除去5个［幺］、1个［尾］，2个重复的［醉春风］、［叫声］，剩18个曲牌，这18个曲牌，从《三十种》中使用情况看，又可分属于三个宫调，即［中吕］、［正宫］、［越调］或［双调］：

［中吕］（7首，不计重复的［醉春风］、［叫声］及5首［幺］，包含下面的［古鲍老］）：［醉春风］、［叫声］、［喜春来］、［红绣鞋］、［迎仙客］、［白鹤子］、［古鲍老］。

笔者按：［叫声］在《三十种》中仅在《魔合罗》中出现了2次，其余29剧中均未见。在《中原音韵》中，［叫声］的确置于［中吕］②宫下。［白鹤子］在《三十种》中仅在《魔合罗》中出现了一次，其余29剧中均未见，［白鹤子］在《中原音韵》中则置于［正宫］③下，而《南村辍耕录》中说“正宫白鹤子中吕出入”。④姑据陶宗仪说，将此处［白鹤子］置于［中吕］宫下。

---

① 元本作［三台］，徐沁君作［鬼三台］。并出校记云“［鬼三台］，‘鬼’字原无。据各本补”。参见徐沁君《新校元刊杂剧三十种》（下册），中华书局1980年版，第434页校记［二八］。从元刊本，不从徐说。《唱论》“歌声变件，有慢、滚、序、引、三台、破子、遍子，攧落，实催，全篇”。［三台］变件，《三十种》中有［鬼三台］、［耍三台］，且两者均属［越调］。但明人刊刻元杂剧中尚有［双调］［万花方三台］。此处当难以确定［三台］为［鬼三台］还是［耍三台］。

② 《中国古典戏曲论著集成》（一），中国戏剧出版社1959年版，第226页。

③ 同上书，第224—225页。

④ （元）陶宗仪：《南村辍耕录》，文灏点校，文化艺术出版社1998年版，第371页。

[正宫]（10首，不计[尾]）：[滚绣球]、[倘秀才]、[蛮姑令]、[快活三]、[鲍老儿]；（[中吕]：[古鲍老]；[越调]或[双调]：[三台]；）[正宫]：[剔银灯]、[蔓菁菜]、[穷河西]、[柳青娘]、[道和]。

笔者按：[蛮姑令]、[古鲍老]、[三台]这三首曲子都只在《三十种》的《魔合罗》中出现一次，其余29剧中均未见。[蛮姑令]在《中原音韵》中作"蛮姑儿"，确置于[正宫][1]下。而《中原音韵》中，[古鲍老]则置于[中吕][2]下。[三台]较特殊，《中原音韵》没有该曲。[三台]在《三十种》中只有均为[越调]的[鬼三台]与[耍三台]，而《中原音韵》中尚有[双调][万花方三台][3]。此处暂将[三台]置于[越调]或[双调]中。

从以上描述中可以看出，《张鼎智勘魔合罗》第四折的"子母调"跟前人所解说的"子母调"为"两腔循环间用"有很大的不同，而且也表现出除了"犯调"之外的其他特点。这些不同点主要表现在以下几方面。

1.《中原音韵》明确标注的"子母调"[滚绣球]、[倘秀才]，却在此处实际运用且明确标明的"子母调"中，并未循环使用，它们仅出现一次。

2. 单曲的循环使用。在所使用的曲牌中，[白鹤子]共出现6次，循环5次，所以用5个[幺]来表示。

3. 双曲的循环使用。"循环使用"的两个曲子，是[中吕]调的[醉春风]与仅在《魔合罗》中出现的[叫声]，但也仅循环一次，且两次次序不同，一次是[醉春风]、[叫声]，另一次是[叫声]、

① 《中国古典戏曲论著集成》（一），中国戏剧出版社1959年版，第224—225页。

② 同上书，第226页。

③ 同上书，第227页。

［醉春风］。循环曲子中间夹杂了9首曲子：［喜春来］、［红绣鞋］、［迎仙客］、［白鹤子］、［幺］、［幺］、［幺］、［幺］、［幺］。

4. ［正宫］中夹杂着本应隶属于［中吕］的［古鲍老］，也夹杂着［三台］。而［三台］当为《唱论》中所说的［三台］的“变件”：

> 歌声变件，有慢、滚、序、引、三台、破子、遍子，攧落，实催，全篇。①

所以，［越调］的［鬼三台］、［要三台］，［双调］的［万花方三台］应均为［三台］的变体。此处的［三台］无论是［越调］的［鬼三台］、［要三台］，还是［双调］的［万花方三台］，均不属于其他曲子隶属的［中吕］与［正宫］。也就是说，［三台］的运用，似乎引入了第三个宫调，即［越调］或［双调］。

如此一来，此处的“子母调”出现［中吕］、［正宫］、［越调］或［双调］三种宫调，如按次序，这些宫调的顺序如下：［中吕］［醉春风］、［叫声］、［喜春来］、［红绣鞋］、［迎仙客］、［白鹤子］、［叫声］、［醉春风］—［正宫］［滚绣球］、［倘秀才］、［蛮姑令］、［快活三］、［鲍老儿］—［中吕］［古鲍老］—［越调］或［双调］［三台］—［正宫］［剔银灯］、［蔓菁菜］、［穷河西］、［柳青娘］、［道和］。简要之即为［中吕］—［正宫］—［中吕］—［越调］或［双调］—［正宫］，前后三宫调犯调4次（宋瑞桥先生认为犯6次，不知所据），但［越调］或［双调］仅出现一次。

5. 根据以上四点，此处的“子母调”主要涉及三种宫调，即［中吕］、［正宫］、［越调］或［双调］，说明宋瑞桥先生所主张的“宫调与宫调之间的关系”是正确的。但他所主张的“子母调就是仙吕入双调”的看法显然是不正确的，《张鼎智勘魔合罗》的这一实例

① 《中国古典戏曲论著集成》（一），中国戏剧出版社1959年版，第160页。

充分证明了这一点。［中吕］与［正宫］以及［越调］或［双调］这三种宫调同时置于“子母调”下，说明其中必有一宫调属于“母调”，而另两宫调属于“子调”。而隶属于［越调］或［双调］的曲子只有［三台］一曲，隶属于［中吕］的有14首，［正宫］的有11首，所以［越调］或［双调］是无论如何也不能成为“母调”的，只能是“子调”，那么［中吕］与［正宫］必一为“子”，一为“母”。至于哪一宫调应属于“子调”，哪一宫调应属于“母调”，详见下文分析。

（三）“子调”与“母调”的宫调所指

《张鼎智勘魔合罗》中“子调”与“母调”所指的宫调，可以从以下四个方面来得出结论。

第一，根据［中吕］与［正宫］所辖曲子的多寡可以看出，［中吕］调当为“母调”，［正宫］调当为“子调”。

两宫所辖曲子如下：

［中吕］（计14首曲子）：［醉春风］、［叫声］、［喜春来］、［红绣鞋］、［迎仙客］、［白鹤子］、［幺］、［幺］、［幺］、［幺］、［幺］、［叫声］、［醉春风］、［古鲍老］。

［正宫］（计11首曲子）：［滚绣球］、［倘秀才］、［蛮姑令］、［快活三］、［鲍老儿］、［剔银灯］、［蔓菁菜］、［穷河西］、［柳青娘］、［道和］、［尾］。

从上述宫调所辖曲牌的数量来看，隶属于［中吕］的有14首，［正宫］的有11首，从数量的多寡看，多者［中吕］调当为“母调”，寡者［正宫］调当为“子调”。

第二，从［中吕］与［正宫］两宫调所体现的复杂唱法来看，［中吕］调由于具有丰富而复杂的唱法，故当为“母调”，而［正宫］由于唱法普通，故当为“子调”。

首先，［中吕］这一宫调的唱法本身就富于变化。元人燕南芝庵在《唱论》中说：

> 中吕宫唱，高下闪赚。……正宫唱，惆怅雄壮。①

《唱论》中对［中吕］的描述，实为对其唱法的描述，而对［正宫］的描述，则是对其风格的阐述，从对两者描述的立足点不同来看，间接说明［中吕］调的唱法比较特殊：其中的“高下”当指其声调高下相间，时高时低；“闪赚”当指《梦粱录》中所说的“赚”之一种：

> 绍兴年间，有张五牛大夫，因听动鼓板中有《太平令》或赚鼓板，即今拍板大节抑扬处是也，遂撰为“赚”。赚者，误赚之之义也，正堪美听中，不觉已至尾声。是不宜为片序也。又有覆赚，其中变花前月下之情及铁骑之类。……凡唱赚最难，兼慢曲、曲破、大曲、嘌唱、耍令、番曲、叫声，接诸家腔谱也。②

“拍板大节抑扬处是也”一句，说明“赚”的特征主要体现在声音的高下转变之中，这与《唱论》中所说的“高下”相对应。所以“赚”主要指声音高下的美化处理，因听起来比较美妙，听众觉得时间过得很快，似有还未欣赏就要结束的被欺骗之感，故名为“赚”。③“闪赚”之“闪”同“赚”一样，均为方言对“欺骗”的称呼。

据上述材料，“唱赚”最难，因为兼及各种唱法。而［中吕］调的唱法“高下闪赚”，说明［中吕］调中本身就包含着“赚”这种高难度的唱法，也说明［中吕］调的唱法十分丰富，当兼有上述“慢曲、曲破、大曲、嘌唱、耍令、番曲、叫声”等唱法。

其次，［中吕］调所辖的［叫声］也说明了［中吕］调的唱法很

---

① 《中国古典戏曲论著集成》（一），中国戏剧出版社 1959 年版，第 160—161 页。

② （宋）吴自牧：《梦粱录》，《东京梦华录》等五种本，中国商业出版社 1982 年版，第 178 页。

③ 说明：此处的“赚”，为方言词语，表示“欺骗”义，方言音读为“tuán”。元杂剧中多次用到该字的“欺骗”义，如《衣锦还乡》、《东窗事犯》、《博望烧屯》等剧中，参见第二章“语言的通俗性”第一节“方言俗词与方言俗音”之“方言俗音的应用”下“赚”条。

特殊。从《梦粱录》记载“叫声”隶属于“赚”的这一事实上可以看出，“叫声”的唱法具有“赚”难以演唱的特点。另外“叫声”唱法的特殊性还表现在它具有“叫卖”的特点。“叫声”本是市井叫卖声，因为很有特点，所以乐人采其声调填以唱词，逐渐变为曲牌。吴自牧《梦粱录》卷二十“妓乐”条说：

> 今街市与宅院，往往效京师叫声，以市井诸色歌叫卖物之声，采合宫商成其词也。①

王国维也引《事物纪原》说：

> 京师凡卖一物，必有声韵，其吟哦俱不同，故市人采其声调，间以词章，以为戏乐。②

可见，［叫声］这一曲牌的名称，本身就体现了它在演唱方面的特点，那就是具有“叫卖”的特征。所以说，［中吕］所辖的［叫声］不仅唱起来难度大，而且唱法还具有民间“叫卖”的特点。

如此看来，［中吕］调本身就包含着丰富多变的唱法，这种变化主要体现在对唱法的美化处理上。与［正宫］调相比，［中吕］调的唱法涵盖面更广，［正宫］无论如何也无法超越它。所以，从这一点上看，［中吕］调当为“母调”，［正宫］调当为“子调”。

另外，［中吕］调中，有丰富的循环曲。不仅有单曲循环，如［白鹤子］连续循环5次，而且有双曲循环，如［醉春风］与［叫声］，且双曲循环时，次序还可以颠倒：

（［中吕］）［醉春风］、［叫声］、［喜春来］、［红绣鞋］、［迎仙客］、［白鹤子］、［幺］、［幺］、［幺］、［幺］、［幺］、［叫声］、［醉春风］；

---

① （宋）吴自牧：《梦粱录》，《东京梦华录》等五种本，中国商业出版社1982年版，第178—179页。

② 王国维：《宋元戏曲史》，东方出版社1996年版，第69—70页［叫声］条。

（［正宫］）［滚绣球］、［倘秀才］、［蛮姑令］、［快活三］、［鲍老儿］；（［中吕］）［古鲍老］；（［越调］或［双调］）［三台］；（［正宫］）［剔银灯］、［蔓菁菜］、［穷河西］、［柳青娘］、［道和］、［尾］。

笔者按：据笔者统计，在《三十种》所有的套曲中，［幺］曲在每一个套数中，要么仅出现一次，要么出现两次，出现两次时，也绝不连用，而是中间间隔几首别的曲子。唯有《魔合罗》第四折连用5个［幺］曲，表示重复前一曲［白鹤子］。

将单曲循环与双曲循环只安排在［中吕］中，是因为［中吕］的唱法很特殊。反复唱［中吕］的曲子，能将［中吕］调所具有的“唱赚”的复杂唱法发挥得淋漓尽致，听众也听得十分过瘾。尤其是［中吕］调的［叫声］，因为具有“叫卖”的特点，因而接近百姓生活，属于民众“喜闻乐见”的曲艺，故而反复演唱以吸引听众。之所以如此安排［中吕］调曲子的循环，不仅是为了凸显［中吕］调的丰富唱法，而且还可以吸引观众。

而［正宫］调中，11首曲子依次递唱，在唱法上没有特殊之处。

根据上述分析，［中吕］调在唱法上不仅本身具有“高下”相间的多变唱法，而且有单曲多次循环、双曲循环，甚至还有［叫声］这一特殊的唱法，共计四种唱法。所以，从唱法丰富性的角度来看，［中吕］调要远远多于［正宫］调，据此可推出“母调”为［中吕］调，“子调”为［正宫］调。

第三，从“一曲入数调”的角度来分析，亦可得出“母调”为［中吕］调，“子调”为［正宫］调这一结论。

根据表4-1“《三十种》中‘一曲入数调’一览表”可以看出，《三十种》中，在［中吕］与［正宫］两调中出入的曲子最多，共计11首曲子，[①] 分别是［耍孩儿］、［尧民歌］、［快活三］、［鲍老儿］、［剔银灯］、［蔓菁菜］、［喜春来］、［柳青娘］、［道和］、［脱布衫］、［小梁州］。这11首曲子，前6首在［中吕］中出现的次数比较多；

① 说明：此处分析时，表4-1“《三十种》中‘一曲入数调’一览表”中，去掉有争议的［中吕调］的［滚绣球］、［倘秀才］、［穷河西］三首，因为将这三首曲子归入［中吕］，正是采用《魔合罗》中的例曲，此处不可自证自，故分析时，这三首曲子当摒弃不用。

后2首在［正宫］中出现次数较多。既然两者所共有的11首曲牌有6首经常应用在［中吕］调中，从理论上说明［中吕］调当为“本调”、“母调”，而这6首曲子在［正宫］调中仅出现一次，因而它们所在的［正宫］调当为“变调”、“子调”。而《魔合罗》“子母调”也确实证明了这一点。

上述11首曲子中，其中有［喜春来］、［快活三］、［鲍老儿］、［剔银灯］、［蔓菁菜］、［柳青娘］、［道和］7首曲子在《魔合罗》“子母调”中出现。这样，《魔合罗》“子母调”所运用的20首曲子可以在［中吕］与［正宫］出现的曲子就有7首。而这7首曲子中，根据表4-1“《三十种》中‘一曲入数调’一览表”，有4首曲子“［快活三］、［鲍老儿］、［剔银灯］、［蔓菁菜］”经常应用在［中吕］调中，此处用在［正宫］中，可见属于不常用状态，故此处［正宫］为“子调”，反推则［中吕］为“母调”。而《魔合罗》中另外三首曲子［喜春来］、［柳青娘］、［道和］由于在［中吕］与［正宫］中均只出现了一次，难以探知主次，故不予分析。而［中吕］调与［正宫］调中之所以出现多达11首的共用曲牌名，说明两者有相近的关系，廖奔、刘彦君在《中国戏曲发展史》中就认为在元代［中吕］与［正宫］均属于七音中的“宫”音。① 既然两者的音阶相同，则可以组成有相近关系的“子母调”，如此一来，《张鼎智勘魔合罗》中“子母调”主要涉及［中吕］与［正宫］两种宫调则不足为怪了。

最后，还可从《张鼎智勘魔合罗》第四折的剧情看出何为“母调”，何为“子调”。

第四折剧情为张鼎审案全过程。张鼎首先审问刘玉娘，这一过程主要体现在［中吕］“［醉春风］、［叫声］、［喜春来］、［红绣鞋］、［迎仙客］、［白鹤子］、［幺］、［幺］、［幺］、［幺］、［幺］、［叫声］、［醉春风］”13首曲子中。因刘玉娘不在家，所以提供不出送信人的确切信息，张鼎十分着急，［白鹤子］与之后的5个［幺］篇

---

① 廖奔、刘彦君：《中国戏曲发展史》（二），山西教育出版社2000年版，第48页。

共6首曲子，就表现了张鼎急切的心情。这6首曲子勾勒出台上演员急切发问的画面：刘玉娘为何要接李德昌，李德昌为什么忽然死了，送信人是新伙伴还是旧相知，又是如何送信的，为什么要送信，送信人是胖是瘦，有没有胡须，送信人住哪里，姓甚名谁，你又为何不在家，出城干什么等。这六首曲子都是以问句的形式出现，所以，剧中连用5个［幺］表示6首曲子形式相同，内容大同小异，这也是连用5个［幺］的原因。最终，在张鼎一连串的询问下，刘玉娘终于提供了一个线索，那就是送信人给刘玉娘留下一个魔合罗（元本科白不全，未说明为何留魔合罗的原因）。至此，虽未审出凶手，却意外得知“魔合罗”这一关键物品，为下面发现送信人“高山”做好了铺垫，也为后面审李文铎埋下伏笔。正是由于［中吕］调所属的13首曲子引出之后“审问”高潮——“审魔合罗、审高山、审李文铎”，所以［中吕］应该被视为“母调”，而其后的［正宫］则自然就成了“子调”。

［正宫］的11首曲子①“［滚绣球］、［倘秀才］、［蛮姑令］、［快活三］、［鲍老儿］、［古鲍老］（［中吕］）、［三台］（［越调］或［双调］）、［剔银灯］、［蔓菁菜］、［穷河西］、［柳青娘］、［道和］、［尾］”是“审问”高潮。“［滚绣球］、［倘秀才］、［蛮姑令］”是审问魔合罗的；“［快活三］、［鲍老儿］、［古鲍老］、［三台］”4首曲子是审问高山的；“［剔银灯］、［蔓菁菜］、［穷河西］、［柳青娘］、［道和］”5首曲子是审问李文铎的。三次审问，一次比一次接近事实真相，但这一系列审问情节的出现，都建立在之前［中吕］调审问刘玉娘而意外得知“魔合罗”这一关键物品上，审问虽是高潮，却是由［中吕］调引出来的，所以，［中吕］调是“母调”，而［正宫］调是“子调”，［中吕］调引出［正宫］调，犹如“母生子”一样，故名曰“子母调”，此名称可显出两者之间的主次关系。

---

① 说明：不计［中吕］的［古鲍老］与［越调］或［双调］的［三台］两首曲子，但为了分析剧情的方便与保持剧情的完整性，此处依然列出此两首曲子。

从以上四个方面均可看出“母调”为处于起始位置的［中吕］调，“子调”为［中吕］调之后的［正宫］调。

（四）“子母调”不称“母子调”的原因

根据以上分析，在《张鼎智勘魔合罗》的“子母调”中，“母调”［中吕］在前，“子调”［正宫］在后，但元人并不依出现的先后顺序称其为“母子调”，而是称呼“子母调”，这与元代民间称呼习惯有关。元人称呼“母子”，惯用“子母”。如：

元刊杂剧《疏者下船》中，多处用到“子母”：

> 第二折：【紫花儿序】……俺弟兄每舍弃，将您子母收留。
>
> 第三折：【迎仙客】吴邦助着子胥，楚国陷了包胥，没乱杀弟兄慌杀子母。
>
> 第三折：【满庭芳】哀哉子母，古今希有，前后俱无。
>
> 第三折：【二煞】……子母眼泪洒满江湖。

元刊杂剧《拜月亭》中，也多处用到“子母”：

> 楔子：【幺篇】……是必想着俺子母每早来家。
>
> 第一折：【金盏儿】您昆仲各东西，俺子母两分离。
>
> 第二折：【贺新郎】……家缘都撇漾，人口尽逃亡，闪的俺一双子母每无归向！……（正旦做打悲科。云：）……早是赶不上大队，又被哨马赶上，轰散俺子母两人，不知阿者那里去了！

可见，“子母调”并不是说“子调”一定在前，“母调”一定在后，如此称呼，也仅是元人的习惯而已。

综上，《张鼎智勘魔合罗》中“子母调”具有如下特征。

1. “子母调”是指具有相同点的两种宫调的组合，此处的“母调”为［中吕］调，“子调”指［正宫］调。另外所涉及的第三种宫调［双调］或［越调］，亦属于“子调”。［中吕］与［正宫］的相同点表现在七音“宫、商、角、徵、变徵、羽、变羽”中均属于

“宫”音，且在两宫调中可以出入的“一曲入数调”的曲子最多，故可组合在一起。可以说邻近的两种宫调形成的套数组合在一起，是元人在唱法上的一大创新。

2. 具有“犯调”的特点，3调共犯四次。

3. “母调”的唱法很丰富。“母调”［中吕］调，本身就包含“高下闪赚”的特殊唱法；在其所辖的曲子中，既有单曲循环，如［白鹤子］循环5次，亦有双曲循环，如［醉春风］、［叫声］，且循环的双曲在第二次出现时，次序可以颠倒，而且引出“子调”［正宫］调；此外还有特殊唱法［叫声］，所以“母调”［中吕］调共有四种特殊唱法。

4. “母调”在剧情方面，主要起解决关键问题的作用，并引出后面“子调”要推进的剧情。“母调”在前，［子调］在后。不称“母子调”但称“子母调”，是因元人习称“母子”为“子母”。

5. ［滚绣球］、［倘秀才］并非如《中原音韵》中所说的“子母调”，因为这两首曲子在此处并未有特异表现，且未循环。所以，前人所云“两腔循环间用”一说过于简单，而所举例子［滚绣球］、［倘秀才］并不是衡量“子母调”的必要条件。而宋瑞桥先生所说的“子母调就是仙吕入双调”在该剧中并未体现，可见，“子母调”并非专指“仙吕入双调”此两调，而且“子母调”并不能等同于“犯调”，它自有其比“犯调”复杂的唱法。应该说，“子母调”是集多种唱法于一体的特殊的演唱方式。“子母调”这种特殊演唱的组合方式，是元代艺人在唱法上求新求异、打破常规的尝试与创新。

四　对唐宋雅乐——大曲的改变与俗化

（一）唐代大曲面貌

关于“大曲”的解释，《辞源》定义为：

> 古代一种大型的歌舞曲。汉魏有大曲。……唐宋大曲是由同一宫调的若干“遍”组成的成套乐舞。唐大曲仍以流传的诗篇配

乐叠唱，《乐府诗集》收有残篇。宋大曲系词体，为长篇叙事歌曲，歌舞结合，如董颖咏西施故事的《道古薄媚》，有十遍；曾布咏冯燕故事的《水调歌头》有七遍，都是长篇叙事歌曲。①

杨荫浏说：

> 《大曲》是综合器乐、声乐和舞蹈，在一个整体中间连续表演的一种大型艺术形式。它分为三大部分，每一部分中间又包含若干个乐段。②

从上述解释与论断中可以看出，唐代大曲在篇幅上比较长，具有庞大的结构与复杂的表演，一首大曲，动辄若干遍，盖唯如此，方能体现出“大曲”之“大”。从音乐结构看，唐代大曲的结构比较复杂，首先是三大部分，而每一部分又包含若干个音乐段落。如唐代著名的《霓裳羽衣曲》还只是大曲中间的一个片段“法曲”，但其表演就已经十分庞杂了。杨荫浏先生认为《霓裳羽衣曲》有36段繁杂的音乐表演，这些表演包含器乐独奏、轮奏、慢舞、歌唱、歌舞相结合等多种表演，③ 而要将这三十六段表演全部演奏完，是要花费很长时间的。所以杨先生援引白居易在《早发赴洞庭舟中》诗句“出郭已行十五里，唯消一首慢《霓裳》”，用船开行“十五里”来形容其演唱时间的漫长。可见，在唐代一首完整的大曲演奏是颇费时间的，对于宫廷而言，这样的演奏是可能的，但对于民间百姓来说，过长时间的演奏与欣赏是很难行得通的。

（二）宋大曲对唐大曲简化

到了宋代，“宋人对于结构庞大的唐人大曲，并不全部采用，仅采用其一部份，而称之为‘摘遍’”④。

---

① 《辞源》（合订本），商务印书馆1988年版，第359页。

② 杨荫浏：《中国古代音乐史稿》（上），人民音乐出版社1981年版，第221页。

③ 同上书，第222页。

④ 同上书，第334页。

宋代的“摘遍”主要是摘选“大遍”。“大遍”唐代已有，如元稹《琵琶歌》：“凉州大遍最豪嘈，六么散序多拢拈。”

而唐“大遍”的形式，沈括《梦溪笔谈》卷五“乐律一”下“大遍”条记录了“大遍”的13个段落：

> 所谓大遍者，有序、引、歌、䎘、嗺、哨、催、攧、衮、破、行、中腔、踏歌之类，凡数十解，每解有数叠者。裁截用之，则谓之摘遍。今之大曲，皆是裁用，悉非大遍也。[①]

从沈括所记录的“大遍”13个段落中可以看出，“大遍”确实比较繁杂，而且每个段落还应当有不同于其他段落的特殊表演，这尤其显示出“大遍”的复杂性。正因为其表演十分繁杂，所以后世往往对其进行简化。沈括就曾记录了他所处时代的“大遍”已经不流行了，而是对“大遍”的“数十解”裁减而用之。可见，宋代“摘遍”所代表的宋大曲确实比唐大曲简略一些。这从杨荫浏对唐大曲与宋大曲的比较中也可以看出来。[②] 宋大曲对唐大曲的裁减主要体现在两方面。首先，在容量上，宋大曲要比唐大曲简单。就有歌词部分的唐宋大曲来看，上述《霓裳羽衣曲》唱词部分有18段，而宋大曲《道古薄媚》仅十遍，《水调歌头》仅七遍（见上述《辞源》中“大曲”的定义），可见，宋代大曲的歌唱部分已经比唐大曲歌唱部分简化了许多。其次，从器乐演奏与舞蹈表演来看，宋大曲比唐大曲也要简单，杨荫浏在分析了宋大曲《柘枝舞》后，认为它奏了8个曲子，其中一曲演奏了两次，[③] 这比起《霓裳羽衣曲》中的18段表演来说，确实已经简化了许多。

然而，宋大曲虽然已经对唐大曲简化了不少，但在实际演出中，一套完整的宋大曲其结构还是较为庞杂的。就杨荫浏先生所提到的已

① （宋）沈括：《梦溪笔谈》，延边人民出版社2000年版，第64—65页。

② 杨荫浏：《中国古代音乐史稿》（上），人民音乐出版社1981年版，第334页。

③ 同上书，第336页。

经简化的宋大曲《柘枝舞》而言，其完整演出要费一整天的时间。沈括在《梦溪笔谈》卷五“乐律一”下“柘枝舞”条中说：

> 柘枝旧曲，遍数极多，如《羯鼓录》所谓《浑脱解》之类，今无复此遍。寇莱公好柘枝舞，会客必舞柘枝，每舞必尽日，时谓之柘枝颠。①

可见，北宋时期的寇准所观演的《柘枝舞》，尚“每舞必尽日”，由此可见宋大曲其结构的庞杂。

《柘枝舞》“每舞必尽日”的庞杂大约跟“摘遍”有关。前面已述，“摘遍”是对“大遍”的裁减，但就每首曲子而言，裁多少，用多少，取“大遍”13段落中的哪几段，似乎并没有固定的标准可循。这就导致北宋时期寇准观演的《柘枝舞》其演出仍然庞杂。由于这样的“摘遍”在演出中依然太耗时间，所以，在寇准去世后的二三十年间，“每舞必尽日”的《柘枝舞》被再次“摘遍”，沈括在“柘枝舞”条中继续说：

> 今凤翔有一老尼，犹是莱公时柘枝妓，云：“当时《柘枝》尚有数十遍，今日所舞《柘枝》，比当时十不得二三。”老尼尚能歌其曲，好事者往往传之。②

可见，在宋代，同一大曲《柘枝舞》，在二三十年前，“每舞必尽日”，二三十年后，就已经“比当时十不得二三”了，短短数十年间，已经简化到不到当时的十分之二三。这恐怕是寇准与老尼先前不曾料想到的。

宋人王灼在《碧鸡漫志》卷三“凉州曲”条中亦云：

---

① （宋）沈括：《梦溪笔谈》，延边人民出版社2000年版，第66页。

② 同上。

> 而《凉州》排遍，予曾见一本，有二十四段。后世就大曲制词者类从简省，而管弦家又不肯从首至尾吹弹，甚者学不能尽！[①]

《凉州》排遍，已是截取“大遍”12个组成部分之一的“排遍”[②]了，对《凉州》“排遍”而言，已经十分简单了，但是，这一“排遍”，竟然有24段落，无怪乎当时无论是填词者，还是弹奏者，都不愿意演唱此曲，导致“后世就大曲制词者类从简省”。生活在两宋之际的王灼，见证了宋大曲的这一变化过程。虽然曾见到24段的《凉州》排遍，但是他所处的时代已经不再演24段《凉州》了。

上述例子充分说明宋大曲正经历由繁到简的转变过程，而且这一转变的过程一直没有停止。这种改变一方面表现在只截取大曲的一个片段，甚至在一个片段之中再次截取。比如，《凉州》排遍已是截取“大遍”中的12个组成部分之一的“排遍”，而王灼所处时代，就连这24段的“排遍”也不完整演奏，在已经截取的基础上，又再次削减。另一方面，简化大曲的唱词容量。大曲由于曲子多，所以唱词的容量也必然庞大，宋人已开始只用大曲之名，而少用大曲之实，因为宋人已开始大幅缩减其所填之词的数量。

（三）元代对大曲的大幅裁减

虽然宋大曲已经对唐大曲进行了简化，但宋大曲的形式对于元人来说，还是有些冗长。在唐大曲与宋大曲中，可以看出，任何一个环节都可以再次用多个音乐段落来组成。如上述宋代《凉州》排遍，“排遍”已是“大遍”的一个环节，但是在《凉州》排遍中，竟然又有24个段落。元人已经颇感不适应。所以，燕南芝庵在《唱论》中说：

---

① 《中国古典戏曲论著集成》（一），中国戏剧出版社1959年版，第131页。

② 王灼对“大遍”的解释与沈括的不同。王灼在《碧鸡漫志》卷三“凉州曲”中说：“凡大曲有散序、靸、排遍、攧、正攧、入破、虚催、实催、衮、遍、歇指、杀衮，始成一曲，此谓大遍。”参见《中国古典戏曲论著集成》（一），中国戏剧出版社1959年版，第131页。

歌声变件，有：慢，滚，序，引，三台，破子，遍子，攧落，实催。全篇尾声，有：赚煞，随煞，隔煞，羯煞，本调煞，拐子煞，三煞，七煞。①

《唱论》中所提到的“变件”，属于大曲“变件”的有“序、引、破子、遍子、攧落、实催、衮（滚）”7种，本是冗长的大曲中的一个音乐段落，但到了元曲中，均只作一首曲子。比如“变件”中提到的“序”，本为唐大曲三段结构中的“散序”，② 上述所举唐大曲《霓裳羽衣曲》中的“散序”有6段，且只是器乐演奏，不歌不舞。而《三十种》中的［六么序］（参下文《冤家债主》第一折［仙吕］［六幺序］内容），只有一段，合器乐演奏与歌舞为一体。

再如，上述宋代《凉州》排遍有24段，而《三十种》中以“遍”为曲牌名的曲子，则只有一段。如：《调风月》第二折［中吕］［哨遍］，只有一遍：

《调风月》第二折：【中吕】【哨遍】并不是婆娘人把你抑勒，招取那肯心儿自说来的神前誓。天果报无差移，子争个来早来迟。限时刻，十王地藏，六道轮回，单劝化人间世。善恶天心人意，人间私语，天闻若雷。但年高都是积行好心人，早寿夭都是辜恩负德贼。好说话清晨，变了卦今日，冷了心晚夕。

可见，直承宋代音乐的元杂剧，以演故事为主，而宋大曲的冗长表演已不适应元代戏曲表演的需要，于是无论散曲还是元杂剧，在对宋大曲曲名的使用中，大刀阔斧地进行削减，最终的结果是，无论是源自大曲的曲牌，还是其他来源的曲牌，最终全部都以只曲（即一首曲子）的容量出现。而一首曲子容量的大小，本无标准可遵循，只依

① 《中国古典戏曲论著集成》（一），中国戏剧出版社1959年版，第160页。按：“实催。全篇尾声”，原标点“实催，全篇。尾声”，今据周贻白《戏曲演唱论著辑释》改。

② 周贻白《戏曲演唱论著辑释》（中国戏剧出版社1962年版，第38页）中认为“变件”中提到的“序”为“散序”。

表达内容的多寡而定。比如，《三十种》中王国维认为的源自唐宋大曲的四首曲子“正宫小梁州、仙吕六么序、中吕普天乐、南吕梁州第七”在《三十种》中均只有一首曲辞内容：

《气英布》第三折［正宫小梁州］（36字）：

那时节偏没这般腌症候！陡恁的纳谏如流，轻贤傲士慢诸侯。无勤厚，恼犯我如泼水怎生收？

《冤家债主》第一折［仙吕六幺序］（70字）：

这等人斗筲器难容物，球子心怎捉拿？打扮的似宰相人家，耸着肩胛，迸着鼻凹，更无些和气谦洽。贫儿乍富把征驼跨，早不肯慢慢行咱，马儿上扭捻身子儿诈，鞍桥柞木，镫挑葵花。

《疏者下船》第三折［中吕普天乐］（63字）：

亲的身安，疏的休疑虑。疏的休辞性命，亲的不放衣服。对面观，排头觑，这个那个相牵情肠肚，难分生死，怎辨亲疏。你有留人诏书，你有免死赦书，你又有义断休书。

《三夺槊》第二折［南吕梁州第七］[①]（156字）：

这些时但做梦早和敌军对垒，才合眼早不剌剌地战马相交。则听的韵悠悠的耳畔吹寒角，一回价不鼕鼕的催军鼓擂，响当当的助战锣敲。稀撒撒地珠帘筛日，滴溜溜的绣幕翻风，只疑是古剌剌杂彩旗摇。那的是急煎煎心痒难揉。往常则许咱遇水叠桥，除了咱逢山开道，嗨！如今央别人跨海征辽。壮怀怎消？近新来

① 说明：《三十种》中，［南吕］调中只有［梁州］而无［梁州第七］，但徐沁君校本均改作［梁州第七］，此处暂从徐说。他处另论。

病体儿直然较。我自喑约，也枉了医疗。被这秋气重金疮越发作，好交我痛苦难消！

上述四首曲牌名，均来自唐宋大曲。从容量上看，虽然每首曲子中字数多寡不一，而且区别很大，如［梁州第七］字数最多，有156个字，而［小梁州］只有36个字，造成字数悬殊的原因，就在于作者要表达内容的多寡不同。但无论字数差别有多大，均只有一首曲子。这样的大曲若在唐宋时代，却是要演奏集器乐、歌唱、舞蹈等为一体的一整套完整音乐的。而在元杂剧中，一首大曲曲牌只演唱一小段内容，并不能演绎一个完整的故事，所以，在歌唱部分，元杂剧中源自大曲的曲牌名已经对唐宋大曲的内容精简了不少，从精简的过程与结果来看，是逐步向民间俗曲小调靠拢的。

综上，元代源自大曲的曲牌经过宋人与元人简化后，与大曲已经完全不同。元杂剧中的大曲曲牌，只有大曲之名，而无大曲之实。

第五章

视角的通俗性——民间视角

郑振铎在《中国俗文学史·唐代的民间歌赋》中说：

> 白居易的诗，虽号称妇孺皆解，但实在不是通俗诗；它们还不够通俗，还不敢专为民众而写，还不敢引用方言俗语入诗，还不敢抓住民众的心意和情绪来写。①

郑振铎先生所说的“抓住民众的心意和情绪来写”，说明俗文学还须具有“俗”的视角，即用普通百姓的思维来写某件事。

《三十种》的通俗性也体现了郑振铎先生所说的“抓住民众的心意和情绪来写”这一点。《三十种》视角的通俗性主要体现在对剧本的编写与处理上，这种编写与处理并不严格以事实为依据，而是站在民间大众立场上，依据民众的生活经验对剧本、人物尤其是距离老百姓生活遥远的帝王将相的故事加以民间化处理，至于处理后的结果是否与帝王将相的实际生活相符合，则不在其考虑之中。这样处理的结果是使得原来高高在上的帝王将相有着与普通人相同的感情，拉近了与民间大众之间的心理距离。所以，董晓萍、欧达伟说：

> 在中国农民的心里有两个要紧的“官儿”，一个是皇帝，一个是县官，其他人都是他们的配搭。国家朝廷的事，由皇帝管着，他高高在上，被老百姓看成神。农民自己的事，由县官管

① 郑振铎：《中国俗文学史》，东方出版社 1996 年版，第 95 页。

着，他能判断基层社会家族乡里（长）短柴米油盐的是是非非，被老百姓当成现实的主管。在传统社会里，乡村农民尊崇皇帝，依靠县官。①

董先生的这番话，说明中国农民有着自己看世界的方式，虽然他们也知道在县官与皇帝之间还有很多层级官员，但是这些官员跟自己的生活并不紧密相连，所以就被他们自动摒弃。他们往往以自己的生活经验、生活认识来看待世界，而不是以具体事实为依据来分析某件事，虽然以自我视角来看待世界的方式有诸多问题，如不合逻辑、不合史实、不合情理等，但由于也有一定的合理性，所以亦能被老百姓所接受，并进而发展为某种颠扑不破的民间真理。因而使得这种以自我关注、自我阐释为重点的视角在民众中普遍存在。而植根民间的元杂剧，由于采取的也是民间视角，所以在当时赢得了民间大众的喜爱。杜善夫的《庄家不识构阑》就是以农夫视角来看当时的勾栏演出的，使得该作品谐谑多端，情趣横生，读来令人捧腹。所以，淮茗在反思戏曲经历了百年改革后依然萎靡不振的原因时说：

回顾戏曲改革的百年历程，可以说，不管出发点如何，多数情况下都是事与愿违，成少败多。原因固然有多种，但笔者以为，其中一个最为核心的问题就是，很多戏曲改革者没有把戏曲看作戏曲，而是当作一种宣传教化、改造民众的工具。对戏曲的内容过分重视，对戏曲本身的艺术特性、对戏曲生存所必需的娱乐和商业因素、对民众的心态和接受情况则关注甚少，甚至是无情扼杀，这无疑会造成戏曲的异化。②

淮茗先生提到的“民众的心态和接受情况”实际上就是“民间

① 董晓萍、[美] 欧达伟：《乡村戏曲表演与中国现代民众》，北京师范大学出版社 2000 年版，第 25 页。

② 淮茗：《民间的力量——从〈乡村戏曲表演与中国现代民众〉说起》，《上海戏剧》2004 年第 z1 期。

视角、百姓视角、百姓解读”。若不关注“民间视角”，恐怕会失去大批民间观众。今天影视界众多的“戏说”实际上就是以民间视角来解读帝王将相的生活，虽说有失历史真实之面貌，却迎合了大众的某种心理需求，因而此类剧作很受观众的喜爱。

可见，“民间视角”在戏曲创作与戏曲观演中有着重要的作用。而《三十种》中也多次使用“民间视角”，《三十种》中的“民间视角”主要表现在对剧情的民间编写以及对人物形象的平民化的塑造上。

第一节　剧情的民间视角处理

在《三十种》中，部分剧本在编写剧情时，是从民间视角这一角度来编写的。民间视角的核心是虚构，甚至是张冠李戴，虽然在此视角下写出来的杂剧剧情，未必符合历史与生活的真实情形，也经不起推敲，但正是因为此视角不受事实的限制，因而可以集中表现某一主题、集中刻画人物形象，使所表现的主题、人物更为鲜明，而虚构的情节也使得作品充满想象、充满传奇色彩。所以，这一视角在通俗文学作品中得到广泛的使用。

《三十种》中，从民间视角角度所编写的剧情主要体现在以下几个方面。

一　枕边风视角

在《三十种》中，有部分剧作在虚构夫妻间某种情节时，为了说服观众，不得不找一些正当的理由，而这一正当的理由往往由很有说服力的“枕边风”来承担。一方面因为是“枕边风”，所以增强了该情节的真实性；另一方面，“枕边风”视角往往能掩盖证据上的不足。

《三十种》中，采用“枕边风”视角的剧本，最典型的为《东窗事犯》一剧。

《东窗事犯》中，秦桧、王氏、岳飞等均为历史人物，秦桧害死岳飞也是铁定的事实。但是，对于秦桧的妻子王氏在东窗下参与害死岳飞一事，史书并无记载。

《宋史》“卷四百七十三·列传·第二百三十二·奸臣三·秦桧传”：

> 十月，兴岳飞之狱。桧使谏官万俟卨论其罪，张俊又诬飞旧将张宪谋反，于是飞及子云俱送大理寺……十二月，杀岳飞。桧以飞屡言和议失计，且尝奏请定国本，俱与桧大异，必欲杀之……飞之死，张俊有力焉。①

根据《宋史》记载，岳飞之死主要是秦桧、万俟卨、张俊三人陷害而造成的。三人中秦桧为主谋，而岳飞之所以被秦桧杀害，是因为岳飞与秦桧的政治主张完全不同，秦桧为消除政治上的劲敌而将岳飞杀害。但并未提及秦桧之妻王氏之参与。

秦桧本是一极其恶毒之人，杀害岳飞完全不用旁人提醒。秦桧之恶毒，在其做宰相之时可谓发挥得“淋漓尽致”，《宋史》记载，就在其临终之际，还准备对53位贤士痛下杀手，幸而未来得及处置便一命呜呼了：

> 桧于“一德格天”阁书赵鼎、李光、胡铨姓名，必欲杀之而后已。鼎已死而憾之不置，遂欲孥戮汾。……至是，使汾自诬与浚及李光、胡寅谋大逆，凡一时贤士五十三人皆与焉。狱成，而桧病不能书。②

古人云“人之将死，其言也哀”。然秦桧在将死之时，不仅不“言哀”，甚至还准备处置53位贤士，其心之毒可见一斑。如此，想秦桧杀岳飞真是连眼也不眨一下，又怎会是在其妻提醒下才决定杀岳

---

① （元）脱脱等撰：《宋史》，《二十四史》（第16册），中华书局1997年版，第3498页。

② 同上书，第3500页。

飞呢？秦桧不仅残害忠良，对高宗他也是处处冒犯，所以，《宋史》说：

> 桧两据相位，凡十九年，劫制君父，包藏祸心，倡和误国，忘仇斁伦。……又阴结内侍及医师王继先，伺上动静。郡国事惟申省，无一至上前者。桧死，帝方与人言之。[①]

《宋史》对秦桧的评价很低，认为他人品极差。对于国君他也敢冒犯：挟制国君、勾结皇帝身边的侍奉人员、偷窥皇帝行踪、堵塞言路等，说明秦桧为人十分阴险，不仅左右高宗对国家大事的处理，甚至还控制皇帝，高宗虽深知秦桧在暗中窥探自己，然竟惮其淫威而闭口不谈，直到秦桧死后，高宗才敢与大臣论及。可见，秦桧连皇上都控制在自己手中，更不用说杀死政见跟自己完全不同的岳飞了，那更是小事一桩，又怎会是在其妻子王氏提醒下做的决定呢？

而秦桧的妻子，根据宋人笔记与史书记载，似乎是一个没有什么心计的人。在玩弄心计方面，她远远比不上秦桧。宋代叶绍翁的《四朝闻见录》卷二“秦夫人淮青鱼”条云：

> 宪圣召桧夫人入禁中赐宴，进淮青鱼。宪圣顾问夫人：“曾食此否？”夫人对以“食此已久”，又“鱼视此更大且多，容臣妾翌日供进”。夫人归，亟以语桧，恚之曰：“夫人不晓事。”翌日，遂易糟鲜鱼大者数十枚以进。宪圣笑曰：“我便道是无许多青鱼，夫人误尔。”[②]

宋人罗大经的《鹤林玉露》卷二中，也有关于“进青鱼”一事的记载，[③]故事内容与《四朝闻见录》所载大同小异。

---

① （元）脱脱等撰：《宋史》，《二十四史》（第16册），中华书局1997年版，第3500页。

② 《宋元笔记小说大观》（五），上海古籍出版社2001年版，第4919页。

③ 同上书，第5172页。

秦桧妻子王氏面对皇后的询问，竟然毫不设防地说自己家的淮青鱼比皇宫吃的要大且多，秦桧听后，很奸诈地故意将面貌相近的糟鲜鱼当淮青鱼送到皇宫，最终免了皇后的猜疑。从此例王氏与秦桧的不同反应中可以看出，王氏毫无心计，而秦桧却无比奸诈，难怪罗大经感叹道“观此，贼桧之奸可见”①。所以，对于阴险奸诈而又恶毒之极的秦桧来说，杀害岳飞一事根本不用其妻王氏之参与。

王氏不仅没有参与杀害岳飞，而且宋人笔记中所记载的王氏一些言行也证实了王氏心底并不像秦桧那样歹毒。岳飞之孙岳珂在《桯史》卷十二“秦桧死报”条中说：

> 秦桧擅权久，大诛杀以胁善类。末年，因赵忠简之子汾以起狱，谋尽覆张忠献、胡文定诸族，棘寺奏牍上矣。桧时已病，坐格天阁下，吏以牍进，欲落笔，手颤而污，亟命易之，至再，竟不能字。其妻王在屏后摇手曰：“勿劳太师。”桧犹自力，竟仆于几。遂伏枕数日而卒。狱事大解，诸公仅得全。②

岳飞之孙岳珂对王氏劝阻秦桧勿批复赵汾等人冤狱一事，竟能如实记载，说明王氏对于残害忠良一事并不积极主动，由此也可以大致推断，王氏也应该没有参与杀害岳飞一事（尽管王氏是为秦桧身体考虑而阻止的）。

而关于秦桧妻子参与杀害岳飞一事，最早的记载是宋代无名氏的《朝野遗记》：

> 秦桧妻王氏，素阴险，出其夫上。方岳飞狱具，一日，桧独居书室，食柑玩皮，以爪画之，若有思者。王氏窥见笑曰：“老汉何一无决耶？捉虎易，放虎难也。”桧掣然当心，致片纸付入

---

① 《宋元笔记小说大观》（五），上海古籍出版社2001年版，第5172页。

② （宋）岳珂：《桯史》，吴企明点校，中华书局1981年版，第134页。

狱。是日，岳王薨于棘寺。[①]

之后元代杂剧《东窗事犯》，明人《西湖游览志余》、陆楫所编《古今说海》，清代的《说岳全传》、《宋史演义》等均有秦桧妻子王氏参与谋害岳飞一事，事情经过与《朝野遗记》中所载相同，当是沿袭《朝野遗记》之说。不过，此类著作可信度并不高。且不说明清距宋已有数百年的跨度，单是宋代无名氏的《朝野遗记》所记王氏谋害岳飞一事恐未必可信。秦桧所迫害的忠良之士不只有岳飞，为何王氏独参与迫害岳飞一事？而且，正史从未记载王氏参与残害岳飞一事，即使是宋人笔记，也仅记载王氏迫害岳飞一件事，再无关于王氏害人之事的记载，而且还是无名氏所记载的。所以，此则材料并不能作为王氏参与迫害岳飞的铁证。

然而，由于秦桧恶名远扬，而正史中也没有关于王氏对秦桧的劝谏，于是人们想当然地认为秦桧所做的恶事王氏至少是没有反对的，没有反对就意味着她是认可秦桧的价值观，那说不定秦桧所做的恶事她也参与其中。正当大家苦于无证据支撑自己这种想法的时候，同时代无名氏的《朝野遗记》很适时地出现了，其中记载的“王氏东窗密谋”一事正印证了民间对王氏的猜测，因为痛恨秦桧，所以大家也不再对此事进行核实，甚至明知是对王氏的污蔑也故意不提，反而有愈演愈烈之势。而今天杭州岳王庙前的一副对联显然是千百年来民间对秦桧及王氏解读的写照：

咳！仆本丧心，有贤妻何至若是？啐！妇虽长舌，非老贼不到今朝！

从最初无名氏《朝野遗记》所载的寥寥数句，到元代发展为完整故事情节的《东窗事犯》杂剧，再到明代《东窗记》，清代的《说岳

① （宋）无名氏：《朝野遗记》，丛书集成初编《朝野遗记》及其他二种，中华书局1991年版，第13页。

全传》、《宋史演义》等通俗小说，其中都对王氏迫害岳飞一事做了淋漓尽致的发挥。此故事之所以能形成“燎原之势”，其中一个原因就在于采用了民间视角，使得作品迅速被人民大众所接受。这一故事的民间视角主要表现在以下两个方面。

其一为“枕边风”视角。民间常有此说，对于丈夫难以决断的事情，若老婆有了坏主意，只需在枕边吹一吹，事情往往就朝着老婆指定的方向发展了。所以，无名氏杜撰王氏残害岳飞一事，是很符合“枕边风”的要素的，也正好解决大家的另一疑问——为什么秦桧早年主张抗金而后来却要置岳飞于死地呢？原来是秦桧老婆一直在从中使坏。一个坏老婆带坏了一个“好丈夫”。这样的解释很符合老百姓的解读，所以此论一出，立刻引起民间文学的兴趣，话本、小说、戏曲等通俗文学纷纷将其作为题材，并不断演绎，以至于最终王氏也陪着秦桧跪在岳飞面前供万人羞辱。

其二为“不是一家人不进一家门”的视角。秦桧与王氏两人应该是“不是一家人不进一家门”的绝配。秦桧如此之恶，秦桧的老婆会好到哪儿去？于是人们想象王氏也一定参与了秦桧所做的一些坏事。秦桧所做的恶事的源头即为将岳飞杀害，这无疑是“毁国家长城”的开端，做出如此罪大恶极之事，王氏竟然不加以劝阻，那就一定参与了，原因何在？因为“不是一家人不进一家门”。两人既为夫妻，而且相伴一生，岂有秦桧作恶王氏不参与之理？

如此，从以上两个民间角度，人们先入为主地认为王氏一定参与了杀害岳飞一事。所以，当哪怕仅仅是“孤证”的“东窗事犯”出现时，人们立即抓住这根“救命稻草”，并对其加以无限的演绎，来不断迎合大家对秦桧的痛恨，甚至迎合这种转嫁给王氏的痛恨心情。

《三十种》中，采取“枕边风”视角的还有《天赐老生儿》一剧。财主刘禹因无子，有意将自己侄儿作为自己财产的继承人，但是刘妻却百般阻挠，在刘妻的影响下，刘禹也只得佯装对侄儿不好。

“枕边风”剧情往往都以妻子的悲惨结局来收尾。《东窗事犯》

中，秦桧夫妇最终在阴间受到各种酷刑；《天赐老生儿》中，刘禹夫妇面临着死后无人祭奠的悲惨局面，最终侄儿还是分得刘禹的财产，刘禹的小妾也为刘禹诞下一子，而这一局面均是刘妇不愿看到的。剧作故意制造“吹枕边风”者之悲惨命运，无疑是告诫妇女不得有坏心，否则，事情的结局往往是她最不愿意看到的。

二　鬼神与梦境视角

当人们在处理某种事情无能为力时，便借助鬼神或梦境这一神秘力量，希望通过鬼神或梦境的帮助来实现自己某种愿望。此类视角在《三十种》中应用得最为广泛。如《东窗事犯》、《霍光鬼谏》、《借铁拐李还魂》、《冤家债主》、《焚儿救母》；《竹叶舟》、《任风子》；《范张鸡黍》、《衣锦还乡》、《西蜀梦》等10剧中，都用到此类视角。这类视角可以分为以下三种。

（一）鬼神报应视角

人们对某种丑恶现象或某个罪大恶极之人束手无策时，便借助“冥报”来实现对丑恶的报复。虽然在人世无法惩戒恶徒，但人们希望在另一世界里鬼神可以惩罚他们。《三十种》有《东窗事犯》、《霍光鬼谏》、《冤家债主》、《焚儿救母》、《借铁拐李还魂》五剧均采用此视角。

《东窗事犯》主要是惩戒秦桧夫妇。然而历史上的秦桧虽然是奸臣，但终其一生并未得到惩处，甚至在他死后，高宗还优待其家属。李心传《建炎以来系年要录》（卷一百七十）记载：

> 甲子，上幸秦桧第，临奠。面谕桧夫人王氏，以保全其家之意。[①]

秦桧及其后代不仅没有受到惩罚，反而是高宗专程去秦桧家祭奠

① （宋）李心传：《建炎以来系年要录》，文渊阁四库全书影印版第327册（史部·编年类），上海古籍出版社2003年版，第379页。

秦桧，还面谕秦桧夫人，以示要保全秦桧家人之意。这就让人很气愤了，但高宗是皇帝，怎能怪罪皇帝呢？那只好怪罪秦桧与其夫人了。可是在阳间已经无法惩处二人了，此二贼已寿终正寝。但可以在阴间惩处，以满足百姓"人人得而除之"之愿望。于是在《东窗事犯》中就有了秦桧与其夫人在阴司受各种酷刑的虚构情节。

《霍光鬼谏》也采用了此视角。史家对霍光的评价甚高，他的确是一位忠心耿耿的辅佐大臣，从未有过造反之心。然而他的妻子与子女却劣迹斑斑，尤其是霍光死后，霍氏造反无疑降低了霍光的忠诚度。但是人们还是很怀念霍光的，毕竟他辅佐昭、宣两帝，使得西汉出现了短暂的中兴时代。于是，大家就在霍光死后，将其家属造反的罪责最终判在其子与其家属其他成员身上，而没有牵涉霍光。然而，这还是不能消除大家的疑虑，难道霍光生前就没有觉察到其子与其妻的野心吗？为了消除大家的疑虑，人们就编出"霍光鬼谏"的故事，用霍光死后借鬼魂向宣帝进谏其子造反的故事情节，来保持霍光一贯的忠诚形象。经过这样的处理后，霍氏谋反一事不仅没有霍光的责任，反而使得霍光的光辉形象更加高大。

《冤家债主》一剧也采用了鬼神报应视角。富户贾弘义由于对穷人极度无情，增福神给他二十年的时间替别人保管钱财，死后，钱财又归入穷民周荣祖之手。《焚儿救母》中利用岳庙神灵偷换所祭奠的孩子来达到对为富不仁者王员外的惩戒。《借铁拐李还魂》中，岳孔目在衙门里赚昧心钱，剧中利用吕洞宾、阴司来达到对其惩处的目的。

这种鬼神报应视角满足了人们在现实生活中无法实现的某种愿望，有时甚至是寄托了某种美好的愿望，它可以暂时缓解人们的痛恨、失望、绝望之情绪，激发大家对真、善、美的向往。因而在通俗文学领域，此视角得到普遍应用。

(二) 民众升天成仙视角

鬼神视角除了鬼神报应视角外，尚有升天成仙视角。《三十种》中运用此种视角的剧作主要体现在《竹叶舟》、《任风子》、《借铁拐李还魂》三剧中。不过这三剧中的成仙主体已经不再是社会上的精英分子，而是名不见经传的普通人物。

先秦时代的《山海经》、《楚辞》、《穆天子传》中已经记录了各种神灵。神仙的逍遥自在与不受约束的生活使民间百姓十分向往，之后，“升天成仙”则成为一些人的梦想。由此，也产生了很多凡人成仙的故事。如汉代刘向的《列仙传》、东晋葛洪的《神仙传》、干宝的《搜神记》等，都有民众上天成仙的记载。不过，这些典籍中记载的成仙之人往往是一些有某种特殊才能或是特殊身份的人。比如《列仙传》中的萧史、弄玉均好吹箫，而弄玉为秦穆公之女；介子推为晋国忠臣；赤松子为神农时的雨师；老子为周朝典藏吏；黄帝更是身份特殊了……《神仙传》大体继《列仙传》而作，记载了道教85位神仙，更是与普通百姓无关。《搜神记》中除了神灵怪异之事外，所记录的人物往往都是历史上的人物，如《干将莫邪》在《战国策》中已有记载；《董永》在刘向《孝子传》与《汉书》中均有记载；《韩凭夫妇》中韩凭（冯）在《史记》中有记载，其故事在汉代《列异传》（已失传）中已有记载；《吴王小女》在《吴越春秋》中已有记载。这些“升天成仙”之人均以正面形象出现，多是某一时代的贤人、贵人等有别于普通百姓的特殊之人，因其特殊，人们往往“锦上添花”般地赋予他们神话般的色彩，那就是“上天成仙”。

但是在《三十种》中，“升天成仙”的主体已由贵族、贤人等社会精英分子转为普通民众，甚至是有些不足之处的“刁民”。

《竹叶舟》一剧中，陈季卿是一个应举未中，流落京师的落魄文人。思乡、恋家、考取功名等普通人有的七情六欲他均有，一个普通得不能再普通的底层落魄文人，在吕洞宾的点化下，最终度脱成仙。在《竹叶舟》中，陈季卿是以普通人的身份而成仙的。

《任风子》一剧中，“任风子”是一个多少带点贬义色彩的人物，这从他的绰号上就可以看出，即使是一个被大家嘲笑的人物，甚至在马丹阳劝化世人吃素影响任风子生意而导致任风子要杀马丹阳的情况下，马丹阳最终还是度脱其成为神仙。

《借铁拐李还魂》一剧中，岳孔目在衙门里赚昧心钱，吕洞宾前来骂他，他竟将吕洞宾吊在衙门口，韩魏公发现后将吕洞宾放了，竟被岳孔目吊起来毒打。从这些情节中可以看出，岳孔目是一个十足的反面人物，然而就是这样的反面人物，竟被吕洞宾度脱成仙。

从以上三剧中可以看出，成仙的主体可以是普通百姓，如陈季卿；也可以是品行略有瑕疵的人，如任风子；甚至还可以是道德败坏的小人，如岳孔目。然而这些人在《三十种》中不因地位低下、品行恶劣而被作者安排成鬼神报应的结局，而是被安排成很多人梦寐以求的成仙结局。这种现象之所以会出现，大约是时代发展至此，普通民众也希望自己能像古代的达官贵人一样在某种条件下成为神仙，虽然在人世间过得比较痛苦，也幻想着自己有朝一日能上天成仙，像神仙一样过着自由自在的生活。而元杂剧从一开始就跟民间艺术紧密相连，所以能敏锐地捕捉到普通民众的想法，因而就迅速产生了反映民众想法的“升天成仙”剧作。

所以说在元杂剧中，“升天成仙”已不再单单是社会精英的非分之想，普通民众甚至是有些不足之处的民众也可以上天成为神仙。这反映了人们在看待“升天成仙”这一问题时，视角已经有所改变，将更多的目光投向民间大众，而不是少数社会精英。当然，对普通百姓安排这样的结局，并不是真的希望他们能成为神仙，这只是帮助普通百姓忘却痛苦的一个方法。恐怕天上的神仙行列里永远也不会有他们的名字。

（三）梦境视角

《三十种》中，还经常运用到梦境视角。

对于梦境，古人除用其增加一些神秘色彩外，还用来暗示某种事情的应验。比如齐晋鞌之战的时候，韩厥梦其父曰“旦辟左右”一事，第二天竟然应验；晋楚城濮之战中，晋文公梦到楚王趴着吃他的脑髓，犹豫不敢与楚君交战，狐偃硬是将此梦解释成吉梦，最终晋国在此次战役中获胜，这样的例子不一而足。

《三十种》中，也经常运用到梦境视角。如《范张鸡黍》、《霍光鬼谏》、《西蜀梦》、《东窗事犯》、《衣锦还乡》五剧。不过，《三十种》中的梦境已不单单是增加神秘色彩和应验某事了。

《范张鸡黍》一剧中范式梦见张劭病重将死，于是动身赶紧前往张劭家中，至，张劭果然病死。此剧中的托梦情节在《后汉书·范式传》（卷一百十一）中已有，杂剧中只是借用。此处的托梦主要是表现两人心意相通。《霍光鬼谏》中，霍光的魂魄向宣帝托梦告知霍山、霍禹造反。这并非为了验证此事，而是为了表现霍光对国君的忠心。

《西蜀梦》中张飞关羽死后给刘备托梦，诉说之前兄弟三人的情义，重点是希望刘备能发兵捉拿仇人，为他二人报仇。这也反映了民众对关羽与张飞之死怀有强烈的同情心，并设身处地为二人着想，希望他们的魂魄能托梦给刘备，再次述说兄弟情义以便为己报仇。《东窗事犯》中岳飞的魂魄向高宗托梦，表达自己受秦桧迫害，希望将秦桧斩杀。此两剧的梦境均为了表达生时未了却的心愿。

《衣锦还乡》第二折中，薛仁贵之父薛大伯梦见儿子回来（但并不是衣锦还乡），忙着买酒宰猪款待儿子，却被张士贵抓走。醒来后，儿子并没有立即回来。所以此剧的梦境并非为了应验薛仁贵回来一事，而是为表现薛大伯的思子之深情，同时利用此梦境再次说明薛仁贵所受的迫害。

根据上述梦境的不同作用，可以看出，《三十种》中的梦境主要有以下三个作用。

一是通过梦境来表现主题，使该剧的主题更加明确，如《范张鸡黍》与《霍光鬼谏》，前者使得二人之间的情义越发深厚，后者使得霍光忠君的形象更加高大。

二是通过梦境寄托了主人公生前未完成的心愿，然而由于是历史人物，结局已成定论，即使托梦希望他人完成自己生前的愿望，但最终也没有遂心，如《西蜀梦》中，张飞与关羽托梦刘备，希望将糜芳、糜竺、张达等人杀死，但最终也没有实现此愿望；《东窗事犯》中岳飞希望将秦桧处死，同样，愿望没有实现。

三是通过梦境来展现某个故事情节，如《衣锦还乡》中，薛大伯梦见儿子一事，除了为表现薛大伯想念儿子之情深外，还为后面薛仁贵的衣锦还乡提前做铺垫，因而这一梦境是为推动剧情而设的。

所以说，《三十种》中的梦境已不仅仅是应验某种事情的发生或是增加神秘色彩，而且已有所发展，寄托了民众对美好愿望的期待与对丑恶的憎恨。

三 戏谑视角

《三十种》中的民间叙述视角还有戏谑视角。戏谑在通俗文学领域应用非常广泛。通俗文学的一大作用就是娱乐，为了达到娱乐的目的，往往采用戏谑的叙事视角。观众或读者在欣赏时感觉身心放松，能缓解烦琐之事带给自己身心的疲惫。《三十种》中采取此视角的有《博望烧屯》、《衣锦还乡》、《任风子》、《魔合罗》、《拜月亭》、《借铁拐李还魂》、《遇上皇》、《陈抟高卧》、《调风月》9剧。

采用戏谑视角最典型的剧本要数《博望烧屯》了。此剧有五处共计8次使用了此视角。

第一处：刘备带着关羽、张飞、赵云等一行人去请诸葛亮下山，其中张飞对诸葛亮迟迟不下山心怀不满，甚至看不起诸葛亮，在诸葛亮下山成为军师后，指挥众部将作战时，张飞主动请缨，诸葛亮存心戏弄张飞，在张飞叫喳喳地请了四次后，诸葛亮均不予理睬，连用四个“一壁去，不用你”，却先后安排赵云，刘封，糜竺、糜芳，关羽四批人，急得张飞在边上团团转，张飞此时已经很愤怒了，但还是请求出战。此处四次戏弄张飞，故意让莽张飞着急喊叫，而诸葛亮故意冷眼看张飞表演。

第二处：诸葛亮最后以“看主公面”为由，安排张飞暗地埋伏去擒拿“都不到二十个败残军卒”，这下彻底激怒了张飞，原来自己在诸葛亮的心里是一个根本不会打仗的人，连擒拿的败残军卒都不到二十个。张飞虽然又大呼小叫一番，但也只得接受诸葛亮的安排。诸葛亮第五次戏弄张飞。

第三处：在安排张飞去捉拿不到二十个残兵败卒后，诸葛亮还不放过张飞，竟然问张飞能不能将这“都不到二十个败残军卒”擒拿住，张飞生气地以脑袋担保能行。诸葛亮又一次戏弄了张飞。诸葛亮知道张飞性格莽撞，再加上只有不到二十个残兵败卒，张飞一定会轻敌，最终不会将这些残兵都擒拿，所以故意与张飞定下军约，完不成任务者，斩。诸葛亮第六次戏弄张飞。

第四处：战争结束，诸葛亮与刘备坐在帐中等各位将军归来，赵云，刘封，糜竺、糜芳，关羽均完成任务胜利归来，诸葛亮为他们一一备酒。此时，张飞还没回来，诸葛亮故意对部下说："左右，准备酒者！张将军也见功也！"故意提前备下酒席招待张飞（诸葛亮已经算好张飞必然没有完成任务），然而张飞上来后，竟是被捆绑的模样——"紧邦邦剪了臂膀，直停停舒着脖项"，意在负荆请罪，诸葛亮故意问："张将军，你这般为甚？"还故意拿出张飞的军约"先败了赢我头，我不赢了不姓张"来堵张飞的口，还奚落张飞："去时节村桑，恨不得一跳三千丈；今日你着忙，将军！可不男儿当自强。"对张飞极尽奚落嘲讽之能事。诸葛亮第七次戏弄张飞。

第五处：按照约定，要斩杀张飞。诸葛亮第一次说斩，刘备求情；诸葛亮不同意，继续叫斩，刘备再次求情，诸葛亮同意，但是要让张飞"拜降"自己，张飞终于"拜降"了诸葛亮。诸葛亮第八次戏弄张飞。

这些戏谑情节无疑给观众带来了"笑料"，看着张飞的窘态，观众忍俊不禁，身心也得到极大的放松。

除《博望烧屯》使用了大量的"戏谑"视角外，尚有8剧也使用该视角。

《衣锦还乡》中有四处使用该视角。张士贵与薛仁贵比射箭，张士贵使出吃奶劲也只是"拽硬射规"，结果"那箭离垛子有三十步"。薛仁贵儿时的玩伴在寒食节上坟，自己的老婆却因贪吃祭品而醉得不省人事，丑态百出。薛仁贵与父亲相见后，部下架着薛仁贵父亲准备行拜见之礼，但薛大伯不知就里，还以为随从要打自己，吓得说，"子见簸箕大手查沙，揪住我短头发，漾在阶直下，抢了我老鼻凹"，等知道后说，"稀诧，爷是当今驾；详察，俺这穷身分怎消受他"。当薛大伯被薛仁贵的随从用轿子抬起时，因为从没有坐过轿子，很害怕自己从轿子上摔下来，于是叮嘱随从不要踩在砖瓦上，要不然把自己摔下来，不是磕破脑袋，就是磕着鼻子："你休踏着砖瓦，辟留扑同敢漾我在阶直下，不是磕碎脑袋，就是抢了鼻凹"。第一处为了嘲笑张士贵而使用戏谑视角；第二处纯粹是为了娱乐观众；后两处薛大伯一直生活在社会的最底层，根本想象不到贵族生活的状态，当自己一下子享受到贵族生活时反而浑身不自在，于是就出现很多不协调的现象，如同刘姥姥进大观园般，闹出一连串的笑话。

《任风子》中有两处使用该视角。任风子在办自己生日宴与孩子满月酒时，请乡邻吃饭，剧中通过任风子之口嘲笑乡邻吃相难看——“你显那查手风乔人酒量浅，吃不得往外瀽，咮不了的牛肉把指头填。恰便似饿狼般抢入肥猪圈，便一似乞儿闹了悲田院。吃得来眼又睁，气又喘。都是些猪脖脐狗奶子乔亲眷，摆坐满一圆圈”。这段描写显然是描述乡下人吃喝时抢着吃的狼狈相，描写十分详细，但这一情节的安排，与《任风子》要表达的主题毫无关系，其目的仅仅是制造笑料而已。任风子叫嚣要杀马丹阳，但是等见到马丹阳又害怕了，反而说，“你变些本相交我看，我便不杀你”；在杀了几次马丹阳均未死的情况下，又说，“你今日不合死，明日我来杀你”，此处戏谑主要体现在任风子杀马丹阳前后气势变化上，杀之前豪言壮语要将使法术上天成仙的马丹阳像“死羊般扯下九重天”，而见到后却胆怯，即使是风声竹影也使任风子感到害怕，以至于马丹阳再三戏弄任风子，最后的结果是任风子在其面前出尽洋相。

《魔合罗》第一折中有两处使用该视角。一处是李德昌雨中行走的［油葫芦］唱词中使用了 11 个特殊的摹状词“湿漉漉、吉彫古堆、吸留忽刺、乞留屈吕，失留疏剌、奚留急了、乞纽忽哝，匹彫扑答、急张拘住、尺留出吕、滴留滴列”，将自己在雨中艰难行走的样子刻画得淋漓尽致、惟妙惟肖；另一处是到了寺庙，由于未将头巾取下，怎么也擦不干脸上的雨水，后来才醒悟是忘了将头巾取下，自嘲笑自己是“呆丑生”，此处戏谑纯粹是为制造笑料。

《拜月亭》中，王瑞兰在亭中拜月希望自己与蒋世隆早日团聚，却不知蒋瑞莲在暗中看到这一幕，遂开王瑞兰的玩笑；王瑞兰对武将出身的夫婿陀满兴福十分不满，对蒋瑞莲说了很多关于他的坏话，但在婚礼上，发现蒋瑞莲的夫婿竟是蒋世隆（二者为兄妹，故不能成亲），王希望两人互换夫婿，于是又对蒋瑞莲说陀满兴福如何如何的好，以此希望蒋瑞莲能嫁给陀满兴福，但蒋瑞莲故意用她之前的诉苦之词来拒绝，无奈之余，王瑞兰只得说“你便信我子末那”，王瑞兰的窘态可想而知。

《借铁拐李还魂》中，岳孔目死后借李屠尸首还魂，李屠父亲以为自己儿子活过来了，实际却不是；岳孔目回家看妻儿，妻子竟不认识自己，在相认后，又导致李屠父亲与岳孔目妻子打官司争人的啼笑皆非的局面。

《遇上皇》中，赵元妻子让赵元断酒，赵元说一年四季断不得的理由；赵元雪中送文书的自嘲；雪中进酒店，戏称酒为“酒爹爹”；赵光普见到赵元胳膊上的字，要拜赵元，赵元不知，还以为要给他看病等一系列滑稽场景，均增加了剧本戏谑的戏份。

《陈抟高卧》中，第四折内容为郑恩送美女勾引陈抟，欲让陈抟享受世俗之乐一事，剧中极尽戏谑之能事。

《调风月》中燕燕到小千户家里提亲，见到莺莺，欲破亲事，反被莺莺奚落，令观众忍俊不禁。

这些戏谑情节，都为元杂剧增加了一些娱乐因素，使戏曲“娱人”的功用得以有效发挥。只是有些戏谑因素的增加是合理的，因为是围绕主题而展开的，比如赵元称酒为“酒爹爹”，是围绕赵元好酒的特点而设计的；有的戏谑情节则是游离于主题之外的，是纯粹为制造笑料而增加的，比如《魔合罗》中，李德昌没有将淋湿的头巾取下来而导致脸上的雨水怎么也擦不干的情节，跟主题毫无关系，这样的情节设置应该说是不成功的，但也从侧面说明戏曲的一大功用为娱乐这一事实。

四　放诞不羁视角

放诞不羁、追求自由历来是人们最向往的逍遥境界，然而现实生活往往束缚着人们对这一生活的追求，因而也只有在作品中幻想此种生活。《三十种》中有四剧表现了这样的思想：《陈抟高卧》、《七里滩》、《好酒赵元遇上皇》、《火烧介子推》。不过《三十种》中放诞不羁思想的表现，都是以帝王再三相邀，而臣子坚决不受来体现的。

《陈抟高卧》中，陈抟隐居泰华山，为人算卦。赵匡胤前来算命，陈抟指出他就是真命天子，后来赵果然成为帝王，于是授陈抟高官。陈抟坚决不受，郑恩派美女引诱陈抟，希望陈抟能出来做官，享受荣华富贵，然而陈抟不为所动，仍然隐居在泰华山。

《七里滩》中，严光住在七里滩，在此地搭救了被王莽追杀的刘秀，刘秀成为帝王后，希望严光能出来做官，严光坚决不受。刘秀再三请求，严光只得以朋友身份去祝贺刘秀登基，刘秀每日都用筵席招待，意留严光。结果七里滩的仙鹤和野猿都寻到宫里来了，刘秀只好让严光回七里滩。最终，严光依然隐居在七里滩。

《遇上皇》中，赵元本是一好酒之人，在酒店偶遇没带钱而喝酒的宋太祖并为太祖交了酒钱。后太祖封赵元为开封府尹，赵元坚决不受，认为做官很是束缚自己，只求每日有酒喝。

《火烧介子推》中，介子推割股奉君，后文公赏随从竟忘了介子推，介子推也不争，隐居绵山。文公后来想起了介子推，到绵山请求其出山，介子推坚决不出，意在隐居，即使文公放火烧山，介子推也不出来。

此四剧的放诞不羁都是以国君再三请求臣子出仕为背景，用国君出面也不接受官职这样的剧情，强有力地衬托出主人公不慕名利、追求自由、向往自然的高尚情操。这反映出在元代，文人一方面不愿与统治者共事的社会现实，另一方面也反映了文人希望能得到统治者重用的矛盾心态。

五　个人英雄主义视角

个人英雄主义在历代均有表现，典型的就是历代的侠客。侠客的出现，说明现有社会的制度存在一些漏洞，因而不能解决民众的某些矛盾，而侠客往往是解决法律与道德对之无奈的事情。

《三十种》中《赵氏孤儿》、《介子推》、《贬夜郎》、《替杀妻》四剧都采用了该视角。

《赵氏孤儿》中，韩厥放走赵孤与程婴而自刎，程婴为救赵孤而献出自己儿子的性命。《介子推》中，介子推为救重耳，献出自己儿子介休的性命；流亡时，重耳饥饿难忍，介子推割股奉君。《贬夜郎》中，李白觉察杨贵妃与安禄山有染，准备进谏国君。《替杀妻》中，张千为报员外之恩，经常帮助出门在外的员外家人，不料员外妻竟勾引张千，甚至要杀死员外，张千一时气愤，杀死员外妻子。

前三剧均为历史剧，为突出个人主义情节，往往虚构事实与人物。《赵氏孤儿》中，就虚构了韩厥自刎一事；《介子推》中，虚构介休，并虚构介休自杀冒充重耳一事；《贬夜郎》中，虚构李白撞见杨贵妃与安禄山私情一事。这些虚构均是为了突出个人英雄主义，使难以继续的剧情得以顺利进行。

《替杀妻》跟历史剧不一样。此剧模式明显跟宋元时代的“杀淫妇”有关。《水浒传》中武松杀嫂、石秀替杨雄杀嫂跟张千杀嫂如出一辙。这也反映出当时人对所谓“淫妇”的仇视，以及对“淫妇”的惩处方式：那就是总有一个爱管闲事、不计后果的兄弟替兄长解决棘手的问题。而人们对随意杀“淫妇”的杀人者竟抱有极大的同情与尊敬，这就难免导致此类剧情的反复出现，以及对杀人者的美化。

六 多种视角综合运用

以上是《三十种》中常见的五种民间视角。这些视角在实际运用中，并非单独使用，而是综合运用。比如《东窗事犯》中，既有“枕边风”视角，也有鬼神报应视角，还有梦境视角；《任风子》中既有普通民众升仙视角，也有戏谑视角；《陈抟高卧》既有戏谑视角，也有放诞不羁视角……这些民间视角的交叉使用，使得《三十种》能最大限度地以普通民众的思维方式、生活方式来理解杂剧作品，因而能最大限度地吸引民众。

总而言之，《三十种》中的五种民间视角，反映了普通民众对某件事情的解读。“枕边风”视角反映了民众不探究事情真相而以“夫妻一条心”为标准来解决事情的处理方式。“鬼神与梦境视角”、“个人英雄主义视角”都反映了民众对现实生活中某些事情无能为力时，只能依靠鬼神、梦境或别人的行侠仗义来实现。“戏谑视角”反映了民众对娱乐消费的需求。“放诞不羁”的视角反映了民众在现实生活中受到太多的束缚，希望过逍遥自在的生活。

这些视角往往采用虚构的艺术手法来实现。这些虚构的人物与情节，反映了民众对某件事的强烈看法，甚至是用虚构来摆脱现实困境，以求得心理上的某种安慰、平衡。这种处理剧情的方式显然是立足于普通民众，是用普通民众的思维去构建剧本，虽然有时毫无逻辑可言，但唯其如此，才能满足民众的某些心理需求，也才能最大限度地吸引民众。这大概也是杂剧在元代受到广大民众普遍喜爱的一个重要原因吧。

第二节 历史人物的民间解读

历史上的一些人物在后人漫长的评价中，往往渐成定论。但是民间百姓或误读，或出于某种特殊的目的，有时对一些已有定论的历史人物重新解读，以此满足某种需要。

一 刘邦：无赖的形象

刘邦在秦末农民起义与楚汉之争中脱颖而出，最终成为一代君王。身上自然有其过人之处。《史记·高祖本纪》：

> 高祖为人……仁而爱人，喜施，意豁如也。常有大度，不事家人生产作业。①

从《史记》对刘邦的描述来看，刘邦还是有诸多优点的：为人宽厚而乐于施舍、心胸宽广且具有干大事业的气度等。刘邦入关中后，与关中父老约法三章，且不滥杀无辜，这些都是刘邦身上所具有的优点。所以说，史书上的刘邦应该是一个充满爱心的人，并非无赖形象。

然而在元代，刘邦一再被人们解读为“无赖”，代表作便是睢景

① （汉）司马迁：《史记》，中州古籍出版社1994年版，第70页。

臣的《高祖还乡》，文中以农夫视角来看刘邦的一言一行，而皇家所谓的“威严”，在农夫看来，是非常可笑的，包括农夫对刘邦发迹前的种种行为的嘲笑，都将刘邦解读为“无赖”的形象。

元刊本《气英布》中的汉高祖也是这样的形象。剧中，英布怒骂刘邦“泼刘三”，“草覆团头、露水里寻牛、骊山驿监夫、掩狗皮、醉眠石臼”，“放二四、世不回席”，“言十妄九、呼幺喝六、查沙着手、慢骂诸侯、大村叟、龙椅上把身躯不收”。从英布的骂词来看，刘邦完全是一典型的无赖形象：掩狗皮睡在石臼里、吃饭不回席；即使当上帝王也是一副村叟形象：大呼小叫、“查沙着手”、“慢骂诸侯”，坐在龙椅上也是没有帝王的威严“龙椅上把身躯不收”。然而这一系列的指责在《史记》中却无记载。

刘邦在元代被解读为“无赖”，大致有以下三个原因。

第一，这样的解读大概跟《史记·高祖本纪》中的“始大人常以臣无赖”一句有关：

> 始大人常以臣无赖，不能治产业，不如仲力。今某之业所就孰与仲多？①

不过，此处的“无赖”指没有依恃的本领，而这一意义在唐代已发生变化，指放刁撒泼、蛮不讲理，如柳宗元《段太尉逸事状》的“纵士卒无赖”中的无赖即为放肆义。也许是宋元时人们用已经发生变化的词义“放刁撒泼、蛮不讲理”来理解“始大人常以臣无赖”中的“无赖”一词（也可能是故意曲解），于是刘邦的形象就被当时的人解读为今天意义上的“无赖”。

第二，史书上的刘邦并非完人，也是有诸多缺点的。

《史记》记载刘邦在逃亡的过程中，为了自己能顺利逃脱竟然屡次将自己一双儿女推下车，反而是滕公动了恻隐之心，反复收之，并且批评刘邦；项羽要烹杀刘邦父亲，刘邦竟以与项羽曾经结为兄弟为

① （汉）司马迁：《史记》，中州古籍出版社 1994 年版，第 80 页。

由，说“吾翁即若翁。必欲烹而翁，则幸分我一杯羹”，充分表现刘邦的无情，为了自己竟置儿女老父于不顾。

《史记》中还记载在郦食其与淮南王英布前来投靠刘邦时，刘邦竟然两次“踞床洗足”；韩信从项羽手下逃跑投靠刘邦时，刘邦并不重用，使韩信再次逃亡。这说明刘邦对降将并无宽厚仁爱之心。

从《史记》关于刘邦的负面记载中可以看出，刘邦在为人与用人方面确实存在一些问题。这些负面记载，也确实为刘邦的“无赖”形象增加了证据。尤其是两次“濯足待宾”，似乎更能说明刘邦的“无赖”行径。

第三，影射元代皇帝的无赖。元朝是由蒙古族统治的朝代。蒙古族是游牧民族，不懂中原文化，在征战中原时，往往采取暴力手段，烧杀抢掠，无所不为。尤其是灭宋后，将汉人置为最低等，读书人置为九等人（八娼九儒十丐），地位还不如娼妓。而且元朝在很长一段时间内取消科举考试，使得读书人无仕途可走。众多的读书人对元朝统治者怀有强烈的不满情绪，再加上汉人地位十分低下，使得整个汉民族对元朝统治者产生了极度不满情绪，但这种不满情绪在现实社会中无法得以宣泄，他们只能借助文学作品，将满腔愤怒发泄在与之相似的历史人物身上。在选择这一历史人物时，刘邦由于出身低微、对儒士颇有成见，也有一些无赖的行为，正符合元朝统治者的一些恶劣品行，所以，刘邦就成为大家发泄的对象。因此，《气英布》中的刘邦已然是影射元朝的皇帝了。这一点，许政扬先生在《论睢景臣的〈高祖还乡〉[哨遍]》一文中明确指出，此套数演绎的不仅仅是一个历史故事，而且影射了元朝统治者无赖、残酷的嘴脸，文中出现的接驾者也都是元朝统治者的帮凶。①

《气英布》中的刘邦也是影射元朝的皇帝，剧中不仅讽刺挖苦了刘邦，甚至对辅佐刘邦的各大臣也进行了嘲讽。第三折中对刘邦得力干将王陵、周勃、随何、樊哙等进行了嘲讽，“王陵比我会沽酒……周勃比我会吹箫送殡……随何他家里会钻秤……一个樊哙他比我会杀

① 许政扬：《许政扬文存》，中华书局1984年版，第183—207页。

狗”，说明他们并非贵族后裔，不过是一些蝇营狗苟之辈罢了。这样的嘲讽实际上是影射元朝其他居于高位的统治者，他们也都是只会钻营的低贱之人。这与许政扬先生所评《高祖还乡》中的接驾者即为元代其他欺压百姓的官吏是一样的。

所以说，刘邦在元代被定性为“无赖”，是民间百姓为了影射元朝统治者，而对史书上的刘邦故意进行曲解、虚构后的产物，甚至为了表达对元朝皇帝外的统治者的愤怒，连带对辅佐刘邦的一干大臣进行了挖苦与讽刺。如此，该形象才能有力地传递出民间百姓的心声，反映百姓的喜怒哀乐。

而明本《气英布》中刘邦的种种无赖均被解释为刘邦使的计谋，目的是“折挫其（英布的）锐气”，如此处理是为了维护封建君主的光辉形象，并由此出发塑造出刘邦作为皇帝高贵而睿智的一面。关于《气英布》元本与明本中刘邦形象的不同比较，可参见《从〈汉高皇濯足气英布〉看臧懋循“得元人三昧”》[①] 一文。显然，明本《气英布》中的刘邦不是从民间视角角度来构建的，而是从士大夫的角度来构建的。

二　张飞：夸张的“猛”张飞与“莽”张飞

对于张飞的“威猛”，《三国志》中有两处提及。一是当阳长阪之断桥，二是对张飞的评价。

> 飞据水断桥，瞋目横矛曰：“身是张益德也，可来共决死！”敌皆无敢近者，故遂得免。……飞雄壮威猛……飞爱敬君子而不恤小人。先主常戒之曰：“卿刑杀既过差，又日鞭挝健儿，而令在左右，此取祸之道也。”飞犹不悛。[②]

---

① 刘丛：《从〈汉高皇濯足气英布〉看臧懋循“得元人三昧”》，《重庆科技学院学报》（社会科学版）2010 年第 22 期。

② （晋）陈寿：《三国志》（下册），岳麓书社 1990 年版，第 752—753 页。

而宋元时期的各种通俗文艺在演绎三国故事时，根据《三国志》中关于张飞的“断桥、威猛、不恤小人、鞭挝健儿、帐下将张达范强杀飞”等情节，开始演绎张飞的性格与面貌。《三国志平话》卷上对张飞的面貌、家世、性格均有了明确的表述：

却说有一人，姓张名飞，字翼德，乃燕邦涿郡范阳人也；生得豹头环眼，燕颔虎须，身长九尺余，声若巨钟。家豪大富。①

然而《三国志》中并未提及张飞的容貌。显然，《三国志平话》中对张飞容貌的描述，是根据其“威猛”的性格而推断的。既威猛，面貌亦当狰狞，所以，张飞在民间文艺中被塑造成“豹头环眼，燕颔虎须，身长九尺余，声若巨钟”，如此一来，张飞的容貌便符合“威猛”的特性了。尤其是其中的“声若巨钟”，为后来张飞“喝断长坂桥”已事先做好了铺垫。

对于张飞“断桥”一事，《三国志》只记载“飞据水断桥”，但在《三国志平话》中，被演绎成“叫声如雷贯耳，桥梁皆断。曹军倒退三十余里”②。此描写显然是无限夸大了张飞的勇猛。张飞声音再大，如何能喝断桥梁？既有此本领，打仗只需张飞一人，大吼一声，敌军肝胆皆裂，岂不妙哉？然民间小说，只重热闹，不顾事实逻辑，这就难免被人质疑，学者顾林曾就此问题著文《张飞断桥桥断否》,③ 文中提出“断桥”之“断”当为“阻断、隔断”之意，而非“断裂”之意。如此，才符合事实，符合情理，亦令人信服。

《三十种》中，也通过对张飞容貌、性格的描写来衬托出张飞“威猛”的形象。这一点在《博望烧屯》、《西蜀梦》中均有所表现。

在《博望烧屯》中，诸葛亮形容张飞“一对环眼、查沙黄髭髯、

① 古本小说集成编委会编辑：《古本小说集成第一辑·三国志平话》（卷上），上海古籍出版社1991年版，第12页。

② 古本小说集成编委会编辑：《古本小说集成第一辑·三国志平话》（卷中），上海古籍出版社1991年版，第73页。

③ 顾林：《张飞断桥桥断否》，《咬文嚼字》2010年第2期。

叫天吖地”等都是通过容貌与性格来展现张飞“威猛”的一面。

在《西蜀梦》中张飞说自己“九尺躯阴云里惹大、虎豹头、性似火”等，也是从容貌这一侧面来展现张飞“威猛”一面的。《西蜀梦》中，还通过对张飞生平事迹的回顾来展现张飞“威猛”的一面：蜀国使臣云张飞“义赦严颜，鞭打督邮，喝回曹孟德”；诸葛亮说张飞“猛势况”；张飞说自己“把督邮鞭、将曹操喝，共吕温侯配战九十合”。都表现出张飞“威猛”的一面。值得注意的是，《西蜀梦》中，对于当阳桥一事，只用“喝、喝回”表述，并未直接说明将桥梁喝裂。

关于张飞的另一特点“鲁莽”，是民间通俗文艺作品通过将史书上的“暴张飞”演绎成“莽张飞”而形成的。

《三国志》中虽然没有直接说张飞“残暴”，却借刘备之口“刑杀既过差”、“日鞭挝健儿”道出张飞的这一缺点。“刑杀既过差”，说明张飞对部下犯错后的处罚常常超过应有的限度；“日鞭挝健儿”整日鞭打士兵，可以说是滥用刑罚。而这一点无疑有损张飞的形象，甚至对“尊刘”思想下的刘备形象也有所损害，于是民间往往将张飞的“暴”偷换成“莽”，这一改变，使得史书上的“暴张飞”就变成了有些可爱的“莽张飞”了。“暴”体现的是喜怒无常、不分是非；而“莽”体现的是无心之过。从张飞后来被部下张达、范强所杀，刘备听说张飞营帐中都督来报，即推知张飞被杀一事来看，这也印证了史书中关于张飞平时不能体恤部下，处罚往往过度的“暴”的记载，最终命殒于此。沈伯俊《历史上的张飞究竟什么样?》[①]一文对张飞的这一形象转变做了详细分析。

而《三十种》中，张飞已不是“暴张飞”，而是“莽张飞”的形象了。在《博望烧屯》中，张飞有三次莽撞行为。

第一次在张飞随刘备去请诸葛亮时，“张飞叫住了”，虽然张飞叫唤的内容不明，但根据剧情，应当是张飞叫喳喳地嫌诸葛亮几次请也不出山，并且对诸葛亮出言不逊，看不起诸葛亮，这从后面诸葛亮的唱词中可以看出：

---

① 沈伯俊：《历史上的张飞究竟什么样?》，《文史知识》2006年第1期。

第一折：【醉中天】直恁般无道理无廉耻，失上下没尊卑。早把一对环眼睁开瞅觑谁？查沙起黄髭髫，显出他那五霸诸侯王气，不住的叫天吖地。将军呵！你也做得个莽撞张飞！

此段内容显然是突出了张飞“莽”的特点。睁眼、立须、叫喳喳，所以诸葛亮说张飞“没尊卑”，是个“莽撞张飞”。

第二次在诸葛亮安排诸将征战时，张飞多次嚷着要请缨作战，均被诸葛亮以“一壁去，不用你”给挡回去。

第三次在诸葛亮吩咐张飞收拾对方的残兵败将时，诸葛亮故意问张飞能否将敌人“都不到二十个败残军卒”都擒拿住时，张飞十分恼怒，认为诸葛亮小看自己，于是很莽撞地立下军令状“先败了赢我头，我不赢了不姓张”，结果是任务没有完成，不得不绑了自己来向诸葛亮请罪。

为了塑造张飞“莽”的形象，人们还有意避开张飞身上的文人气质，《三国志》中说张飞“爱敬君子”，但人们似乎并不理睬张飞身上的这一优点。尤其是张飞还善于书法，人们更是刻意回避。《古今刀剑录》“吴将刀”条：

张飞初拜新亭侯，自命匠炼赤朱山铁，为一刀，铭曰：“新亭侯，蜀大将也。”后被范强杀，强将此刀入于吴。①

然而通俗文艺作品中对这两则材料有意避开，从不使用。因为这“爱敬君子”与“善书法”都是文人所具有的气质，显然有碍对“莽张飞”形象的塑造，因此，在通俗文学领域，对于张飞身上所具有的凡是与“猛、莽”形象不符的因素一律剔除，同时再增加一些能增强“猛、莽”形象的因素，比如外貌。如此一来，无论是在《三十种》杂剧中，还是在宋元话本中，张飞最终被塑造成了形象纯粹的

① （南朝·梁）陶弘景：《古今刀剑录》，文渊阁四库全书影印版第840册（子部·谱录类），上海古籍出版社2003年版，第7页。

"莽张飞"。这样的形象为张飞增添了不少喜剧因素，因而"莽张飞"最终赢得了千百年来民众的普遍喜爱。

三 李白与霍光：被美化的完人

《三十种》的《贬夜郎》中的李白，因为撞破了杨贵妃与安禄山的私情，而被两人找了个理由赶出朝廷。作者如此煞费心机地安排此剧情，都是缘于对李白的美化。

李白因为才高八斗而久负盛名，他所留下的诗篇更是受到大众的喜爱。因此，大众心中李白的形象一直以来都是高大而光辉的正面形象。

然而，历史上的李白却有一个永远无法洗刷掉的污点，那就是李白在永王李璘府中做幕僚时，李璘造反，李白也难辞其咎。李白《上留田》中引汉民谣"一尺布，尚可缝；一斗粟，尚可舂。兄弟二人，不能兼容"来看，李白还是有政治倾向的，显然是同情李璘的。所以，若说李白不知李璘之野心，恐怕此说难以成立。此事也从侧面说明李白在政治上并无远见，李白在政治上的无远见也可从永王李璘同时邀请萧颖士、孔巢父、刘晏、李白四人加入其幕僚，而除李白外，其余三人皆拒一事来看，李白的确在政治上缺乏敏锐的洞察力。所以说，李白在政治上毫无远见，导致加入永王李璘幕僚，最终又因李璘造反失败而遭受牵连，终被贬夜郎。这不能不说是李白的一个污点，而这也有损民众心中的李白形象。

为了民众心中李白形象不受损害，人们开始有意美化李白。

首先，"漂白"李白"叛逆"的身份。对于李白加入李璘幕府而受牵连一事，《贬夜郎》中丝毫没有提及，完全撇开这一历史事实。这从反面说明编剧者也认为此事有损李白的形象，因而避开不谈。

其次，美化李白被贬夜郎的原因。这一原因就是李白具有敏锐的政治眼光与杰出的政治才干，并因此获罪而被贬夜郎。他不仅洞悉杨贵妃与安禄山的私情，同时也预料到安禄山会造反，因而要上奏皇帝，最终被杨、安二人所害，因此被贬夜郎。表面看，此理由似乎很合情理，但事实是李白在皇宫仅仅是文学侍从，他在朝中时间也仅有两年多的时间，怎能三番五次见到杨、安二人独自相处的场景（姑不论杨、安二人是否有私情)?另外对于安禄山造反一事，李白也从未窥破。《贬夜郎》之所以这样安排，都是为了“高标文士的治国才干”[1]。将李白的才华上升到治国的高度。为了说明李白在政治上有才能，《贬夜郎》还虚构了李白写“吓蛮书”并因此受到嘉奖一事。

最后，为了拔高李白的形象，《贬夜郎》中虚构了明皇亲自为李白调醒酒汤的情节，同时对“力士脱靴”一事进行美化。然而《酉阳杂俎》卷十二云：

> 李白名播海内，玄宗于便殿召见，神气高朗，轩轩然若霞举，上不觉亡万乘之尊，因命纳履。白遂展足与高力士，曰：“去靴。”力士失势，遽为脱之。及出，上指白谓力士曰：“此人固穷相。”[2]

《酉阳杂俎》不仅记载了李白气宇轩昂的一面，同时也借明皇之口说出李白让力士脱靴是傲慢的表现。但在民间文艺中，往往忽略唐明皇对李白这一做法的评价，只是将重点放在“力士脱靴”之上，用皇帝身边的红人高力士为李白脱靴一事来表明唐明皇对李白的重视。

《贬夜郎》为了美化李白，对李白被贬夜郎的真正原因丝毫不提，而是虚构了一系列的情节来表现李白的政治才干与政治才能：写“吓蛮书”，皇上为其调醒酒汤，力士脱靴，撞破杨、安二人私情，预测安禄山造反等。这一系列的虚构都是编剧者基于民众对李白的喜爱，不希望看到李白身上有任何的污点而做的美化工作。

《三十种》中被美化的完人尚有《霍光鬼谏》剧中的霍光。为了美化霍光，虚构霍成君是在霍光去五南采访时，被霍禹、霍山瞒着霍光送到宫里并成为皇后，而霍光却要求将自己的女儿打入冷宫。为了

---

① 徐蔚：《整合中的嬗变——〈贬夜郎〉之李白形象研究》，《厦门教育学院学报》2004年第1期。

② （唐）段成式：《酉阳杂俎》，中华书局1981年版，第116页。

说明霍光与其死后霍氏家族造反一事毫无瓜葛，剧中编造了霍光鬼魂向汉宣帝进谏：自己的儿子要造反，希望宣帝早做准备。剧中塑造的霍光确实忠君，然而却置女儿、儿子性命于不顾，难免给人有意拔高之嫌疑。具体分析见本章第一节剧情的民间视角处理之鬼神与梦境视角。

李白与霍光被美化成完人，是为了迎合二人在民众心中的形象，所以对此二人的解读，也要立足于民众视角，至于其中的情节是否符合逻辑、符合事实，既然民众无心追究，编剧也就随心编写了。

四　秦桧妻：被丑化的形象

《三十种》中，与李白、霍光被美化成完人形象相反的是秦桧之妻王氏，被丑化成“毒妇”的形象。由于秦桧杀害岳飞、与金求和、出卖国家利益、打击主战派，因而千百年来人们十分痛恨秦桧，并将这种痛恨之心投射到其妻王氏身上。于是人们虚构了王氏参与谋害岳飞一事，并将这种虚构的情节无限扩大，以至于今日与秦桧一起跪在岳飞庙前谢罪，沦为千古罪人。关于对王氏的具体分析，详见本章第一节剧情的民间视角处理之枕边风视角。

为了突出王氏的恶毒，人们不仅杜撰出王氏迫害岳飞，还杜撰出王氏“妒妇、悍妇”的形象，并用此说解释秦桧没有亲生儿子之由。宋周密《齐东野语》卷十一“曹泳”条：

> 桧素畏内，妾尝孕，逐之。生子为仙游林氏子，曰一飞。以桧故，仕至侍郎兼给事中。其兄一鸣、弟一鹗，皆位朝列。泳尝劝桧还一飞以补熺处，未果而桧死云。①

王氏之妒，于史无据。从王氏能收留并过继其兄之庶子秦熺一事来看，王氏对小妾所生之子并无恶感。而且，从林一飞还凭借秦桧官至“侍郎兼给事中”一事来看，如果真为秦桧亲生之子，表面父子

① （宋）周密：《齐东野语》，中华书局1983年版，第198页。

虽不相认，但已有相认之实，若王氏真为“妒妇、悍妇”，岂有不察之理？另外，林一飞之兄、之弟皆借秦桧而位朝列，难道此二人亦为秦桧之子？所以，王氏之“妒”实无根据。

人们之所以虚构王氏为“妒妇、悍妇”，主要是突出其恶毒不仅表现在残害忠良一事上，还体现在对丈夫的子嗣上，同时以此来解释秦桧无子之缘由。因为自家人王氏之“妒”而导致秦桧无后，这样的设置真是大快人心，远比秦桧受到惩罚更能宣泄人们对秦桧的憎恨之情。《东窗事犯》中没有采用王氏之“妒”导致秦桧无后一事，不能不说是一件憾事。

所以说，王氏被丑化，是出于对秦桧的憎恨而投射的结果。

总而言之，一些历史上的人物，由于经历复杂而表现出多样化的特征，《三十种》在选取这些历史人物素材时，为了塑造与民众心中一致的形象，或为了某种难以言说的政治目的，必然会对该历史人物与事迹进行虚构以突出某一主题，如此，整合后的历史人物形象才会更加鲜明，个性才会更加突出，唯如此才更能迎合历史人物在民众心目中的形象，因此才更能抓住观众的心。这反映了元代戏曲市场需求、戏曲观众需求对戏曲人物形象塑造的影响。

第六章

《元刊杂剧三十种》与《元曲选》的通俗性比较

《三十种》的通俗性还可以通过与明人选本的比较得以体现。

臧懋循的《元曲选》由于增加了详尽的科白，故事情节完整而连贯，所以比元本具有更强的可读性，同时由于其选本较为丰富，因而在明本中是最为流行也是最受读者欢迎的。但由于臧氏对其中的剧本进行过改编，这就使得明人眼中的元杂剧与元人眼中的元杂剧有了差异，这些差异的表现是多方面的，也各有优劣。文中仅就通俗性方面的差异对《三十种》与《元曲选》作比较。由于《三十种》中大多数剧目科白不全甚至科白全无，所以对于科白方面的差异暂且不作比较。

《三十种》与《元曲选》均有的剧目为13个，这13个剧目的情况见表6-1。

表6-1　《元曲选》与《三十种》均有的13个剧目及情况一览表

（剧目排列次序依《三十种》的次序）

《三十种》剧目名称	《元曲选》目录中的名称	《元曲选》剧本中的名称及页码①	元本与臧本异同简要说明
楚昭王疏者下船	楚昭公	楚昭公疏者下船（277页）	剧情颇多出入
看钱奴买冤家债主	看钱奴	看钱奴买冤家债主（1584页）	曲文颇多删改
泰华山陈抟高卧	陈抟高卧	西华山陈抟高卧（720页）	曲文很少出入
马丹阳三度任风子	任风子	马丹阳三度任风子（1670页）	剧情无大出入
散家财天赐老生儿	老生儿	散家财天赐老生儿（365页）	剧情无大出入

① 此处的页码指中华书局1958年10月出版的明代臧晋叔所编的《元曲选》中的页码。

续表

《三十种》剧目名称	《元曲选》目录中的名称	《元曲选》剧本中的名称及页码①	元本与臧本异同简要说明
汉高皇濯足气英布	气英布	汉高皇濯足气英布（1280页）	明本第四折探子主唱套曲之后，另有英布唱曲三支，为元本所无
赵氏孤儿	赵氏孤儿	赵氏孤儿大报仇（1476页）	元刊本科白全无。臧本有第五折赵孤报仇一折
公孙汗衫记	合汗衫	相国寺公孙合汗衫（118页）	剧情很少出入
薛仁贵衣锦还乡	薛仁贵	薛仁贵荣归故里（315页）	曲文颇有出入
张鼎智勘魔合罗	魔合罗	张孔目智勘魔合罗（1368页）	剧情无甚出入
岳孔目借铁拐李还魂	铁拐李	吕洞宾度铁拐李岳（490页）	情节无甚出入
死生交范张鸡黍	范张鸡黍	死生交范张鸡黍（950页）	元本第四折较明本多曲十二支，但剧情无甚出入
陈季卿悟道竹叶舟	竹叶舟	陈季卿误上竹叶舟（1041页）	元刊本与臧本情节略有异同

从表6-1中可以看出，《三十种》与《元曲选》均有的剧目中，在题目上不尽相同；在曲文方面，有的差异较小，有的差异较大。其中《疏者下船》、《冤家债主》、《气英布》、《赵氏孤儿》、《衣锦还乡》5剧曲文差异比较大，因而可作为元刊本与《元曲选》本在通俗性方面比较的对象。

第一节　语言通俗性的比较

臧懋循的《元曲选》（以下称臧本）在编订元杂剧时，为了明人阅读时的顺畅，往往对其中的字句进行改写。这种改写由于并非出于表演的需要，所以书面语的意味就比较浓厚，导致其通俗性不足。这主要体现在以下几个方面。

---

① 此处的页码指中华书局1958年10月出版的明代臧晋叔所编的《元曲选》中的页码。

一 臧本将通俗化的词语改成浓厚的书面语

《三十种》的剧本是立足于表演的，而臧氏的改订本是立足于文人“案头”的，所以臧本难免将通俗易懂的口语词、方言词等词语改成书面色彩浓厚的书面语。

以《冤家债主》一剧为例：

> 1. 元本第一折：【点绛唇】这等人轻视贫乏，不恤鳏寡，天生下，狡佞奸猾，和我这神鬼都谩吓。
>
> 臧本第一折：【点绛唇】这等人轻视贫乏，不恤鳏寡。天生下，一种奸滑，将神鬼都瞒唬。

虽元本与臧本曲辞差别不大，但其中所选用的字眼却大有讲究。元本用介词“和”，臧本用介词“将”，而“将”书面语色彩浓厚，显然元本的“和”相较臧本的“将”要通俗。同理，“吓”（原作“下”）要比“唬”通俗，而且“吓”与前面的“乏、寡、下、猾”相押，而“唬”与此四字不相押。应该说，臧本此处的改动并不成功。

> 2. 元本第一折：【混江龙】……这等人夫不行孝道，妇不尽贤达，爷瞒心昧己，娘剜刺挑茶，儿焦波浪劣，女俐齿伶牙；笑穷民寒贱，羡富汉奢华；他有的驱驾，他没的频拿；挟权处追往，倚势处行踏；少一分也告状，多半钱也随衙；买官司上下，请机察钤辖。
>
> 臧本第一折：【混江龙】……你则看那阳间之事，正和俺阴府无差，明明折挫，暗暗消乏。

元本中的词句在臧本中大幅缩减，并且换用别的词语。元本中的“瞒心昧己、剜刺挑茶、焦波浪劣、俐齿伶牙、笑穷民寒贱、羡富汉奢华、驱驾、频拿、追往、行踏、告状、随衙、买官司上下、请机察钤辖”等词语与语句均是批判辱骂贾弘义之类的人的，选择众多相近词语排列在一起，更能体现贾弘义的恶毒，这些词语与语句生活气息浓厚，通俗易懂，符合百姓审美需求，具有强烈的表现力。而在臧本中则缩减为“明明折挫，暗暗消乏”八个字，语义含混不清，百姓难以理解，亦难以接受，而且也大大减小了对贾弘义的批判力度。

3. 元本第一折：【油葫芦】……又不曾油鼎内叉，剑树上蹅。

臧本第一折：【油葫芦】……又不曾将他去油里煠，又不曾将他去剑树上杀。

“叉”，“炸”之义，方言借音词，具有浓郁的地方色彩，今晋南一带仍有呼“炸”为“叉”（音 cá），改方音“叉”为书面语“煠”，则失去新鲜感。“蹅”即“插”，“剑树上蹅”意为“把人往剑树上插”，而臧本改为“杀”，则失生动而具体的动作。

4. 元本第一折：【天下乐】子好交披上片驴皮受罪罚。他前世托生在京华，贪财心没命煞，他油铛内见财也去抓。

臧本第一折：【天下乐】这等人何足人间挂齿牙，他前世里奢华，那一片贪财心没乱煞，则他油锅内见钱也去挝。

元本“披上片驴皮受罪罚”显然比臧本“何足人间挂齿牙”要通俗、生动、具体得多，而且表现力也更强。元本“铛”似乎不如“锅”通俗，但是“铛”是平底锅，在平底锅中抓钱显然比在一般的“尖底锅”中抓钱要难得多，所以在油“铛”内抓钱更能体现贾弘义的吝啬形象。“抓”显然比“挝”（wō）通俗常用，且与前面的“罚、华、煞”等字相押。不知臧本何以改之。

5. 元本第一折：【寄生草】……瀽了这百壶浆湿不遍墓儿前，干浇了千杯茶浸不透黄泉下。

臧本第一折：【寄生草】……你可便瀽了那百壶浆也湿不透墓门前，浇的那千种茶怎流得到黄泉下？

元杂剧中多用儿化音，“墓儿”即“坟墓”，原意为“百壶浆也湿不遍坟墓前的土（更别提能湿透坟墓让父母喝到自己祭奠的茶水了）”。臧本作“墓门”，但坟上何处有门？若此处所云是地下的墓门，那也说明贾弘义为父母祭奠的水已渗进墓里去了，其孝心还是不错的。这显然与文中批判贾弘义不孝顺父母的主旨相违背。所以臧本所改不仅无据，且将口语色彩浓厚的儿化音“墓儿”改成“墓门”实为败笔。

6. 元本第一折：【幺篇】……你自尊自大无高下，真乃是井底鸣蛙，穷汉肚肠些娘大。

臧本第一折：【幺篇】……则你那自尊自贵无高下，真乃是井底鸣蛙，似这等待穷民肚量些儿大。

“些娘大”中的“娘”为语气词，元杂剧中多用，本无后世所谓“骂娘”的贬义（参第二章第四节詈词）。臧本改为“些儿”，但元杂剧中“些儿”作代词用，并不作程度副词用，是不能修饰形容词的。大约臧氏认为“娘”用在辱骂的词中不雅，故改之。

7. 元本第二折：【滚绣球】……把不住两条精腿千般战。

臧本第二折：【滚绣球】……（做寒战科，带云）勿、勿、勿！

“精”有“瘦、光”之意。“精腿”指腿上无肉，也指腿上无衣，此处指周荣祖两条瘦腿上衣着单薄，不禁风雪。“精”字具有很强的表现力，臧本虽然换成科白“做寒战科”，然终究不如“两条精腿千般战”表现力强，而且此句还提醒台上的演员腿要不停地打战。

8. 元本第二折：【滚绣球】我浓浓完着墨色，临临下着笔划，不得已委实无奈，想着这子父情斑管难抬。

臧本第二折：【滚绣球】我这里急急的研了墨浓，便待要轻轻的下了笔划。

元本的“浓浓、临临”均从侧面描写了周荣祖写卖儿契约时难以下笔的样子，“浓浓”说明主人公将笔在墨汁里蘸了又蘸来延长写契约的时间，“临临”同“淋淋”，是描写主人公写契约时难以下笔以至于笔尖的墨汁都快掉下来的样子，所以这两个词形象生动地刻画出周荣祖矛盾的心态。而臧本改为“急急、轻轻”，完全不符合人物的心理，难道“急急”磨完墨要迅速写好契约将自己的儿子卖给贾弘义？“轻轻”不仅不能反映周荣祖沉重的心理，反而表现了周荣祖写卖儿契约的轻松心态，这完全违背生活事实。

9. 元本第三折：【金菊香】……你这里厮推厮抢老丈丈，不顾危亡，一迷地先打后商量。

臧本第三折：【金菊香】……怎这般厮推厮抢赶我在半壁厢？（兴儿云）你这老弟子孩儿，口里唠唠叨叨的，还说甚么哩？（正末唱）你、你、你，全不顾我这鬓雪鬓霜，（云）你这厮还要打谁？婆婆，你向前着，我不信。（唱）你可敢便打、打、打这个八十岁病婆娘？

元本用俗语“先打后商量”来说明霸道的做法，臧本将此俗语径直删去，换用大量文字来推进剧情，但剧情的安排却不合理，因为周荣祖已经被打，竟然问对方敢不敢打已八十岁且生病的老太婆，似有挑衅意味，应该说，臧本对元本中的“先打后商量”的阐释并不准确。元本用通俗化的词语“老丈丈”称呼“老人”，臧本改为“我”，体现不出被打的对象是老人这一重点。“老丈丈”一词，在元本《赵氏孤儿》第四折中亦用之：

【红绣鞋】……这个老丈丈将个小孩儿分付与。（臧本无此句）

二 臧本删改通俗化的俗语

俗语具有很强的表现力，由于通俗易懂，因而民间颇为盛行。臧本对这些俗语，虽然有时也保持其原貌，但更多的是对这些俗语进行改编或删减。

（一）改编

1.《气英布》元本第一折：【鹊踏枝】……谁交你自创入龙潭虎窝，飞不出地网天罗。

《气英布》臧本第一折：【鹊踏枝】……谁着你钻头就锁，也怪不的咱故旧情薄。

元本中的“创入龙潭虎窝，飞不出地网天罗”显然比臧本中的“你钻头就锁，也怪不的咱故旧情薄”要通俗易懂得多。

2.《气英布》元本第一折：【寄生草】……你道是特来救我目前忧，嗷，你正是不知自己在壕中卧。

《气英布》臧本第一折：【寄生草】……你道是特来救咱目前忧，敢可也不知自己在壕中坐。

元本中用“不知自己在壕中卧”，一个“卧”字充分表明对方高枕无忧的毫无忧患意识的心态；而臧本中改为“不知自己在壕中坐”，“坐”字体现不出“卧”字所具有的高枕无忧之情态。所以，臧本改动不当。

3.《衣锦还乡》元本第一折：【醉扶归】……赢了的朝野内峥嵘侍主，输了的交深山里锄刨去。

《衣锦还乡》臧本第一折：【金盏儿】……（徐茂功云）射不着的打为庶民，射着的着他位列三公之上。（正末唱）射不着的苫庄三顷地，扶手一张锄。射着的稳情取门排十二戟，户列八椒图。

元本中的“峥嵘侍主，深山里锄刨”更具有概括性，也很通俗易懂。而臧本中的“苦庄三顷地，扶手一张锄”与“门排十二戟，户列八椒图”很明显书面色彩浓厚，怕是普通民众还不知“十二戟、八椒图”具体旨意。

4.《衣锦还乡》元本第一折：【油葫芦】……别人有十大功，他可寸箭无。子待平地上放雕去拿獐兔，不肯沧海内钓鳌鱼。

《衣锦还乡》臧本第一折：【油葫芦】……那薛仁贵有十大功，你可也寸箭无，你待做赵高妄指秦庭鹿，怎不去学龙伯钓鳌鱼？

元本中“平地上放雕去拿獐兔”，用在平地上让雕去帮助自己逮獐兔却说獐兔是自己抓的来说明张士贵贪别人功劳为自己的功劳；“沧海内钓鳌鱼”，用在大海中钓鳌鱼必须有真本领才能钓得到来说明张士贵没有真才实学。而臧本将其径直改为历史典故“赵高指鹿为马”与神话传说故事“龙伯钓鳌鱼”，显然比元本晦涩，不如元本通俗易懂，因而其曲辞更显典雅特征。

5.《任风子》元本第三折：【二煞】……没梁斗哥哥你枉了提。

《任风子》臧本第三折：【五煞】……哎，你个无梁桶的哥哥枉了提。

元本中用“没梁斗”，臧本用“无梁桶”。首先，“没”比“无”口语化特征更强，因此，臧本的改动使通俗化的元本变得典雅；其次，“斗”是称重的一种器物，因为一斗的重量并不重，可以抱起来，因而“斗”本身没有用来提的梁，但“桶”的容量要比斗大，常用来从井底打水，若没梁，如何提水？所以，本无无梁的桶，又怎能做比喻来说明某种道理？所以，臧本将“斗”改为当时常见的“桶”，表面似乎更易于读者理解，却违背了生活常识，所改不当。

6.《汗衫记》元本第四折：【沽美酒】若说着俺的祖先，大豪富有家缘，又道我披着蒲席说有钱。

《汗衫记》臧本第四折：【沽美酒】若说着俺祖先，好家私似泼天，（张孝友云）老的，你敢说大话盖着我哩？（正末唱）俺正是披着蒲席说大言。

元本“披着蒲席说有钱”，字面意思说的是“没衣服穿只好披着蒲席竟然说自己有钱”，可见是说大话；臧本“披着蒲席说大言”，显然是将歇后语的字面意思与字后意思糅合在一起，因而显得逻辑上不通，披着蒲席怎么就不能说大话了呢？所以，臧本所改不当。

元本中的俗语切合生活实际，对生活的描述十分细腻，而臧本对《三十种》俗语的改编，有时失去生活的本来面目，如“斗”改为“桶”；有时失去通俗性，如将“峥嵘侍主”改为“门排十二戟、户列八椒图”；有时说服力减弱，如“卧”改为“坐”。这都说明，基于案头阅读的《元曲选》，在改编时，没有最大限度地站在观众的立场上去改编，因而使得原本通俗活泼的元杂剧逐渐走上典雅化的道路。

（二）删减

除了改写通俗性的俗语外，臧本有时直接将这些俗语删去不用。

(1)《衣锦还乡》一剧

1. 元本第一折：【金盏儿】……陛下！岂不闻亲的子是亲，疏的到头疏。他两个正是贤愚难并居，水火不同炉。

2. 元本第一折：【忆王孙】……薛仁贵暗欢娱，张士贵似热地上蚰蜒没是处。

3. 元本第二折：【醋葫芦】不索你糕也似糰（注：音 tuan，粘之意。此处谐音“赚”，欺骗之意），谜也似猜，我运浆担水趱下资财。压出去的破锅用健担抬，子落的这横材两块，我儿得后怕为灾。

4. 元本第三折：【四煞】那两口儿端的衣无遮体衣，食无充口食。这邻庄近疃都知委。怕小的每眼前说谎胡支对，常言道路上行人口胜碑。说的都识的。受了些风寒暑湿，饥饱劳役。

5. 元本第四折：【收江南】……我其实怕他。大奶子休唬小娃娃。

臧本将上述俗语一概摒弃不用，而且对元本曲文改动颇多，无法一一对应比较。故此处不录臧本言辞。“不索你糕也似糰，谜也似猜”是说薛大伯让自己的老婆去买酒食庆祝儿子归来，知道儿子心中疑虑自己哪里来的钱，于是干脆自己先说我也不将你像糕一样糰，你也不需谜一样的猜测，我就是给别人挑水挑东西挣下的。“路上行人口胜碑”，薛仁贵回到故乡，见到儿时的玩伴，急切中向其打听自己的父母，幼时玩伴说了薛仁贵父母艰难生活的许多事情，怕薛仁贵不信，干脆说“路上行人口胜碑”来说明自己所说的话绝无虚言，同时也是对自己所说的话的总结；“大奶子”比喻可使人畏惧的气势。但这些俗语臧本摒弃不用，也只能罗列语句来说明了。

(2)《冤家债主》一剧

1. 元本第一折：【六幺序】这等人斗筲器难容物，球子心怎捉拿？

臧本第一折：【六幺序】这人没钱时无些话，才的有便说夸。

元本中的“斗筲器难容物”一语，是借用容量很小的器物“斗”与“筲”，以此比喻人的心胸狭小，难以容纳事情；“球子心难捉拿”，是借助球形物圆滑易滚难以抓住的特点，比喻人心难以捉摸。而臧本删去这两个俗语不用，换成言辞普通的“这人没钱时无些话，才的有便说夸”，不仅跟原文的强烈批判精神不符，而且也不符合此时此刻周荣祖对贾弘义的真实感受。

2. 元本第三折：【胜葫芦】你子是驴粪球儿外面光，卖弄星斗焕文章，没些个夫子温良恭俭让。我人贫志短，你才高语壮，是王子入学堂。

周荣祖被自己二十年前卖掉的亲生儿子打骂（此时两人并不相识），气愤之余，痛骂对方是表面光鲜，内心却无任何仁慈之心的驴粪蛋，仗着自己家有钱有势，大声呵斥穷苦的老人，犹如王子上学堂般，不把老者放在眼里。

而臧本径直删去此曲，其中的俗语更是无从寻觅。

（3）《任风子》一剧

元本第三折：【四煞】这菜园枯有似我，花枝残恰似你，咱两个花残菜老成何济。残花不可重簪带，淹菜那能再入畦？

元本中"残花不可重戴，淹菜不能再种到地里"，比喻事情不可挽回。但臧本径直删去不用，且曲辞大异于元本。

（4）《疏者下船》一剧

元本第四折：【水仙子】人乘华辇赴朝疾，我子怕船到江心补漏迟。滔滔雪浪添风力，唬得他悠悠魄散魂飞。近山村建所坟围，盖坐贤妻庙，立个孝子碑，交后代人知。

元本中楚昭王躲过灾难，回来后想起被推下船的妻儿，内心十分愧疚，所以说"怕船到江心补漏迟"，怕自己做什么都为时已晚。臧本由于对元本改动颇多，就连昭王妻与子下船也被设计成他们自觉下船而非昭王强迫，因而之后昭王更不会心生惧意，因而此句俗语在臧本中被摒弃不用。

俗语本是对生活经验的总结与提炼，具有很强的表现力，一句俗语，胜过千万说明性质的语言。但是臧本却将元本中诸多俗语摒弃不用，不能不说在一定程度上影响了文字的表现力。

由于臧本是案头之曲，并非基于表演的文本，因而，更重视曲辞的典雅。所以在改编时，往往将《三十种》中的俚语、俗语等口语特征明显的词语删去不用或加以改造，这样的改编均使得元杂剧逐渐脱离民众，脱离通俗，并渐渐成为文人把玩的案头之物。

第二节　视角通俗性的比较

元本与臧本在通俗性上的差异还表现在视角方面。元本立足民间，立足民众，立足实地表演，所以在看待事情的角度上，也不同于明代文人。在《三十种》与《元曲选》中，其视角的差异主要体现在以下几个方面。

一　不同视角下对戏谑内容的处理

戏曲目的之一即为娱人。所以在元杂剧中，会尽量安排戏谑、调笑的戏份来达到娱人的目的。

（一）元本《衣锦还乡》中的戏谑

元本《衣锦还乡》是一部喜剧。剧中主要通过两方面来表现，一是通过乡民吃喝的丑相来表现；二是在薛仁贵归来后，众人询问薛大伯的生活以及让其享受富贵时，通过薛大伯的自嘲与误解来表现。但臧本只保留了前一部分，后一部分薛大伯的戏谑戏份却完全摒弃，这在一定程度上影响了该剧的整体表现手法。

元本薛大伯的自我戏谑集中体现在第四折上，剧中是通过薛仁贵向薛大伯借东西开始的。

1.【庆宣和】俺家里没甚草料多，那里取槽铡？这几年折倒的我家缘尽消乏。（带云：）我家驴也没一个骑。（唱：）更那里有铺马！铺马！（外末云了。）（正末云：）官人每可怜见，俺穷人家有甚末东西去！

薛仁贵归来，大约没有草料喂马，于是向乡民借铡刀，谁知竟碰到自己的父亲，但双方均已不认识对方。薛大伯说自己家中没草料，哪里来的铡刀？薛仁贵又向父亲借马，薛大伯说自家连驴也没有更不要说什么马了。父子相见却不识，本身就具有戏谑的因素。

2.【川拨棹】子听得说根芽，一回家没乱杀。何须自夸，武艺熟滑，战策通达，上阵处披袍贯甲，把辽兵一阵杀，招捉你为驸马。

【七弟兄】交人笑话，笑咱，兀的甚奢华？枉吃他当村人骂。我则会巴巴沙沙摸鱼虾，俺剌剌搭搭搭犁耙。

【络丝娘】漏星堂半间石灰厦，又没甚粮食囤塌，老鼠儿赤留出剌，都叫屈声冤饿杀。

【雁儿落】穿着个破背褡虱子儿乱如麻，拿将来砖上掐，最少有三四把。

薛大伯回家，路上听人说薛仁贵被招为驸马，这下该享福了。薛大伯听了，自嘲自己枉叫人笑话。哪里享受什么富贵！他所享受的也只是种地下河摸鱼“巴巴沙沙摸鱼虾，俺剌剌搭搭搭犁耙”；家里穷得是“漏星堂半间石灰厦”，自家的老鼠也是“赤留出剌，都叫屈声冤饿杀”；自己穿的破衣服上全是虱子“拿将来砖上掐，最少有三四把”。这些自嘲的句子读来确实有戏谑的笑声，但也有辛酸的眼泪。好在这种日子即将结束，主人公即将过上扬眉吐气的日子。

3.【梅花酒】可甚势杀？身子儿村沙，衣服儿糟杂，眼脑儿赤瞎，我拄杖儿不剌。烧火草没半掐，土炕上额厮砸，似叫化，深村里受波查。薛仁贵自详察。

在薛大伯与儿子薛仁贵相认之后，薛仁贵问父亲身体与生活是怎样一番模样，薛大伯生气地说自己是“身子儿村沙，衣服儿糟杂，眼脑儿赤瞎，我拄杖儿不剌。烧火草没半掐……”薛大伯自嘲自己的形象，衣服破旧、眼瞎腿疼、无柴烧饭……犹如拄拐棍要饭的糟老头一样。

> 4.【收江南】怎敢和大唐天子做对门家！若是儿家女家有争差，有碗来大紫金瓜，我其实怕他！大奶子休唬小娃娃！
>
> （外末云了。）（正末云：）你拜我，少些礼数。（唱：）
>
> 【太平令】直等我秋成收罢，去扇钱与一窝麻，怕少时明年添与两担瓜。生得庞道整、身子儿诈，戴着朵像生花，恰似普贤菩萨。来，来，待拜俺两个成精蟆吒。（做攧倒了。唱：）

薛大伯在得知皇帝的女儿要拜自己时，吓得直说"怎敢和大唐天子做对门家"，又想万一以后跟女方起了争执，女方家有"碗来大紫金瓜"，会一锤捶死自己，着实让薛大伯怕了一番。在女方拜了自己后，薛大伯还不忘要送女方见面礼，但实在是没有，所以说"直等我秋成收罢，去扇钱与一窝麻"，饶是如此，钱还不够，干脆再"添两担瓜"。称赞儿媳妇是"普贤菩萨"，而他跟老伴是"癞蛤蟆"，读来忍俊不禁，不失农民本色。

> 5.【得胜令】子见簸箕大手查沙，揪住我短头发，渌在阶直下，抢了我老鼻凹。稀诧，爷是当今驾；详察，俺这穷身分怎消受他。
>
> （众外做叩正末了。）

薛仁贵的手下要拜薛大伯，他们强行扶着薛大伯坐下，薛大伯吓得还以为别人要打他，以至于随从的这一恭敬之举被薛大伯误认为是"簸箕大手查沙，揪住我短头发，渌在阶直下"，还以为对方要"抢了我老鼻凹"。薛大伯忽然反应过来，我是当今驸马的爹，怎么有人敢打我："稀诧，爷是当今驾"，这也太奇怪了，仔细一看，原来是众人要拜他，他又觉得自己的穷身份消受不起："详察，俺这穷身分怎消受他"。突如其来的巨大的反差让薛大伯如坠云雾，不辨方向。

6.【殿前欢】若官司见呵敢交咱受刑罚。

(带云:) 早是禁断赛社。(唱:)

私抬着个当坊土地撞人家。你丕丕地走唬得我惨又怕，摆列着两行头踏。老小人有句话:

(带云:) 我道嘛 (唱:)

你休踏着砖瓦，辟留扑同敢漾我在阶直下，不是磕碎脑袋，就是抢了鼻凹。

后来，众人抬着他，他觉得不自在，以为抬着自己像是抬着神灵，若是告官，自己一定得受罚——“若官司见呵敢交咱受刑罚”。后清醒过来，但薛大伯从没坐过轿子，害怕从轿子上摔下来，于是告诫轿夫，不要踩在瓦片上，将自己从轿子里滚下来，磕碎了脑袋或者是碰着了鼻子——“休踏着砖瓦，辟留扑同敢漾我在阶直下，不是磕碎脑袋，就是抢了鼻凹”。

《衣锦还乡》元本第四折的内容，读来忍俊不禁，薛大伯身份的忽然改变让他仓促之间难以适应，故弄出许多笑话，犹如刘姥姥进了大观园一般。但这是符合生活常理的，所以并无什么不妥。但是臧氏改编此折内容时，却将这一内容删去，当然，臧氏的删改自有其目的，但这一目的也无非是为圣人讳、为贤人讳罢了。因为薛仁贵为大唐立下赫赫战功，其父自不能成为戏谑的对象，所以臧氏在改编时，只保留乡人吃喝的丑相而删去薛大伯的自嘲与不自在的戏谑内容。这些删改，虽达到了为贤人讳的目的，却失了生活之真。

（二）元本《冤家债主》中的戏谑

除《衣锦还乡》外，《冤家债主》中戏谑的成分在臧本中也有被删减的。如:

元本第二折:【滚绣球】典玉器有色泽你写没色泽，解金子赤颜色写着淡颜色，你常安排着九分厮赖，把雪花银写做杂白。……（云：）他既赖了我的恩养钱，你看我折底骂一场出些怨气咱！

“他既赖了我的恩养钱，你看我折底骂一场出些怨气咱”此句表明下面的唱词均为主人公的怒骂、咒骂之词，同时也有戏谑为富不仁的财主的成分。从表6-2可以看出，元本此句下有7支曲子，内容均为咒骂贾弘义昧人钱财，尤其是最后一曲，曲文颇长，强烈表现出民众对为富不仁的财主的愤慨。而在臧本中，不仅没有“他既赖了我的恩养钱，你看我折底骂一场出些怨气咱”此句，甚至此曲干脆摒弃不用，而且将下面7首曲子压缩为2首曲子，这就大大降低了主人公的悲愤与无奈。大约臧氏认为如此长的辱骂段落有损“秀才”周荣祖的身份，于是大幅缩减骂词，而且只将骂词中典雅的词语保留，至于那些通俗的骂词干脆一律删去不用。

表6-2 《冤家债主》第二折元本、臧本戏谑剧情比较一览表

元本	臧本
【倘秀才】今只有钱学不的哥哥五湖四海，更他也受用不的千年万载。你个勒揹穷民狠员外！或有典缎匹，或是当鈚钗，恨不的加一价放解。 【滚绣球】典玉器有色泽你写没色泽，解金子赤颜色写着淡颜色，你常安排着九分厮赖，把雪花银写做杂白。解时节将烂钞揣，赎时节将料钞抬，恨不的十两钞先除了折钱三百，那里肯周急心重义疏财！今日孟尝君紧把贤门闭，交你个柳盗跖新将解库开，又不是官差。（云：）他既赖了我的恩养钱，你看我折底骂一场出些怨气咱！（唱：） 【脱布衫】那一个开解库的曾受宣牌？（带云：）子这“虫伤鼠蛀，并不赔偿”。（唱：）这是你自立下条划。你做的私倒金银买卖，子是打劫我小民山寨。 【小梁州】有一日激恼的天公降祸灾，不似你这不义之财，风雹乱下一齐来，把农桑坏，冲不倒您富家宅。 【幺篇】你子与我饥饿民为害，您豪家有细米干柴。飘不了你放课钱，失不了你诸人债。折末水淹到门外，子把利钱来。 【塞鸿秋】疾忙把公孙弘东阁门桯蓦，休等他汉孔融北海尊席待，你依着范尧夫肯付舟中麦，他不学庞居士放取来生债。掐破三思台，险擷破天灵盖。早离了晋石崇金谷园门外。	【倘秀才】如今这有钱的度量呵，做不的三江也那四海，便受用呵，多不到十年五载，我骂你个勒揹穷民狠员外。或是有人家典缎匹，或是有人家当镮钗，你则待加一倍放解。（贾仁做出瞧科，云）这穷厮还不去哩！（正末唱） 【赛鸿秋】快离了他这公孙弘东阁门桯外，（旦儿云）秀才，俺今日撇下了孩儿，不知何日再得相见也？（正末云）大嫂，去罢。（唱）再休想汉孔融北海开尊待。（陈德甫云）秀才，这两贯钞是我与你的。（正末云）先生此恩，异日必当重报。（唱）多谢你范尧夫肯付舟中麦，（带云）那员外呵，（唱）怎不学庞居士豫放来生债？（贾仁做揪住，怒科，云）这厮骂我，好无礼也。（正末唱）他、他、他，则待掐破我三思台，（贾仁做推正末科，云）你这穷弟子孩儿，还不走哩。（正末唱）他、他、他，可便擷破我天灵盖，（贾仁云）下次小的每，呼狗来咬这穷弟子孩儿。（正末做怕科，云）大嫂，我与你去罢。（唱）走、走、走，早跳出了齐孙膑这一座连环寨。（陈德甫云）秀才休怪，你慢慢的去，休和他一般见识。（旦儿云）秀才，俺行动些儿波。（正末唱）

续表

元本	臧本
【三煞】我不是侍亲娘弃子明达卖，又不是敬老母疏儿郭巨埋。卖子的四海声扬，埋子的万年名在。干赔了十月怀耽，刚博的两贯钱来。怎生擎的住我这眼泪，把的住我这情肠，放的下我这愁怀！明日将印板旋开，雕着孩儿年月日时胎。	
【二煞】比及他这曲权儿岁寒成松柏，闪得我这莲子花干枯了老骨揣。终有个人急偎亲，否极生泰。怕孩儿福至心灵，便是我苦尽甘来。急去不了斗筲之器，倒不了粪土之墙，坏不了朽木之材。这厮不分个菽麦，恨不的揽尽世间财。	【随煞】别人家便当的一周年下架容赎解，（带云）这员外呵，（唱）他巴到那五个月还钱本利该。纳了利从头儿再取索，还了钱文书上厮混赖。似这等无仁义愚浊的却有财，偏着俺有德行聪明的嚼齑菜。这八个字穷通怎的排，则除非天打算日头儿轮到来。发背疔疮是你这富汉的灾，禁口伤寒着你这有钱的害。有一日贼打劫火烧了您院宅，有一日人连累抄没了旧钱债。恁时节合着锅无钱买米柴，忍饥饿街头做乞丐，这才是你家破人亡见天败。（贾仁云）你这穷弟子孩儿，还不走哩。（正末云）员外，（唱）你还这等苦克瞒心骂我来，直待要犯了法遭了刑你可便恁时节改。（同旦儿下）（贾仁云）陈德甫，那厮去了也。他去则去，敢有些怪我？（陈德甫云）可知哩。（贾仁云）陈德甫，生受你。本待要安排一杯酒致谢，我可也忙，不得工夫。后堂中盒子里有一个烧饼，送与你吃茶罢。（同下）
【煞尾】把当的一周年下架休赎解，趱的五个月还钱本利也该，纳了利从头再取索，还了钱文书又厮赖。陷穷人的心儿毒、性儿歹，骂穷人的舌儿毒、口儿快。打了人牙钱主划，杀了人官司钞分折，有锋利曹司宝贝挨，敢决断的官人贿赂买，强证的凶徒畅不该，代诉的家奴更叵奈，问不问有钱的自在，是不是无钱的吃嗔责。无官司勾追不请客，有关节临危却相待，请人排筵度量窄，待客尊席不宽大。为钱呵当房恶了叔伯，为钱呵族中失了宗派。与他行钱运气衰，与他交财命不快。无仁义愚浊却有财，有德行聪明少人债。青湛湛高天眼不开，穷滴滴饥民苦怎捱！钱流转时辰有该载，天打算日头轮到来，发背疔疮富汉灾，反食病根源有钱的害，贼打劫天火烧了院宅，人连累抄估了你旧钱债，合着锅没钱买米柴，忍着饿无盐少齑菜，常受饥寒贫不择，才有些余资狠心在。你看他跋扈形骸，毒害心肠，不着他家破人亡那里采，直待失了火遭了丧恁时节改！（下）（净云了。下。）	

二 不同视角下对反君主思想的处理

元代是蒙古人的天下，蒙古人并不像汉人大兴文字狱，所以，在元人杂剧中，其中借历史戏来表达对君王不满甚至是公开号召推翻君王的言辞也公然出现。但在臧氏的改编中，这些反君主的思想往往被删改。

（一）对反君主思想的删改

这一点，主要体现在《赵氏孤儿》一剧中。

1. 元本第一折楔子:【赏花时】晋灵公江山合是休，屠岸贾贼臣权在手，挟天子令诸侯，把俺云阳中斩首，兀的是出气力下场头!

臧本第一折楔子:【赏花时】枉了我报主的忠良一旦休!只他那蠹国的奸臣权在手。他平白地使机谋，将俺云阳市斩首!兀的是出气力的下场头!

元本赵朔诅咒晋灵公江山垮台，而在臧本中改成赵朔嗟叹自己命运不济，使得元人杂剧中“激愤”的感情大打折扣。

2. 元本第一折:【混江龙】晋灵公偏顺，朝廷重用这般人。

臧本第一折:【混江龙】不甫能风调雨顺，太平年宠用着这般人。

元本责怪晋灵公办事不公，而臧本却说“不甫能（才能）风调雨顺”、“太平年”，似乎晋灵公时代还是一派升平景象，这显然是在美化统治阶级。

3. 元本第一折:【油葫芦】现如今天下荒荒起战尘，各将边界分，信谗言播弄了晋乾坤。目今世乱英雄困，看何时法正天心顺。那汉虐上苍，损下民。试将碧悠悠阳福高天问，腆着个青脸子不饶人。

臧本第一折:【油葫芦】他待要剪草防芽绝祸根，使着俺把府门。俺也是于家为国旧时臣。那一个藏孤儿的便不合将他隐，这一个杀孤儿的你可也心何忍。（带云）屠岸贾，你好狠也!（唱）有一日怒了上苍，恼了下民，怎不怕沸腾腾万口争谈论，天也显著个青脸儿不饶人。

元本“播弄了晋乾坤”，说明晋国在晋灵公时代已经是是非颠倒、黑白颠倒了，以至于作者怒问上苍“腆着个青脸怎么不饶人”。臧本直接删去“信谗言播弄了晋乾坤”，又将怒骂苍天的“腆着个青脸”改为温和的“天也显著个青脸”。元本中赵氏将矛头直指最高统治者晋灵公，怒骂苍天“腆着脸”也暗指国君“腆着脸”，这种“铜豌豆”似的掷地有声的语言，显然有反抗国君的思想，与封建士大夫一贯提倡的“温柔敦厚”相矛盾。所以臧本在改编时都径直删去不用。

4. 元本第二折：【一枝花】屈沉杀大丈夫，损坏了真梁栋。好臣强也屠岸贾，好君弱了晋灵公。把谗佞来听从，贼子掌军权重，功臣难尽忠。怎不交我忿气填胸，乞紧君王在小儿彀中。

臧本第二折：【一枝花】兀的不屈沉杀大丈夫，损坏了真梁栋。被那些腌臜屠狗辈，欺负俺慷慨钓鳌翁。正遇着不道的灵公，偏贼子加恩宠，着贤人受困穷。若不是急流中将脚步抽回，险些儿闹市里把头皮断送。

元本中“好臣”、“好君”显然是反语，具有明显的讽刺意味，臧本改为“腌臜屠狗辈欺负慷慨钓鳌翁”，谴责讽刺意味减弱。元本中的“乞紧君王在小儿彀中”，是说晋灵公被屠岸贾玩于股掌间，从侧面说明晋灵公的无能，臧本中均删去不用。

5. 元本第二折：【贺新郎】谁敢着一封书奏帝王宫。顺着屠岸贾东见东流，搬的晋灵公百随百从。唬的两班文武常惊恐，向班部里都妆懵懂，紧潜身秉笏当胸，似鳔胶粘住口角，似鱼刺嘎了喉咙，低着头似哑子寻梦。也是世间多少事，尽在不言中。

臧本无此曲，亦无元本此曲相似内容。此曲内容将晋灵公与其群臣均怒骂一番：无人敢向君王进谏，晋灵公也对屠岸贾百随百从，朝中大臣似黏住嘴、划了喉咙一般，无一人敢说话。臧氏大约认为有影射朝廷之意，很是不妥，于是径直删减。

6. 元本第四折：【粉蝶儿】也不用本部下兵卒，天子有百灵咸助，待交我父亲道寡称孤。要江山，夺社稷，似怀中取物。乞紧亢金上銮舆，蝎螫似把咱怯惧。

臧本第四折：【粉蝶儿】引着些本部下军卒，提起来杀人心半星不惧。每日家习演兵书。凭着我快相持、能对垒，直使的诸邦降伏。俺父亲英勇谁如，我拼着个尽心儿扶助。

元本直接提到屠岸贾要“道寡称孤、夺社稷”，甚至赵孤也有此心。但臧本中改为赵孤称屠岸贾“英勇”，他只想做个尽心扶助屠岸贾的臣子，显然是将元本中的反叛思想删去不用。

7. 元本第四折：【醉春风】俺待反故主晋灵公，助新君屠岸贾。交平天冠、碧玉带、衮龙服，别换个主！主！问甚君圣臣贤，既然父慈子孝，管甚主忧臣辱。

臧本第四折：【醉春风】我则待扶明主晋灵公，助贤臣屠岸贾。凭着我能文善武万人敌，俺父亲将我来许、许。可不道马壮人强，父慈子孝，怕甚么主忧臣辱。

此例与上述第六例一样。元本中径直提到“反故主晋灵公”、“助新君屠岸贾”以及“别换个主”，矛头直指晋灵公，但臧本却改为“扶明主晋灵公，助贤臣屠岸贾”，反君主的思想在臧本中化为乌有。另外，“管甚主忧臣辱”中的“管”字表明赵孤将君主之忧抛之脑后，而臧本将“管”改为“怕”，显然是表明臣子要将主忧放在心上，尽力做一名合格臣子之意，由“管”到“怕”，反君思想荡然无存。

8. 元本第四折：【普天乐】我待问从初，拔刀相助。……屠岸贾你为帝主，咱为宰辅，天意何如？

臧本第四折：【普天乐】听的你说从初，才使我知缘故。……我拼着生擒那个老匹夫，只要他偿还俺一朝的臣宰，更和那合宅的家属！

元本在赵孤知道身世后，反问苍天“屠岸贾为帝王，我为宰辅”，如此安排，可合天意？其实是问君王，护来护去，竟然护出一个反贼来！这对晋灵公而言，无疑是莫大的讽刺。但臧本却因有反君之嫌疑而删去不用，另改为赵孤要拼全力捉拿屠岸贾，为赵氏与一班朝臣报仇。

9. 元本第四折：【幺篇】既那厮背着一人，便合交灭了九族。划地将天下军储，满国黎庶，交那厮区处。元来你做主，你佑护，交他将诸侯欺负，元来你交他弑君杀父！

臧本第四折：【幺篇】他、他、他把俺一姓戮；我、我、我也还他九族屠。（程婴云）小主人，你休大惊小怪的，恐怕屠贼知道。（正末云）我和他一不做，二不休。（唱）那怕他牵着神獒，拥着家兵，使着权术。你只看这一个那一个都是为谁而卒？岂可我做儿的倒安然如故。

元本最后将“弑君杀父”的罪名归结于“你做主，你佑护”的“你”，即晋灵公，所以赵孤的仇人不仅仅是屠岸贾，也包括晋灵公，元本中，最终将家仇国恨均指向最高统治者，而臧本仅是将矛头指向屠岸贾。

10. 元本第四折：【煞尾】欲报俺横亡的父母恩，托赖着圣明皇帝福。若是御林军肯把赵氏孤儿护，我与亢金上君王做的主。

臧本第五折：（外扮魏绛，领张千上，云）……奉主公的命，道屠岸贾兵权太重，诚恐一时激变，着程勃暗暗的自行捉获，仍将他阖门良贱，龆龀不留。……（正末躧马仗剑上，云）某，程勃，今早奏知主公，擒拿屠岸贾，报父祖之仇。这老贼是好无礼也呵。

“若是御林军肯把赵氏孤儿护，我与亢金上君王做的主”说明元本中，赵孤最后应该是扶持了新君，推翻了旧君晋灵公，最终为赵氏家族报了仇，这与元本中多次提到反故主、立新君的思想是一致的。而臧本却将报仇的希望安排在新君主动剿除屠岸贾这一设计上。

臧本虽然也是借新君之手将屠岸贾擒拿，但与元本的思想有本质区别。元本的设计是赵孤在晋灵公还在位的情况下拥立新君推翻晋灵公然后得以报家仇的，而臧本则是晋悼公下令擒拿屠岸贾，理由也仅仅是屠岸贾兵权太重。如此一来，赵孤在这场报仇战中并未积极努力去报仇，而是朝廷想处理屠岸贾，赵孤意外得以报仇，这使得主角赵孤的英勇形象大减，也减弱了元本中的反君主思想。

（二）对君王称谓的处理

《元曲选》在改编时，将《三十种》中一些已成定论，但由于具有犯上嫌疑的称谓给改换。如《楚昭王疏者下船》一剧，元本中的“楚昭王”在臧本中被改称为“楚昭公”，因为当时最高统治者是周王，其他人不得称王，但周王早已名存实亡，各路诸侯纷纷称王，“楚昭王”这一称谓本已成事实，然臧本认为这一称谓具有犯上之嫌疑，故改之。在《赵氏孤儿》中，元本中的“晋灵公”在臧本中除此称谓外，多次以“主公”呼之，而不称“君王”等，都是有意避开“犯上”称谓的。

臧本对元本中反君主思想与君主称谓的改变，都体现了臧氏是站在维护最高统治者的立场上的，以这样的视角来改编的杂剧，最终大大降低了元人杂剧中“激愤”、“激烈壮阔”的美学风格，而变得“温柔敦厚”了许多。

三　不同视角下对君王缺点的处理

“人无完人，金无足赤”，即使是君王，也难免有瑕疵。但是封建伦理却要求“为君王讳”，于是对于国君的一些缺点，臧本往往对其加以美化。这一点集中体现在《气英布》与《疏者下船》中。

（一）《气英布》一剧中

元本中刘邦被塑造成一无赖形象，因而会濯足待宾。

但臧本中，则按照“为君王讳”的原则来处理刘邦濯足待宾的事情。为了说明濯足待宾的合理，臧本先预设刘邦有脚疾，必须濯足治疗，如此，濯足就变成客观情况所需，而非有意侮辱英布。在此基础上，预设刘邦有谋略：趁着脚疾濯足待英布，是为了杀一杀英布的威风，给英布一个下马威，这才是刘邦濯足的根本目的。经过这样的处理，刘邦濯足待宾的“无赖”形象就给抹去了，剩下的就是“英明、有谋略”的光辉形象。臧本对刘邦形象的改造主要体现在第二折。

首先，预设刘邦有脚疾：

> 臧本第二折：……那项王大怒，伏弩射中汉王足指。这一向坚闭营门，在里面养疮。

其次，预设濯足的客观原因是脚有疾：

> 臧本第二折：【哭皇天】……（随何云）我元说汉王被项王的伏弩射中足指，现今疮口未收，所以要濯足哩。

预设濯足是刘邦有意为之，借随何之口说出濯足待宾是为了“折挫”英布的锐气：

> 臧本第二折末尾：（随何云）适才汉王濯足见英布，非是故意轻他，使这嫚骂的科段。只因为英布自恃英勇无敌，怕他有藐视汉家之心，故以此折挫其锐气。况他元是鄱阳大盗出身，无甚么高识远见。待他回归营寨，自有牢络之术，乃汉王颠倒豪杰之处……

臧本显然是美化刘邦的无赖行为，将刘邦的无赖美化成刘邦具有驾驭群臣的谋略。臧本还让刘邦亲自说出濯足的原因：

> 臧本第三折：……孤家想来，人主制御枭将之术，如养鹰一般，饥则附人，饱则飏去，今英布初来归我，于楚已绝，于汉未固，正其饥则附人之日也。

如此一番美化，刘邦的无赖行径就被拔到深谋远虑的高度了。但这一美化、拔高其实连臧氏也不信，臧本第四折末尾，借英布之口说出怕刘邦再做出“濯足”之事来：

> 臧本第四折：【竹枝儿】……今日个鸣金收士马，奏凯见君王，堤防，只怕他放二四又做出那濯足踞胡床。

（二）《疏者下船》一剧中

在《疏者下船》一剧中，船到江心遇大风浪不能容下多人，必须有人下船时，元本是楚王命妻儿下船，这样的处理反映了统治阶级的冷酷无情，与刘邦推儿女下车如出一辙；而臧本为掩饰君王的无情，竟设计成楚王妻与子主动下船，显然臧氏认为元本的处理会陷国君于不义，而改为楚王妻儿主动下船则无损楚王形象，殊不知这样的改动更显得君王无情与虚伪。而对楚王妻与子结局的处理上，元本的设计是楚昭王的妻与子最终淹死在江里，楚昭王逃脱复国后又娶妻生子，为淹死的妻与子建祠祭祀。而在臧本中楚昭王的妻与子在跳入江水后竟被所谓的神灵庇佑而得以生还：

> 臧本第四折：【甜水令】幸的个宜弟宜兄，无灾无难，同欢同会。我这里那步出宫闱，远听声音，近观相貌，端详仔细，（旦儿云）大王万福！（正末做惊科）（唱）呀，原来是俺咏雎鸠窈窕元妃！……（旦儿云）……一位神圣将妾身救于岸上。……则见孩儿也从江中爬上岸来。……原来为着风浪越猛，相继下水，也见一位神圣，救了性命。俺母子投到一个申屠氏家，住了半年。

臧氏之所以这样安排，无非是替君王的无情做事后补救，然而却严重违背生活事实。战国时期一国之君“舍妻弃子”本就司空见惯，然臧氏为宣扬君王的仁爱之心往往能得到神灵的庇佑，于是安排了一出神灵救昭王妻与子的戏，不能不说是一处败笔，也大大降低了元杂剧“激愤”的感情。

从某种意义上说，这样的处理方式不仅起不到美化作用，反而让读者从中读出了帝王的虚伪以及各级官员的阿谀与狡诈，因而也就减弱了作品反映的现实意义。

四 不同视角下对说教的处理

元本与臧本均有教化剧。但对于教化的宣讲方式，两者颇异。元本的说教往往采用易于民众接受的方式，比如利用佛教的因果报应思想、民间习俗、梦境等方式来达到教化民众的目的；而臧本的说教有时则显得十分生硬，不易为民众接受。

在《冤家债主》一剧中，同样是借助神灵来宣扬做人不可无情，不可贪财，元本则通过梦境来宣扬。臧本一开始也遵循这一方式，但在剧末，为了直接宣讲，竟让一直在梦境中出现的神灵与民众在现实生活中直接对话：

> 臧本第四折尾：（灵派侯上，云）周荣祖，你如今省悟了么？这二十年光景，你可都看见了也。（正末同众拜伏科，云）是那方神圣降临，愚民不知，乞赐指示。（灵派侯云）吾神乃灵派侯是也……

剧末安排神灵与民众在现实生活中相遇，而剧始却是在梦中相遇，前后处理的方式截然相反，作者无非是想说教罢了。然而却违背了剧本一开始定下的原则——神灵与民众本不能相遇的原则。

元本为增加宣讲内容的可信度，还往往采用民众易于接受的现世现报、因果报应等宗教观来宣扬。由于人们对灾难无法掌控、无法解释，所以宁愿相信有一种神秘的力量在控制着一切，这就为宗教的宣扬与接受提供了可能。民众有时更相信这一切都是天上神灵安排好的，而自己唯一能做的就是顺从神灵，不能得罪神灵。这种将神灵报应置于暗中的说教更易于人接受，也更能起到震慑作用。

如元本《冤家债主》第四折中，为宣扬“不可埋怨、不可辱骂神灵”这一教义，就采取立马辱骂立马报应的情节。当周荣祖抱怨神灵安排凡人命运不公时，说了一句“怎生颜回短命，盗跖延年，伯道无儿”，结果，自己老婆立马就得了心疼病，周荣祖反思老婆得病的缘由是自己“恰才不合道了一句言语”，于是元本顺势借周荣祖之口说出得到报应的时辰一点都不会出错，“一时报应，更不差迟”。即使是在暗处，也不得抱怨辱骂神灵，因为天上“专设着未说先知举意司，又差着千里眼能听呵顺风耳”。即使是“人间私语”，对于天上的神灵来说，也是“天闻若雷”。

五 臧本对封建伦理的宣扬

臧氏在改编元人杂剧时，立足于封建伦理，于是，对一些有违封建伦理的情节加以改编，甚至增加一些情节宣扬某种伦理。这集中体现在《薛仁贵荣归故里》一剧中。

元本《衣锦还乡》中，薛仁贵从军前并未结婚。但大概臧氏认为，薛仁贵从军，十年不跟家里联系，不关心父母，有违父子间的伦理，于是安排薛仁贵从军前已结婚的情节，如此一来，薛仁贵则无后顾之忧了，可以安心从军作战，也体现了薛仁贵的孝心：

> 臧本：楔子【端正好】……（旦儿云）大哥，妾身在家，情愿替你侍养公婆，你放心的自去。妾身送你出这柴门外也。（薛仁贵云）大嫂，堂上无人，你自回去，侍奉公婆，不必送我。（拜别科）（薛仁贵诗云）我今日远去投军，惟愿你孝顺双亲。（先下）（旦做悲科，诗云）虽然是芳年连理，为功名只得离分。

所以，在臧本中，照顾薛仁贵父母的重担就落在薛仁贵妻子身上。

在薛仁贵富贵后，要荣归故里，那如何荣归呢？臧氏不仅仅写薛仁贵的富贵，更是安排薛仁贵娶了宰相之女，以示其地位显赫，也满足男性富贵后三妻四妾的心理：

> 臧本第二折末尾：……（徐茂功云）原来是这般。我与你奏

知圣人。着元帅衣锦还乡。就将俺女孩儿赐你为妻。

但家中的糟糠之妻怎么办？臧氏设计的剧情是两位妻子和睦相处：

臧本第四折：【甜水令】……（小旦云）姐姐，多亏了你侍奉公婆，受您妹子几拜。（大旦云）小姐也，我则是个庶民百姓之女，你乃是官宦人家的千金小姐，请自稳便。（二旦同拜科）（正末云）媳妇儿，从今以后，您两个也不要分甚么前后，也不要分什么大小，只做姊妹称呼，可不好也？

臧本第四折末尾：（徐茂功云）……一个宰相女甘心做小，一个糟糠妇分外贤良。

两位妻子一个安心做小，一个安心操持家务，薛仁贵竟然和稀泥般地说“两个不分什么前后，不分什么大小，只做姊妹称呼”，最后设一大团圆结局。臧氏笔下的一夫二妇的生活其乐融融，丝毫没有争风吃醋的场面。这样的改编其实更损薛仁贵的英雄形象。

视角的不同，意味着处理事情的方法与结果不同。臧本显然是站在维护封建帝王形象与统治的角度来处理故事情节、处理人物语言的，对其中有损帝王将相的情节、语言加以改造与美化，然而这样的美化不仅起不到预期的效果，反而令人生厌，不觉帝王将相的仁慈，唯觉其虚伪与狡诈。因为这样的美化常常显得违背情理、违背生活常识。

第三节 曲子通俗性的比较

《三十种》由于科白不全，所以与臧本难以比较。而曲子虽然完备，但唱法却不能从细微处进行比较，因而只能对唱词以及简单的唱法作一比较。

在本章第一节中，已经对词语的通俗性作了简要比较，元本的曲辞由于选择了较强的口语词、方言以及通俗而凝练的俗语，因而相对于臧本来说要通俗易懂一些。除此之外，元本与臧本在曲子演唱方面的差异还体现在以下几个方面。

一 元本句首多用叹词

元本唱词中有独立使用的句首叹词。这些叹词不仅对揭示主人公的心理活动有很好的提示作用，而且可以表示某种强烈的感情，甚至还可以承担演唱任务。但臧本对于这些叹词的处理显得有些草率（关于句首叹词的作用，参第二章第二节“通俗化的语气词”一节）。以《气英布》为例：

1. 元本第一折：【寄生草】……你道是特来救我目前忧，嗷，你正是不知自己在壕中卧。

臧本第一折：【寄生草】……你道是特来救咱目前忧，敢可也不知自己在壕中坐。

2. 元本第四折：【四门子】……虚里着实，实里着虚，呵，连天喊举。

臧本第四折：【四门子】……虚里着实，实里着虚，则听的连天喊举。

3. 元本第二折：【哭皇天】……嗏！汉随何喒有甚么相知面情。

臧本第二折：【哭皇天】……哎，随何也咱与你有甚么弟兄的旧面情。

4. 元本第三折：【滚绣球】……好呵！我原来则为口，待古里不曾吃酒肉，您送的我慌慌有国难投。

臧本第三折：【滚绣球】……却原来则为口，大古里不曾喫些酒肉，则被您送的人也有国难投。

上述加点的叹词多出现在元本中。其中的“嗷”表示对对方的讥讽，臧本删去不用，减弱了讥讽的语气；“呵”表示对激战战场的感叹；“嗏”，表示英布的勇猛与对对方的愤怒，而臧本则改为“哎”，显然减弱了英布此时的愤怒情绪，似乎变为无奈了；“好呵”表示英布的激愤之情——原来我英布降汉就为了吃肉喝酒？敢情我英布从没吃过?！臧本删去“好呵”，减弱了英布的愤怒。这些叹词在曲辞中大量使用，能表达人物内心丰富而细腻的感情。另外，在实际演唱中，这些叹词也是需要唱出来的，但在臧本中，有时却将这些具有强烈感情的叹词删去不用，说明臧氏在改编时，对这些叹词的抒情功能与演唱功能均认识不足。

二 元本曲辞场面感强烈

除了上述叹词，元本与臧本在曲子方面还有一大区别，那就是元本曲辞的场面感十分强烈，而臧本在此方面要逊色一些。

1.《气英布》元本第一折：【金盏儿】唬的我面没罗，口答合，想伊胆倒天来大！料应把那口吹毛过的剑先磨，圪擦的着咽颈，血沥沥带着肩窝。

《气英布》臧本第一折：【金盏儿】吓的咱面没罗，口搭合，谁似你这一片横心恶胆天来大，没来由引将狼虎屋中窝。这一个宣捷的有甚么该死罪，这一个仗剑的莫不是害风魔。

元本中的“磨剑、圪擦的、血沥沥”等词语，显然是对随何杀楚国使臣场面的生动描述，使得场面历历在目，十分形象。而臧本的“恶胆天来大、引将狼虎屋中窝、仗剑的莫不是害风魔”等语句，仅仅是对随何杀楚使行为的抽象概括与批判，场面感不强。

2.《气英布》元本第四折：【刮地风】咚咚咚不待的三声索战鼓，火火火古剌剌两面旗舒，脱脱脱扑剌剌二马相交处，喊振天隅。

《气英布》臧本第四折：【刮地风】冬、冬、冬不待的三声凯战鼓，忽剌剌两面旗舒，扑腾腾二马相交处，则听的闹垓垓喊震天隅。

元本中形容军旗迎风舒展不仅有描摹其状态的词语“古剌剌”，还有描摹其迎风舒展的“呼呼”声“火火火”；同样在描写战马奔跑时，有描摹其状态的“扑剌剌”一词，还有描摹战马犹如脱缰般的马蹄声“脱脱脱”（犹如今天所云“突突突”）。但臧本中以为语义繁复，故摒弃不用，殊不知“火火火、脱脱脱”这些词语与之后的“古剌剌、扑剌剌”词语所描写的侧重点是不同的，前者描摹声音，后者描摹状态。描写如此之细腻，亦无非是对演出场面的生动描绘。

3.《衣锦还乡》元本第一折：【混江龙】……我（杜如晦）整罗襕，按幞头，纳金带，秉象笏，望瑶阶可捕捕忙挪步。我与你定夺个功罪，别辨个实虚。

《衣锦还乡》臧本第一折：【混江龙】……我待要叩金阶款款的明开去，着甚来论黄数黑，也则是恶紫夺朱。

元本中杜如晦的唱词中用了一连串的动词“整、按、纳、秉、望、挪”等，显然是对台上演员演出细节的描述，演员在唱的过程中，同时要做出“整、按、纳、秉、望、挪”等动作，体现了戏曲“唱念做打”中“唱”与“做”的同时进行，所以场面感十分强烈。而臧本中仅用一句话“我待要叩金阶款款的明开去”来概括，场面感则显得比较模糊。

可以说，元本科白虽然简略，但元本的曲辞由于场面感强烈，因而在一定程度上起到舞台提示的作用，甚至对舞台场面设置也起到简要说明的作用。

而臧氏的改编则是基于“案头”而言的，因而场面感不强烈，叙述的成分则更多一些，甚至是剧情的反复回顾，比如在《赵氏孤儿》中，楔子中屠岸贾将赵盾与晋灵公之间的所有事情都交代了一番，甚至是神獒、灵辄等事都作了详细交代，但在第四折程婴给赵孤叙说赵氏家族的冤屈时，又是一番详细交代，花费了不少笔墨；《冤家债主》中，贾仁（元刊本作贾弘义）对自己穷困生活的描写以及对神灵祷告时的说辞“吃了早起的，无那晚夕的；烧地眠，炙地卧”、“想有那等骑鞍压马，穿罗着锦，吃好的，用好的，他也是一世人”等语句反复出现。这样的处理，显然不是基于舞台表演，而是基于案头阅读而言的，故而在臧本中，这种反复叙说剧情的手法屡屡出现。

所以说，基于实地演出的《三十种》，由于要对演出场景、演员的表演进行描写，所以其曲辞的场面感就比较强烈，叙述成分相对要少一些。可以说，《三十种》中的曲辞能为我们还原元人在舞台上的部分真实的表演以及场景的布置情况等。

三 元本特殊的唱腔

元人的杂剧表演虽然不像现在的影像资料能给我们提供直观感受，但元人留下的剧本《三十种》多少为我们提供了演唱资料，由于对这一资料缺乏足够的阐释，臧氏往往对这些特殊的唱腔随意删改。

（一）对“子母调”的删改

元刊本《魔合罗》第四折中出现“子母调”这一特殊的调名，该剧是《三十种》中唯一出现“子母调”的剧本。但在臧懋循《元曲选》以及明代其他刊本中，《魔合罗》中的“子母调”三字被删去，换成［中吕］二字，同时增加［粉蝶儿］曲。对于臧氏的这一改动，学者们有不同的看法，有认为所改不当的，有直接沿袭臧氏改动的。

郑骞先生对臧氏的这一改动，有较为全面而客观的看法。郑骞先生虽然在其校本中也做了改动，但他在随后的校记中表明自己的这一改动也只是权宜之计，他说：

> 【粉蝶儿】原本此折以醉春风起，无粉蝶儿。元曲选、古名家杂剧、及北词广正谱中吕套数分题引此折，均有粉蝶儿。按：杂剧中吕套首曲例用粉蝶儿，醉春风例为第二曲。散曲则有以醉春风为首曲者，如曾瑞卿撰“七国谋臣谄”套（见太平乐府卷

八)。虽杂剧散曲所用套式有别，但未必不能通假。故原本之无粉蝶儿，究系脱落，或套式根本如此，殊难断言。姑依古名家补录。(子母调乃说明唱法者，似与是否首曲无关。)①

郑骞先生的看法很有道理。虽然［中吕］套曲首曲确以［粉蝶儿］曲为首曲，但元人在曲牌运用上并非如后人理解的如此僵化，而是完全可以随时灵活运用的。杨荫浏先生对此有明确的主张，他批评后人在为前人曲牌编写宫调谱而过分强调其“正格、正体”时说：

格律的极端强调，其流弊所及，是牺牲内容，束缚创造性，遏止发展而导向衰亡。在曲牌的运用上夸大格律的重要性，到了民国时代，可谓已到了神秘化的程度。②

杨荫浏先生对这种死死抱住曲谱的做法很是不赞同，不仅如此，他还批评了吴梅在《顾曲麈谈》第一章中所说的“填词之道”要恪守平仄四声、清浊高下、字格不能增减一字、填词越难越好等观点。他认为曲谱、曲牌是可以有适当的“活用”的，如此才能新鲜不腐：

一个曲牌，在艺人手中，是一个活的东西，其变化是永远不会停止的。③

杨荫浏先生认为曲牌在实际运用中随时可以活用，随时都在变化，这种观点是很正确的。《三十种》中的“一曲入数调”就反映了这一点。从格律派的观点来看，每一首曲子都有固定的宫调，但在实际演唱中却不然，一首曲子可以入两调、三调，甚至还可以入四调。

① 郑骞：《校订元刊杂剧三十种》，台北：世界书局1962年版，第240—241页。

② 杨荫浏：《中国古代音乐史稿》(下)，人民音乐出版社1981年版，第600页。

③ 同上书，第599—600页。

从表4-1“《三十种》中‘一曲入数调’一览表”（参见第四章第三节之一曲入数调）中，可以看出在《三十种》中，一曲入两调、三调、四调的情况都有，而且多达28首。但在元人的记载中，虽记载了“一曲入数调”此种现象，但涉及的曲子的数量远不及《三十种》多，且也仅限于入两调，而无入三调、入四调的现象。这就说明《三十种》中的曲牌是灵活多变的，而不是僵化的，它可以根据实际演出的内容与需要随时对曲子进行改变。

所以从曲牌活用这一角度来看，虽然上述［中吕］套曲首曲一般都是［粉蝶儿］，次曲为［醉春风］，但［醉春风］曲极有可能成为首曲，更何况散曲［中吕］套曲中已有以［醉春风］为首曲之先例（参见郑骞对“子母调”的注释条）。杂剧与散曲虽不同，但在曲牌运用上，通用从理论上来讲是可以有的。

如此看来，［中吕］套曲以［醉春风］为首曲是完全可能的，这也体现了元人杂剧中曲牌活用的这一特征。

而对于元本中的“子母调”被明人删去这一做法，郑骞先生也不赞同。他认为这是某种唱法的说明，并非单纯的宫调，所以不当删，这一看法很正确。元人燕南芝庵说：

> 有子母调，有姑舅兄弟，有字多声少，有声多字少，所谓一串骊珠也。①

从“子母调”与“姑舅兄弟”调并行的这一特点上，可以看出，“子母调”应该为某种唱法。宋瑞桥先生就在《论子母调与姑舅兄弟调》一文中提出，“子母调”是“犯调”，是“宫调与宫调之间的关系”等结论。② 虽未说明其唱法之特殊表现，但已直言“子母调”涉及两种宫调，是演唱中的一种现象，与宫调不同（关于“子母调”的特殊性，参见第四章第三节）。

---

① 《中国古典戏曲论著集成》（一），中国戏剧出版社1959年版，第161页。

② 宋瑞桥：《论子母调与姑舅兄弟调》，《中国人民大学学报》1990年第1期。

既然“子母调”是一种唱法，它应当是演唱方面的舞台提示，故不当删。

郑骞先生对明人的上述改动持十分谨慎的态度，是缘于郑先生对曲的熟悉。然而由于曲子具有极强的专业性，因而明人的臆改往往为学者所忽略。对于臧氏增加［粉蝶儿］曲，删去“子母调”的做法，徐沁君与宁希元两位先生就直接沿袭臧氏与其他明本的改动。

徐沁君在其校记中说：

> 【粉蝶儿】，本曲曲文原脱，据各本补。【醉春风】原作【子母调醉春风】。今删去“子母调”三字。①

宁希元校记第59、60条中云：

> 中吕粉蝶儿：原本脱此曲，明刊诸本皆有，今依《古名家》本补。醉春风：原题［子母调醉春风］。据诸本改。②

可见，臧氏以及明代其他刻本的改动对后人的影响很大。这种改动若是对错误进行校正，则无可厚非，但若是将正确改为错误，则确实是“孟浪”了一些。臧氏之所以会对“子母调”进行删改，应该是因为不了解子母调为何物、不熟悉“子母调”的特点，认为其可有可无才删改。

（二）对［梁州］曲的删改

如果说《魔合罗》中臧氏删改“子母调”、增加［粉蝶儿］尚有探讨的必要的话，那么臧氏将［南吕］［一枝花］套曲下的［梁州］曲臆改为［梁州第七］，则实属不该了。

---

① 徐沁君：《新校元刊杂剧三十种》（下册），中华书局1980年版，第432页校记［一］与校记［二］。

② 宁希元：《元刊杂剧三十种新校》（下册），兰州大学出版社1988年版，第29页校记59与校记60。

表 6-3 ［南吕］套曲第二首曲子在各本中的情况一览表

剧目	元刊本	元曲选	郑骞校本	徐沁君校本	宁希元校本
西蜀梦	梁州	○	梁州	梁州第七	梁州第七
拜月亭	梁州	○	梁州	梁州第七	梁州第七
遇上皇	梁州	○	梁州	梁州第七	梁州第七
陈抟高卧	梁州	梁州第七	梁州	梁州第七	梁州第七
三夺槊	梁州	○	梁州	梁州第七	梁州
气英布	梁州	梁州第七	梁州	梁州第七	梁州第七
赵氏孤儿	梁州	梁州第七	梁州	梁州第七	梁州第七
介子推	梁州	○	梁州	梁州第七	梁州第七
竹叶舟	梁州	梁州第七	梁州	梁州第七	梁州第七
博望烧屯	梁州	○	梁州	梁州第七	梁州第七
关汉卿《不伏老》	梁州				

注：表中的“○”表示在臧懋循《元曲选》中没有该剧目。

从表 6-3 中可以看出：

在《三十种》的《西蜀梦》、《拜月亭》、《遇上皇》、《陈抟高卧》、《三夺槊》、《气英布》、《赵氏孤儿》、《介子推》、《竹叶舟》、《博望烧屯》10 剧中，均出现［南吕］套曲，该套曲前两首均为“［一枝花］、［梁州］”曲，而没有［梁州第七］曲。另外，《三十种》中从未出现过［梁州第七］曲。

而关汉卿著名的散曲［南吕］［一枝花］“不伏老”套曲下也是［梁州］曲，而非［梁州第七］，该套曲曲子组合如下：［一枝花］、［梁州］、［隔尾］、［尾］。

这至少说明，无论是在元代的杂剧中，还是散曲中，［南吕］套曲下的曲子均只有［梁州］曲，而无［梁州第七］曲。

而在臧氏的《元曲选》中，与《三十种》共有［南吕］套曲的剧本有四剧：《陈抟高卧》、《气英布》、《赵氏孤儿》、《竹叶舟》。臧氏这四个剧本中的［南吕］［一枝花］套曲下均作［梁州第七］，而不作［梁州］。虽臧氏并未说明所改何据，但翻检前人记载，臧氏所改当是基于《南村辍耕录》与《中原音韵》。《南村辍耕录》卷二十七［南吕］宫下只有［梁州第七］，[①]《中原音韵》南吕二十一章下

① （元）陶宗仪：《南村辍耕录》（卷二十七“杂剧曲名”条），文灏点校，文化艺术出版社 1998 年版，第 371 页。

也只有［梁州第七］,[①] 二者均未记载［梁州］曲。所以臧氏所改当是基于此。但《三十种》有10剧均用［梁州］曲，而无一剧用［梁州第七］曲，且刊刻的书坊不止一家，众多的书坊不会出现如此整齐划一的错误，只能说明当时实际演唱中确实是用［梁州］曲演唱的。

但其后徐沁君、宁希元均受臧氏影响，将［梁州］曲改为［梁州第七］，不过两位先生也均未说明所改何据。

值得一提的是，徐沁君先生校本中将［南吕］套曲下开头两首曲子均校为［一枝花］与［梁州第七］，一以贯之。而宁希元先生的校本中有9剧校为［一枝花］与［梁州第七］，而《三夺槊》中却未校，依然保持元本［梁州］曲原貌。而郑骞先生的校本中无一处改动，完全保留了元本的原貌。

（三）对［古调太清歌］曲的删改

臧氏对《三十种》曲牌的臆改，还体现在对《岳孔目借铁拐李还魂》一剧的［古调太清歌］一曲曲名的改动上。元刊本《岳孔目借铁拐李还魂》一剧第三折中［双调］套曲下辖［古调太清歌］一曲。这一曲牌被明人臧懋循、孟称舜改为［太清歌］，两者的改动均未说明原因。

［古调太清歌］不见于典籍记载。典籍中仅记载［太清歌］，如《中原音韵》“双调一百章”中、[②]《御定曲谱》卷三中、[③]《俨山集》卷二十三[④]中均记录［太清歌］。另外，《三十种》其他剧本中以及明人刊刻杂剧中，均不见［古调太清歌］。盖因此，臧氏、孟氏才将此处的［古调太清歌］改为［太清歌］。这样的改动似乎很有道理，因而被当代学者徐沁君先生采纳：

---

① 《中国古典戏曲论著集成》（一），中国戏剧出版社1959年版，第227页。

② 同上。

③ （清）王奕清等撰：《御定曲谱》，文渊阁四库全书影印版第1496册（集部·词曲类），上海古籍出版社2003年版，第447页。

④ （明）陆深：《俨山集》，文渊阁四库全书影印版第1268册（集部·别集类），上海古籍出版社2003年版，第147—148页。

【太清歌】，原作【古调大青哥】。据臧、孟本改。①

然而这样的改动不能完全令人信服。

首先，《三十种》中亦不见有［太清歌］。而现存《太清歌》有元代尚仲贤的《太清歌·越娘背灯》，收录在清代康熙年间王奕清编订的《御定曲谱》卷三中：

伴着瑶池会上西金母，讲尽道德阴符。常恨玉箫声吹的来，凤只鸾孤。其余呵，素娥仙仗红莲府，怎捱他急煎煎玉兔金乌，我向下方遥望著你那住处，把我这一口儿气长吁。②

从曲辞内容看，《太清歌》曲辞内容契合曲名。“太清”为道家三清之一，为仙人居住之地。此处显然将月球当成太清宫，而宫中在讲道家之道德阴符。可以说，元代的《太清歌》主要描写道家仙境生活，曲辞华丽，而曲调也当悠扬绵长。正是因为这一点，到明代，皇宫中就用《太清歌》来歌颂帝王，歌颂盛世太平。《明史》卷六十三：

《太清歌》：万国来朝进贡，仰贺圣明主，一统华夷。普天下八分四海，南北东西，托圣德，胜尧王，保护家国太平，天下都归一。将兵器销为农器，旌旗不动酒旗招，仰荷天地。③

可以说，元明时代的［太清歌］在内容上不是描述仙人逍遥自在

① 徐沁君：《新校元刊杂剧三十种》（下册），中华书局1980年版，第488页校记［三三］。说明：元刊本中的“太”字下的“丶”模糊，因而“太”既像“大”又像“太”。

② （清）王奕清等撰：《御定曲谱》，文渊阁四库全书影印版第1496册（集部·词曲类），上海古籍出版社2003年版，第447页。

③ （清）张廷玉等撰：《明史》，文渊阁四库全书影印版第298册（史部·正史类），上海古籍出版社2003年版，第39页。

的神仙生活，就是歌颂太平盛世，因而其唱腔也应是宛转温和、绵邈悠长的。

然而纵观元人批判现实的杂剧曲辞，是不会有这样温文尔雅的内容的，因为这不符合元人杂剧“壮怀激烈”的审美风格。而《借铁拐李还魂》一剧，表现的主题之一就是批判贪官污吏，所以断不会采用歌颂神仙、歌颂太平的［太清歌］曲。唯一的解释就是［古调太清歌］其曲辞多批判、多怨恨；而与之相配的唱腔则多高亢、激愤，因而被应用在《三十种》中：

> 【古调太清歌】则他那退猪汤不热似俺那研浓墨，则他那杀猪刀不快似俺那圆尖笔。杀生害命为活计，作业死，知是觅了几文钱拗是为非。俺也曾磣可可活吃民心髓，抵多少猪肚猪蹄。你倚仗秤大小瞒心昧己，我倚仗着脓血债觅衣食。（元刊本《岳孔目借铁拐李还魂》第三折）

从［古调太清歌］与［太清歌］完全不同的内容与感情基调上可以看出，两者是有区别的，而［古调太清歌］更符合元人杂剧的批判风格，所以，［古调太清歌］不应改为［太清歌］。

其次，《三十种》属于民间文学范畴，若当时实际演唱中没有［古调太清歌］，书坊是断不会自己造出一首［古调太清歌］的。更何况［太清歌］在当时还是流行的曲牌，给流行的曲牌名前加“古调”两字，可能性不大，毕竟太拗口了。因而元刊本中的［古调太清歌］这一曲牌名应无误。

臧氏、孟氏将［古调太清歌］改为［太清歌］的做法，郑骞先生并不认同，他的校本中依然保留了［古调太清歌］这一曲牌名。宁希元先生沿袭了郑骞先生的观点，但未详述理由。

应该说臧氏对上述三处曲牌的改动，均是基于格律而改的。但是元人杂剧在实际演唱中，不是一成不变的，而是有着丰富变化的。所以，对于《三十种》中游离于“曲律”之外的曲牌与唱腔不应律之以“曲谱”而进行删改，因为只有它们才能更深刻地反映元人表演的多变性与丰富性。我们更不能以元刊本是坊刻本其中错误较多为由，将曲牌中的特殊现象当成刊刻过程中人为的错误来对待。

（四）对［斗鹌鹑］曲的改动

从臧氏与明代其他刻本对曲牌的上述三处改动来看，由于改动的理由往往是基于“曲律”而言的，因而这些改动也就显得很有道理，所以这样的改动也往往为后来的学者（郑骞先生对上述改动均持怀疑态度，因而最大限度地保留了《三十种》的原貌）所采纳，可见其影响之深。后来的学者在校勘《三十种》曲牌时，也往往仿臧氏所依据的格律来加以改动。

比如元刊本《三夺槊》第二折中［南吕］套曲下有一首曲子［斗鹌鹑］曲，对于此曲，郑骞、徐沁君、宁希元三位先生均给予改动。不过三位先生的改动并不完全相同。

郑骞先生将其改为［斗虾蟆］，他说：

【斗虾蟆】，“调名”。原作斗鹌鹑，据律改题。①

宁希元先生根据郑骞先生的意见，亦将其改为［斗虾蟆］：

斗虾蟆：原本误题［斗鹌鹑］。依郑本改。徐本改作［鹌鹑儿］，似非。②

而徐先生则将其校为［鹌鹑儿］。他说：

【鹌鹑儿】：原作【斗奄亨】，今改。卢、隋本均作【斗鹌鹑】，非是。按：【斗鹌鹑】为【中吕宫】和【越调】属曲，格

---

① 郑骞：《校订元刊杂剧三十种》，台北：世界书局1962年版，第154页。

② 宁希元：《元刊杂剧三十种新校》（上册），兰州大学出版社1988年版，第171页校记⑳。

律与【鹌鹑儿】不同。①

表 6-4 郑、徐、宁对《三夺槊》第二折中［南吕］套曲下［斗鹌鹑］曲的改动一览表

改动者 / 原曲子	郑骞	宁希元	徐沁君
斗鹌鹑	斗虾蟆	斗虾蟆	鹌鹑儿
备注		据郑骞改	

三位先生均认为［斗鹌鹑］不应出现在此套曲中。由于此剧只见于《三十种》中，因此没有别的本子可以参校，因此，只能以本校法来看待三位先生的校改。

郑骞先生只说“据律改题”，并未言明是什么律。笔者查阅了《三十种》的套曲曲牌，发现［斗虾蟆］曲只在《三十种》的《拜月亭》第二折套曲［南吕］调中出现了一次，郑骞先生的改动大概是基于此。因为［南吕］套曲中从未出现［斗鹌鹑］，只出现过与“斗”字相关的［斗虾蟆］曲。所以郑骞先生就将［斗鹌鹑］改为［斗虾蟆］，似乎很有道理。

而徐先生认为［斗鹌鹑］由于经常出现在［中吕］宫与［越调］中，所以是不应该出现在［南吕］宫的。但徐先生从曲牌名考虑，认为［斗鹌鹑］与［鹌鹑儿］是曲名相近而误，于是将［斗鹌鹑］改为［鹌鹑儿］。诚然，《三十种》确有诸多错讹之处，但此处是否错讹，不应轻下结论。况且，《三十种》中从未出现过［鹌鹑儿］曲，虽然徐先生说［斗鹌鹑］曲与［鹌鹑儿］格律不同，但是并未详细说明两者如何不同，而且即使不同，由于《三十种》中无［鹌鹑儿］曲，我们也无从得知［鹌鹑儿］的原始格律。只能说徐先生的改动有“想当然”的成分在其中。

宁希元先生认同郑骞先生的说法，但并未详加辨别，只是模糊地否定徐先生的说法“似非”，而未说明理由。

---

① 徐沁君：《新校元刊杂剧三十种》（上册），中华书局 1980 年版，第 277 页校记［一九］【鹌鹑儿】条。

其实，上述三位先生无论将［斗鹌鹑］曲改为哪一首曲子，显然都是立足于“格律”对此曲进行改动的。表面来看，似乎很有道理，然而《三十种》中有大量的曲子是可以“入数调”的（详参“第四章第三节”之“一曲入数调”下“表4-1《三十种》中‘一曲入数调’一览表”）若以此观点来看，虽然［斗鹌鹑］曲经常出现在［中吕］宫与［越调］中，但此处出现在［南吕］宫中亦是可能的，应属于“一曲入数调”现象，如此，也就不足为奇了。

所以，从“一曲入数调”的观点来看［南吕］套曲下出现的［斗鹌鹑］曲，则再正常不过了，是无须改动的。

后人对《三十种》曲牌的改动，还集中体现在对尾曲的大量改动上。比如将其中的［尾］曲改成［黄钟尾］、［煞尾］、［赚煞］、［尾声］、［浪里来煞］、［鸳鸯煞］等；［赚尾］改作［赚煞］；［收尾］改作［黄钟尾］、［煞尾］……很难说这里面没有臆改的成分，当然断定其臆改也要有足够的证据，其中的臆改尚有待有识之士的发现。

总而言之臧氏与其他明人以及后来的学者对曲牌的改动，往往基于格律而改，但是曲牌在实际演唱中，不是一成不变的，而是有着丰富的变化。所以，对于《三十种》中游离于“曲律”之外的曲牌与唱腔不应律之以“曲谱”而进行删改，因为只有它们才能更深刻地反映出元人表演的多变性与丰富性。我们更不能以元刊本是坊刻本其中错误较多为由，将曲牌中的特殊现象当成刊刻过程中人为的错误来对待。所以在删改曲牌时，应当有充分的理由，否则会错失元人实际唱法以及丰富的唱腔，这也有损《三十种》的通俗化的唱法。

第七章

通俗性的原因及意义

通俗性在《三十种》中处处有体现，可以说是《三十种》一个明显特征。通俗性的存在，必然有着深刻的原因与独特的审美意义以及其他方面的价值。

第一节　通俗性的原因

前文已论述，《三十种》的通俗性表现在文字书写的通俗性、刊刻的通俗性、语言的通俗性、科白的通俗性、曲子的通俗性以及视角的通俗性上。可以说，《三十种》表现出来的通俗性是全方位的、立体的。通俗性在《三十种》有着如此广泛的分布，是有多方面的原因的。

一　文学规律发展的必然

虽然王国维说“凡一代有一代之文学”①。但是这种具有时代代表性的文学形式在兴起之初，往往来自民间，如《诗》三百，有160篇为各地民歌，而这160篇民歌也代表了该时代诗歌的最高成就；再如“楚辞”，最初为楚地民歌，后文人也模仿该形式来写；再如“词”，最初源于民间，由于与诗整齐的字句不同，故又别名“长短句”；而“曲”亦不例外，最初也是源于民间，源自北方民间小调。因此可以说，新的文学形式在出现之初往往是源自民间的，正由于源

① 王国维：《宋元戏曲史·自序》，东方出版社1996年版，第1页。

自民间，所以常常会表现出通俗性的一面。

而新形式的文学由于具有通俗易懂、清新活泼的特点因而受到大众的喜爱，在其发展过程中，文人也渐渐接纳此种新的文学形式，并进行创作。在文人竞相参与其中后，原植根于民间的文学，一经文人之手，渐渐失去了兴起之初的清新活泼的特点，而变得文人气十足、典雅味十足，最终变成仅供文人欣赏的“案头之作”，可以说是“典雅有余，俗性不足”。所以，郑振铎先生说：

> ……渐渐的这种新的文体得了大多数的文人学士们的支持了。渐渐的这种新的文体升格而成为王家贵族的东西了。至此，而它们渐渐的远离了民间，而成为正统的文学的一体了。①

姜澄清在《中国书法思想史》第五章第八节“民间书法的天籁精神”中也说：

> 民间艺术，一经士大夫之手，其雄悍之风便被“柔”化。②

郑振铎先生与姜澄清先生的观点说明：第一，新出现的文学是清新的、活泼的、通俗的、贴近民众的；第二，文人参与后，则逐渐脱离民间的特点，而变得僵化、文人化，最终脱离人民大众。

“曲”的发展正是适应文学发展的这一规律而出现的。“词”最初以“曲子词”的形式（如敦煌曲子词）在民间兴起，所以，俚俗粗鄙是其天然倾向。到宋代，“词”主要以描写“艳情”为主，在文人开始大量填词后，为了拔高“词”的地位，就逐渐将艳情的表述含蓄化、朦胧化，以便让“词”也有“诗言志”的作用，并且将“词”的声韵加以锤炼，使其具有“诗”之典雅高贵的特点，所以“去俗附雅”则成为文人“词”发展的方向。陈师道就曾评价苏轼的

① 郑振铎：《中国俗文学史》，东方出版社1996年版，第2页。

② 姜澄清：《中国书法思想史》，甘肃人民美术出版社2008年版，第64页。

词具有“以诗为词”的特点，说明苏词有“雅化”的倾向。所以说，“词”经文人之手后，由最初的源自民间的俚俗粗鄙而变得逐渐典雅，也就渐渐脱离了民众，成为文人的案头之作。而“曲”的兴起正是在“词”逐渐僵化的情况下出现的。

因此可以说，“曲”的出现是因“词”变得僵化而脱离民众之后逐渐兴起的。所以，“曲”一出现，必定表现出其贴近民众、通俗活泼的特点来。因而，郑振铎先生说：

> 散曲是流行于元代以来的民间歌曲的总称。唐、宋词原来也是民间的歌曲，惟到了五代及北宋，已成了贵族的乐歌，到了南宋，已是僵化了的东西。于是散曲起而代之，大流行于元代；还是活泼泼的民间之物。①

可见，“曲”的出现是应文学规律而出现的，兴起之初，其通俗性的特征是十分明显的，以至于郑振铎先生说元散曲是“活泼泼的民间之物”。

“元杂剧”的核心内容为“曲”，既然“曲”是应文学规律而兴起的，那么，元代“杂剧”的出现也是应此规律而出现。而且，由于“曲”为通俗文艺，所以，“元杂剧”的其他因素也要适应“曲”之“通俗文艺”这一特点，如“宾白”、“科介”、“调笑”甚至其他杂技，因其表演具有通俗性而最终被“元杂剧”囊括其中。所以，“元杂剧”是适应文学规律的发展而出现的新文体，而以《三十种》为代表的元杂剧所体现出来的通俗性更是文学规律发展的必然结果。

二 “杂剧”的本质决定了《元刊杂剧三十种》的通俗性

元杂剧的本质是通俗文艺，而这一本质决定了《三十种》必然体现出通俗性的特点。这一点，首先从“杂剧”一词上可窥视。“杂剧”一词，最早见于唐代，但此时的“杂剧”是各种杂技的统称，

① 郑振铎：《中国俗文学史》，东方出版社1996年版，第338页。

并不包含歌舞，所以“杂”为“杂多”之义，之后才经宋“三段式”杂剧，再到元时以唱为主的“四折一楔子”的结构，杂剧的表演体制才最终成型。虽然杂剧在各个时代表演的重点不大相同，但“杂”的这一特点却贯穿始终。

其次，“杂剧”的通俗性由其内容“唱念做打”四要素决定。元代“杂剧”，已包含后世戏曲的“唱、念、做、打”四要素。四个核心要素决定了杂剧的通俗性。

在《三十种》中，关于“唱”的提示语有“唱、放”两术语，虽然杂剧中的唱词相对比较典雅，但是其中也不乏“俗”的因素，比如唱词中使用大量的语气词、摹状词、方言词语、元时流行词语、流行句式，甚至唱法中采用通俗的曲调等，这都决定了元杂剧较为典雅的“唱”，无论是在唱词中，还是在唱法中，均具有通俗性的因素。参见第二章语言的通俗性与第四章曲子的通俗性。

关于“念”即“说”的提示语大致分为两大类，一类是“说”，此类宾白提示语有“开、云、带云、背云、耳云、说、断”7种；另一类是“诵”性质的宾白提示语，有“念、吟、诗曰、歌曰、宾”5种（参见第三章第一节之“宾白提示语的多样化”）。这些提示语后面的内容明显具有推进情节的作用，除此，有些提示语还可表现人物的内心活动，如“背云、耳云”等。这些“宾白”，显然具有宋代通俗文艺话本的性质。

关于“做”的提示语有“……科”、“做……（科）”、“打……（科）”、“做……（了）”、“做意”（参见第三章第二节之“通俗化的动词”）。这些提示语都具有强烈的舞台表演特征，它不仅提醒演员在舞台上要做肢体动作，也提醒演员要做面部表情，而所做的动作与表情均具有浓厚的生活气息，因而简单明了、通俗易解。

关于“打”，主要是继承了唐代参军戏中的“苍鹘戏弄参军”的模式，后来发展为“副末打副净”。在《三十种》中，“打”不仅是“副末打副净”，也可以是其他两角色的对打，如《调风月》第四折中，燕燕在小千户的婚礼上，由于气愤不过小千户的花心，于是揪住小千户——“正旦揪搜正末科”，此处的“打”为“正旦打正末”。

《遇上皇》第一折中，赵元由于好酒而被妻子与岳父毒打："嗤嗤把头发揪，使脚撞，耳根上一迷的直拳抢，都扯破我衣裳"，此处的"打"为"旦、孛老"打"正末"。《冤家债主》中，"净打俫儿了"，指贾弘义打买来的养子；周荣祖在寺庙中被亲生儿子"小末"毒打，即"小末打正末"。《衣锦还乡》中，乡民打骂喝醉酒的妻子。《替杀妻》中，张千不仅骂正旦，还杀了正旦……所以说，《三十种》中"打"的双方没有固定的角色，任何角色根据剧情均可承担这一任务。虽然"打"的角色不固定，但是依然秉承了"参军戏"中以打的方式来达到最终调笑的目的，这一点在《调风月》、《遇上皇》、《衣锦还乡》的"打戏"中尤其明显，都是在"打"的过程中做出一些滑稽动作，来达到逗笑观众的目的。这些"打"的戏份不仅有舞台表演特征，也具有通俗文艺的调笑娱乐功能。

在上述杂剧的核心要素"唱念做打"中，每一部分的表演都具有通俗性的特征，所以就决定了由"唱念做打"组成的元杂剧也具有通俗性，而《三十种》则是元杂剧通俗性体现的代表。

三　元代商业的需要

元代在很长一段时间内，多数读书人无官可做，只有跟底层艺人相结合，靠出卖文字来换取生活，而艺人也依附于文人，依靠文人创作的新剧来牟取生活，文人、艺人所服务的对象又是底层百姓，所以决定了杂剧艺术必须通俗。而嘈杂的杂剧演出场地也决定了杂剧必须通俗易懂才能吸引观众。

（一）元代读书人的需要

到了元代，文人地位史无前例的低下，唐宋时代能体现文人才华与换取功名的诗赋似乎一下子变成了无用之物，为了谋生，文人第一次要靠向市场出售文字来换取各种生活资料，所以他们必须与市场经济相结合，要寻找一种既能满足百姓需要，又能满足自身对以往诗歌的眷恋之情与养家糊口的经济要求，而杂剧由于同时满足上述三方面的要求，最终成为文人热衷的艺术形式。

正因为元代读书人要满足养家糊口的需要，所以他们往往聚集在书会中，为话本与戏曲编写各种底本与剧本。在元代，书会才人为了推销其所编写的剧本，往往要做广告来招揽生意，所以，日本小松谦、金文京认为，《三十种》剧本题目中的“新刊、新编、的本、足本、关目”均为商业出版物中的广告词，[1] 这种看法很有道理。元代文人尤其是大量的底层文人，缺乏谋生手段，不得已降低身份与底层艺人聚集在一起，为戏班编写剧本，为了最大限度地盈利，他们也要在其编写的剧本上打出“最新、最全”等之类的广告词，以达到吸引观众招揽生意的目的。《三十种》中，除《赵氏孤儿》外，其余29个剧本均使用了“新编”或“新刊”词语，部分剧本还使用了“关目、关目全”等词语。这些广告词的大量使用从侧面反映了元代文人低下的社会地位。

虽然传统的诗、词一直是文人热衷的文学形式，但在元代，作诗填词并不能改变文人的生活，而杂剧却能为文人带来利益，又能满足他们作诗填词的需要，因而文人纷纷加入其中。不过为了使剧本内容各方面都接近民众，即使是典雅的“唱”词，也不得不采用一些民众熟悉的方言俚语、俗语俗句等。如剌登哩登（歌唱的样子）、乞留屈吕（弯曲的样子）、尺留出吕（滑倒的样子）、啯啯的（咽水、酒等的声音）、剌剌搭搭（赶牛的声音）等俚语都是用于曲辞中的，因而使得曲辞清新活泼，充满生活情趣。这方面最典型的例子莫过于《魔合罗》第一折［油葫芦］曲辞，文中连用11个摹状词，对各种情态都进行了惟妙惟肖的描写：

> 【油葫芦】便似画俺在潇湘水墨图。淋得俺湿漉漉，显那吉飍古堆波浪渲成渠。吸留忽剌水流乞留屈吕路，失留疏剌风摆奚留急了树，乞纽忽哝泥，匹飍扑答淤。急张拘住慢行早尺留出吕去，我子索滴留滴列整身躯。

[1] ［日］小松谦、金文京：《试论〈元刊杂剧三十种〉的版本性质》，黄仕忠译，《文化遗产》2008年第2期。

可以说，元杂剧一方面满足了文人作诗填词的需要，一方面为文人的生存提供了保障，为适应市场需求，文人所作的杂剧只能通俗易懂。

（二）各阶层对俗乐的需要

底层艺人与百姓是相互依附的。底层艺人的欣赏群体是百姓，反过来，为百姓表演的则是底层艺人，观赏者的社会地位决定了底层艺人的创作与表演不能是高雅艺术，只能是通俗艺术。而艺人迁就底层观众，是因为底层观众付出了一定额度的观赏费，艺人自然要向观众的审美倾向靠近。

而民众欣赏的“俗乐”，不仅仅是百姓的需要，也是帝王将相的需要。宋玉在《对楚王问》中所说的《下里》、《巴人》和者数千人，《阳春》、《白雪》和者数十人；《孟子》中齐宣王说，“寡人非能好先王之乐也，直好世俗之乐耳”。至于史上沉溺于俗乐中的帝王更是不计其数，纣王、隋炀帝、唐明皇、李煜……

可见，“俗乐”有着庞大的欣赏群，下至平民百姓，上至帝王将相，几乎都对俗乐情有独钟。马斯洛的需求理论或可以说明为何俗乐对各阶层都有极强的吸引力。

根据马斯洛的需求理论，人有五种需求：生理需求、安全需求、社会需求、尊重需求和自我实现需求。这五种需求是呈阶梯状的，处于底层的“生理需求”是最基本的需求，也是每个人都需要的一种需求。需求越高也越难得到满足，需求越低越容易获得，所涵盖的群体也越广泛，而通过俗乐来达到放松身心的目的正属于“生理需求”，也就是说，对“俗乐”的需求是每个人都需要的，也是容易获得的，因此“俗乐”从一开始就拥有大批的观众。

正由于俗乐满足了所有人最基本的“生理需求”，所以，元代的通俗文艺“杂剧”就得到绝大多数人的喜爱。元杂剧不仅语言、唱词、曲子通俗易懂（参见第二章、第三章、第四章），就连故事情节也多俚俗有趣（参见第五章第一节戏谑视角）。众多的通俗因素极大地吸引了各阶层人士的喜爱，观赏者在欣赏之余，身心得到放松，生理需求也得到极大的满足。

（三）观演场地的需要

中国戏曲表演舞台主要是庙台广场。中国戏剧由于与祭祀酬神有关，所以一开始戏剧的演出是给神灵看的，因而，表演的舞台也就是神庙对面的高台广地。庙台一开始四面敞开，后来三面敞开，再后来一面敞开。再发展到后来，戏曲不仅仅是酬神，也可以是民众自觉地欣赏，于是在人群密集的地方出现勾栏瓦舍以专供表演与欣赏。

但无论是庙台广场还是勾栏，均在提供观演场地之余，还为其他活动提供广阔场所：稚子可玩耍，商者可售物，无事者可闲谈，男女可传情……所以说，这种开放式的观演场地在杂剧演出的过程中所提供的场所，满足了各种人的需要，他们在欣赏的同时，还会进行其他活动：或呐喊，或叫卖，或高谈，或私语。这就使得观众总是处在嘈杂的环境中欣赏戏曲。

在这种嘈杂的环境中演出杂剧，决定了杂剧不可能高雅。因为高雅的艺术总是伴随着深奥、艰涩，但嘈杂的环境使能否听清演唱内容都成问题，又如何细细品味其中的奥妙？清代的李渔在《闲情偶寄》卷一“词采第二·贵显浅”中说：

> 凡读传奇而有令人费解，或初阅不见其佳，深思而后得其意之所在者，便非绝妙好词。①

读，尚且不喜“深思而后得其意”者，更何况稍纵即逝的表演，更是需要选择通俗易懂的词语与句子，如此才能在嘈杂的环境中使听众听得清，听得明白。

第二节　通俗性的意义

《三十种》自日本学者从罗振玉处借得原稿进行刊刻，之后才为学者所关注，问世以来，多有研究：或校勘，或注释，或探语法，或

① 《中国古典戏曲论著集成》（七），中国戏剧出版社 1959 年版，第 22 页。

究字词等不一而足，自有其各领域之价值。而研究《三十种》的通俗性，不仅对研究《三十种》的文本具有广泛作用，而且对研究俗文学的欣赏也有某种借鉴作用。

一 对研究《元刊杂剧三十种》的意义

《三十种》为通俗文艺，研究其通俗性无论是对其版本性质的讨论、文字的校勘，还是对词语的解释都有一定的意义。

（一）通俗性与《三十种》的版本性质

《三十种》的刊刻比较粗糙，具体表现是无牌记、有缺文、有墨丁与圈符、有残字与漫漶、有脱文与衍文（参见第一章第一节刊刻形式的不规范）等，除此之外，文中还有很多的俗字，甚至是讹字，以及残缺不全的科白，很多学者据此推断《三十种》是民间刊刻之物，当无疑义。

然而学者们并不满足已有的研究成果，纷纷著文探讨其刊刻的具体地点与性质。比如，中国台湾学者汪诗珮博士认为其刊刻于建阳，为剧团艺人所用之物；① 但杜海军先生则认为“是艺人为了演出或传授剧本而自刻，而非坊本”；② 日本小松谦、金文京认为，《三十种》剧本题目中的“新刊、新编、的本、足本、关目”均为商业出版物中的广告词，并断定剧本为正末、正旦用的“演出本”；③ 而方彦寿认为是元代民间私家刻本，生产单位是元代民间私家（剧团）委托建阳书坊刊行的一种特殊的“建本”；④ 包建强则认为“元本在剧本形式、音乐体制、组曲方式、文字面貌等方面的特征都与艺人的演出活动相关，是艺人在演出杂剧的过程中改编而成，因之艺人性和剧场

---

① 汪诗珮：《从元刊本重探元杂剧——以版本、体制、剧场三个面向为范畴》，博士论文，台湾清华大学，2006年。

② 杜海军：《〈元刊杂剧三十种〉的刻本性质及戏曲史意义》，《艺术百家》2010年第1期。

③ ［日］小松谦、金文京：《试论〈元刊杂剧三十种〉的版本性质》，黄仕忠译，《文化遗产》2008年第2期。

④ 方彦寿：《〈元刊杂剧三十种〉的刻本性质与刊刻地点另议》，《艺术百家》2011年第3期。

性成为元本的特性”。①

然而上述观点均未能消除一系列的疑问。

首先，刊刻建阳一说，无法解释为何剧本上却刻有“大都”、“古杭”此类明确标明刊刻地点的疑问。

其次，方彦寿所提出的剧团委托书坊刊刻一说，似乎也经不起推敲，既委托，必要付一定的费用，可是，收款之后，不是缺页就是字号太小不易阅读，剧团要其何用？

再次，包建强所云“改编本”，似乎有道理，但是，改编是基于原本而言的，既然目前见不到原本，又如何断定《三十种》为改编本？

最后，无论是“演出本”还是剧团艺人自刻本，都是艺人所用之物，是供演员演唱参阅的，但是《三十种》中存在大量的缺页、缺字、错字、墨丁、圈符等，根本不利于艺人参阅。比如，《范张鸡黍》有3页半无一字，如何传授？如何供演员参阅？且自刻为何要冠以古杭、大都，而有的却没有古杭、大都的字样？而且，明人王骥德在《曲律》卷三“论部色第三十七”条中说：

> 尝见元剧本，有于卷首列所用部色名目，并署其冠服、器械，曰某人冠某冠，服某衣，执某器，最详。②

可见，王骥德所见的元代演出本当有演员所穿服装、所持道具的说明，然而刊刻于不同书坊的三十个本子却无一例外均没有这些内容，但脉望馆抄校本中却“附有‘穿关’（剧中人物的穿扮名目）”③，这就说明元代演出本当有装扮的提示，但《三十种》却没有，所以，很难说《三十种》是实际演出本。

---

① 包建强、胡成选：《〈元刊杂剧三十种〉的版本及其校勘》，《西北师大学报》2010年第1期。

② 《中国古典戏曲论著集成》（四），中国戏剧出版社1959年版，第143页。

③ 邓绍基：《关于元杂剧版本探究》，《中国社会科学院研究生院学报》2006年第1期。

如此多的争论、疑问说明《三十种》的性质确实有探讨的必要。综观上述观点，均站在编剧与演员的立场来看待其性质。但若站在观众的立场、读者的立场来看，其性质可能会有别解。

笔者不揣愚陋，推测《三十种》实为民间盗版之物，目的是向欣赏者兜售剧本内容，所面向的顾客是文化水平不高的一般民众，他们之所以需要恐怕是因为错过了演出，但又想知道演出内容，而书坊为了满足此类人的需求，便刊刻了《三十种》。所以，其性质当为为没有观看实际演出的底层民众来描述演出过程的商业性的说明简本。

首先，关于盗版，古人已有记载。南宋时，眉山程舍人在其所刊刻的《东都事略》目录后刻“眉山程舍人宅刊行，已申上司，不许覆板”的字样，这显然是遍告天下自己是此书版权的唯一拥有者，并且警告他人不得翻印，从侧面说明在南宋已有翻刻正版的盗版之作。而明代盗宋版书甚为流行，高濂在《遵生八笺》卷十四中说：

近日作假宋板书者，神妙莫测。①

可见明代作伪、盗版之风甚盛。清代亦然，袁行霈说：

《聊斋志异》青柯亭刊本一出，就风行天下，翻刻本竞相问世。②

《官场现形记》第三十三回中，上海善书局之王慕善请求藩台：

“……意思想要再求大人赏张告示，禁止书贾翻刻，只准卑局一家专利。”……藩台道：“……只能禁人为非，那能禁人向善。”③

① （明）高濂：《遵生八笺》，文渊阁四库全书影印本第871册（子部·杂家类），上海古籍出版社2003年版，第716页。

② 袁行霈：《中国文学史》（四），高等教育出版社1999年版，第331页。

③ （清）李伯元：《官场现形记》（下），江西人民出版社1989年版，第590页。

可见，翻刻即盗版自宋以来一直存在，即使到了清代，官府竟以翻刻是向善之举而置之不理，遂使盗版之风愈盛，也难怪李渔为了捍卫自己的版权不得不亲自奔走。由此推测，在元代，翻刻盗版之物定是不少。由此说来，《三十种》极有可能是盗版之物。此说若成立，则其中的“大都”、“古杭”之类的刊刻地则不足为信了。

至于其刊刻的粗略主要是因为每部戏文都有一定的时效性，在一段时间内甚为盛行，若不抓紧时间刊刻，怕该剧盛期一过，则无人问津。王骥德《曲律》卷三“杂论第三十九上”中说：

> 若今新戏日出，人情复厌常喜新，故不过数年，即弃阁不行，此世数之变也。①

所以，书坊为了及时牟取利益，来不及精心校勘，而且普通观众也不需要校勘精良的本子。盗刻本与正本相比，价格低廉，书坊与顾客各取所需，最终注定了《三十种》草草出炉。如此，每出一新剧，便刊刻一本，这也是30个本子版式、字体不一的一个原因，同时也是有的剧本标大都，有的剧本标古杭的原因。因为这些刊刻地对于书坊而言，不管原剧是哪里刊刻的，其目的作用如何，一律不管，只是照搬而已。甚至一些新出现的杂剧，书坊为了在第一时间刊刻出来，在无原始本子可供参阅的情况下，将听到的唱词书写下来，由于无参考之剧本，所以其中难免错讹。大约书坊也觉得此物只是盛行一时，故草草刊刻，又怕坏了书坊声誉，故不题书坊牌记。

此时的盗刻与今之盗版不同，今之盗版至少在形式上与正版一样。而当时的盗版由于大家对知识产权的忽视，所以，盗刻者肆无忌惮，随意改动，只为牟利。但两者都有一共同特点，那就是隐藏自己的身份，所以，盗刻者不会题自己书坊的牌号。

其次，刊刻《三十种》的目的一方面正如上文所说供底层观演者参阅，另一方面，恐怕更多的是出售给因为种种原因没能观看到在当

---

① 《中国古典戏曲论著集成》（四），中国戏剧出版社1959年版，第155页。

地演出剧目的底层民众。书坊为了满足此类消费者的需求而临时刊刻，所以其中也有舞台提示、演员主要表情的描述、需借助剧本可理解的唱词等表演内容，这就犹如向读者简述演出过程一样，只是比较简略而已，所以说《三十种》是“为没有观看实际演出的底层民众来描述演出过程的商业性的说明简本”。这也是为什么有的剧本无任何科白，有的剧本却有，但基本都没有演员所穿服装、所执道具的详细提示，① 因为这些是演员所关注的，而观赏者则不太关注，他们只需要知道剧情，了解其中的曲辞以及大致演出过程就可以了。其中的科白虽然起推动剧情的作用，但是，相较于相对典雅的曲辞而言，更容易为观众所推知，因而，《三十种》中的科白比较简略，甚至某一剧中无任何科白，但这并不影响读者对剧情的理解。而曲辞由于相对典雅，读者则需要借助剧本才可理解，因而，《三十种》刊刻的重点内容则为曲辞。所以说观众与读者的需要最终决定了《三十种》此类刊物的出现。

因此，《三十种》当属坊间盗刻本，但刊刻地点已无从考证，剧团在何处演出，就有可能在何处刊刻。至于其作用，主要是向底层观众出售，以牟一时之利。正由于是盗刻，所以随意的成分就很大，墨丁、圈符、误字、衍文、缺文、缺页等不一而足，甚至怀疑，有些本子由于质量原因很可能没有卖出去，积压在书坊，《范张鸡黍》就有此可能，3 页没有字，要其何用？

（二）通俗性与《三十种》的校勘、释词

由于《三十种》是坊间刻本，所以错讹之处甚多，这给《三十种》的校勘带来一定的难度。比如其中的 10 处 14 字墨丁（参见第一章第一节）所代表的字究竟是何字，只能依据他本或上下文义来校改。再如，其中的 36 个圈符，其意义与所代替之字，均给校者带来困难。更不要说其中大量的缺文、错讹之字、少数民族语言等，对校勘造成一定的难度了。

---

① 如果一定要说有，也仅有几剧有“蓝扮”、“素扮”、“披秉”等极其有限的装扮说明，但这不足以构成演出本，因为演出本须有对演员装扮的详细说明。

另外，其中的方言词语，在校勘时，也需谨慎，尤其是具有丰富含义的方言词语，更是容易迷惑校者。如“恶水”、“传槽病”以及“绰的”、“合毒药”、“惨”（参见第二章第一节）等词语，据文义，似乎理解起来并不困难，但是这些词语暗含的其他意思也许只有本方言区的人才能体会，因而导致这些方言词语不断有人提出新的解释。正由于这些方言词语具有一定的地域性，所以会给校勘者带来一定的不便，但若各方言区都有人来研究其中的词语，那元曲中的一些疑难词语当能得到合理解释。正如宁希元先生、王学奇先生分别立足山西、陕西方言与河北方言解释了元曲中大量的疑难词语一样，我们也应立足本方言来考察戏曲语言，以期能逐步解决其中的释词问题。

二　对提高俗文学地位与审美趣味的意义

郑振铎在《中国俗文学史》中认为，中国的俗文学从古到今一直都有：先秦的歌谣（包括《诗经》与《楚辞》中的民歌）；汉代的楚歌与五言诗中的民歌、汉乐府中的民歌；六朝民歌；唐代的民间歌赋、变文；宋金杂剧、鼓子词、诸宫调；元代散曲；明代民歌、宝卷、弹词、鼓词、子弟书；清代的民歌等。从郑先生所述来看，俗文学的确是占据了文学的大半江山。

然而通俗文学在大多数时间里，只能在民间蔚然成风，上流社会对其总是嗤之以鼻。不过，虽然通俗文学不受士大夫的推崇，却深得百姓喜爱，鲁迅写出了大量而优秀的针砭时弊的杂文，但是鲁迅的母亲却很喜欢看张恨水的小说；金庸的武侠小说、琼瑶的言情小说在20世纪八九十年代曾被视为洪水猛兽，在学校和家庭中被视为禁书，但在年轻人中却风靡一时，以至于形成了大批的金庸迷、琼瑶迷，这都说明通俗文学在民间有着广泛的阅读群体。可以说，通俗文学一直以来都是民间百姓的精神食粮。所以，郑振铎说：

“俗文学”不仅成了中国文学史主要的成分，且也成了中国文学史的中心。[1]

正因为通俗文学在民间有着广泛的民众基础，所以才能在统治阶层不支持甚至是下发禁令的情况下依然蓬勃发展。俗文学由于多数反映百姓心声，描写百姓喜闻乐见之事，所以深受百姓的喜爱。然而，对于俗文学，具有话语权的统治者在很长的一段时间里都是排斥的。

（一）扬雅斥俗

文艺自古就有雅俗之分，而雅俗之分则集中体现在音乐的雅俗上。对于雅乐与俗乐，古人往往是一扬一斥。拥有广泛民众基础的俗文学，在中国漫长的封建社会中，却一直处于被压制的地位。

古人推崇雅乐，是因为雅乐具有歌功颂德、教化百姓、劝谏世人等利于统治者统治的作用：《诗经·大雅》主要是为周王室歌功颂德，宣扬周王的统治是英明的，以达到维护其统治的目的；《诗经》中的颂歌则是在宗庙祭祀中所使用的雅乐，自然是歌颂祖先功德的雅乐了。《礼记·乐记》中也说："是故先王之制礼乐也，非以极口腹耳目之欲也，将以教民平好恶，而反人道之正也。"[2] 从此句话中可以看出，雅乐的目的不是使人娱乐、身心得以放松的，而是承担着教化目的。这种教化作用从小处说是使老百姓明白善恶是非，从大处说是使君王明白有所为与有所不为。推崇雅乐的孔子欣赏虞舜时期的《韶》乐时，竟"三月不知肉味"，并评价《韶》乐"尽美矣，又尽善也"，此事被后人广为传诵。

而对于俗乐，古代文人士大夫，多持否定态度，甚至是排斥。墨子就主张"非乐"，认为无论是高雅之乐还是世俗之乐，都耽误统治者治理社会的时间与百姓生产的时间，所以一律禁止；而宋玉认为自己是曲高和寡的"阳春白雪"（《对楚王问》），以此表明自己超凡脱俗不为世人理解，而俗乐则是和者千人的一般俗物；齐宣王虽直言自己"直好世俗之乐耳"（《孟子·梁惠王下》），但面对孟子的询问，

① 郑振铎：《中国俗文学史》，东方出版社 1996 年版，第 1 页。

② 王文锦：《礼记译解》（下），中华书局 2001 年版，第 528 页。

也是"变乎色"，宣王的"变乎色"说明当时统治阶层欣赏俗乐是受到非议的；孔子批评民歌"郑风"，说"郑声淫"（《论语·卫灵公》）、"恶郑声之乱雅乐也"（《论语·阳货》）；司马迁也将纣王灭亡的原因归结为"为朝歌北鄙之音"（《史记·乐书》）的俗乐上。这种将俗乐与政治昏聩相挂钩的做法，在古代十分盛行，文人士大夫认为，俗乐轻者可以使个人丧失斗志，萎靡不振；重者身死国亡。这种看法，无疑是站在统治者的立场而一味片面强调雅乐的教化、政治作用，自然无视俗乐可以放松人们身心的作用。

先秦时期形成的这种轻视俗乐的态度，深刻影响着后人对俗乐的看法。徐渭在《南词叙录》中说：

> 今之北曲，盖辽金北鄙杀伐之音，壮伟很戾，武夫马上之歌，流入中原，遂为民间之日用。宋词既不可被弦管，南人亦遂尚此，上下风靡，浅俗可嗤。然期间九宫、二十一调，犹唐、宋之遗也。①

从徐渭对北曲的看法中，可以看出，对元杂剧，徐渭认为其源自北方少数民族，故批判其"浅俗可嗤"；而对其中的"九宫二十一调"，由于源自唐宋，故另眼相看。这一看法也说明对于通俗文学中俗的部分，文人士大夫大都持否定态度，而对于其中雅的部分，均给予赞赏。

正是由于雅乐与俗乐有不同的作用，再加上使用者的阶层不同，导致对两者的看法也截然不同。本来雅乐与俗乐的作用可以互补，但统治者出于维护其统治的目的，往往对俗乐加以限制，甚至是禁毁，导致俗乐在古代一直处于边缘化状态而不被学者重视，只能游离于底层百姓之间。

虽然俗乐从一开始就被人为地与政治中的负面因素诸如"享乐、堕落、昏庸"等相联系，然而俗乐确实受到民众的喜爱，所以，统治

① 《中国古典戏曲论著集成》（三），中国戏剧出版社1959年版，第240—241页。

者也常常在一定范围内妥协，给俗乐套上高雅的光环。比如《关雎》显然是一首描写男慕女的爱情诗，但被毛亨冠以“后妃之德”。毛诗序云：

> 《关雎》，后妃之德也，风之始也，所以风天下而正夫妇也，故用之乡人焉，用之邦国焉……然则《关雎》、《麟趾》之化，王者之风，故系之周公。……是以《关雎》乐得淑女以配君子；爱在进贤，不淫其色。①

这种人为拔高俗乐的做法，从侧面说明在文人士大夫的眼中，俗乐与雅乐往往是对立的，不可调和的。

（二）对通俗性的矛盾心态——既认可又批判

虽然传统的看法是“扬雅抑俗”，但到了元明时代，文人一方面开始自觉地承认通俗文学中“通俗”特征的存在，但另一方面又对其批判，这就体现出文人对“通俗”这一特质的矛盾心态。

元人周德清在《中原音韵·作词十法》中就表现出此种矛盾的心态：

> 不可作俗语、蛮语、谑语、嗑语、市语、方语、书生语、讥诮语、全句语、拘肆语……②

但在不可作“拘肆语”下又说：

> 不必要上纸，但只要好听，俗语、谑语、市语皆可。③

周德清一边说要摒弃一切俗语，一边又说“只要好听”一切俗语

① 《十三经注疏》（上册），中华书局影印本1980年版，第269—273页。

② 《中国古典戏曲论著集成》（一），中国戏剧出版社1959年版，第232页。

③ 同上。

均可入曲。可见对杂剧中的通俗性的语言，周德清一边承认其优点，一边又批判。这大概反映出文人对俗文学的心态：情感上很是喜欢，但理性上却加以批判。

不仅元人如此，明人也一样。上面所云徐渭批判北曲源自辽金，后流入中原变为民间日用，本身就将北曲置于少数民族与中原民间百姓所赏的低下之物；他又认为南戏为中原所产之物，但已受到北曲影响，而且“上下风靡，浅俗可嗤”，认为南戏中的通俗内容是受到北杂剧的影响，以至于变得“浅俗可嗤”。然而被徐渭批判的“浅俗”，他又认为是合理的，他在《南词叙录》中说：

> 夫曲本取于感发人心，歌之使奴、童、妇、女皆喻，乃为得体；经、子之谈，以之为诗且不可，况此等耶？直以才情欠少，未免辏补成篇。吾意：与其文而晦，曷若俗而鄙之易晓也？①

可见，徐渭认为曲子面对的听众不同，有下层“奴、童、妇、女”，所以贵在浅显易懂，不可晦涩。为了说明此道理，他又列举晚唐五代词的特点来说明：

> 晚唐、五代，填词最高，宋人不及，何也？词须浅近，晚唐诗文最浅，邻于词调，故臻上品……元人学唐诗，亦浅近婉媚，去词不甚远，故曲子绝妙。②

徐渭认为，晚唐诗、文、词，由于“最浅”，即浅显易懂，故为上品，并进而评价元人曲子由于“去词不甚远”，故绝妙。可见徐渭是以是否“浅显易懂”来作为衡量文章好坏的标准的。

所以说，徐渭对待戏曲中的通俗特征，跟元人周德清一样，既承认其存在的合理性，同时又加以批判。

---

① 《中国古典戏曲论著集成》（三），中国戏剧出版社 1959 年版，第 243 页。

② 同上书，第 244 页。

（三）尊重通俗性的特质与作用

到清代，文人对戏曲的通俗性特征及其作用已表现出尊重的态度，代表人物便是李渔。李渔提出“曲”贵在“浅显易懂”：

> 戏文做与读书人与不读书人同看，又与不读书之妇人小儿同看，故贵浅不贵深。①（《闲情偶寄》卷一“词采第二·忌填塞”）

李渔立足于观演群体的不同，提出曲文要通俗易懂——“贵浅不贵深”。而且李渔自觉地将通俗文学与典雅文学如诗词文章区分开来，探究二者之间的差异，指出曲文要做与所有阶层来看，故不可用文人言辞来做，需用大众听得懂的浅显之语来做，李渔以浅显易懂的语言作为写作戏文的标准，这充分说明李渔开始尊重并践行戏文中通俗语言这一特征。由于李渔尊重戏曲语言的通俗性，所以能深刻体会这种通俗性带给观众的娱乐作用，他在《闲情偶寄》卷三“科诨第五”中说：

> 文字佳，情节佳，而科诨不佳，非特俗人怕看，即雅人韵士，亦有瞌睡之时。②

李渔认为科诨的作用在于娱人，若不能娱人，连士大夫也会索然无味而瞌睡不已。

李渔还在《风筝误》的末尾表达了他对戏曲娱乐作用的看法，并且阐明他是以娱乐作为戏曲写作宗旨的：

> 传奇原为消愁设，费尽杖头歌一阕；何事将钱买哭声？反令变喜成悲咽。惟我填词不卖愁，一夫不笑是吾忧；举世尽成弥勒

① 《中国古典戏曲论著集成》（七），中国戏剧出版社 1959 年版，第 28 页。

② 同上书，第 61 页。

佛，度人秃笔始堪投。[①]

李渔看到了戏曲娱人的作用，所以他非常重视“科诨”的写作，也专门为具有娱乐作用的“科诨”写作提出自己的见解，并且认为观众出钱看戏，就是为娱乐的，所以他写剧本的宗旨是使人发笑，担忧的是“一夫不笑”。

正是随着俗文学的日渐发展与渐入人心，文人也逐渐意识到俗文学中“俗”之重要性，所以才逐步接受了其通俗性的一面，并进而肯定其通俗性的作用。发生在清朝著名的“花雅之争”，其实质即为雅俗之争，最终的结果是更为通俗的花部得到广大观众的认可，花部的胜利，说明“俗”的特质最终得到了认可与尊重。

进入20世纪，俗文学研究得到迅速发展，人们也开始更多关注俗文学。郑振铎先生给俗文学以极高的评价，甚至说“‘俗文学’成了中国文学史的中心”[②]。然而，虽然俗文学首次被提到一个崭新的高度，但这并不是说从此以后，俗文学就被置于“雅”文学之上而占据统治地位。实际上，任何源自民间的新兴事物在兴起之初，都是以通俗的面貌出现的，但此时总是被正统的文人加以抵制。所以郑振铎先生说：

> 当民间发生了一种新的文体时，学士大夫们其初是完全忽视的，是鄙夷不屑一读的。[③]

远的不论，仅以20世纪八九十年代港台武侠小说、言情小说在大陆曾被一些人抵制便可看出。而在进入21世纪后，随着网络的迅速发展，网络新词也大量出现，年轻一代在接受网络新词后，在正式场合也多使用，这却招来“学士大夫们”的非议：2010年上海高考

---

① （清）李渔：《李渔全集》（四），江苏古籍出版社1990年版，第203页。

② 郑振铎：《中国俗文学史》，东方出版社1996年版，第1页。

③ 同上书，第2页。

语文阅卷组禁止高考作文中出现网络词语被热议、① 中小学生作文用网络语言被热议。② 而最近，网络热词不仅被人们普遍接受，甚至在官方媒体中也一度使用，比如2014年3月2日全国政协十二届二次会议上新闻发言人吕新华在回答记者询问关于周永康问题时所说的“你懂得”，在2015年3月2日的政协会议上，吕新华又套用网络热词“（在反腐问题上）大家都很任性”，引发网友对其大加赞赏；习主席在2015年新年致辞中说的“蛮拼的、点赞”等，给人亲切之感。所以说，新兴的网络热词也经历了从被禁止到在官方正式场合使用这一逐步变化的过程。

这一切都说明，对于新出现的民间的、通俗性的事物，握有话语权的发言人第一反应往往是抵制，而不是理性地对待，这说明传统价值观中对通俗文学的抵制态度直到今天依然存在。其实我们更应该看到通俗事物的积极作用，并发扬光大，而对于其中的糟粕则应摒弃，而不是一味地抵制。毕竟，相当多的民众正在享受着通俗事物带来的乐趣与便利。

三 对新时代下戏曲市场繁荣的借鉴意义

元代杂剧十分兴盛，明清两代戏曲继续繁荣，由此也涌现出大批优秀的剧作家。然而新中国成立以来至今，戏曲似乎一直在衰微。这一优秀的传统艺术，面临有人演无人看的局面。当然造成这种局面的因素很多，比如电视、计算机等多种媒介的出现，娱乐方式的改变，生活节奏的加快等，但就戏曲本身而言，也有反思的地方。

从文学规律发展的角度可以看出，任何一门新兴文体，兴起之初，必定通俗易懂、清新自然，但越往后发展，越重视形式，也就逐渐变得僵化了。而民歌则不然，民歌自先秦时期就有，一直到现在，几千年来，由于立足民间，与时代同步，所以能捕捉到时代所带来诗歌的变化，故而能时刻保持新鲜不腐，也正是基于这一点，我们很难

---

① 《语文高考能不能使用网络词汇?》，《黄金时代》（学生族）2011年第7期。

② 《网络语言“入侵”中小学生作文直接影响汉语规范》，新华网，2011年5月7日。

看到民歌有固定的艺术形式，即字数、句式、形式、平仄、押韵、对文……都没有严格的规定，完全是根据内容，形式能讲究则讲究，若讲究了形式而害了词意，则摒弃不用。民歌由于没有束缚，又能迅速吸收新鲜内容与形式入歌，因此每一时代的民歌均能受到民众的喜爱。这一点，对戏曲再次繁荣具有参考价值，戏曲也应像民歌一样，保持其民间特性才能再次繁荣。这些民间特性有如下几个方面。

首先，明确戏曲的作用。戏曲本是民间文学、通俗文学，通俗文学的主要目的是娱人。所以戏曲的创作也要恪守这一要求，正如李渔做剧所说的“一夫不笑是吾忧”一样，使观众在欣赏之余放松身心，应该是戏曲的主要作用，戏曲不应承担沉重的社会责任，否则就会沦为教化的工具而失去戏曲原有的轻松活泼的特征，最终的结果无非是如魏文侯“听古乐则唯恐卧，听郑卫之音则不知倦”一样，昏昏欲睡罢了。所以，淮茗在反思戏曲经历了百年改革后依然萎靡不振的原因时说：

> 回顾戏曲改革的百年历程，可以说，不管出发点如何，多数情况下都是事与愿违，成少败多。原因固然有多种，但笔者以为，其中一个最为核心的问题就是，很多戏曲改革者没有把戏曲看作戏曲，而是当作一种宣传教化、改造民众的工具。……这在20世纪中期特别是“文化大革命”期间，更是发展到登峰造极的地步，演出了一场空前绝后的历史闹剧。[①]

淮茗先生说得很有道理。我们不能无视、改变戏曲是通俗文学、民间文学这一本质。不能让原本轻松活泼的戏曲变成承担拯救世人重任的雅乐，任何一种文学形式，若过多承担社会责任，则必然脱离民众而成为孤芳自赏的所谓高雅艺术、道德艺术，也必然会失去大量观众。在市场化的今天，戏曲的娱人作用显得尤其重要。

---

① 淮茗：《民间的力量——从〈乡村戏曲表演与中国现代民众〉说起》，《上海戏剧》2004年第z1期。

其次，剧作的视角要立足民众。郑振铎先生所说的“抓住民众的心意和情绪来写”[①]与淮茗先生所说的“对民众的心态和接收情况”[②]都说明剧本的创作要用民众思维来统筹安排剧情结构，要时刻了解民众思维的变化，如此，才能赢得观众的喜爱。虽然民众视角总有张冠李戴、移花接木、无中生有之嫌疑，但百姓只图好看、图过瘾，越传奇越好，其中的虚实并不愿探究，甚至是“心甘情愿”被骗。就连李渔也说：

> 凡阅传奇而必考其事从何来，人居何地者，皆说梦之痴，人可以不答者也。[③]（《闲情偶寄》卷一“结构第一·审虚实”）

李渔不回答问者追根溯源般的问题，说明民间文艺，无需如史实般真实，也无需考证。这犹如近两年很火爆的《甄嬛传》一样，其中杜撰了很多人和事，甚至熹贵妃的小儿子竟然是果郡王的亲生儿子，但这并不妨碍观众对此剧的喜爱，甚至该剧漂洋过海，在海外也受到追捧。虽然《甄嬛传》不是戏曲，但同样作为消遣娱乐的文化产品，它们之间的道理是相通的，那就是“想观众所想，给观众所需”。

再次，明确戏曲的曲子、语言、题材也是要不断更新，升级换代的。尤其是其中的曲子与语言不可一成不变。

传统优秀剧目保持其原汁原味的唱法固然无可厚非，但更重要的是，我们还可以开辟另外一条道路，那就是加入新时代的新元素，或对传统剧目的表演做一些改变，努力做一些新的尝试。明代天然痴叟在《石点头》卷二中说：

---

① 郑振铎：《中国俗文学史》，东方出版社1996年版，第95页。

② 淮茗：《民间的力量——从〈乡村戏曲表演与中国现代民众〉说起》，《上海戏剧》2004年第z1期。

③ 《中国古典戏曲论著集成》（七），中国戏剧出版社1959年版，第20—21页。

常言好曲子唱了三遍，也要口臭了。①

可见，戏曲只有在不断变化中才能保持其生命力。清代李渔也批评这种毫无变化的演唱，他在《闲情偶寄》卷四“演习部·变调第二·变旧成新”条中说：

演到旧剧，则千人一辙，万人一辙，不求稍异；观者如听蒙童背书，但赏其熟，求一换耳换目之字而不得。②

李渔还在《闲情偶寄·演习部》“变调第二”条下说：

变调者，变古调为新调也。……变则新，不变则腐。变则活，不变则板。③

这都说明曲子也要求新求异，而其中的“新调”则为通俗而流行的新曲调。这正如第四章所论述的《三十种》中“一曲百唱”、“一曲百变”、“一曲入数调”、“子母调”一样，曲子要处于活的状态、处于变的状态，才能不断吸收时代的新元素入曲，为传统戏曲注入新鲜血液，使戏曲突破传统，保持新鲜不腐，也才能使戏曲从高雅的舞台走向通俗化的民间，走向大众。

至于语言，更是要与时代同步。古人批评一味追求旧语言的做法是“寻章摘句老雕虫”，而时代新鲜个性化的语言能给观众带来耳目一新之感。

以山西蒲剧《采花》为例，剧中有两处典型的晋南方言词语。一为“亶”字，一为“圪擞擞”一词。剧中的强盗侯上官被摔断腿后说：“哎，倒霉得很，腿也被摔坏了，天亮了，我只好绕道亶（音

① （明）天然痴叟：《石点头》，上海古籍出版社1985年版，第50页。

② 《中国古典戏曲论著集成》（七），中国戏剧出版社1959年版，第79页。

③ 同上书，第76页。

wéi）回去。”其中的“𨓈”字，《汉语大字典》[①] 引《广雅·释训》中的释义“𨓈𨓈，进也”，说明该字有“前行”之义。在今晋南方言中该字也有“行进”义，但主要指“以屁股着地向前行走”之义。陈海鹏《临汾方言词汇考释》中说：

> 𨓈 wei《中华大字典》：“进貌”。即形容行进，向前推移。《楚辞·九辩》：“时𨓈𨓈而过中兮。”晋陆机《赴洛道中》：“𨓈𨓈孤兽骋，嘤嘤思鸟吟。”本地方言中“𨓈”直接当动词用，表示挪动。如：“他走不快，一点一点地朝前𨓈哩。”“她（坐着）朝那边𨓈了一下，腾出块地方来，让他坐下。”[②]

可见，“𨓈”字合“前行、缓慢、以腚前行”三义为一字，含义十分丰富。《采花》此处使用“𨓈”字，实因该剧表演的一大特色即为用臀部、肩背行走，而“𨓈”字正好具有此义，观众在听到“𨓈回去”一语后，便知该角色要表演臀部行走的戏份了。所以此处虽然使用方言词语“𨓈”字，但在蒲剧盛行的晋南观众听来，却能起到很好的提示作用，观众也能心领神会。《采花》中还使用晋南方言“圪擞擞、圪擞擞”（表示不断抖动的样子）等方言口语词，都为观众带来耳目一新之感。该剧受到观众的喜爱，这其中应有语言新颖的一份功劳。所以，李渔在《闲情偶寄》卷一“词采第二·贵显浅”条下说：

> 词曲不然，话则本之街谈巷议，事则取其直说明言。[③]

《采花》中的“𨓈”、“圪擞擞”即为“街谈巷议”之语，在当地人听来，均为“不问而知”之词。当然方言词语并非越多越好，

---

① 《汉语大字典》（上册），四川辞书出版社、湖北辞书出版社1995年版，第294页。

② 陈海鹏：《临汾方言词汇考释》，临汾市尧都区三晋文化研究会、临汾市尧都区根祖文化研究会编（山西省内部图书）2008年版，第63—64页。

③ 《中国古典戏曲论著集成》（七），中国戏剧出版社1959年版，第22页。

李渔在《闲情偶寄》卷三“宾白第四·少用方言”中说：

> 凡做传奇，不宜频用方言，令人不解。①

所以新鲜之语的使用，也要把握好度。

最后，戏曲回归民间与市场的介入。

传统戏曲要再次繁荣，不能一味走高雅之路，而应回归民间。戏曲本为民间文艺，这是其本质，一旦雅化，便脱离通俗，脱离民众，变成少数人把玩的艺术了。所以郑振铎先生说：

> 渐渐的这种新的文体升格而成为王家贵族的东西了。至此，而它们渐渐的远离了民间，而成为正统的文学的一体了。
>
> 当民间的歌声渐渐的消歇了的时候，而这种民间的歌曲却成了文人学士们之所有了。②

戏曲由俗至雅，也经历了郑振铎先生所说的这一过程，然而这一过程并不是戏曲的荣幸，而是将戏曲置于死亡之地。因此戏曲要繁荣，还需回归民间。淮茗先生就说：

> 相信民间，理解民间，回到民间，这或许是中国戏曲及其相关研究走出困境的一个最佳路径。没有深厚民众基础的艺术注定是没有出路的。否则，如果只是少数人孤芳自赏的实验品，却动用大量的人力、财力等社会资源去挽救一种已经失去观众的、没有生存能力的艺术，以注射“强心剂”的方式来人为制造“艺术泡沫”，这不也是一种话语霸权吗？③

---

① 《中国古典戏曲论著集成》（七），中国戏剧出版社 1959 年版，第 60 页。

② 郑振铎：《中国俗文学史》，东方出版社 1996 年版，第 2 页。

③ 淮茗：《民间的力量——从〈乡村戏曲表演与中国现代民众〉说起》，《上海戏剧》2004 年第 z1 期。

所以说，戏曲要繁荣，必须回归民间，而戏曲的回归民间之路，离不开市场的介入。

杂剧在元代十分兴盛，其中一个重要的原因是围绕杂剧而形成的书会、剧团、演员无一不是靠演出的最终收入来谋生的，他们的活动与市场、民众紧密相连。此时杂剧不是文人孤芳自赏，而是全民共同欣赏，虽然此时文人与演员在演出过程中有诸多辛酸之经历，但此辛酸艰难的过程正是一次次适应市场的写照，正因为他们能跟随时代变化而变化，故而杂剧能迅速适应瞬息万变的市场并能繁荣一时。然而自进入明代后，文人大量介入戏曲，戏曲才逐渐变得僵化。郑振铎先生说：

> 散曲是流行于元代以来的民间歌曲的总称。……到了明代中叶以后，散曲才成了僵化的东西。但还不断的有新的俚曲加入其中，使之空气常是新鲜不腐。在清代也是如此。①

虽然郑振铎先生说的是散曲，但是杂剧也一样经历了这一不幸。明代文人不仅自己创作一些说教性强的剧作，比如丘濬《五伦全备记》、邵灿《香囊记》等，甚至还对元人杂剧进行改编，以期杂剧能表现改编者的思想，比如臧懋循的《元曲选》就对杂剧进行了改编，《三十种》中的《气英布》一剧，元剧中的刘邦被描述为“无赖”，但在改编后的《元曲选》中，刘邦原本的无赖行为，被解释成深思熟虑后的有意之行为；臧氏还将《赵氏孤儿》一剧中强烈的反暴君的思想改编成“为帝王讳”的“清君侧”的温文敦厚的风格。这种编剧与改编，均已脱离戏曲娱乐的本质，而变为统治者说教的工具或歌颂统治者的工具，因而也脱离了人民大众这一广泛的群众基础。使原本轻松的文学艺术承担了沉重的社会功能，自此，戏曲逐渐走上教化的道路而变成高雅的艺术了，清代亦是如此，“文革”更是发挥到极致。而那个时期戏剧完全成为革命思想的宣传载体，八个样板戏是

① 郑振铎：《中国俗文学史》，东方出版社1996年版，第338页。

最好的说明。

这一切均说明，脱离市场化的戏曲，失去了改变自身的外部环境，逐渐变得僵化，最终变成死的艺术。戏曲要想繁荣，要走民间化的道路，应引入市场机制，从外部给戏曲注入活力，以期再次达到全民共赏的繁荣之境。

结　语

我着手研究戏曲较晚，在攻读博士学位之前，对戏曲的了解仅限于中学课文以及文学史课程上对元代文学的点滴介绍。初入戏曲文物研究所后（后更名为戏剧与影视学院）攻读博士学位时，纯为“门外汉”，对很多业内人士习以为常的知识都觉得十分陌生，有的理解起来总觉得是懵懵懂懂的，为了理清知识之间的脉络，于是常从常识入手考虑一些问题。拙文《〈元刊杂剧三十种〉之通俗性研究》就是在这样的情况下产生的。

众所周知，元杂剧是通俗文学。然而，元杂剧通俗性的具体表现是什么，是语言、曲子、表演还是其他，为什么会有通俗化的现象，通俗性在元杂剧中又有什么意义，对我们今天戏曲的繁荣有无借鉴，元刻杂剧与明刻元人杂剧有何不同，不同的原因是什么……一系列问题，鲜有人去综合研究。这些问题看似平常，然却涉及元杂剧的本质。而《元刊杂剧三十种》是现存唯一的元刻杂剧集，与明刻本、明抄本相比较，应该是最接近元杂剧真实面貌的，因而上述问题的探讨都必须基于《元刊杂剧三十种》，论文题目最终就这样定了下来。

从通俗性的角度研究《元刊杂剧三十种》，确实有意外收获。比如研究刊刻的通俗性时，发现其中有大量的圈符，这些圈符的意义并非前人所云的避讳，而是民间为求刊刻简易而以圈符代之的一种现象。研究语言的通俗性时，发现一些特殊的方言词前人释义有误，有的方言词只是取方音但后人注音却不注方音，有的方言词具有特殊的表现力但后人囿于某地方言的缺乏而无法注释，还发现曲辞中大量使用叹词、摹状词等口语化极强的词语，这都使曲文变得通俗易懂。研究科白的通俗性时，发现有些科白提示语有特殊含义。尤其是研究曲子通俗性的时候，发现《元刊杂剧三十种》中“一曲入数调”与文献中记载的“一曲入数调”有相同点，但也有不同点，这些不同点都说明曲子始终处于变化之中，是在实践中不断吸取新的养分的，除此之外，还发现唯一的“子母调”，通过对“子母调”的分析，发现“子母调”具有复杂的唱法。在研究视角通俗性的时候，发现编剧者对历史人物的塑造有意夸大甚至是虚构，这都是为了塑造鲜明的人物形象，最终迎合观众的审美需要。在探讨元杂剧出现通俗性的原因时发现，通俗性在元杂剧中的出现，是民众对俗文学的需求所致，也是文学规律发展的必然；探讨元杂剧在元代兴盛的原因时发现，通俗性是其繁荣昌盛的一个重要原因，因而，通俗性对当今戏曲繁荣具有重要的借鉴意义。在比较《元刊杂剧三十种》与《元曲选》的通俗性的差异时，发现《元刊杂剧三十种》是基于表演，基于民众的，而《元曲选》则是基于案头阅读的，基于文人，基于维护统治阶层的。

任何研究难免“挂一漏万”，拙文亦不例外。文中从五个方面分析《元刊杂剧三十种》的通俗性的具体表现，或许还有第六、第七甚至更多方面的通俗性的表现；另外，有些问题是需要深入探讨的，比如在曲子的通俗性中，多样的唱法应该作为研究对象，但限于材料以及本人对具体唱法的零基础，不能像杨荫浏先生那样从曲谱的角度去深入研究，只能是借助文字大致描摹曲子唱法上的一些特点，不能不说是一桩憾事。还有，文中涉及一些少数民族语言，如蒙语、女真语等，因不掌握其语言只能“人云亦云”，其中的争论自己无法找到新证据来支持其中一方或提出新的观点。除此之外，尚有版本方面的勘定，因学识有限，亦只能大致推测其版本性质，却无法下确切结论。这些问题都是拙文的不足之处，虽一时之间难以解决，却也是我今后努力的方向与攻克的对象，也是借此来扩大研究范围与研究深度的一个契机。

附　表

附表一

《三十种》语气词一览表（包含疑问代词）

剧目	科白中的语气词	曲子中的语气词	合计	科白与曲子均出现的语气词
西蜀梦	科白全无	谁、怎、几（曾）、甚、也、甚么、（为）何、呵、怎生、如何、波、（死得）来、也么哥（13）	13	0
拜月亭	了、咱、末、怎、哩、呵、几曾、怎生呵、那（同呐）、者波、怎生、来、莫不、谁、吵、那（同哪）里、波、也、末波、几时、阿也、只波、甚末、也啰、则末、则末那（同子末那）、甚迭、如何（28）	（许）来（大）、何（日）、甚（时）、也、啦、嗨、那（同哪）里、些、呵、也那、怎生、那（同呐）、（好）也啰、怎、波、怎地、来波、不刺、（天）那、谁、几时、也末哥、者、甚、甚迭（25）	41	怎、呵、怎生、来、谁、那里、波、那（同呐）、也、几时、也啰、甚迭（12）
单刀会	咱、了、呵（3）	了、来（句中）、的、甚、也、甚么、也末哥、何（处）、那里也、怎（10）	12	了（1）
调风月	呵、了、末、甚、子末、哎、咱、也、波、呀（10）	甚、怎、甚末、哎、谁、那里、那（同哪）些、（波）娘、多少、末不、怎地、何如（12）	20	甚、哎（2）
遇上皇	了、呵、来、哩、末（5）	甚、呵、甚的、哎、嗨、何（处）、也、几时、谁、乃、怎、怎生、何曾（13）	17	呵（1）
疏者下船	科白全无	了、怎（敢）、谁、呵、甚、怎生、怎、那（同哪）个、哉、甚的、那（同哪）里（11）	11	0
冤家债主	了、呵、咱、者（4）	了、甚、那、怎、咱、乃、何、甚末、那（同哪）里、那（同哪）一个、呵、末不、也、怎生、（些）娘（15）	16	了、咱、呵（3）

续表

剧目	科白中的语气词	曲子中的语气词	合计	科白与曲子均出现的语气词
陈抟高卧	了、咱、者、呵（4）	几（人）、呵、谁、甚、怎、矣、怎生、也末哥、也、呀（10）	13	呵（1）
任风子	咱、甚么、了、呵、哕、子末、莫不（末不）、那（同哪）里、哩、喋、怎生、也、嗨、不哕（14）	何（曾）、甚、咱、怎生、也末哥、呵、几、谁、那（同哪）、甚么、那（同哪）里、呀、哎哟、也、（天）那、几（时）、（甚）娘（17）	24	咱、怎生、呵、甚么、那（同哪）里、也（6）
老生儿	也、咱、了、来、甚末、哩、怎生、甚、如何、呵、子末、喋、末（13）	也、怎、哉、谁、呵、甚、甚的、也那（同呐）（8）	18	也、甚、呵（3）
三夺槊	甚么、也、了、哕、哎、呵（6）	岂、谁、几（个）、几（处）、哎、呵、嗨、怎、呀、甚么、喋、也末哥、哕、怎（14）	16	哎、呵、甚么、哕（4）
气英布	乃、者、那（同呐）、呵、么、哩、来、哕、哎、怎生、甚、那（同哪）里也、那（同哪）里、些个、也、嗨（16）	甚末、怎、甚、怎生、嗽、呵、也、如何、几时、波、谁、喋、也末哥（13）	25	呵、怎生、甚、也（4）
赵氏孤儿		何时、甚、怎、谁、何、呵、呀、那（同哪）个、何如（9）	9	0
紫云亭	了、者呵、呵、哩、也、吁（6）	呵、波、谁、甚、嗽、啰、呀、啦、哎、也、喋、嗨、啐、咭、吡、末、（些/末）娘、不刺、甚末、岂、怎生、怎、来、几曾、个（25）	29	呵、也（2）
汗衫记	者、咱、者波、呵、来、只、也、（天）哪、多少、哩、子末（11）	呵、怎生、怎、岂、哎、那（同哪）一个、难道、甚、怎生、嗄、也、也末、来、谁、嗨、哪里（16）	24	呵、也、来（3）
衣锦还乡	也、怎、呵、些儿者、子么、了、些儿个、咱、嘛（9）	呵、那（同哪）里、岂、了、怎、那（同哪）一个、哉、来、谁、（甚）娘、甚、甚时、也、甚末（14）	19	呵、了、怎（4）

续表

剧目	科白中的语气词	曲子中的语气词	合计	科白与曲子均出现的语气词
魔合罗	咱、怎生、嗨、呵、哎、来、末、几、者（9）	来、怎、莫不（末不）、何、谁、阿哟、呀、嗨、呵、甚、怎生、如何、何、那（同哪）个、嗉、干剌、哎（17）	23	嗨、呵、哎（3）
贬夜郎	也、哕、几时、嗨、来、哪里（6）	甚的、怎、何时、谁、怎生、也末哥、甚、几曾、末不、波、甚时、何曾、也、来、矣、兮（16）	21	也（1）
借铁拐李还魂	呵、何、了、甚么、谁、怎的、怎么、哩、也、甚、甚的、么、来（13）	甚、呵、哎（嗳）、谁、也么哥、岂不、来、怎、怎生、（天）那、几时、呀、岂、也么、怎么（15）	24	呵、谁、甚、怎么（4）
火烧介子推	者、怎生、呵、何、矣、怎、么、乎、也、哉、哩、安、个（13）	哉、呵、甚、甚末（甚么）、子么、何、哎、如何、呀、嗨、怎、怎生、那（同呐）、乎、谁、咱、罢、甚那、几（日）、那（同哪）里、吡（21）	29	呵、何、哉、怎、怎生（5）
东窗事犯	呵、甚、哕、哪里、谁、来、几曾、也、咱、则个（10）	莫不、甚、也、怎、也、如何、怎生、岂不、几曾、呵、也末哥（11）	17	甚、也、几曾、呵（4）
霍光鬼谏	嗨、呵、么、来、者、怎生、咱、呀、哎、也（10）	甚的、呀、岂、怎、甚、呵、何、谁（8）	16	呵、呀（2）
范张鸡黍	也（1）	哉、怎的、如何、怎生、怎、何、呵、甚的、也、岂、耶、几时、那里（同哪）也、甚么、谁、来（16）	16	也（1）
七里滩	也、呵、来、咱、几（5）	何、怎生、来、呵、谁、怎、波、甚、甚么、也那、乃、如何、罢、几曾（14）	17	呵、来（2）
周公摄政	哕、甚、呵、怎生、若何、嗨、岂、谁、也、波、矣（11）	若何、怎地、怎、怎生、几时、呵、甚、甚的、末不、哉、来、那（同哪）个、安（13）	20	若何、怎生、呵、甚（4）

续表

剧目	科白中的语气词	曲子中的语气词	合计	科白与曲子均出现的语气词
追韩信	的、谁、呵、嗨、子末、吵、者、咱、几、矣（10）	谁、几时、何（日）、甚、呵、怎、怎地、呀、乃、波、（天）那、嗨、不剌、也、那（同哪）里、哎（16）	22	谁、呵、嗨、几（4）
竹叶舟	也、呵、乃、何、莫不、几、甚、者、么、乎、咱、那（同哪）里、甚么、怎生（14）	谁、如何、甚、么、岂、呀、甚么、谁、则么、怎生、个（11）	21	甚、么、甚么、怎生（4）
博望烧屯	哎、几（时）、呵、那（同哪）一个、甚、那（同哪）里、来、哉、也、矣、咱、来末、者、末（14）	谁、甚的、呵、怎地、怎、哎、乃、甚（8）	19	呵、甚、哎（3）
替杀妻	的、呵、来、哩、也、怎生、几、咱、则末（9）	呵、甚、怎、甚么（甚末）、呀、乃、哎、岂、怎生、几曾、也、谁（12）	18	呵、怎生、也（3）
焚儿救母	的、怎、咱、者、怎生、几、也、甚的、那（同哪）（9）	何如、怎生、甚、那（同哪）里、（天）那、谁、怎莫、波、如何、甚么、那（同哪）个、也、哉、吵（14）	21	怎生、也(2)
合计	了、咱、末、怎、哩、呵、几曾、怎生呵、那（同呐）、者波、末波、只波、怎生、来、莫不、谁、吵、那（同哪）里、波、也、几时、阿也、甚末、也啰、则末（子末）、则末那（子末那）、甚迭、如何、的、者、只、几、甚的、那（同哪）、哎、那（同哪）一个、甚、那（同哪）里、哉、矣、来末、乃、乎、嗨、吵、嘛、安、多少、嗏、些儿者、些儿个（些）、不吵、则个、者呵、个、些、矣、吁（58）	咱、呵、波、谁、甚、嗽、啰、呀、啦、哎、也、嗏、嗨、嘛、咭、吡、末、不剌、甚末（甚么）、岂、怎生、怎、来、几曾、何、也么哥、如何、何（日）、甚（时）、那（同哪）里、些、也那、那（同呐）、（好）也啰、怎地、来波、（天）那、几时、者、何如、怎莫、那（同哪）个、哉、吵、乃、甚的、莫不（末不）、安、也那、罢、耶、阿哟、（波/末/些/甚）娘、哎哟、也么（也末）、何曾、干剌、个、矣、乎、甚迭、嗄（62）	79	只出现在科白：哩、嘛、只、子末（则末）、则末那（子末那）、多少、不吵、些儿者、些儿个（些）、者波、末波、只波、则个、者呵、阿也、怎生呵、吁（17）

附表二

《三十种》摹状词情况一览表

剧目	摹状词的数量	摹状词出现的次数	摹状词备举 备注：分号表示分折	备注
西蜀梦	12	12	急煎煎、扑簌簌、茸茸（蓑衣）、青鸦鸦、黄壤壤；笑呵呵；碧粼粼、疎剌剌、急飐飐、威凛凛、昏惨惨、虚飘飘	曲文中
拜月亭	36	37	青湛湛、悠悠（天）、飒飒、凄凄、稠紧紧、粘软软、豁地、悄地、缊地；悒悒、忽忽、明晃晃、闹荒荒、冻剥剥、活支沙、生吃扎、眼睁睁；恶纷纷、冷清清、明皎皎、（心事）悠悠、韵悠悠、碧荧荧、薄设设、冷清清、闲遥遥、闷恹恹、深深的、搽搽的、涩涩的、煴煴的、一星星；眼恳恳、碜可可、查查胡胡、情脉脉、恨绵绵	曲文中
单刀会	23	23	喜姿姿、暗暗的、紧紧的、圪塔的；悠悠、殷殷、纷纷的、厌厌的、咚咚、不剌剌、恶喑喑、不邓邓；（天下）荒荒、谨谨、暗暗、紧紧、气昂昂、雄纠纠、威凛凛；闹吵吵、昏惨惨、冷飕飕、急飐飐	曲文中
调风月	28	28	窄窄别别、忽地、兜地；微微、恍惚、慢松松、气丝丝、汗浸浸、疏剌剌；干支剌、轻乞列、热忽剌、呼的、铺的、羞答答、撒地、歇地、战战兢兢、袅袅停停、孤孤零零、冷冷清清、咽咽哽哽、美甘甘、薄设设；悠悠的、颤嵬嵬、错支剌、盈盈	曲文中
遇上皇	10	10	剌登哩登、嗤嗤、幽幽地；啯啯的、絮叨叨；醺醺醉、微微；闹吵吵、语语喃喃、静静巉巉	曲文中
疏者下船	9	12	恶噷噷、雄纠纠、急煎煎、意迟迟、眼睁睁；急煎煎、眼睁睁、闹吵吵、翻滚滚、眼睁睁；滔滔、悠悠（魄散魂飞）	曲文中
冤家债主	16	16	湛湛（青天）、漫漫（黄沙）；浓浓、临临、生忔插、痛杀杀、扑簌簌；区区、山隐隐、水茫茫、泪汪汪、急慌慌、疼杀杀、絮叨叨、骨庄庄、气昂昂	曲文中
陈抟高卧	15	16	苦厌厌、明朗朗、黑甜甜、喝喽喽；思飘飘、乐陶陶、乱扰扰、闹攘攘、闲遥遥、缓缓的、驱驱的；喝喽喽、穰穰垓垓、战战兢兢；翠巍巍、呀地	曲文中
三度任风子	21	23	滴溜、扑地、亨地；的溜扑、腾的、厌的、潇潇、悠悠、蠢蠢、泛泛、落落、滚滚、急急；淡淡、匆匆、厌厌、叫丫丫、哭啼啼；潇潇、飘飘、腾的、腌臜臜、各支支	曲文中

续表

剧目	摹状词的数量	摹状词出现的次数	摹状词备举	备注
天赐老生儿	12	13	频频、暗暗、急煎煎、曲躬躬、眼睁睁；攘攘劳劳、痛杀杀、眼睁睁、烦烦恼恼；光塔塔、湿浸浸、哭啼啼；气忿忿	曲文中
三夺槊	45	50	骨剌剌、赤力力、不剌剌、乱烘烘、密稠稠、齐臻臻、气扑扑、呀呀呀、咮咮咮、火火火；雄纠纠、恶暗暗、不剌剌、韵悠悠、不鼕鼕、响当当、稀撒撒、滴溜溜、古剌剌、急煎煎、的溜溜、咋咋地、剥地、黄甘甘、白丝丝、卒卒地、飕飕地、吸吸地、惊急列、烦烦恼恼、焦焦躁躁、悠悠（魂魄）、忽地、脱地、的溜溜、忔扑扑；湿漉漉、古鹿鹿、闹垓垓、哭啼啼；乱烘烘、嫩茸茸、宛转转、撒撒地、飒飒地、昏澄澄、不剌剌、都速速、意悬悬、曲躬躬	曲文中。尤以第二折为最多
气英布	43	48	（嗔容）忿忿、（冷笑）呵呵、寒森森、明飐飐、急飐飐、圪擦的、血沥沥；实丕丕、笑吟吟、势雄雄、威纠纠、齐臻臻、闹垓垓、湿浸浸、圪搽搽、缉林林、古剌剌、扑邓邓、眼睁睁、气扑扑；笑吟吟、舌剌剌、村棒棒、急留古鲁、急留古鲁；古剌剌、咮咮咮、响飕飕、吵吵吵、各臻臻、呀呀呀、扑剌剌、咚咚咚、火火火、古剌剌、脱脱脱、扑剌剌、纷纷纷、霭霭霭、腾腾腾、隐隐隐、吁吁吁、吉丁丁、足吕吕、圪擦擦、厮琅琅、嗔忿忿、黄烘烘	曲文中。尤以第四折为最多
赵氏孤儿	17	18	（天下）荒荒、碧悠悠、紧帮帮、窄狭狭、低矮矮；齐臻臻、明晃晃、笃速速、可丕丕、不邓邓、碜可可；懒支支、恶歆歆、青鸦鸦、闹吵吵、血漉漉、恶歆歆、乞支支	曲文中
紫云亭	8	8	青青、茸茸；啼啼；舞旋旋、劳穰穰；厌地、碌碌、骎骎	曲文中
汗衫记	13	13	闲遥遥、稳拍拍、恢恢、焰腾腾、叫吖吖、忽剌剌；呆呆邓邓、哭哭啼啼、怨怨哀哀、喜喜欢欢、停停当当、奸奸诈诈、虔虔答答	曲文中
衣锦还乡	25	27	威纠纠、气昂昂、身凛凛、皃堂堂、眼巴巴；可捕捕、吉丁；吖吖、悄懒懒、黄甘甘、恶暗暗、捕鲁鲁、惨可可、苦厌厌、滴溜溜；醺醺醉、醺醺醉、兢兢战战、悠悠荡荡、可捕捕、村村棒棒、簪簪；巴巴沙沙、剌剌搭搭、丕丕地、赤留出剌、辟留扑同	曲文中

续表

剧目	摹状词的数量	摹状词出现的次数	摹状词备举	备注
魔合罗	47	53	黑洞洞、白漭漭、湿漉漉、吉彪古堆、吸留忽剌、乞留屈吕、失留疏剌、奚留急了、乞纽忽哝、匹彪扑答、急张拘住、尺留出吕、滴留滴列、眼巴巴、湿漉漉、扑扑、烘烘、不朗朗；阴阴、唏唏、忽忽、撒撒、扑扑、的薛薛、普速速、喑喑、忽忽、撒撒、眼盼盼、急煎煎、慢腾腾、呀的、仰剌叉、扑的、烘烘、忽忽、啯的、烘的、坯的；咚咚、喏喏、静悄悄、雄纠纠、湿浸浸、磣可可、泪汪汪、哭啼啼；闷恹恹、扑鲁、曲弯弯、宽绰绰、黄烘烘、黄甘甘	曲文中
贬夜郎	8	10	眼睁睁、闹吵吵、光灿灿、闹吵吵；臻臻地、碧澄澄、绿湛湛；闹闹吵吵、闹闹吵吵、欢欢喜喜	曲文中
借铁拐李还魂	7	7	呆呆答答、醉醄醄；哈噜噜；哭啼啼、磣可可；闹穰穰、滴滴溜溜	曲文中
火烧介子推	29	31	磣可可、血沥沥；眼睁睁、（魂魄）悠悠；劫劫巴巴、潇潇洒洒、纷纷（形容雪落下的样子）、哭啼啼；翠巍巍、焰腾腾、黑洞洞、闹垓垓、急穰穰、悄蹙蹙、古爽爽、烦烦、纷纷(形容火焰上窜的样子)、急煎煎、密匝匝、红红的、腾腾的、烘烘的、血沥沥、巴巴劫劫、波波碌碌、飕飕、密匝匝、沤沤、刮刮的、补氤氤、忒楞楞	曲文中
东窗事犯	11	11	苦苦、湛湛（青天)、潇潇洒洒、怨怨哀哀、荡荡悠悠；普碌碌、苦恹恹、笑吟吟、磣可可、血沥沥、痛杀杀	曲文中
霍光鬼谏	8	8	醉醺醺、醄醄、闹垓垓、（韵）悠悠、古剌剌；明滴溜、滴羞笃速；冷飕飕	曲文中
范张鸡黍	20	20	彬彬、堂堂；喋喋、凛凛的（英魂)；冥冥杳杳、荡荡悠悠、不剌剌、黄绀绀、痛杀杀、呀呀（雁鸣声)、疏剌剌、冷飕飕、支生生、静悄悄、昏惨惨、（魂魄）悠悠；另巍巍、高耸耸、闹吵吵、曲弓弓	曲文中
七里滩	13	13	悠悠荡荡、劳劳穰穰、娇滴滴、玉纤纤；苍苍、泱泱、静悄悄、冷清清、香馥馥、疏刺刺、齐臻臻、明晃晃；醉醺醺 (注：除“苍苍、泱泱”见于科白外，其余均见于曲文)	科白与曲文中均有
周公摄政	8	8	滴溜、嗷嗷、兢兢战战、怯怯乔乔；磣可可、普涟涟、痛杀杀、清耿耿	曲文中

续表

剧目	摹状词的数量	摹状词出现的次数	摹状词备举	备注
追韩信	20	20	昔零零、乱纷纷、凛凛（寒风）、扬扬、丕丕的、恶歆歆、踢收秃刷、兢兢战战、的羞剔薛；滴溜、拍拍、呀呀（雁鸣声）、潺潺、珊珊、冷清清、忒楞楞、鬓斑斑、水潺潺；碌碌；另巍巍	曲文中
竹叶舟	20	24	纷纷扬扬、渺渺；战笃速、苦恹恹；悠悠、悠悠、飕飕、汪汪（犬吠）、絮叨叨、泪汪汪、悠悠、咿哑、滴溜、疏剌剌、白莽莽、怯怯乔乔、浪淘淘、战钦钦、滴溜；静潺潺、战笃速、惊急列、慌慌、孜孜 （注：除“纷纷扬扬”见于科白外，其余均见于曲文）	科白与曲文中均有
博望烧屯	16	16	高耸耸、长挽挽、红馥馥、黑真真；齐臻臻；堂堂、闹垓垓、明晃晃、焰腾腾、海漫漫、气昂昂、紧邦邦、直停停、碜可可、叫丫丫；峥嵘峥嵘	曲文中
替杀妻	19	22	红馥馥、绿茸茸、恰恰、喧喧、呖呖、翩翩、习习、醉醺醺、滴修都速、殢殢涎涎；絮叨叨、碜可可；醉醺醺、孜孜、扑扑、战战兢兢、滴修都速；碜可可、精精细细、伶伶俐俐、哭哭啼啼、切切悲悲 （注：“精精细细、伶伶俐俐”应用于科白中）	曲文中与科白中
焚儿救母	19	23	汗溶溶、冷渗渗、面融融、笑孜孜、焰腾腾、碜可可；明晃晃、高耸耸、闹呵呵、焰腾腾、昏惨惨、人攘攘、闹呵呵；明晃晃、急煎煎、笑吟吟、闹垓垓、齐临临；泪汪汪、心攘攘、眼睁睁、醉醺醺、急煎煎	曲文中
合计	361	620		

附表三

《三十种》摹状词来源例说

1. 来源于先秦到南北朝（共33个）

从古到元代《三十种》中一直在使用且意义未变的摹状词：飒飒、凄凄、微微、恍惚、醉醺醺（亦作熏熏醉）、滔滔、湛湛、漫漫、浓浓、潇潇、落落、淡淡、青青、骎骎、恢恢、阴阴、烦烦、彬彬、喋喋、苍苍、泱泱、嗷嗷、凛凛、悒悒、忽忽、渺渺、孜孜、翩翩、习习、翻翻、盈盈、悠悠、战战兢兢（元人也作兢兢战战），共33个。

除上述词语外，先秦至南北朝时期新出现的摹状词为元人《三十种》所借鉴者尚有：飕飕、凄凄、惨惨、飘飘、晃晃、潺潺（形容流水缓慢或烟雾弥漫的样子，如水潺潺、烟水潺潺）、清清、深深、悬悬、厌厌、昂昂、赳赳、浸浸、甘甘、嵬嵬、幽幽、区区、隐隐、汪汪、庄庄、朗朗、陶陶、扰扰、驱驱、巍巍、泛泛、烦恼、忿忿、力力、臻臻、咋咋、卒卒、吸吸、漉漉、宛转、澄澄、速速、丕丕、雄雄、琅琅、碌碌、哀怨、喜欢、停当、荡荡、洞洞、暗暗、攘攘（亦作穰穰）、蹙蹙、爽爽、生生、滴滴、纤纤、馥馥、乔乔、涟涟、扬扬、淘淘、钦钦、漫漫、停停、峥嵘、喧喧、精细、悲切、溶溶、融融、临临、绵绵、耿耿、脉脉、皎皎、纷纷、粼粼、急急、堂堂、潺潺（形容静悄悄的样子，如静潺潺）。

2. 来源于唐五代（共12个）

《三十种》中所使用的唐五代新出现的摹状词有：笑呵呵、谨谨、忽地、匆匆、频频、碌碌（汉代已有，但义为石头多，形容玉石的外貌；唐代已表示平庸、劳苦之义）、白漭漭（亦作白莽莽）、苦苦（隋已有该词语，为佛教用语，表示由寒热饥渴等苦缘所生的苦恼，元人用作副词，表示坚决、执着）、拍拍、珊珊、咿哑、恰恰，共12个。

除上述情况外，唐五代新出现的摹状词为元人《三十种》所借鉴者尚有：煴煴、呀呀、簌簌、茸茸、鸦鸦、呵呵、刺刺、剥剥、飕飕、丝丝、杀杀、喽喽、可可、劳劳、扑扑、森森、沥沥、窄狭、旋旋、拍拍、腾腾、弯弯、绰绰、灿灿、劫劫、波波、怯怯、零零、滚滚、斑斑、嗤嗤。

3. 来源于宋金时代（共20个）

《三十种》所使用宋代新出现的摹状词有：（天下）荒荒（唐代词语，宋人赋旧词以新意，元沿用）、冷飕飕（飕飕，唐代词语，宋人赋旧词以新意，元沿用）、扑簌簌、冷清清（冷冷清清）、明晃晃、闷恹恹（唐代已有恹恹一词，表示精神萎靡不振）、闹吵吵（闹闹炒炒）、区区（汉已有，但是小的意思，宋代区区已经是“驱驱”之意了，元沿用）、泛泛（先秦已有，宋人赋予平常意，元沿用）、喏喏（宋代已有）、乱烘烘、笑吟吟、静悄悄、扬扬（亦作《三十种》亦作纷纷扬扬，扬扬一词，先秦已有，但表示得意的样子，至宋，始有飘落之义），共14个。

除上述情况外，宋代新出现的摹状词为《三十种》所借鉴者：煎煎、答答（宋代为拟声词，元人做词缀）、叨叨、缓缓、黑甜、当当、林林（辽宋）、醄醄、耸耸、伶俐、紧紧。

《三十种》所使用金代新出现的摹状词有：急煎煎、昏惨惨、一星星、眼悬悬（悬悬，汉人表示惦念、遥远貌，金人眼悬悬表示盼望）、兜地、汪汪（汉已有之，但是是水深广的样子；金人已赋予它狗叫之义），共6个。

金代出现的“飑飑、设设”为元人《三十种》所借鉴。

4. 来源于元代（共296个）

（1）在前代摹状词的基础上增加一个词语而形成新的摹状词者（此类摹状词的意义与前代的摹状词的意义往往相同、相近或相关）：青鸦鸦、黄壤壤；碧粼粼、疎（疏）剌剌、急飐飐、威凛凛、虚飘飘、青湛湛、稠紧紧、水潺潺（亦作烟潺潺、潺潺）、闹荒荒、冻剥剥、明皎皎、碧荧荧、薄设设、闲遥遥、深深的、煴煴的、情脉脉、恨绵绵、暗暗的（亦作暗暗）、紧紧的（亦作紧紧）、纷纷的（形容土、雪等落下的样子，亦作纷纷、纷纷纷）、厌厌的、气昂昂、雄纠纠、气丝丝、颤嵬嵬、絮叨叨、翻滚滚（亦作滚滚）、痛杀杀、山隐隐、泪汪汪、疼杀杀、苦厌厌、明朗朗、喝喽喽、思飘飘、乐陶陶、乱扰扰、闹攘攘、缓缓的、驱驱的、翠巍巍、气忿忿、骨剌剌（亦作古剌剌）、赤力力、齐臻臻、响当当、咋咋地、白丝丝、飕飕地（亦作飕飕的）、吸吸地、湿漉漉、嫩茸茸、意悬悬、（嗔容）忿忿（亦作嗔忿忿）、寒森森、明彫彫、血沥沥、势雄雄、威纠纠、响飕飕、扑剌剌（疾奔貌）、厮琅琅、血漉漉、舞旋旋、焰腾腾（亦作腾腾）、忽剌剌、身凛凛、皃堂堂（亦作堂堂）、不朗朗、眼盼盼、曲弯弯、宽绰绰、光灿灿、臻臻地、碧澄澄（澄澄，晋人表示清澈明亮）、绿湛湛、醉醄醄（亦作醄醄）、哈噜噜、闹穰穰、急穰穰、悄蹙蹙、普碌碌、苦恹恹、凛凛的、另巍巍、高耸耸、娇滴滴、玉纤纤、香馥馥、怯怯乔乔、普涟涟、清耿耿、昔零零、乱纷纷、鬓斑斑、浪淘淘、战钦钦、静潺潺、红馥馥、海漫漫、直停停、绿茸茸、汗溶溶、面融融、笑孜孜、人攘攘、齐临临、心攘攘，共111个。

（2）改变传统摹状词形式者：烦烦恼恼（前人用烦恼）、黑甜甜（黑甜宋代已有，表示酣睡。元人化为黑甜甜）、呀呀呀（唐人用呀呀，元人除用呀呀外，还将其化为呀呀呀）、焦焦躁躁（宋代已出现焦躁一词）、宛转转（宛转一词，汉代亦有，表示蜿蜒曲折）、窄狭狭（唐代有窄狭一词）、怨怨哀哀（晋代已有哀怨一词，元人化为怨怨哀哀）、喜喜欢欢（三国时已有欢喜一词，元人化为喜喜欢欢，亦作欢欢喜喜）、停停当当（停当，晋人已有该词，元人化为停停当当）、潇潇洒洒（唐代已有潇洒，表示洒脱、凄凉、自在等义，元人化为潇潇洒洒）、峥嵘峥嵘（峥嵘，汉代已有，表高峻貌，元人化为峥嵘峥嵘）、精精细细（精细，先秦已有，指精美，至元代，表示聪明伶俐，元人将该词重叠为精精细细）、伶伶俐俐（伶俐，宋代已有该词语，表示聪明，元人化为伶伶俐俐）、切切悲悲（悲切，晋已有，表示哀痛，元人化为切切悲悲）、奸奸诈诈，共15个。

（3）将前代两意义相关联的叠音词合成一新词：攘攘劳劳（亦作劳劳穰穰、劳穰穰，劳劳与攘攘前代均有，且都有辛劳、纷乱之意）、波波碌碌（波波，唐已有，表示奔波；碌碌，先秦已有，期间几经赋予新意，至唐代已有奔波之义），共2个。

（4）元人赋旧词以新意：殷殷（以前为忧愁的样子，现为热情的样子）、微微（古为小，元为轻微）、嗤嗤（唐代出现该词，为笑貌，元为拟声词，模拟扯头发的声音）、幽幽地（已在幽幽后加地，凶狠的样子）、临临（汉已有，但为高之义，《三十种》中相当于淋淋）、蠢蠢（先秦已有，为骚乱貌，后世意义不断发生变化，至元代，已赋予愚昧无知义）、急急（南北朝已有，表示急切，元人表示迅速之义）、扑扑（唐已有，表示茂盛的样子，元人用来模拟声音，元人后来又造气扑扑）、卒卒地（卒卒，汉人表示匆忙急迫，元人作象声词）、簪簪（宋人表示参差不齐，元人表示威严、庄严）、烘烘（宋已有，但为乱哄哄之义，元人表示火焰升腾的样子）、喑喑（汉已有之，但表示不成言语的发声，元人用来表示默默）、烦烦（汉已有，表示纷繁杂乱，元人表示浓浓之意）、纷纷（先秦时期已有，表示纷乱的样子，元人形容火焰上窜的样子）、喧喧（南朝时已有该词，但表示喧闹、纷扰，元人表示鸟的鸣叫声），共15个。

（5）元代出现的全新的摹状词：粘软软、豁地、悄地、缊地、活支沙、生吃扎、眼睁睁、恶纷纷、搽搽的、涩涩的、碜可可（可可，唐代已有，但意思为少许、些许、模糊）、查查胡胡、喜姿姿、圪塔的、咚咚（咚咚咚）、不剌剌、恶喑喑（亦作恶噉噉、恶歆歆）、不邓邓、窄窄别别、慢松松、汗浸浸（浸浸，汉代已有，但意思跟汗浸浸完全无关）、干支剌、轻乞列、热忽剌、呼的、铺的、羞答答（答答，宋代已有，但为拟声词，元人用答答作词缀）、撒地、歘地、袅袅停停、孤孤零零、咽咽哽哽、美甘甘（甘甘，汉代已有，但为甘心为其乐为之事）、错支剌、剌登哩登、啯啯的（亦作啯的）、语语喃喃、静静巉巉、虔虔答答，意迟迟（迟迟先秦亦有，但为徐徐意）、生忔插、急慌慌、骨庄庄（庄庄先秦已有，但为正直貌、严正貌）、穰穰垓垓、呀地（亦作呀的）、滴溜（亦作滴滴溜溜、滴溜溜、的溜溜）、扑地、亨地、的溜扑、腾的、厌的（又作厌地）、叫丫丫（亦作叫吖吖、吖吖）、哭啼啼（亦作哭哭啼啼）、腌臜臜、各支支、曲躬躬（亦作曲弓弓）、光塔塔、湿浸浸（浸浸，汉代已有，但意思跟汗浸浸完全无关）、密稠稠、气扑扑（扑扑，唐已有，表示茂盛的样子，元人用来模拟声音，元人后来又造气扑扑）、味味味、火火火、不鬔鬔、稀撒撒、撒撒（亦作撒撒地）、剥地、黄甘甘（亦作黄绀绀，甘甘，汉代已有，但为甘心为其乐为之事，此处为词缀）、惊急列、脱地、忔扑扑（扑扑，唐已有，表示茂盛的样子，元人用来模拟声音，元人后来又造气扑扑）、古鹿鹿、闹垓垓、昏澄澄（澄澄，晋人表示清澈明亮，元人除用澄澄表示该义外，还表示昏暗义的词缀）、都速速（亦作笃速速，速速，楚辞中已有，但表示的是疏远的样子，元人往往表示害怕、发抖的样子）、圪擦的、实丕丕（丕丕，诗经中已有，表示盛大的样子，元人实丕丕表示实实在在）、圪搽搽（亦作圪擦擦）、缉林林（林林在辽宋时表示众多，元代缉林林表示静悄悄）、扑邓邓、舌剌剌（剌剌，唐已有，状风声）、村棒棒（亦作村村棒棒）、急留古鲁、吵吵吵、各臻臻（臻臻，汉为茂盛意，宋为众聚貌，此处的各臻臻为拟声词，相当于咯吱吱）、脱脱脱、靄靄靄、腾腾腾、隐隐隐、吁吁吁、吉丁丁（亦作吉丁）、足吕吕、黄烘烘、紧帮帮（亦作紧邦邦）、低矮矮、可丕丕（丕丕，诗经中已有，表示盛大的样子，元人可丕丕表示心跳）、懒支支、乞支支（生气的样子）、嗙嗙、稳拍拍（拍拍，唐已有，唐人作象声词，鸟拍翅膀的声音，元人只是作词缀）、呆呆邓邓、眼巴巴（巴巴，该词宋代已有，但指黏滞、黏结成块）、可捕捕、悄懒懒、捕鲁鲁、惨可可（可可，唐代已有，但意思为少许、些许、模糊）、悠悠荡荡（悠悠与荡荡在先秦时期已经出现）、巴巴沙沙、剌剌搭搭、丕丕地（亦作丕丕的）（丕丕，诗经中已有，表示盛大的样子，元人丕丕地为象声词，表示心跳声、脚步声）、赤留出剌、辟留扑同、黑洞洞（洞洞，汉已有之，但表示混合、混沌无形义）、吉彪古堆、吸留忽剌、乞留屈吕、失留疏剌、奚留急了、乞纽忽哝、匹彪扑答、急张拘住、尺留出吕、滴留滴列、唏唏、的薛薛、普速速（速速，楚辞中已有，但表示的是疏远的样子，元人往往表示害怕、发抖的样子）、慢腾腾（腾腾，唐代已有该词，为升腾之义，元人用腾腾作词缀）、仰剌叉、扑的、烘的、坯的、扑鲁、呆呆答答（答答宋代为拟声词，元人作词缀）、劫劫巴巴（劫劫，唐已有之，表示急切、世世；巴巴，宋代出现，但指黏滞、黏结成块；劫劫巴巴形容路难走）、古爽爽（爽爽，晋代已有，意为俊朗出众貌，元人作词缀，古爽爽描摹跌跌撞撞的样子，相当于骨碌碌）、密匝匝、红红的、巴巴劫劫（劫劫，唐已有之，表示急切、世世；巴巴，宋代出现，但指黏滞、黏结成块；巴巴劫劫形容急切的心情）、沤沤、刮刮的、补氤氤、忒楞楞、滴羞笃速（亦作的羞剔薛、滴修都速）、冥冥杳杳、支生生（生生，先秦已有，指繁衍不息，其后意义几经改变，元人用作助词用）、踢收秃刷、战笃速、长挽挽、黑真真、呖呖、殢殢涎涎、冷渗渗、闹呵呵（呵呵，唐代已出现该词，但表示笑声，此处的呵呵跟笑声无任何关系），共153个。

附表四

《三十种》185 首曲牌来源一览表

宫调	套曲	曲子总数	其源可考	未考其源者	备注
仙吕	王国维认为出于大曲者：［六幺序］ 王国维认为出于唐宋词者：［点绛唇］、［天下乐］、［鹊踏枝］、［金盏儿］、［忆王孙］、［后庭花］ 王国维认为出于诸宫调者：［赏花时］、［胜葫芦］、［混江龙］ 赵义山认为出于唐宋词者：［雁儿］ 赵义山认为出于诸宫调者：［柳叶儿］ 未考其源者：［油葫芦］、［醉中天］、［醉扶归］、［那吒令］、［寄生草］、［村里迓鼓］、［元和令］、［上马娇］、［游四门］、［鹊桥仙］、［玉花秋］、［哭皇天］、［乌夜啼］、［青哥儿］	26	12	14	30 个剧本均用到，且只用于第一折，该套曲子的数量从 7—16 不等。 其源或可考者 1 首：［青哥儿］
南吕	王国维认为出于大曲者：［梁州］、［菩萨梁州］① 王国维认为出于唐宋词者：［乌夜啼］、［感皇恩］、［贺新郎］ 王国维认为出于诸宫调者：［一枝花］②、［牧羊关］ 赵义山认为出于唐宋词者：［红芍药］ 洛地认为出于南戏者：［斗虾蟆］ 未考其源者：［哭皇天］、［采茶歌］、［骂玉郎］、［四块玉］、［楚江云］、［斗鹌鹑］③	15	9	6	11 个剧本均用到，且多用于第二折，有时也用于第三折，一般该套曲有 7—13 首曲子。［梁州第七］在《三十种》中均作［梁州］。 其源或可考者 1 首：［斗鹌鹑］

① 赵义山补。参赵义山《王国维元曲考源补正》，《文学遗产》1999 年第 5 期。

② 赵义山认为此调源自唐宋词。参赵义山《王国维元曲考源补正》，《文学遗产》1999 年第 5 期。

③ 元刊本《三夺槊》第二折中［南吕］［斗鹌鹑］，在徐沁君校本中作［鹌鹑儿］。徐沁君校记［一九］【鹌鹑儿】条下云："原作【斗奄亨】，今改。卢、隋本均作【斗鹌鹑】，非是。按：【斗鹌鹑】为【中吕宫】和【越调】属曲，格律与【鹌鹑儿】不同。"参徐沁君《新校元刊杂剧三十种》（上册），中华书局 1980 年版，第 277 页。今从元刊本，不从徐说。因为根据表 4-1"《三十种》中'一曲入数调'一览表"，可以得知，有些曲子在《三十种》的某一宫调中只出现一次，同理，虽然［斗鹌鹑］曲经常出现在［中吕］宫与［越调］中，但也很可能出现在［南吕］宫中，所以从元刊本而不从徐说。

续表

宫调	套曲	曲子总数	其源可考	未考其源者	备注
中吕	王国维认为出于大曲者：［普天乐］ 王国维认为出于唐宋词者：［粉蝶儿］、［醉春风］、［醉高歌］与［上小楼］①、［满庭芳］、［剔银灯］、［柳青娘］、［朝天子］ 王国维认为出于诸宫调者：［迎仙客］②、［石榴花］ 王国维认为出于宋时旧曲：［快活三］、［鲍老儿］、［四边静］ 赵义山认为出于唐宋词者：［喜春来］、［红芍药］ 洛地认为出于南戏者：［红绣鞋］ 未考其源者：［十二月］、［尧民歌］、［蔓菁菜］、［朱履曲］、［道和］、［江儿水］、［脱布衫］、［干荷叶］、［哨遍］、［耍孩儿］、［小梁州］、［斗鹌鹑］、［墙头花］③	30	17	13	21剧中用到，且多用于第三折，有时也用于第二折与第四折，一般该套曲有8—24首曲子。 其源或可考者5首：［哨遍］、［耍孩儿］、［小梁州］、［斗鹌鹑］、［墙头花］
正宫	王国维认为出于大曲者：［小梁州］ 王国维认为出于唐宋词者：［滚绣球］ 王国维认为出于诸宫调者：［脱布衫］ 赵义山认为出于唐宋词者：［端正好］（词调）、［醉太平］（词调） 洛地认为出于南戏者：［叨叨令］ 未考其源者：［倘秀才］、［呆古朵］、［尧民歌］、［伴读书］、［笑和尚］、［穷河西］、［塞鸿秋］、［剔银灯］、［蔓菁菜］、［道和］、［快活三］、［耍孩儿］、［喜春来］、［后庭花］、［柳叶儿］、［柳青娘］、［鲍老儿］	23	6	17	17剧中用到，且多用于第二、三、四折，一般该套曲有3—17首曲子。 其源或可考者7首：［快活三］、［耍孩儿］、［喜春来］、［后庭花］、［柳叶儿］、［柳青娘］、［鲍老儿］

① 赵义山认为，［醉高歌］、［上小楼］不是来自唐宋词，引用洛地说，认为［上小楼］来自南宋教坊曲。参赵义山《王国维元曲考源补正》，《文学遗产》1999年第5期。

② 赵义山认为此调源自唐宋词，本唐教坊曲名。参赵义山《王国维元曲考源补正》，《文学遗产》1999年第5期。

③ 洛地认为，［般涉调］［墙头花］为唐代教坊曲名。参赵义山《王国维元曲考源补正》，《文学遗产》1999年第5期。

续表

宫调	套曲	曲子总数	其源可考	未考其源者	备注
双调	王国维认为出于大曲者：［新水令］（王国维《唐宋大曲考》中） 王国维认为出于唐宋词者：［驻马听］、［夜行船］、［风入松］、［滴滴金］、［捣练子］、［豆叶黄］、［川拨棹］、［碧玉箫］ 王国维认为出于诸宫调者：［搅筝琶］、［庆宣和］ 赵义山认为出于唐宋词者：［落梅风］、［水仙子］、［折桂令］、［沽美酒］ 赵义山认为出于诸宫调者：［乔牌儿］ 洛地认为出于南戏者：［步步娇］、［沉醉东风］ 洛地认为出于诸宫调者：［殿前欢］、［梅花酒］ 未考其源者：［庆东原］、［太平令］、［胡十八］、［挂玉钩］、［得胜令］、［甜水令］、［七弟兄］、［收江南］、［江儿水］、［小将军］、［阵阵赢］、［络丝娘］、［镇江回］、［柳叶儿］、［古调大青哥］、［后庭花］、［鹧鸪天］、［阿忽令］（亦作［阿古令］）、［雁儿落］	39	20	19	23 剧中用到，且多用于第四折，有时也用于第二折与第三折，一般该套曲有 5—15 首曲子，但《任风子》中，该套曲只有两首，徐沁君认为当脱 7 首曲子。 其源或可考者 6 首：［柳叶儿］、［古调大青哥］、［后庭花］、［鹧鸪天］、［阿忽令］（亦作［阿古令］）、［雁儿落］
越调	王国维认为出于唐宋词者：［金蕉叶］、［小桃红］、［耍三台］ 王国维认为诸宫调者：［斗鹌鹑］、［青山口］、［凭阑人］、［雪里梅］ 赵义山认为出于唐宋词者：［调笑令］ 洛地认为出于南戏者：［麻郎］（《三十种》亦作［麻郎儿］）、［绵搭絮］ 未考其源者：［圣药王］、［秃厮儿］、［络丝娘］、［寨儿令］、［东原乐］、［天净沙］、［梨花儿］、［酒旗儿］、［鬼三台］、［紫花儿序］、［拙鲁速］	21	10	11	10 剧中用到，且用于第二三四折中，一般该套曲有 10—16 首曲子。 ［要三台］，王国维作［要三台］，当为［耍三台］之误。 其源或可考者 3 首：［鬼三台］、［紫花儿序］、［拙鲁速］
商调	王国维认为出于唐宋词者：［集贤宾］、［逍遥乐］ 赵义山认为出于唐宋词者：［双雁儿］ 未考其源者： ［金菊香］、［后庭花］、［梧叶儿］、［村里迓鼓］、［元和令］、［上马娇］、［游四门］、［醋葫芦］、［挂金索］、［胜葫芦］、［柳叶儿］、［青哥儿］（原作清歌儿）	15	3	12	4 剧中用到，主要用于第三折中，也可用于第二折，一般该套曲有 10—16 首曲子。 其源或可考者 2 首：［柳叶儿］、［青哥儿］
黄钟	王国维认为出于唐宋词者：［醉花阴］、［喜迁莺］ 王国维认为出于诸宫调者：［出队子］、［刮地风］、［寨儿令］、［神仗儿］、［四门子］ 赵义山认为出于唐宋词者：［水仙子］ 未考其源者：［村里迓鼓］、［挂金索］、［者刺古］	11	8	3	2 剧中用到，用于第二四折中，一般该套曲有 7—12 首曲子。 其源或可考者 1 首：［者剌古］

续表

宫调	套曲	曲子总数	其源可考	未考其源者	备注
子母调	王国维认为出于宋时旧曲者：［叫声］、［古鲍老］ 未考其源者：［白鹤子］、［蛮姑令］、［三台］ 附《魔合罗》第四折中［子母调］： ［子母调醉春风］①、［喜春来］、［红绣鞋］、［迎仙客］、［白鹤子］、［醉春风］、［滚绣球］、［倘秀才］、［蛮姑令］、［三台］②、［剔银灯］、［蔓菁菜］、［穷河西］、［柳青娘］、［道和］、［尾］	5	2	3	只有《魔合罗》第四折中用到［子母调］。 只有［古鲍老］、［蛮姑令］、［叫声］、［白鹤子］、［三台］5首曲牌。 其源或可考者1首：［三台］
合计	185	185	87	98	其源或可考者计：27

注：1. 本表是在参考王国维《宋元戏曲史》中“曲牌来源考”与赵义山《王国维元曲考源补正》一文的基础上制定的。排除［么］、［赚煞］、［煞尾］、［尾］、［尾声］等此类曲牌，共计185首曲子。

2. 洛地的主张均见《王国维元曲考源补正》（《文学遗产》1999年第5期）一文中的改订。

3. 其源或可考者（27首）之根据：

（1）［双调］［古调大青哥］、［仙吕］［青哥儿］、［商调］［青哥儿］或可考其源，因为《三十种》中［双调］［古调大青哥］，意即［大青哥］为“古调”，据此，［仙吕］［青哥儿］与［商调］［青哥儿］或为其变体亦未可知。计3条可考。

（2）［南吕］［斗鹌鹑］、［中吕］［斗鹌鹑］，《三十种》中有［越调］［斗鹌鹑］，王国维认为其出于诸宫调，则［南吕］［斗鹌鹑］、［中吕］［斗鹌鹑］或为其变体。计2条。

（3）［中吕］［墙头花］，洛地认为，［般涉调］［墙头花］为唐代教坊曲名。参赵义山

① ［子母调醉春风］，徐本作［醉春风］。而且在本曲前加上［中吕］［粉蝶儿］曲，认为元本脱此曲。徐沁君校记［一］“【粉蝶儿】——本曲曲文原脱。据各本补”。徐沁君校记［二］“【醉春风】——原作【子母调醉春风】。今删去‘子母调’三字”。参徐沁君《新校元刊杂剧三十种》（下册），中华书局1980年版，第432页。

② 元本作［三台］，徐沁君作［鬼三台］。校记［二八］云“【鬼三台】——‘鬼’字原无。据各本补”。参徐沁君《新校元刊杂剧三十种》（下册），中华书局1980年版，第434页。但此补存疑。《三十种》中有［越调］［鬼三台］与［越调］［耍三台］，无论是［鬼三台］还是［耍三台］，均为［越调］，而非徐沁君所改订的［中吕］调，而北曲中，还有［双调］［万花方三台］。而唐代已有［三台］曲子，所以，此处的［三台］究竟是［越调］［鬼三台］还是［越调］［耍三台］还是［双调］［万花方三台］还是古曲［三台］一时难以决断，故从元刊本不从徐说。

《王国维元曲考源补正》,《文学遗产》1999 年第 5 期。计 1 条。

(4)[正宫][快活三],王国维认为[中吕][快活三]出于宋时旧曲,则[正宫][快活三]亦可能是其变体。计 1 条。

[中吕][小梁州],王国维认为[南吕][梁州]、赵义山认为[南吕][菩萨梁州]均出自唐宋大曲,则[中吕][小梁州]或为其变体。计 1 条。

[正宫][喜春来],赵义山认为[中吕][喜春来]出自唐宋词,则[正宫][喜春来]或为其变体。计 1 条。

[正宫][后庭花]、[双调][后庭花],[后庭花]曲名,当是唐时旧曲。杜牧《泊秦淮》"商女不知亡国恨,隔江犹唱后庭花",当是证据。计 2 条。

赵义山认为[仙吕][柳叶儿]出自诸宫调,则[正宫][柳叶儿]、[双调][柳叶儿]、[商调][柳叶儿],此三首曲子当为其变体。计 3 条。

[正宫][柳青娘],王国维认为[中吕][柳青娘]出自唐宋词,则[正宫][柳青娘]或为其变体。计 1 条。

[正宫][鲍老儿],王国维认为[中吕][鲍老儿]以及[古鲍老]均出自宋时旧曲,则[正宫][鲍老儿]亦可能出自宋时旧曲。计 1 条。

以上计 10 条。

(5)[双调][鹧鸪天],[鹧鸪天]宋词词牌名,曲牌名当源于此。计 1 条。

[双调][雁儿落],赵义山认为[仙吕][雁儿]、[商调][双雁儿]均出自唐宋词,则[双调][雁儿落]或为两者之变体。计 1 条。

(6)[双调][阿忽令](亦作[阿古令])、[越调][拙鲁速],王国维在《宋元戏曲史·余论三》中说:"北曲黄钟宫之《者刺古》,双调之《阿纳忽》、《古都白》、《唐兀歹》、《阿忽令》,越调之《拙鲁速》,商调之《浪来里》,皆非中原之语,亦当为女真或蒙古之曲也。"据此,此两首曲子亦可考起源。而[黄钟][者剌古]从名称上大致可推断其为胡乐。计 3 条。

(7)[越调][紫花儿序],周贻白《戏曲演唱论著辑释》(中国戏剧出版社 1962 年版,第 38 页):"'序'即'序曲',唐代乐曲或称'散序',无节拍。"据此,曲牌名中若有"序"字者,当源自唐大曲的"散序",犹[六幺序]出自大曲者。计 1 条。

(8)[三台],据周贻白考证,其为唐代乐曲名,所以,[越调][鬼三台]亦当为其变体,子母调中的[三台]亦当有源。计 2 条可考。

(9)王国维认为[般涉调][哨遍]出于唐宋词,则[中吕]调[哨遍]当为其变体;[般涉][耍孩儿]出于诸宫调,则[中吕]与[正宫]的[耍孩儿]当为其变体,故亦当有源,计 3 条。

参考文献

一 文献、著作类

[1] 古本戏曲丛刊编辑委员会编辑：《古本戏曲丛刊四集·元刊杂剧三十种》(影印本)，商务印书馆1958年版。

[2] (明) 臧懋循：《负苞堂集》，古典文学出版社1958年版。

[3] 茅盾：《茅盾文艺杂论集》，上海文艺出版社1981年版。

[4] 郑振铎：《中国俗文学史》，东方出版社1996年版。

[5] 陈红彦：《中国版本文化丛书·元本》，江苏古籍出版社2002年版。

[6] 黄镇伟：《中国版本文化丛书·坊刻本》，江苏古籍出版社2002年版。

[7] 古本小说集成编委会编辑：《古本小说集成第一辑·三国志平话》，上海古籍出版社1991年版。

[8] 宁希元：《元刊杂剧三十种新校》，兰州大学出版社1988年版。

[9] 徐沁君：《新校元刊杂剧三十种》，中华书局1980年版。

[10] 陈垣：《史讳举例》，科学出版社1958年版。

[11] 文渊阁四库全书影印本，上海古籍出版社2003年版。

[12] 张涌泉：《汉语俗字研究》(增订本)，商务印书馆2010年版。

[13] 赵荫棠：《中原音韵研究》，商务印书馆1936年版。

[14] 卢世华：《元代平话研究——原生态的通俗小说》，中华书

局 2009 年版。

[15]（明）臧懋循：《元曲选》，中华书局 1958 年版。

[16]《宋本玉篇》，中国书店 1983 年版。

[17]《中国古典戏曲论著集成》，中国戏剧出版社 1959 年版。

[18] 史秀菊：《河津方言研究》，山西人民出版社 2004 年版。

[19] 郑骞：《校订元刊杂剧三十种》，台北：世界书局 1962 年版。

[20] 王起主编：《中国戏曲选》，人民文学出版社 1998 年版。

[21] 康保成编：《王季思文集》，中山大学出版社 2004 年版。

[22] 闻一多著，孙党伯、袁謇正编：《闻一多全集》，湖北人民出版社 1993 年版。

[23]《诸子集成》，岳麓书社 1996 年版。

[24] 车文明：《20 世纪戏曲文物的发现与曲学研究》，文化艺术出版社 2001 年版。

[25] 吕文丽：《诸宫调与中国戏曲形成》，中国戏剧出版社 2011 年版。

[26] 赵义山：《元散曲通论》，上海古籍出版社 2004 年版。

[27] 廖奔、刘彦君：《中国戏曲发展史》，山西教育出版社 2000 年版。

[28]（清）曹雪芹：《脂砚斋重评石头记》，人民文学出版社 1975 年版。

[29]（元）陶宗仪著，文灏点校：《南村辍耕录》，文化艺术出版社 1998 年版。

[30] 金路：《中国俗语》，东方出版中心 1996 年版。

[31] 孙楷第：《也是园古今杂剧考》，上杂出版社 1953 年版。

[32] 古本戏曲丛刊编辑委员会编辑：《古本戏曲丛刊四集·脉望馆钞校本古今杂剧》（影印本），商务印书馆 1958 年版。

[33] 王国维：《宋元戏曲史》，东方出版社 1996 年版。

[34] 杨荫浏：《中国古代音乐史稿》，人民音乐出版社 1981 年版。

[35] 冯光钰：《中国曲牌考》，安徽文艺出版社 2009 年版。

［36］周贻白：《戏曲演唱论著辑释》，中国戏剧出版社 1962 年版。

［37］（北宋）沈括：《梦溪笔谈》，延边人民出版社 2000 年版。

［38］（南宋）吴自牧：《梦粱录》，《东京梦华录》等五种本，中国商业出版社 1982 年版。

［39］（南宋）耐得翁：《都城纪胜》，《东京梦华录》等五种本，中国商业出版社 1982 年版。

［40］董晓萍、［美］欧达伟：《乡村戏曲表演与中国现代民众》，北京师范大学出版社 2000 年版。

［41］（元）脱脱等撰：《宋史》（第 16 册），中华书局 1997 年版。

［42］《宋元笔记小说大观》，上海古籍出版社 2001 年版。

［43］（南宋）岳珂撰，吴企明点校：《桯史》，中华书局 1981 年版。

［44］（宋）无名氏：《朝野遗记》，丛书集成初编《朝野遗记》及其他二种，中华书局 1991 年版。

［45］（西汉）司马迁：《史记》，中州古籍出版社 1994 年版。

［46］许政扬：《许政扬文存》，中华书局 1984 年版。

［47］（西晋）陈寿：《三国志》，岳麓书社 1990 年版。

［48］（唐）段成式：《酉阳杂俎》，中华书局 1981 年版。

［49］（南宋）周密：《齐东野语》，中华书局 1983 年版。

［50］姜澄清：《中国书法思想史》，甘肃人民美术出版社 2008 年版。

［51］袁行霈主编：《中国文学史》，高等教育出版社 1999 年版。

［52］（清）李伯元：《官场现形记》，江西人民出版社 1989 年版。

［53］王文锦：《礼记译解》，中华书局 2001 年版。

［54］王利器辑录：《元明清三代禁毁小说戏曲史料》，上海古籍出版社 1981 年版。

［55］《十三经注疏》，中华书局影印本 1980 年版。

［56］（清）李渔：《李渔全集》，江苏古籍出版社 1990 年版。

［57］（明）天然痴叟：《石点头》，上海古籍出版社 1985 年版。

［58］陈海鹏：《临汾方言词汇考释》，临汾市尧都区三晋文化研究会、临汾市尧都区根祖文化研究会编（山西省内部图书）2008

年版。

二 期刊论文类

[1] [荷兰] 伊维德:《我们读到的是“元”杂剧吗——杂剧在明代宫廷的嬗变》, 宋耕译,《文艺研究》2001 年第 3 期。

[2] 苗怀明:《二十世纪〈元刊杂剧三十种〉的发现、整理与研究》,《戏曲艺术》2004 年第 1 期。

[3] 张金铣:《〈元典章〉研究综述》, 《古籍整理研究学刊》2010 年第 4 期。

[4] 王永炳:《古典戏剧口语词释疑七则》, 《中国语文》1997 年第 5 期。

[5] 张青龙、赵梅生:《河津话所见古白话词语释例》,《语文研究》1999 年第 3 期。

[6] 孙伯君:《元明戏曲中的女真语》, 《民族语文》2003 年第 3 期。

[7] 范春义:《“传槽病”究竟是什么病?》,《中国典籍与文化》2013 年第 2 期。

[8] 席永杰、包双喜:《简析元杂剧中疑难蒙古语的使用情况》,《内蒙古民族师院学报》1989 年第 3 期。

[9] 陶文鹏:《叠字摹状的艺术》,《中华诗词》2011 年第 1 期。

[10] 黄天骥:《元剧的“杂”及其审美特征》, 《文学遗产》1998 年第 3 期。

[11] 王万岭:《元杂剧的“开”与“节目主持人”无关——与黄天骥先生商榷》,《戏曲研究》2002 年第 1 期。

[12] 康保成:《元杂剧的“宾白”与“表白”》, 《学术研究》2002 年第 11 期。

[13] 李日星:《元杂剧“折”的本义与起始》,《文献》2003 年第 2 期。

[14] 王万岭:《元刊杂剧“折”的起始与本义》, 《戏曲研究》2004 年第 2 期。

［15］王之涵：《元刊杂剧三十种表演提示研究》，《滁州学院学报》2007年第2期。

［16］宋瑞桥：《论子母调与姑舅兄弟调》，《中国人民大学学报》1990年第1期。

［17］淮茗：《民间的力量——从〈乡村戏曲表演与中国现代民众〉说起》，《上海戏剧》2004年第z1期。

［18］刘丛：《从〈汉高皇濯足气英布〉看臧懋循“得元人三昧”》，《重庆科技学院学报》（社会科学版）2010年第22期。

［19］顾林：《张飞断桥桥断否》，《咬文嚼字》2010年第2期。

［20］沈伯俊：《历史上的张飞究竟什么样?》，《文史知识》2006年第1期。

［21］徐蔚：《整合中的嬗变——〈贬夜郎〉之李白形象研究》，《厦门教育学院学报》2004年第1期。

［22］［日］小松谦、金文京：《试论〈元刊杂剧三十种〉的版本性质》，黄仕忠译，《文化遗产》2008年第2期。

［23］杜海军：《〈元刊杂剧三十种〉的刻本性质及戏曲史意义》，《艺术百家》2010年第1期。

［24］方彦寿：《〈元刊杂剧三十种〉的刻本性质与刊刻地点另议》，《艺术百家》2011年第3期。

［25］包建强、胡成选：《〈元刊杂剧三十种〉的版本及其校勘》，《西北师大学报》2010年第1期。

［26］邓绍基：《关于元杂剧版本探究》，《中国社会科学院研究生院学报》2006年第1期。

［27］《语文高考能不能使用网络词汇?》，《黄金时代》（学生族）2011年第7期。

［28］赵义山：《王国维元曲考源补正》，《文学遗产》1999年第5期。

三　学位论文类

［1］范晓林：《〈元刊杂剧三十种〉俗字俗词俗语与版式研究》，

博士学位论文，山西师范大学，2013年。

［2］任晓彤：《元杂剧语气词研究》，博士学位论文，中央民族大学，2007年。

［3］汪诗珮：《从元刊本重探元杂剧——以版本、体制、剧场三个面向为范畴》，博士学位论文，台湾清华大学，2006年。

［4］刘福根：《古代汉语詈语小史》，博士学位论文，浙江大学，2007年。

四 辞书、工具类

［1］汤可敬：《说文解字今释》，岳麓书社2002年版。

［2］汉语大字典编辑委员会编：《汉语大字典》，四川辞书出版社、湖北辞书出版社1995年版。

［3］龙潜庵：《宋元语言辞典》，上海辞书出版社1985年版。

［4］朱居易：《元剧俗语方言例释》，商务印书馆1956年版。

［5］顾学颉、王学奇：《元曲释词》，中国社会科学出版社1983—1990年版。

［6］陆澹安：《戏曲词语汇释》，上海古籍出版社1981年版。

［7］张相：《诗词曲语辞汇释》，中华书局1953年版。

［8］王学奇、王静竹：《宋金元明清曲辞通释》，语文出版社2002年版。

［9］方龄贵：《元明戏曲中的蒙古语》，汉语大词典出版社1991年版。

［10］《辞源》（合订本），商务印书馆1988年版。

［11］方龄贵：《古典戏曲外来语考释词典》，汉语大词典出版社、云南大学出版社2001年版。

［12］徐嘉瑞：《金元戏曲方言考》，商务印书馆1948年版。

［13］王锳：《诗词曲语辞例释》，中华书局1986年版。

五 网络

［1］汉典网，http：//www. zdic. net。

后　记

拙著是在鄙人博士论文《〈元刊杂剧三十种〉之通俗性研究》的基础上修改而成的。虽然论文得以出版，但仍诚惶诚恐，皆因拙文仍需待专家与学者指正。《诗》云：“战战兢兢，如履薄冰”，其我之谓矣。

著文本是学者之事，然我自知学识浅陋，遂不敢将学者二字与己相连。但学者之风范与精神，却是我毕生的追求，此皆恩师车文明教授之学者风范对我的影响。恩师著作甚丰，且涉猎面极广，单是对戏曲舞台所做之田野调查，其中付出的艰辛就使我感触颇多，遑论在此基础上的学术成果，更是使我折服。恩师学识之渊博与治学态度之严谨时时戒我自满与浮躁，使我在拙文写作中，力图严谨，不敢亵渎学术之神圣殿堂。

恩师政务繁忙，然于百忙之中仍督促我等之学业，使我四载未曾亦不敢有些许懈怠。恩师胸怀宽广，对我异想天开的想法辄给予鼓励，是以拙文题目难以定夺之时，恩师给予充分肯定，坚定我对其写作之心；写作过程中，部分章节内容不知该如何处理，恩师为我指点写作思路。因之，于拙文完成之际，对恩师深表谢意。略记一事，以窥师之风范之一斑。一同窗盖因家事不辞而归，不料恩师于我等课间休息之际，忽推门而进，环视一周：“某某逃学了？”虽繁忙，仍不忘督促我等，且批评之词严厉而不失温和。此事于我懈怠之时，辄现我心，使我不敢松懈。是以拙文虽暂至搁笔，数载之诚惶诚恐之心犹未得释。

除恩师外，于所中其他老师处我亦收获颇多。延保全老师关于戏曲壁画的研究，使我颇为感叹；范春义老师，只长我数岁，课内课外，与我等时时探讨，为众学子拓宽学术研究之视野。两位先生皆为我等上课，特表谢意。而吕文丽老师，其著作《诸宫调与中国戏曲形成》，对我论文中与曲相关的写作启发甚多，虽未曾为我授课，亦深表谢意。吾于所里其余之师处，收获亦良多。他们虽未曾为我授课，然其著作则可为吾师。不一一详列，唯谢耳。

拙文开题时，麻国钧先生对拙文提纲提出宝贵意见，并且提供写作思路，也就是拙文第五章的部分内容，使我受益匪浅，特别感谢。

周华斌先生对拙文的选题给予肯定，提出一些相反意见，使我从反面思考文中的不足，使论文得以相对完善，亦十分感谢。

同窗友人，时时切磋、共勉。

爱人张志鹏，在我读博期间，承担诸多家务，使我能静心写作，且时常为我做文字校对；小儿年幼，却不能时常陪其左右，然鲜有哭闹，只是常问“妈妈晚上还学习吗”，无非想我能陪其入眠，然我天性愚钝，不能速速完成学业，致使小儿如此小愿亦难以满足，随我受累，甚为愧疚。

此次出版，得到山西师范大学与山西师范大学文学院各级领导的鼎力支持，并得到“2017 年度山西师范大学校基础研究基金（哲学社会科学）”与“山西师范大学文学院学术出版基金”的资助，同时也得到中国社会科学出版社任明先生及各位编辑的大力支持，在此深表谢意！

不吐不快，遂有以上感激之词。

孙改霞

2017 年 3 月 20 日于山西临汾